Kolibriflattern

Patricia Renoth

Patricia Renoth, Friedensstr. 24, 85622 Feldkirchen

patricia.renoth@gmx.de

www.PatriciaRenoth.com

Covergestaltung:

Patricia Renoth

Bild von Pawel Czerwinski / Unsplash

Bild von J Lee / Unsplash

FÜR MEINE FAMILIE

KOMPLETTE KOLIBRI-REIHE

Kolibriherzschlag – Band 1
Kolibrifarben – Band 2
Kolibrizwitschern – Band 3
Kolibriflattern – Band 4

Vorwort

Soundtrack ♫

Wie auch schon in den drei Bänden zuvor, darfst du dir wieder Musik anhören, die ich passend zu bestimmten Stellen ausgesucht habe. Sie hat mir beim Schreiben geholfen, die richtige Stimmung zu erfassen und wenn du möchtest, hilft sie auch dir, noch tiefer in die Geschichte einzutauchen. Ganz ähnlich wie ein Soundtrack bei einem Film die Erzählung unterstützt. Die Namen der Lieder erfährst du an den ausgewählten Stellen im Buch.

Wie hörst du nun die Musik am einfachsten? Ich habe dir eine Spotify-Playlist zusammengestellt. Den Link dazu klickst du auf meiner Website. Dieselbe Musik findest du aber auch auf YouTube. Hier einfach die Titel in die Suchleiste eingeben. Selbstverständlich funktionieren auch alle möglichen anderen Musik-Anbieter.

Danke an alle Künstler für die Inspiration.

P.S.: Wer meinen Roman *Sternenvoll* kennt, weiß, dass der Saturn dort eine bestimmte Bedeutung hat. Seitdem fühle ich mich ganz besonders mit diesem Planeten verbunden. Und dieses Mal habe ich sogar einen Saturn-Song gefunden, der perfekt zur folgenden Geschichte passt.

Soundtrack zum Buch:

1. Mindfulness – Aija Alsina
2. Moon River – Henry Mancini
3. Hometown Glory – Adele
4. Sister Of Pearl – Baio
5. Unpack Your Bags – Lemony Rug
6. Saturn – Sleeping At Last
7. It´s Ok – Tom Rosenthal
8. Perfume – Mehro
9. Pizza – Antilopen Gang

QR-Codes

Neben dem Soundrack gibt es eine weitere Besonderheit in diesem Buch. Die Protagonistin Hannah wird ihrer Mama im Verlauf ihrer Reise digitale Postkarten schreiben. Du kannst sie dir in deiner Phantasie vorstellen, wie den Rest des Buches. Ich möchte dir aber auch die Möglichkeit geben, sie wirklich zu sehen. Dafür brauchst du lediglich ein Smartphone oder ein Tablet. Einfach deine Foto-App oder einen QR-Code-Scanner (App) über den Code im Buch halten und schon wirst du zu meiner Website weitergeleitet, auf der du dir die passende Postkarte ansehen kannst.

Viel Freude mit Hannahs Welt!

Deine Patricia

Teil 1

Kapitel 1

„Du musst mich loslassen!“, forderte ich ihn nun schon zum zweiten Mal auf. Hilflos stand ich hier, zwischen all diesen Menschen, die um uns herumwuselten. Die Rollen von Koffern und Gepäckwägen verursachten ein Grundrauschen, das immer wieder von Lautsprecherdurchsagen durchbrochen wurde. Es war laut und hektisch und ich musste meinen Flug kriegen. Ich schmiegte mich noch ein letztes Mal in seine Umarmung. Genoss den Duft seines Parfums, das ich ihm zu Weihnachten geschenkt hatte. Und seinen ganz eigenen Geruch, der sich durch eine leichte Note Chlor auszeichnete – das Schwimmbadaroma, das er nie so richtig loswurde. Denn er war der wahrscheinlich schnellste Duscher der Welt. Während ich den heißen Wasserstrahl nach dem Schwimmtraining herbeisehnte und mich darauf freute, das Chlor von meiner Haut zu waschen, wollte Moritz es nur rasch hinter sich bringen. Ein Stich fuhr mir ins Herz, wenn ich daran dachte, dass das vielleicht alles bald Vergangenheit sein würde. Ich schloss die Augen und sog seinen Geruch, seine Wärme – einfach ihn – noch einmal in mich auf. Dann machte ich mich von ihm los.

Aber er war erneut nicht bereit, mich gehen zu lassen. Seine Hände griffen nach meinen und hielten sie fest.

„Warum fühlt sich dieser Abschied so verdammt endgültig an?“, seine Stimme klang kratzig und seine blauen Augen bekamen einen glasigen Schimmer.

Auch in meiner Kehle brannte es. „Wir wollten das beide. Wir wollten eine Pause, um zu sehen, wie wir alleine klarkommen“, wiederholte ich das, was wir schon etliche Male durchgekaut hatten. Und immer war das Ergebnis dasselbe gewesen.

„Und wenn ich es mir anders überlegt habe? Hannah, ich weiß überhaupt nicht, was ich ohne dich tun soll. Wer ich ohne dich bin ...“ In seine belegte Stimme hatte sich Verzweiflung gemischt. Und die zerriss mir das Herz. Schon im Gymnasium war er mein bester Freund gewesen und seit vier Jahren waren wir nun ein Paar. Bis jetzt. Ich schluckte schwer und eine Träne löste sich aus meinem rechten Auge. Sie zog ihre feuchte Spur über das Gesicht und tropfte schließlich von meinem Kinn. Ich machte keine Anstalten sie wegzuwischen, denn ich wusste, da waren noch viel mehr. Und als wäre diese einzelne Träne der Startschuss gewesen, floss plötzlich ein ganzes Meer von Traurigkeit über meine Wangen. Stück für Stück, als kämen sie direkt aus meinem Herzen, trugen die salzigen Tropfen meine Gefühle nach außen.

Moritz Hände wanderten an mein Gesicht. Seine Daumen strichen über meine Wangen, versuchten, die Traurigkeit wegzuwischen, aber den Schmerz vertrieb er damit nicht. Er beugte sich zu mir vor und küsste mich. Ein letzter Versuch, diese furchtbare Situation irgendwie zu retten. Der Kuss schmeckte nach Melancholie. Ich ließ mich darauf ein.

Spürte seine weichen Lippen, seine Zunge, die sich ungestüm ihren Weg bahnte. Und ich fühlte wieder diese Hilflosigkeit in mir aufsteigen, die mich schon die vorangegangenen Wochen begleitet hatte. Und dann endete unser vielleicht letzter Kuss.

Moritz zog mich wieder in seine Arme. „Du kannst es dir noch anders überlegen. Du kannst einfach hierbleiben und dich mit mir auf die Entscheidungswettkämpfe vorbereiten. Du weißt, dass du eine Chance hättest, zu den Weltmeisterschaften mitzufahren. Wir beide gemeinsam. Das ist das, was wir immer wollten." Hoffnung schwang in seiner Stimme mit. Doch für mich fühlte sich diese Umarmung plötzlich nur noch einengend an. Und ich wusste wieder, warum wir hier standen. Warum unsere Beziehung eine Pause einlegen musste. Warum ich diese Pause so dringend brauchte.

Dieses Mal machte ich mich etwas vehementer von ihm los und trat einen Schritt zurück. „Es *war* mein Traum." Bei meinen Worten verzog er die Lippen zu einem Strich. Hölzern wischte er sich seine blonden Haare aus den Augen, die unter seiner grauen Beanie-Mütze hervorlugten. Wie oft hatte ich ihm aus Spaß sein Markenzeichen vom Kopf gerissen, nur um ihn aufzuziehen und seine Augen blitzen zu sehen?

Warum verstehst du einfach nicht, dass ich mich geändert habe? Weshalb kannst du das nicht akzeptieren?

Meine Augen flehten ihn an, noch etwas Versöhnliches zu sagen. Etwas, das unsere Liebe vielleicht retten könnte. Ich wartete seit Monaten auf ein bisschen Verständnis für meine Situation. Unterstützung. Hilfe. Irgendetwas. Aber er blickte mich nur stumm an. Seine Traurigkeit hatte sich in etwas anderes verwandelt – in Wut. Auf mich. Auf meine Empfindungen. Darauf, dass ich unsere gemeinsame Welt torpedierte. Denn schon seit über einem Jahr hatte ich keinen Spaß mehr am Schwimmen. Einfach so. Ich hatte mein halbes Leben alles für diesen Sport getan. War mit vierzehn Jahren ins Internat gezogen, um besser trainieren zu können, weit weg von meinen Eltern. Doch in letzter Zeit hatte sie sich nach und nach eingeschlichen: Eine Unlust, die ich immer noch nicht richtig greifen konnte. Auf einmal beneidete ich die anderen Studenten für ihre Unabhängigkeit. Sie waren unabhängig von Trainingsplänen. Unabhängig von Ernährungsregeln. Unabhängig in ihrer Freizeitgestaltung. Plötzlich wollte ich so sein wie sie, musste mich dazu zwingen, jeden Morgen den Badeanzug anzuziehen. Verspürte auf einmal nicht mehr dieses Gefühl von Zuhause, wenn ich die Schwimmhalle betrat. Und das Schlimmste war: Ich wusste nicht, woran es lag. Ja, meine rechte Schulter plagte mich immer öfter. Aber das war nicht der Auslöser. Es hatte nie einen gegeben. Und das war das Problem. Sonst hätte ich vielleicht etwas daran ändern können. Denn ich wollte wieder Schwimmen *wollen*. Mit Moritz. Mit meinem Team. Ich wollte erneut dieses unglaubliche Gefühl von Adrenalin und Vorfreude spüren, wenn ich vor einem Wettbewerb auf dem Startblock stand. Dieses Kribbeln, das meinen ganzen Körper durchdrungen hatte, wegen dem ich mich erst so richtig lebendig gefühlt hatte. Ich wollte das alles wieder zurück. Aber es hatte sich verabschiedet. Hatte mich hilflos zurückgelassen. Einfach so. Und nun musste ich irgendwie damit klarkommen. Nur, dass Moritz mich so wenig unterstützte, das hatte mir wirklich den Boden unter den Füßen weggezogen. Ich hatte immer gedacht, dass ich mich auf ihn verlassen konnte. Dass er mein Anker wäre, wenn ich mal Probleme hätte. Aber es hatte sich herausgestellt, dass er das nicht war. Dass er es nicht sein konnte. Und deshalb brauchten wir diese Pause. Brauchte *ich* sie. Um herauszufinden, ob ich weiter einem Lebenstraum nachhängen wollte, der nicht mehr zu mir zu passen schien.

Ich atmete tief durch und blickte auf die große Uhr in der Halle. „Okay ... ich muss los", stammelte ich. Auch wenn ich wusste, dass das der richtige Weg war, fühlte es sich trotzdem verflucht ätzend an. Ich war gerade mal achtzehn Jahre alt und hatte das Gefühl, ich hätte mein Leben total an die Wand gefahren.

Die Lederjacke knirschte, als er seine Arme vor seiner Brust verschränkte. Immer noch lag da dieser verkniffene Zug um seinen Mund. „Dann ziehen wir das also durch", bemerkte er bitter. Unsicherheit blitzte in seinen Augen auf, aber dann ging ein Ruck durch ihn und er verschloss sich und seine Gefühle vor mir. „Mach´s gut, Hannah. Ich hoffe, du findest, was du suchst."

Bevor ich etwas entgegnen konnte, hatte er sich umgedreht. Er drängte sich durch die vielen Menschen in der Abflughalle und schon bald verlor ich ihn aus den Augen.

Wütend wischte ich meine Tränen beiseite und lief auf den Sicherheitscheck zu. So hätte unser Abschied nicht laufen sollen. Aber wieder war diese Kluft zwischen uns aufgetaucht, die sich mittlerweile nicht mehr verleugnen ließ.

***

Ich hatte mir im Duty-free-Shop eine Zeitschrift gekauft, die passenderweise mit *10 Tipps gegen Flugangst* titelte. Denn als wäre das totale Chaos, das momentan in meinem Leben herrschte nicht schon schlimm genug, war ich im Begriff, in ein Flugzeug zu steigen. Für viele das normalste der Welt.

Für mich: der Horror schlechthin. Ich litt unter einer ziemlich ausgeprägten Flugangst. Aber von Berlin nach New York gab es leider kein anderes Verkehrsmittel, das zeitlich in Frage gekommen wäre. Schließlich hatte ich nur vier Wochen Semesterferien. Also musste ich in den sauren Apfel beißen.

Ich spürte das Handy in meiner Hosentasche vibrieren und zog es heraus, um den Anruf anzunehmen.

„Hey, Mama."

„Hallo, mein Schatz. Wie geht es dir? Bist du schon am Flughafen?"

„Yupp."

„Wie war die Verabschiedung von Moritz?"

Ich hielt einen Moment inne, um die Emotionen zurückzudrängen, die sich wieder mit voller Wucht bemerkbar machen wollten. „Traurig", antwortete ich dann knapp.

„Verstehe. Und, schon aufgeregt wegen dem Flug?", erkundigte sie sich vorsichtig.

Ich war ihr dankbar, dass sie das Thema wechselte, selbst, wenn das neue auch nicht unbedingt nach meinem Geschmack war. „Was heißt hier *schon*? Immer noch! Und das so lange, bis ich wieder festen Boden unter den Füßen haben werde", stöhnte ich frustriert.

„Ach, meine kleine Sternelfe fliegt in die weite Welt", proklamierte meine Mama mit einem Schmunzeln in der Stimme. Sie hatte einen besonderen Sinn für Humor, für den ich sie liebte und eine manchmal etwas anstrengende Vorliebe für Kolibris. Deshalb trug ich diesen oberpeinlichen Kosenamen schon mein ganzes Leben lang. Aber ich musste zugeben, wenn sie mich irgendwann einmal nicht mehr so nennen würde, würde er mir wahrscheinlich fehlen.

„Ich bin dann wohl eher eine Sternelfe ohne Flügel", entgegnete ich niedergeschlagen.

„Keine Sorge, du besitzt Flügel. Du musst sie nur ausstrecken. Hast du die Tropfen mitgenommen? Die pflanzlichen, zur Beruhigung, die ich dir besorgt habe?"

So ein Mist, die standen noch in meinem Wohnheimzimmer, unausgepackt in der Tüte. Ich hatte sie wirklich mitnehmen wollen, auch wenn ich keine Sekunde an ihre Wirkung glaubte, aber ich hatte sie im Stress wohl vergessen. Deshalb lenkte ich ganz schnell ab: „Du Mama, das Boarding beginnt, ich muss Schluss machen."

„Moment noch, du meldest dich doch regelmäßig?" Es klang wie eine Frage, war aber eigentlich als Aufforderung gemeint.

„Na klar, Mama."

„Ich meine das ernst. Ich will alles genau wissen! Wie du mit John zurechtkommst und ob alle nett zu dir sind. Und schick mir mal eine Postkarte!"

„Eine Postkarte – ernsthaft? Wir leben nicht mehr in den 1950er Jahren. Wenn ich die abschicke, überhole ich sie wahrscheinlich noch auf meinem Rückweg." Im Hintergrund hörte ich, wie Cosmo, der Mann meiner Mama, ebenfalls einen Kommentar über Postkarten abließ – allerdings war der etwas bissiger als meiner. Ich musste lauthals lachen.

„Ja, ja, schon gut. Und nein, ich habe noch keinen Krückstock, aber ich hätte jetzt ganz gerne einen, um ihn dir überzuziehen", antwortet sie ihm schlagfertig. Ich hörte jedoch genau, dass sie sich das Lachen verkneifen musste. Ich war unglaublich froh, dass die beiden sich gefunden hatten. Außerdem war es nicht so schlecht, einen Rockstar quasi in der Verwandtschaft zu haben. Cosmo war Sänger einer weltweit bekannten Band namens *No More Galaxy*.

„Das nächste Mal kommt ihr beide einfach mit in die USA", schlug ich vor.

„Versprochen. Ich möchte deinen neuen Opa auf jeden Fall auch bald persönlich kennenlernen."

***

Das Einsteigen ins Flugzeug dauerte ewig und ich stand hibbelig in der Schlange, während ich versuchte sowohl das Desaster mit Moritz, als auch die Flugangst auszublenden. Beides lief nicht wirklich erfolgreich. Die Fluggastbrücke war für meinen Geschmack viel zu lang und ich fühlte mich in dieser fensterlosen Röhre irgendwie eingesperrt. Dass die Sonne draußen schon den ganzen Tag brannte, trug einen weiteren Teil zu meinem Unwohlsein bei und ich spürte, wie ich im Nacken anfing zu schwitzen. Also kramte ich aus dem Jeans-Rucksack einen Gummi heraus und fasste meine langen, welligen Haare zu einem Pferdeschwanz zusammen. Ich hatte das Glück, mit dickem, kräftigem Haar gesegnet zu sein. Was sich bei hohen Temperaturen aber leider anfühlte, als hätte ich einen warmen Schal um den Hals. Wie war das noch mit: Alles hat Vor- und Nachteile? Das konnte ich nur bestätigen. Auch fürs Schwimmen war meine lange Mähne nicht unbedingt praktisch. Aber ich hatte es nie übers Herz gebracht mich davon zu trennen. Die Haare reichten mir bis zur Brust und ich trug sie seit meiner Kindheit immer lang. Als mein Nacken endlich freilag, atmete ich erleichtert auf. Die Schlange bewegte sich wieder nur zentimeterweise vorwärts. Als ich mein Handy herauszog, um mich irgendwie abzulenken, fiel mir die Sache mit den Postkarten wieder ein. Ich hatte letztens von einer App gelesen, mit der sich digitale Retro-Postkarten erstellen ließen. Ich durchsuchte den App-Store danach und wurde schnell fündig. Nach der Installation, die nur zwei Minuten gedauert hatte, öffnete ich die Anwendung und versuchte mich an meiner ersten Postkarte. Dazu benutzte ich das Foto, das ich vorher aus dem Fenster der Abflughalle geschossen hatte.

Postkarte 1

Bild von einem Flugzeug auf der Landebahn

Liebe Mama, was andere am Fliegen so schön finden, ist mir wirklich schleierhaft. Ich kann mir nichts Unheimlicheres vorstellen, als in dieses metallene Ungetüm einzusteigen. Von wegen „Über den Wolken..." und so. Grenzenlose Freiheit spüre ich vielmehr unter den Wolken. Jetzt heißt es: Augen zu und durch. Kuss Hannah

Ich speicherte die beiden Bilder ab, die aussahen, wie Vorder- und Rückseite einer altmodischen Postkarte. Zufrieden schickte ich sie per Messenger an meine Mama. Tatsächlich hatte ich für ein paar Minuten die Angst vergessen, aber in diesem Moment betrat ich das Flugzeug und alles war sofort wieder da: Der Schweiß brach mir erneut aus, mir wurde plötzlich richtig schlecht und mein Herz fing an zu rasen.

Das „Herzlich willkommen“, des Flugbegleiters erwiderte ich deshalb nur mit einem schwachen Kopfnicken. Ich schob mich weiter zu meinem Platz und versuchte, meine flache Atmung zu vertiefen. Denn die hatte immer Schwindel zur Folge und wenn ich den nicht in den Griff bekam, würde ich mit ziemlicher Sicherheit Gebrauch von den Kotztüten machen müssen.

Ganz ruhig, Hannah! Ein und aus, ein und aus, ein und aus! Langsam! Es ist alles gut. Das Flugzeug ist das sicherste Verkehrsmittel, das es gibt.

Ich verstaute meinen Rucksack im Gepäckfach über den Sitzen, nahm mir aber die Kopfhörer und das Handy heraus. Dann setzte ich mich auf meinen Gangplatz, den ich extra schon im Voraus reserviert hatte und der sich direkt bei den Tragflächen befand. Hier waren die Bewegungen der Höllenmaschine am wenigsten zu spüren. Erneut versuchte ich, meine Atmung zu kontrollieren. Ich wusste, dass diese Angst irrational und völlig übertrieben war, aber sie ließ sich einfach nicht abschütteln. Es war mein allererster Flug gewesen, der mich traumatisiert hatte. Als Kind war ich mit meinen Eltern in den Urlaub nach Kreta geflogen und wir waren in heftige Turbulenzen geraten. Die Sauerstoffmasken waren heruntergefallen, die Flugbegleiterinnen hatten Panik in den Augen gehabt und mein Vater hatte angefangen zu beten – das volle Programm. Seitdem war Fliegen für mich purer Stress. Meine Mama hatte mich sogar schon dazu genötigt, eines dieser Flugangstseminare zu besuchen. Sie flog öfter mit Cosmo auf seine Konzerte und wollte mich ab und zu gerne mitnehmen. Außerdem musste ich auch für Schwimmwettkämpfe immer öfter europaweit fliegen. Im Seminar lernte ich dann viel über die Technik und Sicherheit beim Fliegen und etwas über Angstmechanismen. Allerdings blieb der große Erfolg, den der Kurs versprochen hatte, aus. Ja, ich schaffte es, mich in eine Maschine zu setzen und diesen Flug durchzustehen – immerhin ein Fortschritt. Aber es war trotzdem nicht angenehm für mich, in einem Flieger zu reisen. Die Angst klebte an mir, wie ein

Bär an einem Honigglas – so als wollte sie mich fressen. *Aber nicht mit mir!*

„Heute gibt es kein Happi-Happi für dich“, murmelte ich, was mir einen irritierten Blick von meinem Sitznachbarn einbrachte. Ein älterer Herr, der mit seinen Ellbogen unsere theoretisch gemeinsame Mittelarmlehne komplett beanspruchte. Seine Zeitung schien unglaublich schwer zu sein, wenn er sich so raumgreifend abstützen musste. Im Übrigen: Wer las heute eigentlich noch Zeitung aus Papier? Das war ja fast schon so seltsam wie Postkarten. Ich musste grinsen. Dann schob ich mir die Stöpsel in die Ohren und startete meine Flugangst-du-kannst-mich-mal-Playlist.

♫ Hör dir Lied 1 des Soundtracks an: Mindfulness – Aija Alsina

Die Klänge des ersten Lieds beruhigten mich sofort. Sie umschmeichelten mich und packten mich in eine flauschige Wattewolke aus Noten und positiven Emotionen. Endlich ging meine Atmung wieder normal und die Übelkeit wich langsam einem flauen Gefühl im Magen.

Ein paar Minuten später unterbrach mich leider der Flugbegleiter, der mich daran erinnerte, dass beim Start keine Handys benutzt werden durften.

Ich zwang mich, meine Hände ruhig im Schoß zu falten und die Entspannungstechniken durchzugehen, die ich für diesen Fall gelernt hatte. Allerdings schaffte ich es gerade überhaupt nicht, mich darauf zu konzentrieren. Immer wieder machten meine Gedanken Abstecher, als hätten sie verdammte Flügel und von Flugangst noch nie etwas gehört. Letztendlich drehten sie sich nur um ein Thema. Denn ich musste mir eingestehen, dass ich nicht nur Angst hatte, mit diesem Flugzeug über die Wolken zu fliegen. Ich hatte in meinem Leben generell Angst davor, überhaupt loszufliegen, meine Flügel auszustrecken und meinen Kurs zu verändern. Mein Gefühl sagte mir, dass ich das Schwimmen an den Nagel hängen sollte. Aber ich hatte null Ahnung, was ich dann machen wollte. Hatte keinen Schimmer, wohin diese völlig neue Lebensreise gehen könnte. Aber dafür gewaltigen Bammel davor abzustürzen.

Kapitel 2

Ich zerrte meinen pinkfarbenen Koffer vom Gepäckband und stellte ihn neben mir ab. Dann huschte mein Blick umher und ich suchte nach dem richtigen Weg zum Ausgang. Langsam und vorsichtig bewegte ich mich in dieser völlig neuen Welt. Es war das erste Mal, dass ich Europa verlassen hatte. Zumindest war die Sprache für mich kein Problem. In der Schule hatte Englisch immer zu meinen Lieblingsfächern gezählt. Zusätzlich schaute ich mir gerne Filme in der Originalsprache an. Und natürlich brachte auch der Schwimmsport viele Kontakte in dieser Sprache mit sich: amerikanische Trainer, englischsprachige Videos und den Austausch mit Schwimmtalenten anderer Nationen. Dieser Vorteil hatte mir auch sehr dabei geholfen, eine Beziehung mit meinem Großvater aufzubauen, den ich erst seit einigen Monaten kannte. Und genau den suchte ich nun, als ich in die Ankunftshalle trat. Hier standen unglaublich viele Menschen, die jemanden abholen wollten. Einige davon hielten Schilder, auf denen Namen zu lesen waren, in den Händen. Teilweise waren es ganze Familien, die hier warteten.

Leicht verunsichert rollte ich meinen Koffer etwas zur Seite, um mir einen besseren Überblick zu verschaffen. Da sah ich, wie sich jemand aus dem Pulk löste und auf mich zukam. Erleichtert lächelte ich John an, der winkend auf mich zusteuerte. Doch sogleich wurde ich wieder von Unsicherheit gepackt: Wie begrüßt man seinen Großvater, den man fast siebzehn Jahre nicht gekannt hatte und dem man nun zum allerersten Mal gegenüberstand? Es war eine ziemlich ungewöhnliche Situation, mit der ich nicht so recht umzugehen wusste. Mit einer Hand klammerte ich mich immer noch am Koffergriff fest, während sich meine andere nervös in den Gurt des Rucksacks krallte.

Schnell Hannah, lass dir was einfallen! Hand schütteln? Zu unpersönlich. Küsschen auf die Wange? Auch irgendwie komisch. Umarmung? Keine Ahnung, ob wir schon soweit sind ...

Glücklicherweise wurde mir die Entscheidung abgenommen, als John mich mit festem Griff an sich drückte. Ich roch sein herbes Aftershave und fühlte seine Bartstoppeln an meiner Wange kratzen.

„So lange habe ich darauf gewartet, dich in die Arme schließen zu können", richtete er sichtlich bewegt seine ersten Worte an mich, als er mich von sich weghielt – nur um mich anschließend sofort wieder an sich zu drücken.

Mit dieser herzlichen Begrüßung hatte ich nicht gerechnet. Ich hatte die Befürchtung gehabt, dass es krampfig und komisch sein würde, ihn live zu treffen. Auch wenn wir seit einem halben Jahr einmal die Woche videotelefonierten, um uns besser kennenzulernen. Hier hatten wir uns gut verstanden. Aber jemandem leibhaftig gegenüberzustehen, war noch einmal etwas ganz anderes. Und ich musste mir immer wieder sagen: Das ist mein Großvater. Der Vater meines Papas.

Mein Leben lang hatte ich meinen Opa aus Heidelberg für meinen leiblichen Verwandten gehalten. Ich kannte ihn seit meiner Kindheit und er war schon immer ganz selbstverständlich ein Teil der Familie. John hingegen war plötzlich komplett neu dazugekommen. Quasi aus dem Nichts. Und auch wenn ich bei unseren Telefonaten eine gewisse Verbindung zu ihm gespürt hatte, so hatte ich doch die Befürchtung gehabt, dass er mir bei unserem ersten Treffen wie ein Fremder vorkommen würde. Aber diese Bedenken zerstreuten sich gerade in alle Winde. Ich spürte sein vibrierendes Lachen, das durch meinen gesamten Körper drang, bis hin zu meinem Herzen. Es war, als würde er es damit in Schwingung versetzen. Einen Klang erzeugen. Etwas summte in mir und es war ein wunderbares Gefühl.

Endlich schaffte ich es, meine Hände vom Gepäck zu lösen und drückte ihn zurück. „Schön, dass ich hier bin", brach ich mein Schweigen. Womit ich eigentlich meinte, dass ich mich wahnsinnig freute, ihn endlich auch persönlich kennenzulernen. Aber das in diesem Moment, in einer Fremdsprache auszudrücken, überstieg dann doch meine Sprachfähigkeiten.

Wieder hielt er mich an den Armen von sich weg und begutachtete mich ausgiebig. „Du hast meine Augen," bemerkte er stolz. „Das sieht man jetzt noch viel besser als auf den Videos." Und damit hatte er recht. Während die Augenfarbe meines Vaters eine Mischung aus braun, grün und grau gewesen war und meine Mama mit ihrem grünen Blick ziemlich aus der Masse herausstach, war es, als würde ich in diesem Moment in meine eigenen kastanienbraunen Augen schauen. Wir grinsten uns an und ich hatte das Gefühl, dass diese Gemeinsamkeit uns gefühlsmäßig direkt näher zusammenrücken ließ.

„Was hältst du davon, wenn wir uns noch kurz in ein Café setzen, bevor wir zum Appartement fahren? Dann habe ich dich noch ein paar Minuten für mich, bevor ich dich der Meute vorstelle", schlug er lächelnd vor. Um seine Augen gruppierten sich eine Menge Lachfältchen. Das passte zu dem, wie ich ihn bisher kennengelernt hatte. Er schien ein fröhlicher Mensch zu sein – noch etwas, das wir gemeinsam hatten. Auf den ersten Blick wirkte er aber eher wie ein Karrieretyp, gar nicht wie ein freundlicher Großvater. Sein blauer Anzug saß wie angegossen. Bei dem hellblauen Hemd darunter standen lässig die zwei obersten Knöpfe offen. Das Einstecktuch in seinem Jackett war ebenfalls hellblau und sein Handgelenk zierte eine teuer aussehende Uhr. Seine graumelierten Haare trug er in eine erstaunlich modische Frisur. Alles in allem sah er überhaupt nicht nach *Opa* aus, eher nach Filmstar. Ganz leichte Ähnlichkeiten mit *Pierce Brosnan* waren auf jeden Fall vorhanden.

Ich habe also einen James-Bond-Großvater. Eigentlich ziemlich nice.

Nachdem ich das gedacht hatte, überfiel mich direkt das schlechte Gewissen. Denn John war das genaue Gegenteil von meinem Heidelberger Opa, dessen Pullunder sich über seinen feisten Bauch spannte und der *Crocs* für die beste Erfindung hielt, seit es Schuhe gab. Aber das machte ihn ganz und gar nicht weniger liebenswert. Er war, seit ich denken konnte, mein Opa und obwohl wir nicht blutsverwandt waren, würde er es in meinem Herzen immer bleiben. Aber ich hatte dort auch noch genug Platz für einen nagelneuen James-Bond-Großvater.

Na gut, ganz nagelneu ist er wohl nicht mehr. Mit seinen siebenundsechzig Jahren kommt er mir eher steinalt vor.

Ich musste innerlich grinsen.

Wir setzten uns in ein kleines Café mit nur wenigen Tischen, die fast alle schon von Reisenden und ihren Koffern und Taschen besetzt waren. Ich bestellte mir einen Kaffee, weil ich merkte, wie mich plötzlich die Müdigkeit überfiel. Eigentlich wäre es für mich schon Zeit, ins Bett zu gehen, aber hier war es erst sechzehn Uhr.

„Der Jetlag", kommentierte John mein herzhaftes Gähnen. „Am besten du hältst heute noch so lange wie möglich durch, ohne ein Nickerchen zu machen! Dann bist du schnell in der neuen Zeitzone angekommen." Auch er hatte sich eine Tasse Kaffee bestellt und rührte gerade Zucker aus einem Streuer hinein. „Ich habe mir versucht, die nächsten Tage so viel wie möglich Zeit freizuschaufeln, damit wir zusammen etwas unternehmen können. Aber keine Sorge," John stellte den Zuckerstreuer ab und hob augenzwinkernd beide Hände. „Ich weiß natürlich, dass du New York auch auf eigene Faust entdecken möchtest. Du musst also keine Angst haben, dass du die ganze Zeit nur mit deinem alten Opa abhängen wirst. Die anderen Teile der Familie haben außerdem auch schon Ansprüche angemeldet."

Richtig. Mit John hatte ich nicht nur einen neuen Opa dazugewonnen, sondern einen ganzen Familienzweig obendrauf: eine leibliche Tante, einen angeheirateten Onkel, zwei Cousins und eine Cousine. Die Frau meines Opas lebte leider nicht mehr. Aber sie wäre auch nicht mit mir verwandt gewesen, denn mein Vater war das Ergebnis einer Affäre zwischen dem damals in Deutschland stationierten John und meiner Heidelberger Oma.

Meine nagelneue Verwandtschaft kannte ich noch kaum. Die Videotelefonate hatte ich immer mit John geführt und nur ein paarmal waren einige der anderen dazugekommen, um sich vorzustellen. Es war quasi unmöglich gewesen, über die Distanz eine Beziehung mit ihnen allen aufzubauen, was mitunter ein Grund gewesen war, um hierherzukommen. Ich wollte diesen Teil meiner Familie kennenlernen und etwas über meine Wurzeln erfahren, die auch hier in Amerika lagen.

Es war einiges, das ich in letzter Zeit zu verdauen hatte. Aber es half nicht, den Kopf in den Sand zu stecken. Vielmehr freute ich mich darüber, dass hier unerzählte Geschichten auf mich warteten und ich eine ganz neue Seite meiner Vergangenheit entdecken könnte. Vor allem das sportliche Talent hatte sich mein Leben lang mit meiner Genetik nie wirklich erklären lassen. Der Fall lag nun anders, denn John entstammte einer regelrechten Sportdynastie. Sein Vater war ein erfolgreicher Baseballspieler gewesen und hatte eine Firma für Sportzubehör gegründet, die heute ein riesiger Konzern war. Der Name *Westman* war den meisten Menschen in den USA ein Begriff, zumindest denjenigen, die schon mal einen Baseball, einen Football oder einen Tennisschläger in der Hand gehalten hatten. Auch John hatte erfolgreich College-Baseball gespielt, sich dann aber gegen den Profisport und für die Firma entschieden.

„Ich freue mich wirklich sehr darauf, alle kennenzulernen." Und das war keine Floskel.

„Und genauso ist es umgekehrt. Rosa hat das Gästezimmer für dich herrichten lassen und ist schon den ganzen Tag mit Kochen beschäftigt. Sie ist unsere Haushälterin und die gute Seele des Appartements. Sie hat es sich nicht nehmen lassen, ein Festessen auf die Beine zu stellen. Wir wollen schließlich deine Ankunft ordentlich feiern und..." In dem Moment klingelte sein Handy. „Oh, tut mir leid, da muss ich kurz rangehen", entschuldigte er sich, stand auf und entfernte sich ein paar Schritte.

Er hatte sich vor einiger Zeit aus der Firma zurückgezogen und sie seiner Tochter Melissa übergeben. Trotzdem war er nicht ganz daraus verschwunden. Er leitete immer noch den Charity-Bereich des Unternehmens und war damit weiterhin gut beschäftigt. Aber er tat jetzt ausschließlich das, was ihm Spaß machte – so hatte er es mir zumindest erklärt.

***

Der Weg vom Flughafen bis nach Manhattan dauerte fast eine Stunde. Zu meiner Überraschung war John nicht selbst mit dem Auto gekommen, sondern mit einem Fahrer und einer schwarzen, geräumigen Limousine.

„Ich fahre eigentlich nie selbst. So kann ich die Zeit viel besser nutzen", erklärte er mir. Auf der Fahrt zeigte er mir die Umgebung und fragte mich immer wieder Dinge über mein Leben. Das war schon bei unseren Videotelefonaten so gewesen. Er hatte von Anfang an echtes Interesse an mir gezeigt, mich vieles gefragt und mir dann immer zugehört, ohne mich zu unterbrechen. Außerdem hatte er angefangen, seine Deutschkenntnisse, die er vor zweiundvierzig Jahren als Soldat erworben hatte, mit einem Lehrer wiederaufzufrischen. Und das nur, damit er sich auch ein wenig in meiner Muttersprache mit mir unterhalten konnte.

Als wir an einem McDonald´s-Restaurant vorbeikamen und ich den Begriff *Drive-Thru* las, wunderte ich mich und erklärte John, dass es in Deutschland *Drive-In* hieß. Das war vor allem deshalb seltsam, weil der Begriff ja aus dem Amerikanischen kam.

„Drive-In waren bei uns früher Fast-Food-Restaurants, bei denen die Menschen mit ihrem Auto auf den Parkplatz fuhren und dann kam eine Bedienung heraus, nahm die

Bestellung auf und brachte das Essen. Es gab sogar extra Vorrichtungen für das Tablett, mit denen man es am geöffneten Wagenfenster befestigen konnte. Später wurde es dann populär, sich das Essen selbst zu holen und die Drive-Ins verschwanden. Irgendwann wurde dann der Drive-Thru erfunden, so wie er heute ist: Die Kunden fahren mit dem Auto an ein Fenster und werden dort bedient."

„Das ist ja spannend. Bei uns gab es glaube ich solche Drive-Ins nicht, zumindest habe ich noch nie davon gehört. Weshalb wahrscheinlich diese Bezeichnung dann für die Drive-Thrus verwendet worden ist – das ist nämlich nicht ganz einfach auszusprechen für uns, wegen des ‚th's."

In dem Moment tauchten wir in die Häuserschluchten von Manhattan ein und ich starrte wie gebannt aus dem Fenster. Es war beeindruckend, zwischen diesen riesigen Hochhäusern hindurchzufahren. Ich fühlte mich wie in einer anderen Welt. Wie ein Zwerg in einem Land der Riesen. Oder eine Ameise in einer gewaltigen Wiese aus Stahl, Beton und Glas. „Können wir hier kurz anhalten?", bat ich aufgeregt, als wir an einem besonders imposanten Hochhaus vorbeifuhren. John lächelte und wies den Fahrer an, einen kurzen Stopp einzulegen. Ich sprang regelrecht aus dem Auto. Der Wolkenkratzer vor mir sah alt aus und besaß wunderschöne Messingverzierungen. Er befand sich an einem belebten Platz. Ich erblickte einen Hotdog-Stand, Menschen auf blauen Leihfahrrädern und eine goldene Statue mit einem Pferd inklusive Reiter. John erklärte mir gerade, wen sie darstellte, aber ich hatte es sofort wieder vergessen. Meine ganze Aufmerksamkeit war auf diese Stimmung gerichtet. Die Geräusche, die gelben Taxis, die ich bisher nur aus den Medien kannte, die beeindruckende Architektur um mich herum, der Geruch nach Essen und die amerikanischen Sprachfetzen, die ich immer wieder aufschnappte. Ich drehte mich um die eigene Achse und nahm das alles in mich auf. Dann zückte ich mein Handy und schoss ein Foto nach dem anderen. Es war wirklich der absolute Wahnsinn, hier in New York zu sein. Ich konnte es noch gar nicht so richtig glauben.

Als ich mich wieder zu John umdrehte, sah ich, wie er mich schmunzelnd beobachtete. Hinter ihm stand unsere Limousine mit Warnblinker in der zweiten Reihe. Ich hatte überhaupt nicht darauf geachtet, dass es hier ja keine Möglichkeit zu parken gab. Das war mir direkt unangenehm. „Tut mir leid, aber das ist alles so aufregend für mich“, bemerkte ich leicht verlegen.

„Es ist mir eine Freude, ein paar Tropfen von deiner Euphorie abzubekommen. Ich nehme es viel zu oft als gegeben hin, weil ich hier wohne, aber diese Stadt hat wirklich etwas Überwältigendes. Apropos wohnen: Wir sind ohnehin schon ganz in der Nähe von unserem Zuhause“, erklärte John. Auf der Weiterfahrt öffnete ich die Postkarten-App und bastelte erneut eine Ansichtskarte. Dieses Mal mit einem der Fotos, die ich gerade gemacht hatte.

Postkarte 2

Bild von Hochhäusern und einem Taxi in Manhattan

Liebe Mama, ich habe den Flug wider Erwarten überlebt. New York ist beeindruckend. Kuss Hannah

Fünf Minuten später hielt unsere Limousine vor einem vornehm aussehenden Gebäude. Bevor der Chauffeur oder John aussteigen konnten, kam ein Doorman auf das Fahrzeug zu. Er trug eine typische Uniform in Grün, mit großen messingfarbenen Knöpfen. Formvollendet öffnete er die Autotür und ließ mich aussteigen. Dabei tippte er an seine Kappe, verbeugt sich leicht und wünschte mir einen schönen Tag. Verdattert kletterte ich aus dem Auto. Ich wusste theoretisch, dass es eine Besonderheit in New York war, dass hier manche Appartementhäuser einen Doorman beschäftigten, also jemanden der Türen öffnete, Pakete annahm und Besucher ankündigte. Aber da ich dieses Wissen ausschließlich aus Filmen bezogen hatte, kam es mir nun surreal vor, tatsächlich einem Doorman gegenüberzustehen.

„Hallo, Frank", begrüßt John ihn, nachdem er hinter mir aus dem Wagen gestiegen war. Frank und der Chauffeur luden gemeinsam das Gepäck aus, während mein Großvater mich unterhakte und in das edle Foyer des Gebäudes führte. Ich erblickte hellen Marmor, dunkles Holz und einen riesigen modernen Lüster aus Glaselementen in verschiedenen Grüntönen. Eine Couchlandschaft aus beigem Leder befand sich gegenüber einem Holztresen, der wie eine Rezeption wirkte. Als ich Frank hinter mir mit einem Kofferwagen hantieren sah, fühlte ich mich endgültig wie in einem Luxushotel. Zu sagen, dass mir der Mund offen stehen blieb, war noch untertrieben. Wären wir in einem Comic, würde mein Kinn bis zum edlen Steinboden hängen, auf dem nicht ein einziges Dreckkrümelchen zu sehen war.

Auch das Appartement von Cosmo, in das meine Mama eingezogen war, befand sich in einer sauteuren Wohnanlage. Aber das hier legte definitiv eine Schippe drauf. Alles hier strahlte Luxus aus.

Wir nahmen den Aufzug in den obersten Stock – das Penthouse. Natürlich. Hätte ich mir denken können. Als wir auf den Flur traten, versanken meine Chucks regelrecht im weichen Teppichboden. Obwohl er hellbeige war, konnte ich nicht einen einzigen Fleck ausmachen. Was beschäftigten die hier bitte für Reinigungskräfte? Die mussten Superkräfte besitzen. Immerhin latschte hier jeder tagtäglich mit seinen schmutzigen Straßenschuhen darüber. Der Teppich wirkte trotzdem sauberer als der Linoleumboden im Flur des Studentenwohnheims, der mehrmals die Woche gewischt wurde.

Vor der Haustür hielt John kurz inne. „Bereit?", fragte er mich. Ich nickte. Einerseits war ich unglaublich müde und würde am liebsten sofort ins Bett fallen, andererseits war ich auch unglaublich neugierig.

Mein Großvater sperrte die Tür auf und wir traten in einen Vorraum mit einem runden Tisch in der Mitte, auf dem ein riesiges Gesteck aus Blumen stand. Die Hälfte davon könnte ich nicht einmal mit Namen benennen, so exotisch sahen sie aus. Eine kleine rundliche Frau trat zu uns, die dunkel gekleidet war: schwarze Bluse, schwarze Hose, schwarzes Halstuch. Sie strahlte mich an und ihrem Mund entkam ein Schwall von Worten, den ich nicht verstehen konnte. Ich würde auf Spanisch tippen. „¡Dios mío! Da bist du ja endlich, mi corazón!" Das zumindest hatte ich verstanden und ihre offensichtliche Freude, ließ meine Wangen ganz warm werden.

„Das ist Rosa, die Perle des Appartements, ohne die hier nichts läuft und das ist meine Enkelin Hannah aus Deutschland", stellte er uns vor.

Sie trat auf mich zu und rieb mir liebevoll über die Oberarme. Berührungsängste schien es im Land der unbegrenzten Möglichkeiten anscheinend keine zu geben. „Du musst müde sein, gibt mir deinen Mantel." Ich streifte mir meinen strahlend gelben Parka von den Schultern und gab ihn ihr. Sie verstaute ihn in einem der Einbauschränke aus dunklem, glänzenden Holz, aus denen der gesamte Raum zu bestehen schien. John war schon vorgegangen und ich folgte ihm mit leicht wackeligen Schritten. So sehr ich auch darauf brannte, alle kennenzulernen, so nervös machte es mich. Besonders, seit wir in dieses luxuriöse Ambiente eingetaucht waren, kam ich mir ein bisschen fehl am Platz vor. Als würde ich nicht so richtig hierher passen.

Das wird schon! Es ist immerhin deine Familie. Natürlich passt du hierher.

Nachdem wir einen kurzen Flur mit teuer aussehender Kunst an den Wänden und noch teurer aussehenden Vasen auf gläsernen Sideboards passiert hatten, traten wir in einen offenen Wohnbereich. Und hier wurde ich eines Besseren belehrt: Ich passte keinesfalls an diesen Ort. Der Raum war deshalb so beeindruckend, weil alles zusammenpasste. Die Wände bestanden komplett aus poliertem Holz. In der Mitte loderte ein prasselndes Feuer in einem Kamin aus schwarzem Marmor. Der gesamte Boden war mit demselben Material ausgelegt. Ich sah beleuchtete afrikanische Masken auf steinernen Säulen stehen, wie in einem Museum. Der Couchtisch bestand aus einem Naturstein, auf dem verschiedene schwarze Skulpturen drapiert waren. Die Sofas waren mit grauem Samt bezogen – eingefasst in dunkles Holz. Mehrere Sessel standen herum, die so modern aussahen, dass ich mir unmöglich vorstellen konnte, bequem darin zu sitzen. Alles wirkte so, als wäre es genau für diesen

Raum maßangefertigt worden – was es wahrscheinlich auch war. Die Farbpalette bestand ausschließlich aus dunklen und gedeckten Tönen, mit ein paar wenigen Akzenten in Senfgelb und Messing. Und sie war das genaue Gegenteil von der Farbpalette meines Kleiderschranks und auch meiner Einrichtung im Studentenwohnheim. Ich bevorzugte leuchtende und knallige Farben. Es gab kein einziges schwarzes oder graues Teil in meinem Schrank. Ich liebte die Fröhlichkeit um mich herum, die *Bunt* für mich bedeutete. Noch krasser wie ein Eindringling fühlte ich mich, als wir den Kamin umrundeten, von dessen anderer Seite man ebenfalls in die Flammen schauen konnte. Hier wartete der Rest der Familie. Sie standen um einen braunen Bartresen aus Rauchglas herum und blickten mich erwartungsvoll an. Hinter ihnen erspähte ich eine riesige Tafel aus dunklem Stein, an der sicher zwei Fußballmannschaften Platz finden würden. Nur etwa ein Drittel davon war eingedeckt. Die Kristallgläser blitzten, die Stoffservietten waren kunstvoll drapiert und ein Mann, der wie ein Kellner aussah, schenkte gerade Wasser ein. Mein Blick glitt sofort wieder zurück zu meiner Tante, meinem Onkel, meiner Cousine und meinem Cousin. Alle sahen so aus, als würden sie zu einer vornehmen Abendveranstaltung gehen. Seide schimmerte, Diamanten blitzten und die Männer trugen schwarze Anzüge - ungelogen. Immerhin keine Fliegen oder Krawatten. Ansonsten sahen sie jedoch so aus, wie ich mir jemanden vorstellte, der in die Oper gehen würde. Ich war zwar noch nie in einer gewesen, hatte aber zumindest den Film *Pretty Woman* gesehen.

Ich blickte an mir herunter, an meinen abgetragenen Chucks, den royalblauen Jeans und dem orangefarbenen Pullover mit den groben Maschen. Ich war ungeschminkt, meine Haare lagen wirr um meinen Kopf und ich hatte eine Dusche verdammt nötig. Das alles trug nicht gerade dazu bei, mich hier wohlzufühlen. Es kam mir plötzlich wie ein Schwindel vor. Das konnte unmöglich meine Familie sein. Ich war vollkommen überfordert von der Gesamtsituation. „Hi", brachte ich krächzend heraus und schämte mich sofort für meine dürftige Begrüßung. Aber meine Kehle fühlte sich wie ausgetrocknet an. Ich spürte die Hand von John in meinem Rücken, die mich beruhigend streichelte. Ich hatte keine Ahnung, ob er das bewusst oder unbewusst tat, aber es half mir, mich wieder einzukriegen.

„Ich habe euch jemanden mitgebracht", hörte ich ihn fröhlich sagen.

Meine Tante Melissa kam als Erste auf mich zu. Sie schlug sich die Hand vor den Mund und rang sichtlich um Fassung. Es dauerte einen Moment, indem sie mich nur anstarrte, bis sie sich wieder gefangen hatte. „Hannah, wie schön, dass du da bist. Sorry, ich hätte nicht gedacht, wie sehr mich das erwischt, dich zu sehen." Sie lächelte entschuldigend. Dann nahm sie mich in den Arm, genauso wie mein Großvater es am Flughafen getan hatte: fest und herzlich. Sie war eine zarte Person und trotz ihrer Stilettos ein Stück kleiner als ich. Mit meinen einen Meter einundsiebzig war ich allerdings auch größer als die Durchschnittsfrau.

„Dass ich eine Nichte habe, ist so unglaublich. Unglaublich schön. Ich habe wirklich eine Nichte, ich fasse es nicht." Sie lachte glucksend, während sie sich eine Träne aus dem Augenwinkel wischte.

Und auf einmal war das Drumherum egal. Die Luxuswohnung, die Abendgarderobe – einfach alles rückte in den Hintergrund. Ich schloss zum ersten Mal in meinem Leben meine Tante in die Arme und das fühlte sich wundervoll an.

Und mit ihrer offenen und emotionalen Art gab sie mir viel mehr das Gefühl, willkommen zu sein, als jedes überkandidelte Begrüßungsessen es jemals gekonnt hätte. Als Nächstes trat mein Onkel Miguel an mich heran. Seine kurzen dunklen Locken waren an den Seiten schon ergraut und gegen seine Frau wirkte er riesig. Er drückte mich ebenfalls, wenn auch nur ganz kurz. „Schön, dass du da bist." Dann ließ er seinen Kindern den Vortritt. „Die neue Attraktion in unserer Familie. Willkommen im Irrenhaus!" Codys verschmitztes Grinsen erinnerte mich direkt an das seines Vaters. Seine dunklen Augen blitzten, als er auf mich zutrat, mich hochhob und im Kreis herumwirbelte.

„Cody, sei vorsichtig mir unserem neuen Familienmitglied", ermahnte ihn Melissa gutmütig. „Und natürlich sind wir kein Irrenhaus. Glaub ihm kein Wort! Er übertreibt wie immer schamlos", lachte sie.

Als er mich absetzte, drehte sich kurz alles. Aber Cody hielt mich weiter fest, bis sich mein Gleichgewicht wieder eingestellt hatte, und ich musste ebenfalls lachen. „Ich merke schon, die Begrüßungen laufen hier anders ab, als in Deutschland", kicherte ich.

„Du meinst wohl die Begrüßungen in der Westman-Familie laufen anders ab", zwinkerte Cody mir zu.

Meine Cousine Olivia, stand immer noch am Tresen und stellte jetzt erst ihr Glas ab. Ihr Lächeln wirkte irgendwie gezwungen. Oder kam mir das nur so vor? Sie trat auf mich zu und gab mir Küsschen auf beide Wangen. Ich roch ihr süßliches Parfum und ich hatte das Gefühl, sie berührte mich so wenig wie möglich. „Hallo", war alles, was sie sagte. Ich wusste, dass sie mit fünfzehn Jahren das Nesthäkchen war und noch auf die Highschool ging, während Cody schon studierte. Und sie erfüllte das Klischee des Kükens, zumindest bei den offensichtlichen Dingen, in allen Punkten: Sie war klein und zierlich, wie ihre Mutter Melissa und hatte auch dieselben dunkelblonden Haare wie sie. Während diese jedoch bei meiner Tante zu einem glatten Pagenkopf frisiert waren, trug Olivia sie lang und leicht gewellt. Ihr Gesicht zierten eine Stupsnase und hellblaue Augen. Sie war wirklich süß und alles an ihr schrie *Mädchen*. Ihr Kleid war roséfarben und bauschte sich um ihre Beine. Ihre langen Nägel leuchteten pink und ihr Gesicht war trotz ihres jungen Alters stark geschminkt.

„Hallo Olivia, freut mich, dich endlich einmal live zu sehen“, begrüßte ich sie freundlich.

„Scheint ja ein anstrengender Flug gewesen zu sein“, bemerkte sie leicht abfällig, während ihr Blick über meine Erscheinung wanderte.

„Du siehst wirklich ein bisschen müde aus“, fügte Melissa mit einem strafenden Seitenblick zu ihrer Tochter hinzu, der mir nicht entging, auch wenn er sehr subtil war. „Ich fürchte, vor lauter Vorfreude haben wir es alle ein bisschen übertrieben.“ Sie deutete um sich und wirkte tatsächlich zerknirscht. „Wahrscheinlich ist dir nach der langen Reise gar nicht nach so einer doch etwas formellen Feier. Ich würde sagen, ich zeige dir jetzt erst einmal dein Zimmer und du machst dich frisch. Wir schlüpfen währenddessen alle in etwas Bequemeres und treffen uns dann wieder hier.“

„Halleluja, endlich raus aus dem Anzug“, stöhnte Cody zufrieden. Ohne darauf einzugehen, führte mich Melissa einen weiteren Gang entlang. Ich war ihr sehr dankbar für ihren Vorschlag, was ich ihr auch mitteilte. Das Gähnen setzte wieder ein und ich fühlte mich wie gerädert. „Ich hoffe nur, ich habe eure Willkommensfeier damit nicht ruiniert“, fügte ich noch etwas verlegen hinzu.

„Unsinn. Die Feier ist zu deinen Ehren, also wandeln wir sie eben so ab, wie es für dich passt." Sie blickte lächelnd über ihre Schulter. Ganz am Ende des Flurs öffnete sie eine Tür zu einem Raum mit einem Doppelbett. Es besaß ein riesiges, gestepptes Kopfteil, das in einem dunklen Beigeton gehalten war. Die gesamte gegenüberliegende Wand bestand aus einem Einbauschrank aus rötlichem, poliertem Holz, in die auch ein Fernsehgerät eingelassen war. Unter dem Fenster gab es einen Schreibtisch aus Glas und in der Ecke zu meiner Rechten war ein Sessel aus dunkelblauem Velours mit eckigen Armlehnen aus goldfarbenem Metall platziert. Die Tür zum Badezimmer war geöffnet und ich konnte erkennen, dass es komplett aus grauem Marmor bestand. Der Boden, die Wände, sogar das Waschbecken war aus diesem edlen Material gefertigt. Durch die starke Maserung wirkte es sehr unruhig auf mich, aber die ganze Wohnung war nicht unbedingt nach meinem persönlichen Geschmack. Selbstredend wirkte alles unglaublich stilvoll, aber leider auch recht unpersönlich und kalt – zumindest auf mich. Nichts lag herum, nicht einmal eine Zeitschrift oder ein Kugelschreiber. Trotzdem hatte ich absolut keinen Grund, mich zu beschweren. Das hier war ein unglaubliches Zimmer mit eigenem Bad, einem großen Bett, das superbequem aussah, und jeglichem Komfort, den ich mir nur wünschen konnte. „Das ist, wow, ein fantastisches Zimmer, danke."

Melissa sah mich einen Moment etwas verunsichert an. Hatte ich vielleicht ein falsches Wort benutzt? Dann aber meinte sie nur: „Richte dich erst einmal ein und mach dich frisch! In einer halben Stunde treffen wir uns zu einem schnellen Abendessen und danach darfst du auch bald ins Bett gehen, versprochen." Sie lächelte mich noch einmal an und schloss dann sanft die Tür hinter sich. Ich hörte ihre Stilettos im Flur auf dem Steinboden klackern, bevor es still wurde. Mit ausgebreiteten Armen ließ ich mich rücklings aufs Bett fallen und stieß geräuschvoll die Luft aus. Puh. Ich war wirklich fertig. Die Eindrücke dieses Tages machten mir einen schweren Kopf und meine Augen wollten nur noch zufallen. Aber ich zwang mich dazu, aufzustehen und den Koffer zu öffnen, der wie von Zauberhand schon in mein Zimmer gebracht worden war. Ich holte meinen Kosmetikbeutel und frische Sachen heraus und ging ins Bad. Die Dusche besaß allen Schnickschnack, den man sich nur vorstellen konnte: Massagedüsen, Regenschauerduschkopf und ein Beleuchtungssystem. Aber um nicht unhöflich zu sein, hielt ich mich mit alldem nicht lange auf, sondern brachte die Dusche so schnell wie möglich hinter mich. Da ich keine Zeit hatte, meine brünetten Haare zu föhnen, flocht ich sie zu einem Zopf und schlüpfte in ein relativ schlichtes smaragdgrünes Kleid. Dazu kombinierte ich Leggings mit Leopardenmuster. Melissa hatte zwar gesagt, dass sie sich auch etwas Bequemeres anziehen wollten, aber ich wusste nicht, was das in diesen Kreisen hieß. Ich glaubte jedenfalls keine Sekunde daran, dass sie von Jogginghosen gesprochen hatte.

Und ich behielt recht. Als ich zurückkam, hatten sich alle wieder um den Tresen versammelt, allerdings saßen sie dieses Mal auf den Barstühlen. Die große Tafel war komplett abgedeckt worden und auf dem Hochtisch standen nun lauter Schüsseln mit Essen. Selbst die Gedecke sahen deutlich weniger formell aus, als noch vorhin. Melissa trug eine buntgemusterte Palazzohose und dazu ein unifarbenes Twinset in Lavendel. Die Herren hatten ihre Anzüge gegen edel aussehende Pullover und Stoffhosen getauscht. Olivia kam gerade die große Wendeltreppe herunter – und auch diese war aus dunklem Marmor und poliertem Holz, mit einem Handlauf aus Messing.

Täglich grüßt das Murmeltier. So chic das alles hier ist, aber besonders viel Abwechslung hat der Innenarchitekt nicht reingebracht.

Alles hatte eine leicht gediegene, maskuline Note, weshalb ich auf einen männlichen Innendesigner tippte. Meine Cousine hatte sich ebenfalls umgezogen, aber selbst ihr Outfit war von einem Jogginganzug meilenweit entfernt. Ihr Kleid war dieses Mal kurz, lila und sie hatte den Großteil ihres Schmucks abgenommen.

Der Kellner, den ich vorher nur aus dem Augenwinkel wahrgenommen hatte, war verschwunden und Rosa schenkte gerade allen, außer mir und Olivia, Wein ein. Anders als in Deutschland war Alkohol in den USA in den meisten Bundesstaaten erst ab einundzwanzig Jahren erlaubt. Zumindest in der Öffentlichkeit. Rosa schien das auch im privaten Rahmen für angemessen zu halten, was in Ordnung war. Ich trank ohnehin nur selten etwas, außer ab und an ein Bier oder ein Glas Sekt.

„Dir ist sicher schon aufgefallen, dass Ryan heute nicht da ist. Er ist auf einer Wohltätigkeitsveranstaltung, wo er leider unabkömmlich war“, erklärte mir John.

Richtig, mein zweiter Cousin. Den hatte ich in dem ganzen Trubel völlig vergessen. Upsi.

„Das hat er zumindest gesagt ...“ Cody verzog das Gesicht, als würde er das in Frage stellen.

„Er hat versprochen dort einen Football medienwirksam zu signieren“, erklärte Melissa streng, an meinen Cousin gewandt. „Ryan wäre sehr gerne hier gewesen“, ergänzte sie in meine Richtung.

„Kein Problem, ich bin ja noch ein bisschen länger hier", bemerkte ich fröhlich.

„Was ganz wunderbar ist. Morgen Nachmittag habe ich mir freigenommen und ich dachte, wir sehen uns gemeinsam ein bisschen New York an. Was hältst du davon?", fragte John mich.

„Sehr gerne." Ich freute mich darauf, nicht nur die Familie, sondern auch diese berühmte Stadt kennenzulernen. Wieder hatte ich das Gefühl, dass Olivia mir seltsame Blicke zuwarf, aber wahrscheinlich bildete ich mir das nur ein. Mein Jetlag forderte langsam seinen Tribut und ich konnte ohnehin kaum noch geradeaus schauen.

Als das Essen beendet und ich endlich wieder in meinem Zimmer war, nahm ich mein Handy und schrieb Moritz eine Nachricht, dass ich gut angekommen war. Bei ihm war es jetzt früher Morgen und er lag mit Sicherheit im Bett. Selbst wenn wir eine Beziehungspause eingelegt hatten, wollte ich ihn wissen lassen, dass bei meiner Reise alles gutgegangen war. Dann trat ich ans Fenster und blickte auf die hell erleuchtete Stadt unter mir. Ich hatte es wirklich getan. Ich hatte auf das Schwimmtraining gepfiffen und war nach New York gekommen. Dass ich diesen Schritt gewagt hatte, machte mich ein bisschen stolz und ich war fest entschlossen, diese Chance zu nutzen.

Kapitel 3

Obwohl ich immer noch hundemüde war, ließ mich der Jetlag nicht mehr länger schlafen. Mit winzig kleinen Augen schleppte ich mich ins Badezimmer und erledigte die Morgentoilette. Nachdem ich mich angezogen hatte, nahm ich wieder den Flur zurück zum Ess- und Wohnbereich. Hier war niemand zu sehen. Aber ich hörte Stimmen aus der Richtung, in der ich die Küche vermutete. Irgendwo musste Rosa gestern ja mit dem köstlichen Essen hergekommen sein. Die Tür stand offen und ich trat ein. Cody saß an einer riesigen Kücheninsel, die die gesamte Mitte des Raums einnahm und unterhielt sich mit der Haushälterin, während er sein Müsli löffelte. Erneut verstand ich kein Wort.

„Cariña!", rief Rosa freudestrahlend aus, als sie mich sah. „Na, hast du gut geschlafen?"

„Ja, danke. Ich spüre den Jetlag aber immer noch." Etwas unschlüssig stand ich an der Tür und überlegte mir, ob ich mich neben Cody setzen sollte. Aber Rosa nahm mir die Entscheidung in Windeseile ab. Ich hatte kaum einmal geblinzelt, da standen auch schon eine Schüssel, ein Teller, Besteck und eine dampfende Tasse Kaffee auf dem Platz neben meinem Cousin.

„Nichts, was ein gutes Frühstück nicht wieder reparieren könnte. Was möchtest du essen, Hannah? Eier, Speck, Pancakes, Croissants?", fragte mich Rosa gutgelaunt. „Oder vielleicht diese grässlichen Zuckerbomben, die sich Cody immer reinpfeift?" Passend zu ihrer kleinen Schelte hielt er die Packung mit *Oreo*-Frühstücksflocken grinsend hoch und raschelte damit. Auf seinen fragenden Blick hin schüttelte ich vehement den Kopf. Morgens Kekse getarnt als Cornflakes zu essen, wäre mir nie in den Sinn gekommen. Ich lebte schon seit Jahren mit einem strengen Ernährungsplan, in dem Kekse kaum *jemals* eine Rolle spielten, und zum Frühstück schon gar nicht.

„Ich esse eigentlich immer Naturjoghurt, Obst und Haferflocken", erklärte ich Rosa. „Aber ich kann mir das Frühstück gerne selbst machen, wenn du mir zeigst, wo ich alles finde." Daraufhin blickte sie mich völlig entsetzt an, als ob ich vorgeschlagen hätte, mitten in der Küche eine Kuh melken zu wollen.

„Dios mío, so weit kommt es noch. Das hier ist mein Regiment und ich habe hier noch alle satt bekommen ¿entendido?", brachte sie temperamentvoll hervor. Aber sie erwartete wohl keine Antwort auf die Frage, die ich ohnehin nicht verstanden hatte, weil sie sich umdrehte und hinter einer versteckten Tür verschwand, die ich zuvor für einen Küchenschrank gehalten hatte.

„Oh, oh, jetzt hast du sie verärgert", kam es von Cody.

Perplex setzte ich mich auf den Barhocker. Das ging ja gut los. „Im Ernst jetzt? Ich meine, ich wollte doch nur..."

„Ach Quatsch", unterbrach er lachend mein Gestammel. „Sie ist in den Vorratsraum, um die Zutaten für dein Frühstück zu holen. Aber du solltest nie wieder ihre Kochhoheit in Frage stellen. Solange sie anwesend ist, ist es unmöglich auch nur einen Kochlöffel anzufassen", flüsterte er verschwörerisch. Dabei blitzten seine dunkelbraunen Augen wieder genauso wie gestern.

Irgendwie bekomme ich langsam das Gefühl, dass er es faustdick hinter den Ohren hat ...

Ich grinste erleichtert darüber, dass ich es mir zumindest *noch* nicht mit Rosa verscherzt hatte.

„In welcher Sprache habt ihr euch gerade unterhalten?", fragte ich Cody.

„Spanisch", antwortete er kauend. „Rosa kommt ursprünglich aus Mexiko. Und die Eltern meines Dads kommen aus Argentinien. Deshalb spreche ich auch Spanisch", erklärte er mir.

„Hört sich schön an. Ich mag Spanisch, obwohl ich kein Wort verstehe. Ich finde, dass es irgendwie eine warme Sprache ist." Ich runzelte über meine eigenen Worte die Stirn „Hört sich seltsam an ...", relativierte ich meine Aussage.

„Nein, gar nicht. Ich finde, du hast recht. Immer wenn ich sehr emotional werde, spreche ich automatisch spanisch. Das hat irgendwie mehr Feuer – más fuego." Er zwinkerte mir zu, dann löffelte er weiter seine mit Milch übergossenen Kekse. Die Geschwindigkeit mit der er das tat, war beeindruckend.

„Isst du die wirklich jeden Morgen?" Das konnte ich mir bei seiner Figur kaum vorstellen. Er sah schlank und durchtrainiert aus. Soweit ich wusste, spielte er College-Football und das gar nicht mal schlecht.

Er wackelte mit seinen Augenbrauen, was ziemlich witzig aussah und mich zum Lachen brachte. „Jeden einzelnen Morgen. Und glaub mir, du willst nicht hier sein, wenn die

Oreo O's ausgehen. Das gibt ein Donnerwetter", bemerkte er todernst.

„Ein spanisches?", grinste ich.

„Worauf du dich verlassen kannst!"

Cody war mir auf den ersten Blick sympathisch gewesen, was sich gerade wieder bestätigte. Seine Gesellschaft war angenehm und in seiner Nähe fühlte ich mich wohl.

Rosa kam wieder aus dem Vorratsraum mit einem ganzen Arm voller Sachen. In Windeseile zauberte sie mir ein Frühstück, das angerichtet war, wie in einem Sterne-Restaurant. Der Teller mit dem Obst sah so kunstvoll arrangiert aus, dass ich mich kaum traute, ihn zu essen. Ich zählte acht Obstsorten, die sie extra für mich aufgeschnitten hatte. Außerdem hatte ich die Wahl zwischen drei verschiedenen Joghurts mit unterschiedlichen Fettstufen. Zu den bestellten Haferflocken stellte sie mir Chiasamen, Nüsse und Zimt hin. Es war perfekt.

Nach dem Frühstück zeigte Cody mir die Wohnung, bevor er zur Uni musste. Er deutete auf eine Tür, die von der Küche abging. „Hier geht es zu den Personalräumen. Rosa übernachtet manchmal hier, wenn es spät wird. Und da ist auch ein Aufenthaltsraum für die Service- und Reinigungskräfte. Du solltest aber nicht ungefragt reinplatzen." Er deutete auf einen Schalter an der Wand. „Hier kannst du drücken, wenn du jemanden brauchst und gerade keiner hier ist. Das löst dann ein Signal in den Personalräumen aus." Ich nickte nur, mal wieder völlig überfordert.
Ich meine: Personalräume? In einer Wohnung? Hallo? Finde nur ich das total unfassbar?

Er führte mich wieder zurück in den Wohnbereich, den ich schon von gestern kannte. Auf dieser Etage gab es ein weiteres Gästezimmer, eine kleine Bibliothek und ein Badezimmer.

Ja, korrekt: auch aus Marmor. Grün dieses Mal.

Außerdem ging von hier aus eine große Terrasse ab, mit einer Couchlandschaft, einer Außenküche mit riesigem Grill und einem quadratischen Tisch mit Feuerstelle in der Mitte, um den sich zwanzig Stühle gruppierten. Alles ganz normal also ...

„Das ist die offizielle Terrasse, wenn Gäste kommen oder wir viele Personen sind. Oben gibt es natürlich noch eine private", erklärte mir Cody, als wäre es das Selbstverständlichste der Welt.

Drinnen erklommen wir die breite Wendeltreppe, die ich gestern Olivia hatte herunterkommen sehen. Meine Cousine war wohl schon in der Schule.

„So, das ist unser Reich." Er breitete die Arme aus. Wir standen erneut in einem Wohnzimmer, mit Sofas, Sesseln und Skulpturen. Die Kunst an den Wänden war hier etwas bunter als unten. Ansonsten herrschte genau dasselbe Farb- und Materialschema: Stein, Glas, Edelhölzer, Messing, Grau- und Erdtöne und kleine Tupfen in Senfgelb.

Cody führte mich durch einen Gang und deutete auf verschiedene Türen: „Hier wohnen meine Eltern, Olivia, Ryan und ich. Pennt wohl noch die Schlafmütze. War anscheinend gestern etwas länger unterwegs. Ich finde, er hat genug geschlafen." Cody war drauf und dran in Ryans Zimmer zu stürmen und ich hielt ihn gerade noch mit einem „Nein, bitte nicht!", zurück. Ich wollte meinem Cousin auf keinen Fall das erste Mal so begegnen.

„Okay, dann eben nicht. Wäre aber sicher lustig gewesen." Schulterzuckend ging er weiter und öffnete die gegenüberliegende Tür. „Hier ist der Medienraum. Falls du dich gefragt hast, wo wir die Glotze versteckt haben. Es gibt eine Leinwand und Zugriff zu *Netflix*. Außerdem alle möglichen Videokonsolen, die dir so einfallen." Der Raum war mit mehreren tiefen Sofas auf zwei Ebenen eingerichtet, auf denen man mit Sicherheit herrlich herumlümmeln konnte. Die Einrichtung war vor allem in beige gehalten, was ich im Gegensatz zu den anderen Räumen als wirklich freundlich empfand. Nur leider gab es hier kein Fenster. Das brauchte man natürlich zum Filmeschauen auch nicht, aber ich hatte gehofft, ein Zimmer zu finden, in dem ich mich ein bisschen wohler fühlen würde, als im Rest der doch recht kühl und dunkel eingerichteten Wohnung.

„Und das hier ist Grandpas Reich." Wir waren im dritten und anscheinend obersten Stockwerk angekommen. Die Tür zu seinem Arbeitszimmer, das ich schon von unseren Videotelefonaten kannte, stand offen.

„Er hat hier außerdem sein eigenes Wohn- und Schlafzimmer, alles hinter diesen Türen da. Das zeigt er dir bestimmt mal selber. Und hier auf der rechten Seite befinden sich noch Räume für die Allgemeinheit. Aber erst einmal ist hier die Terrasse." Er öffnete eine Tür und wir traten auf einen deutlich kleineren Außenbereich hinaus. Hier standen mehrere Sonnenliegen und Schirme, außerdem ein Jacuzzi und eine Außendusche. Ich gab es auf, meinen Mund jemals wieder schließen zu wollen. Das war alles ziemlich überwältigend.

„Und nun der Raum, der bei einer sportlichen Familie natürlich nicht fehlen darf." Cody hatte schwungvoll eine Tür geöffnet, die er mir einladend aufhielt. Ich trat in einen fast vollständig verglasten Raum und nahm erst einmal nur das viele Licht wahr, das mich fast schon blendete. Hier verbarg sich ein kleines aber feines Fitnessstudio. Es waren gar nicht die hochkarätigen Geräte, die mich beeindruckten, sondern es war der Raum an sich: eine Art Wintergarten. Zwischen schwarzen Streben, Glas soweit das Auge reichte. Ich blickte nach oben und konnte den Himmel sehen. Es war fantastisch. Endlich einmal ein heller einladender Raum, obwohl er keine gemütlichen Möbel enthielt. Aber hier war Licht und Leben. Ich konnte Vögel beobachten die vorbeiflatterten und von hier aus sah ich tatsächlich ein kleines Stück vom *Central Park*.

„Gefällt dir, oder? Da merkt man direkt, dass du zu dieser sportverrückten Familie gehörst." Er schüttelte belustigt den Kopf, was seine kurzen braunen Locken zum Schwingen brachte. Bevor ich ihm widersprechen konnte, was den Grund meiner Begeisterung anging, war er schon weitergegangen und erzählte mir etwas über die Umkleiden, die sich anschlossen und das Badezimmer. Aber meine Gedanken blieben in diesem hellen Raum zurück, den ich später unbedingt noch einmal aufsuchen musste. Und das tat ich auch, direkt nachdem Cody die Wohnung verlassen hatte. Ich schnappte mir ein Buch und ließ mich auf einer der Yogamatten direkt am Boden nieder. Den Rücken lehnte ich an das von der Märzsonne gewärmte Fensterglas des Wintergartens. Es war tatsächlich der am wenigsten luxuriöse Raum im ganzen Appartement, in dem ich mich am wohlsten fühlte.

Eindeutige Diagnose: Du tickst nicht mehr richtig, Hannah.

Obwohl meine Mama Buchhändlerin war, las ich kaum. Ich hatte einfach keine Zeit dafür. Der Großteil meines Lebens bestand aus Sport und da war ohnehin wenig Platz für Freizeit. Und die hatte ich meistens mit Moritz verbracht. Wir hatten Filme geschaut oder Computerspiele gezockt. Ich war ohne Übertreibung weltstark in *Zelda* und

Mario Kart. Aber genau deshalb hatte ich mir auch vorgenommen, hier in New York endlich mal wieder ein Buch zu lesen. Ich wollte möglichst viel Abstand zu meinem alten Leben gewinnen und den Kopf freibekommen. Ich versprach mir davon, am Ende leichter entscheiden zu können, wie es weitergehen sollte.

Mit mir.

Dem Schwimmen.

Meinem Leben.

Also schlug ich den Thriller auf, den mir meine Mama empfohlen hatte und vertiefte mich in die Seiten. Nach einer Weile bemerkte ich, dass es ganz schön blutrünstig zur Sache ging. Und als sich plötzlich jemand räusperte, zuckte ich sichtlich zusammen.

„Interessanter Leseplatz, den du dir hier ausgesucht hast", hörte ich eine Stimme, die ich nicht direkt zuordnen konnte.

Ich sah verwirrt hoch und erblickte das wohl berühmteste Mitglied des Westman-Clans: Ryan. Ich hatte ihn bisher erst einmal bei einem Videogespräch gesehen, als John mir alle Familienmitglieder kurz vorgestellt hatte. Trotzdem erkannte ich ihn nun sofort. Was möglicherweise daran lag, dass ich ihn im Anschluss an unser erstes Kennenlernen gegoogelt hatte. Er war immerhin ein Star in der Footballwelt, da war meine Neugier definitiv begründet. Wer würde nicht mehr über seinen berühmten Cousin wissen wollen? Er war einer der jüngsten Quarterbacks, die es jemals in der NFL gegeben hatte. Erst letztes Jahr hatten sie ihn von der Uni weg gedraftet – also in die Profimannschaft berufen – und schon am Ende seiner ersten Saison hatte er sich einen Platz als Stammspieler erkämpft. Ihn zu googeln war sehr aufschlussreich gewesen. Ich hatte Dinge erfahren, die ich eigentlich niemals hatte wissen wollen. Es war unglaublich, was man im Netz alles über ihn finden konnte. Ich wusste nun, dass er eine Vorliebe für Blondinen besaß, einen Meter fünfundneunzig groß war, seine Schuhgröße fünfundvierzig betrug und er achtundneunzig Kilo auf die Waage brachte – die vor allem aus Muskeln bestanden. Ich hatte auch gelesen, welchen Umfang sein Oberkörper hatte und welcher seine Hüften, aber diese Zahlen hatte ich mir nicht gemerkt. Ich meine, das wusste ich noch nicht einmal von mir selbst. Bei ihm konnte es die ganze Welt nachlesen, wenn sie es denn wollte. Und weil ich all diese Fotos und Videos von ihm gesehen hatte, kam er mir gar nicht mehr wirklich fremd vor. Und trotzdem fühlte ich mich irgendwie gehemmt.

Er war schon eine Erscheinung, wie er da so im Türrahmen lehnte. Sein rötliches Haar stand ihm zerzaust vom Kopf ab, als wäre er eben erst aus dem Bett aufgestanden – was wahrscheinlich den Tatsachen entsprach. Er trug ein enges weißes Shirt und graue Sport-Shorts. Seine Wangen zierten ein paar Bartstoppeln und seine Arme waren lässig vor seiner Brust verschränkt.

Da fiel mir auf, dass ich immer noch nicht geantwortet hatte. „Guten Morgen, ja, das hört sich vielleicht seltsam an, aber dieser Raum gefällt mir in der ganzen Wohnung am besten“, gab ich zu. „Es ist so hell hier. Ich liebe dieses Licht und die Aussicht.“ Ich deutete um mich herum.

Er hob leicht belustigt die Brauen und trat ein paar Schritte ins Zimmer. Ich stand auf, weil es mir seltsam vorkam, am Boden sitzen zu bleiben, schließlich war das unsere allererste Begegnung. Aber die Sache mit der Begrüßung war nun ohnehin schon rum ums Eck.

Oder sollte ich ihm doch noch einmal richtig Hallo sagen? Er machte allerdings keine Anstalten in diese Richtung, sondern schritt zügig zum Laufband hinüber.

„Trainierst du heute? Ich dachte, ihr habt gerade trainingsfreie Zeit?“, fragte ich ihn. Die Footballsaison ging immer von September bis Neujahr und für die Mannschaften die das Glück hatten in die Playoffs zu kommen, bis maximal Februar. Auch das wusste ich aus dem Internet, denn bisher hatte ich mich nicht wirklich für American Football interessiert.

„Nach der Saison ist vor der Saison“, kommentierte er trocken und fing an in langsamem Tempo zu joggen, als wäre ich gar nicht da. Das ärgerte mich irgendwie.

„Ich weiß, wovon du sprichst. Ich war auch Sportlerin.“ Die Vergangenheitsform war mir einfach so herausgerutscht. Dabei hatte ich noch gar nicht entschieden, was ich weiter machen wollte und auch mein Großvater wusste bisher nichts von meinen Plänen, den Profisport eventuell an den Nagel zu hängen. „Ich meine, ich *bin* Sportlerin“, verbesserte ich mich schnell. Was er wahrscheinlich schon wusste. John hatte es ihm bestimmt erzählt.

Ryan zog erneut die Augenbrauen nach oben, kommentierte meinen Versprecher aber nicht. „Na dann weißt du ja, wie wichtig es ist, am Ball zu bleiben.“ Obwohl er sein Tempo mittlerweile erhöht hatte, fragte er mich ganz entspannt, was ich noch mal genau machen würde. „Ich schwimme“, erklärte ich ihm, erstaunt, dass er es doch nicht zu wissen schien. Andererseits hatten wir bisher ja so gut wie keinen Kontakt gehabt und unser Verwandtschaftsverhältnis war erst ein Jahr bekannt.

„Cool." War sein einziger Kommentar dazu, dann setzte er sich Kopfhörer in die Ohren und steigerte das Tempo weiter.

Leicht vor den Kopf gestoßen, setzte ich mich erst einmal wieder auf die Yogamatte. Das Interesse der anderen Familienmitglieder war so groß gewesen, dass mich seine Reaktion auf meine Gegenwart ziemlich ernüchterte. Vielleicht war er mit seinen fünfundzwanzig Jahren schon zu abgeklärt, um sich über eine neue Cousine zu freuen. Oder er war generell eher ein introvertierter Mensch. Auf jeden Fall schien er das krasse Gegenteil von seinem Bruder Cody zu sein. Dem saß eindeutig der Schalk im Nacken und er war offen und redefreudig. Ryan dagegen wirkte ernst und in sich gekehrt. Vielleicht war das aber auch so ein Großer-Bruder-Ding. Er war eher der Beschützer, während Cody mehr einem sympathischen Klassenclown ähnelte. Für mich als Einzelkind war das allerdings schwierig zu beurteilen.

Ich versuchte, Ryan nicht zu auffällig anzuglotzen, aber das Spiel seiner Muskeln war faszinierend. Ich kannte Männer mit viel Muskelmasse zur Genüge, sah sie ständig im Becken und das halbnackt. Eigentlich brachte mich das nicht aus der Ruhe. Aber Ryan hatte etwas an sich, das mich nicht wegschauen ließ. Auch äußerlich sah er Cody kaum ähnlich. Beide Brüder waren groß, das war die einzige Gemeinsamkeit, die mir auf die Schnelle einfiel. Während der Jüngere eindeutig das südamerikanische Aussehen seiner Vorfahren geerbt hatte, war Ryans Haut viel heller und seine Haare hatten einen Rotton. Bei einer Frau würde ich ihn als Erdbeerblond beschreiben aber ich hatte keine Ahnung, ob er das für eine adäquate Bezeichnung seiner Haarfarbe halten würde. Ich zwang mich, wegzusehen, und blickte stattdessen aus dem Fenster. Dabei dachte ich über

Familienbande nach und wie sie eigentlich funktionierten. Fühlte ich mich mit jemandem verbunden, weil ich ihn mein ganzes Leben lang kannte oder gab es da noch eine andere Verbundenheit, die daran festzumachen war, dass man dieselben Vorfahren hatte? Stimmte der Spruch: Blut ist dicker als Wasser?

Nichts davon konnte ich in diesem Moment beantworten. Aber es ärgerte mich, dass die kühle Begrüßung von Ryan mich störte. Denn eines wusste ich mit Sicherheit: Zusammengehörigkeit funktionierte nicht per Knopfdruck. Und ich hatte noch vier Wochen Zeit zu erkunden, wie es sich anfühlte, bisher fremde Verwandte in mein Leben zu lassen.

Mein Cousin hatte mittlerweile seine Aufwärmrunde auf dem Laufband abgeschlossen und sich an eines der Fitnessgeräte gesetzt. Ich sah ihm bei seinem Rückenstrecker-Training zu und dabei fiel mir auf, dass er die Übung nicht ganz korrekt ausführte. Was mich bei ihm als Profisportler wunderte. Er saß auf einem Sitz, seine Hände vor der Brust verschränkt und drückte mit seinem Rücken ein Gewicht nach hinten weg. Ich trat auf ihn zu und bedeutete ihm, seine Kopfhörer aus den Ohren zu nehmen.

„Du machst das nicht ganz richtig“, erklärte ich ihm, was mir einen leicht genervten Blick einbrachte. „Ich meine, man könnte daran noch etwas verbessern“, korrigierte ich mich schnell. Ich hätte es besser von Anfang an positiv formuliert.

Wie war das damit Familienbande aufzubauen, Hannah? So wird das sicher nichts und du endest bestenfalls als nervige Cousine aus dem Ausland.

Ich schenkte ihm ein strahlendes Lächeln, um meinen Fehler wieder auszubügeln. „Darf ich es dir zeigen? Machst du die Übung bitte nochmal für mich?“

Er fuhr sich mit seinen Händen durch die Haare und verschränkte sie kurz im Nacken und streckte sich. Ich dachte schon, er würde ablehnen, aber dann begann er wieder zu trainieren.

„Dein Rücken krümmt sich zu stark, merkst du das?“ Ich beugte meinen eigenen Rücken, um es ihm zu verdeutlichen. „Du kannst das verhindern, indem du weiter zurückrutscht.“ Das „mit deinem Po“ verkniff ich mir.

Er folgte tatsächlich meiner Anweisung und die nächsten Durchgänge sahen schon viel besser aus. Er stoppte mit der Übung. „Du hast recht, danke. Ich weiß das eigentlich, aber ich war mit meinen Gedanken ganz wo anders. Und meistens trainiere ich diese Muskelgruppe mit der Langhantel, das liegt mir besser ...“, gab er zu. „Und woher kennst du dich so gut mit Fitnessgeräten aus? Ich dachte, du schwimmst?“

„Auch Schwimmer müssen an Land schwitzen, um Schnellkraft und Kraftausdauer zu stärken“, erklärte ich ihm grinsend, was mir sein erstes Lächeln einbrachte.

Es ist also doch noch nicht alles verloren.

***

John hatte sein Versprechen wahrgemacht und zeigte mir New York: das volle Touri-Programm. Wir besichtigten die Freiheitsstatue, das *Empire State Building* und Manhattans Skyline von Brooklyn aus. Außerdem sahen wir uns den *Times Square*, *Ground Zero* und die *Brooklyn Bridge* an. Einer der Mitarbeiter meines Großvaters hatte die Tour ausgearbeitet und wo es möglich war, Skip-the-Line-Tickets für uns geordert, damit wir nirgends anstehen mussten. Der Fahrer wartete bei den Sehenswürdigkeiten in der Limousine auf uns und so gelangten wir komfortabel von einem Ort zum anderen. Als wir an *Madame Tussauds* vorbeifuhren, kreischte ich kurz auf. John blickte mich verwundert an. „Da war Madame Tussauds – das Wachsfigurenkabinett“, erklärte ich aufgeregt. Ich ließ das Fenster herunter und reckte meinen Hals, um es länger sehen zu können. Die riesige gelbe Leuchtschrift war weithin gut zu erkennen.

„Ich weiß, was Madame Tussauds ist, auch wenn ich zugeben muss, noch nie dort gewesen zu sein“, bemerkte mein Opa.

Ich zog meinen Kopf wieder zurück und blickte ihn verwundert an. „Wirklich nicht?“, fragte ich überrascht. Für mich war es eines der besten Museen der Welt. Unvorstellbar, dass er es noch nie besucht und den ganzen Spaß bisher verpasst hatte.

„Mein Dad und ich sind immer ins Wachsfigurenkabinett gegangen, wenn es eines gegeben hat. Wir waren in Berlin, Budapest, Prag und Amsterdam“, erzählte ich ausgelassen. „Wir haben immer einen Wettbewerb veranstaltet, wer von uns beiden am Ende das echt aussehendste Foto mit einem Promi hinbekommen hatte. Dad hat meistens nur Blödel-Fotos gemacht und ich habe deshalb fast immer gewonnen. Außer einmal, da hat er mit Abba getanzt. Er hatte so ein Blumenhemd an, das hat einfach perfekt gepasst“, schwärmte ich weiter. „Wir hatten viel Spaß.“ Beim letzten Satz war meine Stimme immer leiser geworden. Ich musste wieder an den Moment denken, als ich das Foto gemacht hatte und wie er sich in den wildesten Tanzbewegungen verrenkt hatte. Ein dumpfer Schmerz breitete sich in meiner Brust aus. Wie Rauch verteilte er sich rasend schnell. Ich vermisste Papa unglaublich. Es gab Tage, da konnte ich mich an ihn erinnern und es rief nur schöne Gefühle in mir wach. Aber manchmal, so wie heute, da spürte ich das Loch in meiner Brust so deutlich, als hätte ich ihn eben erst verloren. Dann waren da nur noch Leere und schwarzer Rauch.

Ich biss mir mit den Zähnen auf die Unterlippe, um meine Gefühle wieder unter Kontrolle zu bringen. Als ich aufsah, bemerkte ich Johns mitfühlenden Blick, der auf mir ruhte. In seinen Augen konnte ich ebenfalls eine tiefe Traurigkeit erkennen. Er hatte seinen Sohn nie getroffen. Kann man jemanden vermissen, den man nie kennengelernt hat?

Einem Impuls folgend, zog ich das Handy aus meinem Rucksack und scrollte durch die Videos. Ich hatte es mir nicht nehmen lassen, meinen Papa an diesem einen Tag beim Tanzen, nicht nur per Foto, sondern auch auf Video festzuhalten. Ich beugte mich zu meinem Großvater hinüber und ließ den kurzen Film laufen.

„Tanzen war nicht seine Stärke, aber er hat es trotzdem unheimlich gerne getan“, kommentierte ich die Bilder von wild rudernden Armen und zuckenden Beinen. „Das mit den Wachsfiguren war immer unser Ding. Mama hatte nie Lust mitzukommen.“ Meine Stimme gewann langsam wieder an Kraft und fühlte sich nicht mehr ganz so zittrig an. Ich beobachtete John, wie er gebannt auf den Bildschirm blickte, auf dem sich das kurze Video ständig wiederholte. Sein Gesichtsausdruck war schwer zu deuten. Es schien mir, als würde er sich im Sekundentakt verändern – als würde ein Sturm verschiedenster Emotionen in meinem Großvater toben. Aber nur seine Augen verrieten, dass sich gerade etwas Großes in ihm abspielte. Nach außen blieb er ansonsten ruhig und veränderte seine aufrechte Haltung nicht um einen Millimeter. Plötzlich erschien ein Lächeln auf seinem Gesicht und er blickte mich an. So langsam gewöhnte ich mich an das Gefühl, in meine eigenen Augen zu schauen. „Danke, dass du mir das gezeigt hast. Soweit ich das verstanden habe, warst du noch nie hier in New York im Wachsfigurenkabinett. Wie wärs, wenn wir das jetzt nachholen? Ich bin zu allen Schandtaten bereit." Er hielt kurz inne. „Oder wäre das unangebracht?", fügte er leicht verunsichert hinzu.

„Nein, das wäre wunderbar", versicherte ich ihm schnell und die Leere in meiner Brust fühlte sich auf einmal nicht mehr ganz so ausgestorben an. Als hätte sie sich ein wenig gefüllt. Nicht mit dem, was vorher dagewesen war, aber mit etwas anderem, Ähnlichem.

***

Lachend betraten wir die Wohnung und hängten unsere Mäntel in den Garderobenschrank. „Ich kann es immer noch nicht fassen, dass du Audrey Hepburn geküsst hast", kichere ich.

Wir machten uns auf den Weg ins Wohnzimmer. „Du hast gesagt, man darf die Figuren anfassen", grinste John.

„Ja, anfassen, um ein Foto zu machen. Aber doch nicht auf die Wange küssen", ich schüttelte den Kopf. „Wenn das jeder machen würde, hätte sie bald keine Schminke mehr im Gesicht. Und außerdem, igitt!" Ich verzog leicht angewidert die Nase, was meinem Großvater jedoch nicht die Stimmung verdarb.

„Ich wollte immer schon mal Audrey Hepburn küssen. Endlich hat sich ein Traum von mir erfüllt.“ Er zwinkerte mir zu und ich musste wieder lachen.

„Da sind aber zwei fröhlich.“ Melissa saß auf einer der dunkelgrauen Samtcouchen und blickte uns amüsiert entgegen. Sie hatte eine Tasse Tee in der Hand und trank einen Schluck.

Olivia saß neben ihr, wirkte allerdings kein bisschen amüsiert – eher wütend. „Das Essen habt ihr verpasst“, meinte sie leicht schnippisch.

„Unsere Tour hat ein wenig länger gedauert. Aber ich hatte Rosa Bescheid gegeben“, bemerkte John irritiert.

„Ist doch kein Problem. Rosa hat es uns gesagt, keine Sorge. Ich freue mich, dass eure Sightseeing-Tour anscheinend ein voller Erfolg war“, bemerkte Melissa schnell und warf ihrer Tochter einen fragenden Blick zu.

„Ja, war wirklich interessant. New York ist faszinierend. Egal, was ich hier sehe, es ist riesig oder beeindruckend oder beides. Und wir waren sogar bei Madame Tussauds“, erklärte ich aufgeregt.

Olivia wirkte irritiert. „Du warst mit Gramps bei Madame Tussauds?“, fragte sie mich. Ihr Ton passte allerdings nicht zu dieser harmlosen Frage. Was sie wohl eigentlich sagen wollte, war: „Was soll der Scheiß?“ Ich hatte nur keinen blassen Schimmer, warum sie so reagierte. Also nickte ich nur und garnierte die Bewegung mit einem leicht schiefen Lächeln.

Nun betraten Ryan und Cody den Raum.

„Dad und Hannah waren bei Madame Tussauds“, wandte Melissa sich an die Neuankömmlinge.

„Hey Gramps, das hätte ich dir gar nicht zugetraut“, grinste Cody und klopfte ihm auf die Schulter.

„Ich dachte ich probiere mal etwas Neues aus“, antwortete dieser und drehte sich zur Bar, um sich ein bernsteinfarbenes Getränk einzuschenken: Whiskey, Brandy, Scotch? Ich hatte keine Ahnung von diesem Zeug.

Cody machte ein paar Schritte auf mich zu und ich hielt ihm mein Handy mit dem Beweisfoto unter die Nase. „Er hat sogar Audrey Hepburn geküsst.“ Ich wackelte mit den Augenbrauen und mein Cousin schnappte sich das Smartphone, um das Bild genauer zu betrachten. Dann schüttelte er sich vor Lachen. „Unser Gramps, ein Schürzenjäger“, kommentierte er. Melissa stand auf, um sich das Foto nun ebenfalls anzusehen, und auch Ryan trat hinzu. Nur Olivia blieb mit verschränkten Armen auf der Couch sitzen und brütete vor sich hin.

Was ihr wohl schon wieder für eine Laus über die Leber gelaufen war? Vielleicht war das auch einfach ein Wesenszug von ihr. Oder ich erwischte sie immer nur, wenn sie schlecht gelaunt war.

„Wie mir scheint, hattest du einen gelungenen ersten Tag in der Stadt“, wandte Melissa sich an mich. „Ryan, vielleicht könntest *du* morgen etwas mit Hannah unternehmen?“, schlug sie vor.

„Ich muss trainieren“, kam es prompt von ihm.

„Soll jetzt immer jemand den Babysitter für sie spielen?“, ätzte Olivia.

Wow, das waren zwei Abfuhren hintereinander gewesen, die ordentlich saßen. Ich schluckte und Hitze stieg in mir auf. Natürlich musste niemand den Babysitter für mich spielen. Ich hatte nur gedacht, sie würden sich auch freuen, mich näher kennenzulernen. „Ich wollte morgen sowieso ins Met, da brauche ich wirklich niemanden ...“ Ich verstummte mitten im Satz, als ich sah, wie Melissa die Stirn runzelte.

„Olivia, jetzt reiß dich mal zusammen, was soll denn das? Du bist unhöflich", ermahnte meine Tante sie. „Wir alle möchten, dass Hannah hier eine schöne Zeit hat und da sie ganz neu in der Stadt ist, kennt sie sich noch nicht gut aus. Deshalb wäre es schön, wir würden sie ein bisschen unterstützen", wandte sie sich erneut an Ryan. „Du bist der einzige, der morgen Zeit hat."

Seine ohnehin schon strengen Züge verhärteten sich. „Ich habe keine Zeit. Wie oft soll ich das denn noch sagen? Ich muss trainieren. Nur weil ich kein offizielles Training habe, heißt das nicht, dass ich mich nicht fit halten muss. In wenigen Monaten werden mir wieder Höchstleistungen abverlangt und ob ihr es alle glauben wollt oder nicht, die schüttle ich nicht einfach so aus dem Ärmel." Er war immer lauter geworden.

Alle blickten ihn nach diesem Ausbruch bestürzt an. Nur ich nicht, denn ich fand es äußerst aufschlussreich. Hinter dieser ernsten und beherrschten Maske schien einiges zu brodeln. Vielleicht waren die beiden Brüder doch gar nicht so unterschiedlich, wie ich gedacht hatte.

Ryan bemerkte die entsetzte Stille und fuhr sich mit beiden Händen übers Gesicht. Sein Gefühlsausbruch schien ihm unangenehm zu sein. „Es tut mir leid. Ich habe heute einfach schlecht geschlafen. Ich geh wohl besser ins Bett." Er joggte fast die breite Wendeltreppe hinauf, als wollte er so schnell wie möglich von hier weg.

Noch bevor seine Schritte auf den Marmorstufen verklungen waren, verabschiedete sich Olivia. „Und ich bin auch schon ziemlich müde." Sie gab ihrer Mutter einen Kuss und verschwand ebenfalls nach oben.

„Eigentlich sind wir eine total nette Familie." Cody zwinkerte mir übertrieben zu und fläzte sich auf eine der

Couchen, die ziemlich unbequem aussah. Entweder der Schein trog, oder es schien ihm nichts auszumachen. Er rutschte so weit hinunter, dass sein Kopf auf der Lehne lag und klopfte neben sich. „Na los, erzähl doch mal, was ihr heute erlebt habt!", lud er mich ein, mich zu setzten. Und dieser Aufforderung leistete ich gerne Folge.

Gar nicht so ungemütlich wie ich dachte.

Nach und nach verabschiedeten sich alle in die oberen Räume, bis nur Cody und ich übrigblieben.

„Nimm es ihm nicht übel! Ryan steht unter ziemlichem Druck. Er ist einer der jüngsten Quarterbacks der Liga und das ist echt nicht ohne. Wie gut kennst du dich mit Football aus?"

„Überhaupt nicht ...", ich verzog entschuldigend das Gesicht.

Er ging nicht darauf ein, sondern fing einfach an, zu erklären: „Der Quarterback ist der Leader des Teams. Er führt die Offense – also den Teil der Mannschaft, der die Angriffe durchführt. Er hat die größte Verantwortung von allen und muss die richtigen Entscheidungen treffen. Das heißt, er muss nicht nur körperlich und geistig topfit sein und seine Pässe abliefern, sondern er muss auch Autorität ausstrahlen. Er braucht ein Standing innerhalb der Mannschaft, damit sie ihm vertrauen und ihm folgen. Und du kannst dir vorstellen, dass das in seinem Alter nicht gerade einfach ist. Einige der Spieler sind alte Hasen, die sich nicht so gerne von einem Rookie etwas sagen lassen."

„Das klingt hart", entgegnete ich. Da ich eine Einzelsportart ausübte, waren mir die Dynamiken in einer Mannschaft eher fremd. Natürlich hatte ich auch Kollegen und es gab Teamwettbewerbe im Schwimmen, aber Verantwortung trug ich nur für mich selbst.

„Und in der NFL steht auch noch eine Menge Geld hinter dem Gewinnen und Verlieren“, fügte er hinzu. Ich stellte es mir anstrengend vor, nicht nur an seiner eigenen Leistung zu arbeiten, sondern auch an der des gesamten Teams. Ryan schien wirklich unter hohem Druck zu stehen. Kein Wunder, dass er vorher kurz ausgetickt war.

Wieder allein im Gästezimmer, ließ ich diesen ereignisreichen Tag noch einmal Revue passieren. Es schien so, als hätte ich Ryan falsch eingeschätzt, aus Olivia wurde ich überhaupt nicht schlau und die Zeit heute mit meinem Großvater hatte mir wirklich viel bedeutet. Ich nahm das Handy hoch, um meiner Mama eine Postkarte zu schicken. Ich verwendete dafür ein Bild von unserem Besuch bei Madame Tussauds. Ich hatte ein Foto von *Iron Man* für sie geknipst, da er ihr absoluter Lieblingssuperheld war. Gemeinsam hatten wir uns durch sämtliche Marvel-Filme geschaut.

Postkarte 3

Bild von einer Iron-Man-Wachsfigur

Einen schönen Gruß von deinem Lieblingsactionhelden … Dabei fällt mir auf, der kann ja auch fliegen. Himmel noch mal, das scheint mich wirklich zu verfolgen. Kuss Hannah

Danach nahm ich meiner Mama eine längere Sprachnachricht auf. In Deutschland war es gerade sehr früh am Morgen, weshalb ein Telefonat leider ausfiel. Ich erzählte ihr vor allem von der Sightseeing-Tour mit John und wie gut ich mich mit ihm verstand.

Kapitel 4

Wie fast alles, was ich bisher in New York gesehen hatte, besaß das Metropolitan Museum of Art – kurz Met genannt – gigantische Ausmaße. Nach drei Stunden Kunst aus den verschiedensten Ländern und Epochen litt ich an akuter Reizüberflutung. Es war unglaublich, was Menschen für Schönheit erschaffen konnten. Mit diesem Resümee verließ ich das Museum, in dem ich wahrscheinlich noch viele Stunden oder sogar Tage hätte verbringen können.

Obwohl John mir angeboten hatte, eine der Limousinen mit Fahrer zu nutzen, hatte ich abgelehnt. Das Met lag ebenfalls in der Upper East Side und war problemlos von der Wohnung aus zu Fuß erreichbar. Es gefiel mir, die Stadt auf diese Art zu erkunden. Als ich die breiten Stufen des neoklassizistischen Baus herunterkam, fiel mir auf, dass ich keinerlei weitere Pläne für diesen Tag hatte. Meine Schritte wurden immer langsamer. Ich konnte mich nicht erinnern, wann ich das letzte Mal einfach so in den Tag hineingelebt hatte. Das tägliche Training bestimmte ansonsten meinen Tagesablauf. Selbst in den Ferien, weit weg von der

Schwimmhalle, in der ich normalerweise trainierte, hatte ich zumindest immer morgendliches Joggen eingebaut. Die meiste Freizeit hatte ich außerdem mit Moritz verbracht. Unbewusst legte ich eine Hand auf mein Herz. Als könnte das etwas an dem ziehenden Schmerz ändern, der sich hier versteckte, nur um immer wieder herauszukommen, wenn es ihm passte.

Moritz hatte auf meine Nachricht, dass ich gut angekommen war mit einem erhobenen Daumen reagiert. Ein einziges Emoji. Nichts weiter.

Ich zwang mich, die Stufen hinabzusteigen.

Du wolltest die Beziehungspause. Jetzt bist du hier in New York, Hannah, mach was draus!

Ich fühlte in mich hinein, aber ich spürte tatsächlich keinerlei Ambitionen zu trainieren. Ich hatte also Zeit. Zeit nur für mich alleine. Zeit zum Verbummeln.

Ich beschloss, einen Abstecher in den Central Park zu unternehmen, an dessen Rand sich das Met befand. Später wollte ich dann die nähere Umgebung der Wohnung erkunden. Ich nahm den Weg, der direkt hinter dem Museum entlang Richtung Parkmitte führte. Bald schon ragte vor mir das Belvedere Castle auf. Es war eine Miniatur-Burg mit verschiedenen Aussichtsplattformen, wie mir mein Handy mitteilte. Da sich das vielversprechend anhörte, begann ich den kurzen Aufstieg. Das Gebäude war wirklich winzig und wenn man die Schlösser und Burgen in Europa kannte, auch nicht unbedingt besonders sehenswert. Aber die Aussicht auf den wohl berühmtesten Stadtpark der Welt und die ihn umgebenden Wolkenkratzer war wunderschön. Ich atmete tief durch und genoss den Ausblick und die Ruhe. Das Rauschen des Verkehrs, die allgegenwärtigen Sirenen, die dauertelefonierenden Menschen auf den Straßen – hier kam alles nur noch gedämpft an. Mit geschlossenen Augen ließ ich die Sonne mein Gesicht kitzeln.

Ich hatte keine Ahnung, wie spät es war, als ich wegen meines knurrenden Magens wieder den Abstieg in Angriff nahm. In meiner Vorstellung gab es hier an jeder Ecke einen Hotdog-Stand, aber dem war leider nicht so, was wahrscheinlich an der Jahreszeit lag. Als ich endlich einen gefunden hatte, ließ ich mich anschließend mit meiner Beute auf eine der Bänke fallen. Ich ignorierte meine innere Stimme, die mir die Kalorien und Fettwerte ins Ohr flüsterte und biss stattdessen herzhaft in den Hotdog hinein. Er schmeckte wunderbar würzig, die Sauce tropfte mir auf die Finger und ich war im siebten Fastfood-Himmel angekommen. Außerdem wärmte mich der heiße Hund von innen, denn obwohl die Sonne schien, war es empfindlich kalt. Mein knallgelber Parka hielt mich von außen mollig warm. Als ich fertig war und mir mein mit Ketchup und Senf bekleckertes Gesicht mit einer Serviette gesäubert hatte, schlenderte ich langsam zurück Richtung Upper East Side. Zwischendurch rastete ich immer mal wieder auf einer Bank, starrte Löcher in die Luft, beobachtete Menschen und ließ meine Gedanken schweifen. Konkret gesagt: Ich tat nichts. Und es machte mich unwahrscheinlich glücklich.

***

Auch den Mittwoch und Donnerstag verbummelte ich zu Fuß in Manhattan. Wenn man nichts vorhat und zu keinem Termin hetzen muss, dann fallen einem plötzlich Dinge auf, die man vorher nicht bemerkt hätte. Zumindest ich hätte sie nicht bemerkt: ein Liebesgedicht mit einem Reißnagel an einen Baum gepinnt, einer der ersten Krokusse in einem

Pflanzkübel vor einem Haus, ein antiker Kolibri-Ring im Schaufenster eines Antiquitätengeschäfts. Außerdem entdeckte ich bei den Streifzügen in der Nähe des Wohnhauses meiner Familie ein Fenster, hinter dessen Glas fast immer zwei Katzen saßen. Das erste Mal, als mein Blick nur kurz auf die beiden gefallen war, hatte ich sie noch für Stofftiere gehalten. Es war eine ganz besondere Rasse von Katzen, die platte Nasen, kurzes Fell und riesige Augen besaßen. Sie sahen aus wie plüschige Teddybären mit Schnurrbarthaaren. Beim zweiten Mal bewegte sich eine der beiden und ich schaute genauer hin. Sie waren tatsächlich echt. Ich hatte solche Katzen allerdings noch nie zuvor gesehen und googelte sie deshalb. Die Bildersuche ergab recht schnell einen Treffer: Der Name der Rasse lautete *Exotic Shorthair*. Es waren quasi Perserkatzen mit kurzem Fell und knautschigen Gesichtern. Sie blickten nicht sehr intelligent drein, sahen dafür aber ziemlich putzig aus. Ich fand sie so süß, dass ich, wann immer ich in der Nähe war, einen kleinen Abstecher zu den beiden machte, um sie zu begrüßen. Ich nannte sie Miez und Mauz. Während Miez immer recht freundlich dreinblickte und in aufrechter Sitzposition interessiert die Passanten beobachtete, sah Mauz eigentlich permanent so aus, als wäre ihm jemand auf den Schwanz getreten. Ich hatte ihn kurzerhand als Männchen deklariert, weil er ein kleines Stück größer war als seine Freundin Miez. Mit grummeligem Blick lag er da und starrte einen arrogant an. Im Hintergrund war nur wenig von dem Zimmer zu sehen, in dem sie sich befanden, da das Fenster recht weit oben lag. Ich erblickte Bücherregale aus dunklem Holz, die über und über mit teilweise antik aussehenden Büchern gefüllt waren. Und jedes Mal überlegte ich mir, wer wohl in dieser Wohnung mit Miez und Mauz oder wie auch immer sie heißen mochten, wohnen würde. Meistens stellte ich mir eine ältere Dame vor, die in einem lavendelfarbenen Bademantel durch die Zimmer schlurfte – eine typische Katzenlady eben.

Postkarte 4

Bild von zwei Katzen im Fenster

Probiere gerade aus, wie es ist, in den Tag hineinzuleben – völlig ohne Plan. Außerdem habe ich auf der Upper East Side sogar schon Bekanntschaften geschlossen. Darf ich vorstellen? Miez und Mauz. Kuss Hannah

Als ich Miez und Mauz gerade von meinem Tag erzählte, klingelte mein Handy, das ich in der rechten Hand hielt. Ich nahm den Anruf sofort an:

„Hey meine Kleine," meldete sich meine Taufpatin Kiki. „Wie schmeckt die große weite Welt?"

„Nach Hot Dogs, Brezeln und Cheesecake", antwortete ich prompt.

„Das sind ja ganz neue Töne. Gehst du doch noch unter die Genießer?", fragte sie begeistert.

„Nur ausnahmsweise. Weil ich gerade alles anders mache als sonst." Das schlechte Gewissen schlängelte sich prompt an, wie eine giftige Natter. Und sofort nahm ich mir vor, die nächsten Tage wieder gesünder zu essen.

„Ich finds gut, das weißt du ja." Kiki war von Beruf Influencerin und Curvy-Model. Sie war Verfechterin von Körperformen jeglicher Art und hatte nie verstanden, warum ich mich mein halbes Leben lang mit Ernährungsplänen quälte.

„Und wie ist die Lage sonst so? Moritz abgehakt?" Meine Taufpatin war eine der besten Freundinnen meiner Mama und sie war schon immer Teil meines Lebens gewesen – genauso wie ihre freche Klappe. Sie redete nie lange um den heißen Brei herum.

„Ja, ich meine nein ... ach, ich weiß nicht", stammelte ich.

„Aha, sehr aufschlussreich. Schickt er dir wenigstens rührselige Ich-Vermiss-Dich-Nachrichten?", hakte sie leicht ungeduldig nach.

Ich schluckte schwer. „Nein, tut er nicht. Aber wir hatten ja auch eine Pause vereinbart. Ich wollte es so."

„Pffff, Pause. Entweder er kämpft um dich oder eben nicht. Und wenn er es nicht tut, dann vergiss ihn am besten ganz schnell. New York ist voller heißer Kerle. Da ist bestimmt auch einer für dich dabei." Ich hörte das Grinsen in ihrer Stimme.

„Kiki, ich bin nicht nach New York gekommen, um von einem Beziehungsdrama ins nächste zu stürzen. Schließlich wohne ich nur vier Wochen hier", wandte ich ein.

„Wer redet denn hier von Beziehung, kleine Maus? Ach, Entschuldigung, große Maus natürlich. Sexy große Maus. Wird Zeit, dass du ein paar Erfahrungen sammelst. Die erste Liebe ist wunderschön, aber sie bleibt selten für immer. Wäre ja auch schade, das ganze Leben nur einen einzigen Mann gehabt zu haben", sinnierte sie. „Du bist volljährig, jung und knackig – aber nicht vergessen ..."

„Kiki!", gebot ich ihr Einhalt. „Dieses Gespräch hatten wir schon vor ein paar Jahren. Und glaub mir, eines reicht."

„Okay, okay, schon verstanden. Du weißt, dass deine Mama mich damals darum gebeten hatte, weil sie dachte, dass ich das besser erklären kann als sie."

„Ja, das weiß ich, können wir das Thema jetzt bitte beenden?", flehte ich sie an.

„Schon gut, also halt die Ohren steif und tu das, was dein Herz dir sagt – und was wir besprochen hatten." Kichernd legte sie auf.

Obwohl ich auch in Deutschland eine Tante hatte, die Halbschwester meines Papas, war Kiki emotional viel mehr meine Tante als sie. Ich hatte ein wirklich gutes Verhältnis zu ihr und wusste, dass ich mit allen Sorgen zu ihr kommen konnte. Deshalb war sie auch im Bild darüber, was die Überlegungen betraf, meine Profischwimmkarriere an den Nagel zu hängen. Und das so kurz vor der Einberufung ins Schwimmteam für die Weltmeisterschaften, die im Sommer ironischerweise in New York ausgetragen wurden. Mein Blick fiel noch einmal auf Miez und Mauz und ich bildete mir ein, sie würden mich ein wenig vorwurfsvoll ansehen. „Ihr habt ja recht, ich muss völlig wahnsinnig sein."

***

Heute hatte Melissa sich für mich Zeit genommen und zeigte mir die Firma. Das Hauptquartier der Westman Corporation war in einem imposanten neuen Wolkenkratzer in Chelsea, hier in Manhattan, untergebracht. Erst vor ein paar Jahren war die Firma in dieses Gebäude umgezogen und das bemerkte man im Inneren deutlich: Moderne Lichtkonzepte, offene Gemeinschaftsflächen mit Sitzsäcken, überall mit Pflanzen begrünte Wände und riesige Touchscreens in den mit Glaswänden abgetrennten Meetingräumen. Alles war hell, freundlich und sämtliche Sitzgelegenheiten sahen ergonomisch aus. Und natürlich waren überall die Produkte der Westman Corporation zu finden: hochwertige Sportartikel

– vom Baseballschläger, bis hin zum Hockeypuck. An den Wänden gab es Tapeten mit riesigen Skizzen zu den einzelnen Produkten und im ersten Stock befand sich sogar ein kleines Museum, mit unterschriebenen Bällen und Trikots von berühmten Sport-Persönlichkeiten, das allerdings nicht öffentlich zugänglich war.

„Wow, das sieht alles so cool und modern aus“, versuchte ich meine Eindrücke in Worte zu fassen. Melissa schien sich über dieses Kompliment sehr zu freuen. „Es hat auch lange genug gedauert, John davon zu überzeugen, dass unsere alten Büros überholt waren. Heutzutage ist es wichtig, dass sich die Mitarbeiter wohlfühlen. Wir versuchen, ihnen eine positive Atmosphäre zu bieten und sie unter anderem so zu motivieren, gerne zur Arbeit zu kommen. Natürlich sind dafür nicht nur die Räumlichkeiten ausschlaggebend“, erklärte sie mir, während wir das Museum wieder verließen. „Dann lass uns mal deinen Gramps besuchen!“

Wir stiegen in einen der modernen Glasaufzüge, bei denen man außen auf einem Display das Stockwerk eintippte, in das man wollte, und der Computer dann automatisch berechnete, mit welchem der acht Aufzüge wir das Ziel am schnellsten erreichen würden. Ein solch intelligentes Aufzugsystem hatte ich bisher noch nie gesehen.

Das Büro meines Großvaters lag im fünfundvierzigsten Stock. Die Geschwindigkeit, mit der wir diesen erreichten, ließ meinen Magen einen kleinen Salto schlagen.

Der Charity-Bereich der Firma war auf dem kompletten Stockwerk untergebracht. John hatte, wie nicht anders zu erwarten war, ein riesiges Eckbüro, das wir durch eine imposante Doppeltür aus hellem Holz mit aufgesetzten Lamellen betraten.

„Hey, schön, dass ihr vorbeischaut", begrüßte uns mein Großvater erfreut. Gemeinsam liefen wir durch verschiedene Büros und John stellte mir ein paar der Mitarbeiter vor, die für wichtige Projekte zuständig waren. Außerdem schlüpften wir in ein Meeting, in dem gerade ein neues Vorhaben vorgestellt wurde, und setzten uns an den Rand. Dabei sollte es Kindern in New York, die aus sozial schwachen Familien kamen, ermöglicht werden, in ihrer Freizeit Sport zu treiben. Die Westman Corporation würde für die Trainingsmöglichkeiten, die Betreuung und das Equipment sorgen.

„Wir planen außerdem eine Kooperation mit der Supermarktkette *Fresh and Nice*, die gesunde Snacks und Getränke zur Verfügung stellen will", erklärte der Vortragende seinem Team.

Als wir John wieder in dessen Büro ablieferten, sprach ich ihm mein Kompliment aus. „Das ist wirklich toll, was ihr hier an sozialen Projekten auf die Beine stellt."

„Wir verdienen gut, da sollten wir auch etwas zurückgeben", entgegnete er. Und vielleicht hätte sich dieser Satz bei jemand anderem abgeschmackt angehört, aber ich glaubte John jedes Wort. Er hatte seinen Geschäftsführerposten aufgegeben, um sich ausschließlich um diesen Bereich zu kümmern, eben, weil er ihm zu hundert Prozent am Herzen lag.

Nach einem Mittagessen in der Cafeteria – ich hatte noch nie so leckeres Essen in einer Kantine bekommen – besuchten wir den Eventbereich. Darauf hatte ich mich schon die ganze Zeit gefreut, denn das Thema interessierte mich.

„Die Westman Corporation sponsert viele Veranstaltungen und in dieser Abteilung wird überprüft, ob wir auf den jeweiligen Events adäquat repräsentiert werden. Außerdem organisieren wir auch eigene Events. Das geht von internen Workshops bis hin zu Großveranstaltungen, bei denen neue Produkte präsentiert werden", erklärte mir meine Tante.

Meine Nachfragen schienen bei der Führung durch diese Abteilung eine Stufe enthusiastischer zu sein, denn Melissa bot mir lächelnd an, hier gerne jederzeit ein Praktikum absolvieren zu dürfen.

Direkt neben dem Eventbereich lag ein Teil der Marketingabteilung, die mehrere Stockwerke umfasste. Meine Tante führte mich zu einem Fotostudio, wo zu meiner Überraschung gerade ein Shooting mit Ryan lief. Er trug seine volle Footballmontur und sah dementsprechend ziemlich beeindruckend aus.

Du solltest dir langsam mal ein anderes Wort einfallen lassen, Hannah, als alles hier in New York ‚beeindruckend' zu nennen.

Aber wenn es eben stimmte. Durch die Kleidung wirkte Ryans Oberkörper noch viel massiver, als er ohnehin schon war. Die enge Hose betonte dagegen seine schlanken durchtrainierten Beine. Er hatte uns bisher nicht entdeckt und Melissa bedeutete mir am Rand stehen zu bleiben. So beobachteten wir ihn eine Weile unentdeckt bei der Arbeit. Er warf immer wieder einen Ball auf ein imaginäres Ziel, das in Wahrheit eine Schaumstoffmatratze darstellte, die später auf dem Foto mit Sicherheit nicht zu sehen sein würde. Nach ein paar Versuchen rief der Fotograf meinen Cousin zu sich und beide sahen sich gemeinsam die entstandenen Bilder auf einem großen Bildschirm an.

„Ich weiß nicht, ich glaube, wir machen noch mal eine Runde. Das bekomme ich besser hin", erklärte Ryan. Dabei wirkte er wahnsinnig erfahren und professionell. Wenn ich nicht wüsste, dass er fünfundzwanzig war, würde ich ihn deutlich älter schätzen. Er hatte einfach diese Ausstrahlung, die ich schwer beschreiben konnte. Diese Ernsthaftigkeit, die mir schon von Anfang an aufgefallen war. Seit dem Tag als wir uns im Fitnessstudio getroffen hatten, hatte ich allerdings kaum mehr als zwei Worte mit ihm gewechselt.

„Es ist natürlich praktisch, wenn ein Familienmitglied zum Gesicht der Marke wird, weil er ein erfolgreicher Footballspieler ist. Das spart uns eine Menge Geld." Melissa grinste mich an. Als wir uns auch noch die nächste Runde angesehen hatten und Ryan dieses Mal mit den Fotos zufrieden war, trat meine Tante auf ihn zu und begrüßte ihn mit einer Umarmung. „Wir haben ein bisschen Mäuschen gespielt und ich bin wie immer begeistert, wie klasse du das machst." Aus ihrem Gesicht sprach der pure Stolz, was ihn tatsächlich ein wenig verlegen machte. Das hätte ich bei seiner toughen Außenwirkung gar nicht erwartet. Aber es ließ ihn eher wie einen Normalsterblichen wirken, was mir gut gefiel. Und es zeigte mir erneut, dass viel mehr hinter seiner Ernsthaftigkeit verborgen lag.

„Hey, cool dich mal in deiner Arbeitskleidung zu treffen", begrüßte ich ihn. Für einen Moment wirkte er überrascht, mich zu sehen, hatte sich aber schnell wieder im Griff.

„Hallo Hannah, schaust du dir die Firma an?"

„Ja, Melissa hat mir alles gezeigt und ich bin wirklich beeindruckt."

Verdammt, schon wieder dieses bescheuerte Wort. Die denken noch, dass du minderbemittelt bist, weil dir nichts anderes einfällt.

„Ja, ich komme auch immer gerne her", stimmte er mir zu.

„Wir sind mit unserem Rundgang fertig und du scheinst auch Schluss zu haben. Könntest du Hannah nach Hause mitnehmen?", bat Melissa ihren Sohn.

Er zögerte einen kurzen Moment, aber schließlich erwiderte er „Klar, kein Problem."

„Perfekt, dann schaffe ich es doch noch ins Management-Meeting", erklärte sie mir fröhlich, umarmte mich und stöckelte auf ihren Zwölf-Zentimeter-Absätzen zum Aufzug. Sie sah in ihrem weißen Hosenanzug superelegant aus und ich blickte ihr bewundernd hinterher. Es imponierte mir, wie sie diese Firma führte. Und es war schön, zu sehen, wie freundlich und respektvoll sie von allen hier behandelt wurde. Sie war zwar die Chefin und hatte hier das Sagen, aber sie war heute kein einziges Mal arrogant oder herablassend gewesen – wie man sich das klischeehaft vielleicht vorstellen würde.

„Ich spring noch schnell unter die Dusche, warte einfach kurz hier. Dahinten ist ein Kühlschrank mit Getränken", unterbrach Ryan meine Gedanken. Zehn Minuten später, kam er mit nassen Haaren und in Straßenkleidung wieder zurück. Wir fuhren mit einem der Hightech-Aufzüge in die Tiefgarage und stiegen dort in einen schnittigen Mercedes mit Elektroantrieb ein.

Der Weg zurück war nicht sehr weit, aber wir gerieten in einen Stau und für eine ganze Weile standen wir komplett. Ryan war nicht gerade der Gesprächigste und ich überlegte fieberhaft, wie ich eine Unterhaltung in Gang bringen konnte. Ich war nicht unbedingt schüchtern, aber bei ihm fühlte ich mich jedes Mal ein wenig gehemmt. Ich hatte allerdings keine Ahnung weshalb. Vielleicht, weil er ein erfolgreicher Sportler war und ich das bewunderte.

Wobei wir genau beim richtigen Gesprächsthema angelangt wären ...

„Cody hat mir erzählt, wie herausfordernd dein Part im Team der New York Wolves ist. Ich kenne mich leider nicht besonders gut mit Football aus. Aber Quarterback zu sein ist ein harter Job, oder?“

Ryan blickte kurz zu mir herüber und wirkte dabei leicht verwundert. Möglicherweise hatte er nicht damit gerechnet, dass Cody und ich über ihn gesprochen hatten.

„Ja, das stimmt. Ich bin erst so kurz bei der Mannschaft, aber wurde schon in meiner zweiten Saison der Stamm-Quarterback. Das ist ungewöhnlich. Normalerweise wird jemand mit mehr Erfahrung bevorzugt. Aber der Coach hat mir diese Chance gegeben und das macht mich extrem dankbar. Und ich gebe alles dafür, um meiner Verantwortung gerecht zu werden.“

Ich stutzte, weil er das heruntergespult hatte, als würde er in einem Presseinterview sitzen. Wahrscheinlich war das tatsächlich eine seiner Standard-Antworten. Ich verbiss mir ein Grinsen, was mir allerdings nicht besonders gut gelang.

Irritiert blickte er wieder zu mir. „Was ist?“, fragte er leicht verstimmt.

„Na ja, du klangst nur eben so, als würdest du mit der Presse reden und nicht mit deiner Cousine“, erklärte ich ihm schnell.

Und schon wieder hast du ihn verstimmt, Hannah, ganz große Klasse.

Warum schaffte ich es nicht einfach, ein normales Gespräch mit ihm zu führen? Aber er schien es mir nicht übel zu nehmen, sondern es zeigte sich tatsächlich ein entschuldigender Ausdruck auf seinem Gesicht. „Es tut mir leid, du hast recht. Diese Sätze sind mir seit meinem Medientraining irgendwie in Fleisch und Blut übergegangen.“ Er schüttelte den Kopf. „Also ja, der Job ist hart, aber ich liebe ihn. Football ist mein Leben. Das Adrenalin, die Zusammengehörigkeit, die Taktiken, der gemeinsame Kampf für ein Ziel, das Austesten der eigenen körperlichen Grenzen – das ist meine Welt. Dass ich so früh schon die Verantwortung trage war nicht geplant, aber hey, ich beschwere mich nicht darüber, dass ich nicht auf der Bank sitzen muss.“ Das war das erste Mal, seit ich ihn kannte, dass ein echtes Lächeln sein Gesicht erhellte. Ein Lächeln, das direkt aus seinem Herzen kam.

Einen kurzen Moment lang war ich neidisch auf ihn. Darauf, dass er noch diesen Zauber spürte, den der Sport einem geben kann. Dieser Zauber, der bei mir einfach verschwunden war.

„Auch ich habe mal so fürs Schwimmen gebrannt, wie du für Football. Es hat sich für mich immer angefühlt, als würde ich fliegen, sobald ich im Becken war. Aber irgendwie bin ich wohl abgestürzt und habe keine Ahnung weshalb. Dieses Gefühl ist einfach weg und jetzt weiß ich nicht, was ich tun soll.“ Ich hatte keinesfalls vorgehabt mich ihm anzuvertrauen, aber es war einfach so aus mir herausgeplatzt. Dabei kannte ich ihn, neben Olivia, von meiner amerikanischen Familie am allerwenigsten. Und ausgerechnet ihm hatte ich es erzählt.

Du dumme Nuss.

„Vergiss, was ich gesagt habe, das waren nur wirre Gedanken“, schob ich schnell hinterher. Bei den Westmans war ich immerhin die erfolgreiche Schwimmerin, die schon mehrere Meisterschaften gewonnen hatte. Das war das einzige Merkmal, das ich besaß, mit dem ich in diese Familie zu passen schien. Ich wollte ihnen nicht direkt mitteilen, dass mein sportliches Leben vielleicht schon bald der Vergangenheit angehören würde. Nicht bevor ich selbst wusste, was Sache war.

„Das mit dem Fliegen – ich weiß genau was du meinst", überging Ryan meine letzte Aussage. „Der Sport verlangt einem viel ab. Richtig viel. Und wenn da nicht dieses Hochgefühl wäre, dieses Fliegen, dieses Brennen für die Sache, dann hätte ich wohl auch keine Motivation mehr, mich täglich durchs Training zu quälen."

Der Verkehr lief langsam wieder an und Ryan fuhr weiter. Ich dagegen saß wie erstarrt in meinem Sitz, wie gebannt von seiner Aussage und diesem Verständnis, das mir bisher in dieser Sache so noch niemand entgegengebracht hatte. Alle führten immer zuerst meine Erfolge an und mein Talent, bis ich sie nach langen Gesprächen überzeugen konnte – oder auch nicht – dass das ohne die Freude daran alles nichts wert war. Die generelle Meinung lautete: Man wirft nicht einfach etwas weg, das man sich jahrelang aufgebaut hat und in dem man besonders gut ist. Moritz verstand mich bis heute nicht.

„Ja, ganz genau", brachte ich schließlich hervor. „Aber normalerweise ist es schwer, das anderen deutlich zu machen", bemerkte ich weiterhin erstaunt. „Es ist eher so, dass einige Leute mich drängen wollen, beim Schwimmen zu bleiben, auch wenn alles in mir sich dagegen sträubt. Sie erklären mich für verrückt, weil ich ernsthaft überlege aufzuhören, so kurz vor der Weltmeisterschaft, bei der mein Platz schon fast sicher ist. Und ich halte mich ehrlich gesagt selbst auch manchmal für verrückt. Aber irgendwas in mir drin sagt mir dauernd, dass das nicht mehr mein Weg ist. Und im Endeffekt sollte ich auf mich selber hören und nicht auf die anderen, oder?" Ich traute mich nicht, zu ihm hinüberzusehen. Wollte nicht vielleicht doch den Unglauben in seinem Gesicht entdecken.

„Ich finde es überhaupt nicht verrückt. Ich finde es mutig.“ Nur zwei Sätze und doch schlugen sie erneut ein, wie eine Bombe. Schon lange hatte ich mich nicht mehr von jemandem so verstanden gefühlt.

Kapitel 5

Es war Samstag und Melissa hatte mich auf einen Shopping-Trip in die berühmte Fifth Avenue eingeladen. Sie wollte mir gerne ein Kleid für eine bevorstehende Abendveranstaltung kaufen. Natürlich war ich hellauf begeistert gewesen. Vor allem wegen des Kleides. Ob ich mich in den Nobel-Boutiquen, die in dieser Straße beheimatet waren, wohlfühlen würde, wusste ich nicht so recht. Womit ich mich allerdings mit Sicherheit nicht wohlfühlte, war Olivia, die uns leider begleitete. Ihr Gesicht sprach wie immer Bände – negative Bände. Ich verstand nicht, warum sie überhaupt mitkam, wenn sie doch keine Lust hatte. Wahrscheinlich hatte Melissa sie darum gebeten – oder sie gezwungen.

Als wir in der Limousine saßen, nahm ich mir vor, noch einmal völlig unvoreingenommen an die Beziehung zu meiner Cousine heranzugehen. Vielleicht war sie eben ein grummeliger Mensch. Ich dagegen war ein fröhlicher und das ergänzte sich doch eigentlich wunderbar. Ich würde sie einfach mit meiner Fröhlichkeit umarmen. Dann konnte sie gar nicht mehr anders, als mich auch einmal anzulächeln oder zumindest ein ganz normales Gespräch mit mir zu führen. Das wäre schon ein Erfolg, denn dass aus uns keine

Freundinnen werden würden, war recht offensichtlich. Der Grund dafür erschloss sich mir jedoch nicht.

Schon im ersten Laden probierte ich mehrere Kleider an. Während mir Melissa verschiedene Modelle in marineblau, schwarz und dunkelgrün zeigte, zog es mich wie immer zu den Knallfarben. Ich endete also mit einem pinken, einem orangen und einem kobaltblauen Kleid in der Umkleide. Auch Olivia verschwand mit einem hellblauen Tülltraum hinter einem der schweren Brokatvorhänge. Melissa hatte auf einem Ottomanen vor den Kabinen Platz genommen und begutachtete unsere Auswahl. Das Kleid aus orangem Taft hatte es mir besonders angetan. Es besaß einen Neckholder und war rückenfrei, was meinen vom Schwimmen recht muskulösen Oberkörper wunderbar betonte. Dagegen mochte ich die anderen beiden Modelle mit den Bandeau-Oberteilen gar nicht, weil ich hier das Gefühl hatte, nur noch aus Schultern zu bestehen.

„Ich sehe schon, du magst dieses Kleid am liebsten", kommentierte Melissa mein Lächeln, während ich mich vor dem Spiegel hin und her drehte.

Olivia kam nun auch endlich aus ihrer Kabine – keine Ahnung, was sie so lange darin gemacht hatte. Ihr Blick auf mich war wie immer leicht abfällig. „Ein Schwimmerrücken sieht vor allem bei Männern gut aus ...", bemerkte sie lapidar und drängte sich vor den Spiegel. Das zarte Kleid mit den Spaghettiträgern und dem Tüllrock stand ihr hervorragend. Ihre blonden Haare und die blauen Augen leuchteten regelrecht.

„Wunderschön, mein Schatz", bemerkte Melissa, die den Kommentar ihrer Tochter wohl nicht gehört hatte.

„Da haben wir ja schon für euch beide etwas gefunden, perfekt", freute sie sich.

Als ich das Preisschild des Kleids sah, blieb mir kurz die Luft weg: zweitausendfünfhundert Dollar. Ich wusste natürlich, dass sie sich das leisten konnte, aber trotzdem hatte ich ein komisches Gefühl dabei, dass ich ein so teures Kleid besitzen würde. Ich versuchte Einwände zu erheben, aber Melissa ließ keinen davon gelten. Als wir den Laden verließen, dachte ich, dass wir alles erledigt hätten, wofür wir gekommen waren – ich hatte mich getäuscht. Nun begann die Suche nach passenden Schuhen und einer Clutch. Und danach probierten wir noch mehr Kleider an, denn Melissa wollte mir auch gerne etwas für Theater und Restaurantbesuche besorgen. So langsam beschlich mich der Verdacht, dass sie meine mitgebrachte Garderobe nicht für standesgemäß hielt. Was auch irgendwie stimmte. Ich hatte tatsächlich nichts im Koffer, mit dem ich annähernd mit den Westmans mithalten konnte. Ich fühlte mich ein bisschen wie Aschenputtel, die aber nicht nur *ein* Ballkleid bekam, sondern gleich eine ganze Abendgarderobe. Seide, Spitze, Crêpe – ich wurde umhüllt von den edelsten Materialien und genoss es letztendlich in vollen Zügen. Ich redete mir einfach ein, das Melissa es freundlich meinte und sie nicht wollte, dass ich mich underdressed fühlte. Schließlich hatte sie mir bisher keinen Grund gegeben, schlecht von ihr zu denken – etwa, dass ich ihr in irgendeiner Weise peinlich sein könnte. Als sie mir die Firma gezeigt hatte, hatte ich auch nur meine ganz normalen Klamotten getragen.

Die Angestellten in den Läden kannten Melissa und begrüßten sie fast immer mit Namen. Sie brachten uns Getränke und überhäuften uns mit Komplimenten. Es war eine ganz andere Art shoppen zu gehen, als ich es gewohnt war. Ansonsten hatte ich eher mit zu engen Umkleiden, unfreundlichem Personal und Schlangen an den Kassen zu kämpfen – weshalb ich Onlineshopping definitiv bevorzugte. Aber diese Art des Einkaufens war eine völlig neue und durchaus positive Erfahrung – selbst wenn ich die überschwänglichen und ziemlich übertriebenen Komplimente nicht gebraucht hätte. Aber Melissa erklärte mir, dass das etwas typisch Amerikanisches wäre.

In einer der Boutiquen fand meine Tante kurz vor dem Verlassen noch einen Jumpsuit, den sie gerne probieren wollte. „Ihr müsst nicht mit nach hinten kommen, ich bin gleich wieder da", erklärte sie uns.

Also blieben Olivia und ich im vorderen Teil des Ladens. Wir waren mit mehreren edlen Einkaufstüten bepackt, die allesamt aus hochglanzbeschichtetem Papier bestanden und oben mit einer Satinschleife geschlossen waren. Sie stammten alles aus diesem einen Geschäft, denn die anderen Taschen hatten wir längst in die Limousine geladen, die uns immer weiter die Fifth Avenue hinauf folgte.

Zum Zeitvertreib probierte ich mich durch die Sonnenbrillen, die auf einem Glastisch präsentiert wurden. Im Spiegel schnitt ich mir selbst wilde Grimassen, während meine Cousine neben mir stand und sich voll auf ihr Handy konzentrierte. Plötzlich kreischte es aus einer Ecke des Ladens: „Oliv, hey, was machst du denn hier?" Ein Mädchen mit langen braunen Haaren, die in perfekte Wellen gelegt waren, trat auf uns zu. Sie begrüßte Olivia überschwänglich mit Küsschen auf beide Wangen.

„Tracey, schön dich zu sehen. Ich bin gerade auf einer Shoppingtour mit meiner Mum unterwegs und du?"

„Ach, ich begleite meinen Bruder, der ist drüben in der Männerabteilung." Sie deutete in den Bereich zu ihrer Linken. „Er braucht einen Anzug für die Aktionärsversammlung. Aber du weißt ja, was für einen schlechten Geschmack er hat. Man kann ihn einfach nicht alleinlassen. Erinnerst du dich noch an diesen froschgrünen Anzug, den er sich mal gekauft hat?“ Sie verdrehte affektiert die Augen und schüttelte sich. Dann bemerkte sie mich. Ich trug ein Strickkleid, das man wohl als froschgrün bezeichnen könnte. Sie blickte an mir auf und ab und sah dann etwas hilflos zu Olivia. Da die sich aber nicht regte, beschloss ich, mich selbst vorzustellen.

„Hi, ich bin Hannah, Olivias Cousine.“ Ich streckte ihr etwas unbeholfen die Hand hin, die sie aber ignorierte und mich ebenfalls abküsste.

„Hallo, ich bin Tracey, schön dich kennenzulernen.“ Ihre Überraschung war immer noch aus ihren Worten herauszuhören. „Seit wann hast du denn eine Cousine?“, fragte sie Olivia verwundert.

„Sie ist aus Deutschland, wir kennen uns eigentlich kaum. Du, Tracey, ich glaube dein Bruder hat da gerade einen goldenen Anzug in der Hand.“

„Ach du meine Güte, ich muss leider los, ihr Süßen. Den kann man ja wirklich keine zwei Sekunden aus den Augen lassen“, schimpfe sie vor sich hin, als sie sich entfernte.

Wie konnte man mit wahrscheinlich gerade einmal fünfzehn Jahren nur so theatralisch sein? Ich musste mir ein Kichern verkneifen. Olivias Blick hingegen hatte den Gefrierpunkt erreicht. Sie zog mich vehement hinter einen großen Kleiderständer. „Nur damit das ein für alle Mal klar ist: Grandpa hat dich noch nicht einmal offiziell als Enkelin anerkannt. Du bist nicht wirklich meine Cousine. Also halt deine Klappe und hör auf so einen Schwachsinn rumzuerzählen. Auch wenn du das vielleicht glaubst, aber du gehörst nicht zu unserer Familie“, zischte sie und ließ mich dann einfach stehen.

Das Herz klopfte mir bis zum Hals und meine Hände fingen an zu zittern. Kraftlos setzte ich mich auf den nächstbesten Hocker und versuchte, mich wieder zu beruhigen. Das war wirklich heftig gewesen. Ich kam mir vor, als hätte ich gerade voll eines auf die Mütze bekommen, aber genaugenommen hatte ich das auch – nur verbal.

Ich verstand nicht, was ich Olivia getan hatte, um diese Behandlung zu verdienen. Aber das war mir gerade auch so was von egal. Dafür fielen mir eine Menge Schimpfwörter ein, die ich ihr gerne an den Kopf geworfen hätte.

Ganz ruhig, Hannah. Sie hat es gar nicht verdient, dass du dich über sie aufregst.

Ich gehörte nicht zu ihrer Familie. Harte Worte. Natürlich lag sie nicht falsch. Rein rechtlich gesehen war ich kein Teil ihrer Familie. John hatte seine Vaterschaft nie anerkannt, also war ich auf dem Papier nicht seine Enkelin. Und ich hatte auch bemerkt, dass Melissa mich gestern in der Firma immer nur als Verwandte aus Deutschland bezeichnet hatte. Sie hatte nie das Wort *Nichte* in den Mund genommen. Aber darum ging es gar nicht. Ich war nicht hier, um mich bei den Westmans hineinzudrängen. Ich wollte meine Wurzeln kennenlernen. Die Herkunft der Gene erkunden, die ich aus diesem Teil der Familie geerbt hatte.

Ich überlegte krampfhaft, warum Olivia mich ablehnte, ohne mich überhaupt zu kennen. Vielleicht weil ich nicht reich war wie sie – wobei das so nicht ganz stimmte.

Meine Oma war damals mit John fremdgegangen und als sie schwanger geworden war, hatte sie ihn gebeten, sich aus ihrem Leben und dem des ungeborenen Kindes herauszuhalten. Sie hatte ihrem Ehemann das Baby quasi als Kuckuckskind untergejubelt. John hatte eingewilligt. Er war noch blutjung gewesen und verbrachte nur eine kurze Zeit als Soldat in Deutschland. Aber er stellte eine Bedingung: Sein mittlerweile geborener Sohn müsste an seinem achtzehnten Geburtstag die Wahrheit über seine eigentliche Herkunft erfahren. Meine Oma sollte ihm zu diesem Anlass den Schlüssel eines Bankschließfachs übergeben, in dem ein Brief von John deponiert war und eine wertvolle Uhr. Sie war ein Erbstück von seinem Vater, der sie anlässlich einer gewonnenen Baseball-Meisterschaft überreicht bekommen hatte. Außerdem zahlte mein Großvater drei Millionen Euro auf ein Bankkonto ein. Das Geld sollte mein Vater ebenfalls zu seiner Volljährigkeit erhalten. Ich wusste bis heute nicht genau, was in meinem Papa vorgegangen war, als er alles erfahren hatte. Fakt war nur, dass er den Brief zerriss und nie Kontakt zu John haben wollte. Er verschloss das Schließfach wieder und rührte das Geld nie an. Meiner Mama erzählte er sein Leben lang nichts von seinem leiblichen Vater. Erst nach seinem Tod löste sie das Rätsel um das Bankschließfach und das Geld, indem sie meine Oma damit konfrontierte. Diese erzählte ihr – und später auch ihrem Mann – schließlich alles. Nur deshalb hatte ich von meinen Verwandten in Amerika erfahren.

Meine Mama fand, dass mir das Geld zustünde, und gab es mir, obwohl mein Vater es ausdrücklich ihr vererbt hatte. Er hatte definitiv nie gewollt, dass ich von John erfuhr. Eine Sache, die nicht in meinen Kopf ging. Aber ich hatte mir fest vorgenommen, meinen Großvater im richtigen Moment danach zu fragen, was in diesem Brief gestanden hatte. Dass Papa ihn zerrissen hatte, ließ darauf schließen, dass ihm der Inhalt nicht besonders gefallen hatte. Oder der Schmerz über diesen Betrug war einfach zu groß gewesen.

Ich besaß also seit zwei Monaten unglaublicherweise drei Millionen Euro inklusive Zinsen, die sich über die Jahre angehäuft hatten. Ich hatte das allerdings nicht so wirklich realisiert. Es war eine völlig utopische Zahl auf meinem Kontoauszug, nichts weiter. Bisher hatte ich das Geld auch noch nicht gebraucht. Meine Mama unterstütze mein Studium und ich verdiente mir außerdem mit Schwimmunterricht für Kinder etwas dazu – und das machte mir wirklich Spaß. Es war mehr ein Hobby als ein Job für mich. Ich hatte mir bisher nicht die Zeit genommen mir zu überlegen, was ich mit dem Geld machen wollte. Es war im Moment einfach nur ein verdammt riesiges Polster, auf das ich im Notfall zurückgreifen könnte. Zuerst stand eine andere Entscheidung an.

„Hannah?", hörte ich Melissas Stimme.

Ich erhob mich, immer noch mit leicht wackeligen Knien und zwang mir ein Lächeln aufs Gesicht. Dann trat ich hinter dem Kleiderständer hervor.

„Ach, da bist du ja. Der Jumpsuit sitzt perfekt", sie hielt freudestrahlend die Tüte hoch. „Und jetzt habe ich eine Überraschung für euch beide." Ich blickte herausfordernd zu Olivia, ein weiteres Mal würde ich mich nicht so überrumpeln lassen, aber sie tippte gelangweilt auf ihrem Handy herum.

Wir verließen den Laden und stiegen in die Limousine ein. Sie hielt ein paar hundert Meter weiter vor einem Kaufhaus an, das ich bisher nur aus dem 60er-Jahre-Film *Breakfast at Tiffany´s* kannte. Es war wirklich genau dasselbe Gebäude.

„Das ist Tiffany´s“, rief ich aus und stolperte vor lauter Ungeduld unelegant aus dem Fahrzeug. Dann blieb ich vor der Fassade stehen und ließ alles auf mich wirken. Ich stellte mir Audrey Hepburn als Holly Golightly vor, wie sie ein Gebäckstück aus einer weißen Papiertüte aß und sich die Schaufenster des Nobel-Juweliers ansah. Ein ikonischer Film.

„Dad und du habt mich diese Woche darauf gebracht, als er bei Madame Tussauds Audrey Hepburn geküsst hat. Da habe ich mir gedacht, wie schön es wäre, wenn wir als Erinnerung an unser erstes Kennenlernen, alle mit einer kleinen blauen Schachtel hier hinausgehen würden“, bemerkte Melissa mit leichter Aufregung in der Stimme.

Das war wirklich wahnsinnig süß von ihr, auch wenn der Stich, den Olivia mir vorhin verpasst hatte, immer noch schmerzte. Aber ich beschloss, mir davon nicht dieses einmalige Erlebnis kaputt machen zu lassen.

„Ich liebe den Film“, erklärte ich meiner Tante stattdessen.

„Da haben wir etwas gemeinsam“, lächelte sie mich an und schlang einen Arm um mich. Beide blickten wir voller Ehrfurcht auf das Gebäude, hinter dessen Schaufenstern es blitze und blinkte. Als ich näher herantrat, kam mir eine Idee. Ich zog mein Handy aus der Hosentasche und startete dann den Song, der genau an dieser Stelle des Films zu hören war.

♫ Hör dir Lied 2 des Soundtracks an: Moon River – Henry Mancini

Ein unglaublich sanftes, warmherziges und doch auch melancholisches Lied. Melissa trat lachend neben mich und wir blickten gemeinsam ins Fenster. „Perfekt", bemerkte sie. Wir genossen diesen Moment, bis der letzte Ton verklungen war. Erst dann betraten wir den Laden.

Er war so, wie ich ihn mir vorgestellt hatte. Überall standen gläserne Vitrinen mit glitzerndem Schmuck und das berühmte Tiffanyblau war omnipräsent. Der dicke Teppich dämpfte unsere Schritte. Im Gegensatz zu dem Lärm auf der Straße war es hier drin fast still. Melissa steuerte direkt auf einen der vielen Angestellten zu. „Wir suchen silberne Armbänder, zeigen Sie uns doch mal, was sie so im Sortiment haben!", forderte sie ihn lächelnd auf. Und das tat er. Eine Stunde später schwirrte mir der Kopf von den verschiedenen Optionen, die der distinguierte Herr uns auf schwarzem Samt darbot. Schließlich entschied ich mich für ein Armband mit kleinen silbernen Perlen und dem typischen Herzanhänger der Marke. Melissa wählte eine breite Armspange und Olivia ein Armband mit großen Gliedern und Knebelverschluss. Sie hatte mich seit dem Zwischenfall einfach ignoriert und ich beschloss, es ebenso zu handhaben.

Ich bedankte mich stürmisch bei Melissa und umarmte sie spontan. „Gern geschehen. Diese Familienzusammenführung muss doch gebührend gefeiert werden", bemerkte sie in warmem Tonfall.

Olivia sah bei diesen Worten drein, als hätte sie in eine Zitrone gebissen.

***

Wieder im Appartement angekommen, schoss ich ein Foto von der kleinen hellblauen Schachtel mit der weißen Satinschleife und bastelte eine digitale Postkarte daraus.

Postkarte 5

Bild einer hellblauen Tiffany & Co-Schmuckschachtel

Rate mal, wo ich heute war! Ich habe einen kleinen Ausflug ins New York der 1960er unternommen und bin auf Audrey Hepburns Spuren gewandelt. Die Stadt wächst mir immer mehr ans Herz. Kuss Hannah

Beim Abendessen erzählte ich aufgeregt von unserem Tag und dem Höhepunkt des Einkaufstrips.

„Hannah hat Moon River laufen lassen und wir haben unseren kleinen Filmmoment so richtig genossen", vervollständigte Melissa meinen Bericht.

„Nur das Kleidershopping war nicht ganz so einfach, weil Hannah mit ihren überbreiten Schwimmerinnen-Schultern in viele Outfits gar nicht hineingepasst hat", kam es von Olivia.

„Ich bin mir sicher ihr habt etwas gefunden", zwinkerte mir Miguel zu und überging damit die Stichelei. „Apropos – ist das eigentlich gar kein Problem, dass du dein Schwimmtraining unterbrichst, solange du hier bist?", fragte er arglos.

Ich schluckte mehrmals, weil das Stück Hühnchen, das ich gerade gegessen hatte, mir im Hals stecken blieb. Schließlich hustete ich in meine Armbeuge.

„Ich hatte ihr schon angeboten, dass wir ihr gerne eine Trainingsbahn in der Columbia Universität organisieren würden", bemerkte John. „Das wäre wirklich kein Problem."

„Ich würde dich ja zu gerne mal schwimmen sehen. Ich finde das faszinierend, wie Profi-Wasserratten durch ihr Element gleiten", beteiligte sich nun auch noch Cody an diesem, mir absolut unangenehmen Thema.

„Ja, es wäre toll, dich mal live schwimmen zu sehen", zeigte Melissa ebenfalls ehrliches Interesse.

Ich hätte am liebsten die Hände über meinem Kopf zusammengeschlagen. Stattdessen griff ich fast schon verzweifelt nach meinem Kristallwasserglas – oder war es das von Melissa? – und trank mehrere Schlucke betont langsam. Ich musste schließlich irgendwie Zeit schinden.

Was antworte ich jetzt nur? Soll ich sie anlügen und behaupten, es wäre kein Problem, so lange auszusetzen? Soll ich sagen, dass ich wegen meiner Verletzung pausiere?

„Hannah macht doch gerade Ferien. Jeder braucht mal eine Pause, auch Profisportler", sprang Ryan mir bei. Dankbar blickte ich ihn an. Vielleicht würde das ja reichen, um den Fokus vom Schwimmen wegzulenken.

„Also ich finde es ohnehin ziemlich langweilig, jemanden beim Schwimmen zu beobachten", bemerkte Olivia und es war das erste Mal, dass ich mich über einen ihrer gehässigen Kommentare freute.

„Wir wollen dich natürlich zu nichts drängen, vielleicht besuchen wir dich demnächst einmal bei einem Wettkampf", ergänzte John und lächelte mich an. Und das war der Moment, in dem ich die Wahrheit nicht mehr länger verbergen wollte. Natürlich hätte ich nun einfach zustimmen können und das Thema wäre vom Tisch gewesen. Aber es fühlte sich nicht richtig an, länger zu schweigen, auch wenn ich im Ansehen meiner neuen Familie wahrscheinlich deutlich sinken würde. Ich nahm meinen ganzen Mut zusammen und atmete tief durch. „Also es ist so, dass ich nicht weiß, ob ich noch länger schwimmen möchte. Zumindest nicht auf Profi-Niveau. Mir ist klar, dass das nicht für alle verständlich ist. Schließlich bin ich gut in dem was ich tue und trainiere seit meiner Kindheit dafür, einmal auf einer Weltmeisterschaft dabei zu sein. Und dieser Traum ist jetzt zum Greifen nahe. Glaubt mir, ich habe schon so viele Gespräche mit meinen Freunden und meiner Mama darüber geführt. Aber es ist Tatsache, dass ich meinen Spaß am Schwimmen verloren habe. Und um es gleich vorwegzunehmen, ich habe keine Ahnung weshalb. Schon seit einem Jahr versuche ich meinen Elan und meine Leidenschaft dafür wiederzufinden, aber es funktioniert einfach nicht. Deshalb bin ich gerade dabei mir zu überlegen, ob ich das Schwimmen an den Nagel hängen soll. Es tut mir leid, wenn das jetzt eine Enttäuschung für euch ist", schloss ich mit wummerndem Herzen. Es klopfte so hart in meiner Brust, schneller und kraftvoller als nach einem 50-Meter-Sprint im Becken. Ich war selbst erstaunt darüber, wie wichtig mir war, was sie über mich dachten.

„Das hast du mir ja gar nicht erzählt." John klang zwar nicht vorwurfsvoll, aber ich glaubte, ein klein wenig Enttäuschung herauszuhören.

„Dann passt es ja wunderbar, dass du hier bist und Zeit zum Nachdenken hast", erwiderte Melissa. „Und warum sollte das eine Enttäuschung sein? Es dauert manchmal im Leben, bis man seine Bestimmung findet. Und auch wenn man zuweilen denkt, dass es nicht weitergeht, gibt es immer wieder Neuanfänge." Bei ihren letzten Worten war ihr Blick zu ihrem Ehemann gewandert, der nun ihre Hand nahm und sie liebevoll anlächelte. Etwas ging gerade zwischen den beiden vor, von dem ich keine Ahnung hatte. Etwas Wunderschönes.

„Kann mir mal jemand die Kartoffeln rüberreichen?", unterbrach Cody diesen Moment und schon ging das Familienessen einfach weiter. Keiner war entsetzt oder fragte mich, was ich denn sonst machen wolle. Niemand versuchte, mich zu überreden, es mir noch einmal zu überlegen oder ging überhaupt länger auf das Thema ein. Erleichtert aß ich einen weiteren Bissen von meinem Hähnchen, der die Speiseröhre dieses Mal einwandfrei passierte.

Ich hatte es laut ausgesprochen. Vor allen hier. Das hatte es für mich ein ganzes Stück realer werden lassen. Ich würde vielleicht wirklich mit dem Schwimmen aufhören. Mein Herz begann wieder wie wild zu klopfen, als wäre es schon lange in einem Käfig gefangen und würde versuchen endlich seine Gitter zu sprengen. Und ich spürte ein Gefühl in mir aufsteigen, das ich nicht so recht benennen konnte. Wenn es nicht absolut irrsinnig wäre, würde ich es für Vorfreude halten.

Kapitel 6

„Hast du heute schon was vor?“, hörte ich eine Stimme und blickte von meinem Frühstück auf. Ryan stand in der Küchentür und sah mich fragend an.

„Kein Trainig heute?“, entgegnete ich verwundert.

„Ich war sehr früh wach und bin im Central Park laufen gewesen.“

Das schien wirklich früh gewesen zu sein, denn ein Blick auf die Küchenuhr zeigte mir, dass es gerade mal kurz nach acht war.

„Nein, ich habe nichts vor. Ich wollte einfach nur ein bisschen durch die Straßen spazieren“, beantwortete ich ihm seine Frage wahrheitsgemäß.

„Warum?“, hakte er leicht irritiert nach und trat zu mir an den Küchentresen. Cody war schon in die Uni aufgebrochen und Rosa hatte sich kurz entschuldigt und war im Personalbereich verschwunden, weshalb ich hier allein saß.

„Warum ich die Stadt erkunden will oder warum ich das zu Fuß tue?“, fragte ich zurück.

„Letzteres. Hat Gramps dir keinen Fahrer organisiert?“ Er beugte sich leicht vor und lehnte sich mit beiden Ellbogen auf den Tresen. Zum ersten Mal hatte ich Zeit, sein Gesicht eingehend zu betrachten. Auf Nase und Wangen zeigten sich zarte Sommersprossen, von denen auch ich eine Menge besaß – selbst im Frühling. Seine Augen leuchteten in einem ungewöhnlichen Bernsteinton. Definitiv eine Augenfarbe die nicht sehr häufig vorkam. Sie verlieh seinem Gesicht etwas Warmes, was in starkem Kontrast zu seinem ernsthaften und manchmal auch unnahbaren Auftreten stand. Seine rötlichen Haare wirkten im Licht der Küchenlampen kupferfarben. Die Augenbrauen besaßen denselben Farbton und hoben sich gerade leicht. Ups, er wartete wohl auf meine Antwort.

„Er hat es angeboten, aber ich bin lieber zu Fuß unterwegs. Das ist erstens besser fürs Klima und zweitens entgehen mir sonst viele Kleinigkeiten."

„Wichtige Kleinigkeiten?"

Ich dachte an Miez und Mauz. „Eher amüsante Kleinigkeiten", grinste ich.

„Okay, ich wollte dich fragen, ob du Lust hast, mich ins *Guggenheim Museum* zu begleiten?"

Meine Gesichtszüge entgleisten mir etwas und ich versuchte krampfhaft sie dazu zu bewegen, wieder in der richtigen Position einzurasten – einem Lächeln.

„Ich habe es genau gesehen", erwiderte er leicht angesäuert.

„Äh, was meinst du?", versuchte ich es mit der Unschuldsnummer.

„Deinen Blick." Ryans Miene war ernst wie immer, kein Fünkchen Humor war darin zu finden. Seine Lippen hatten sich zu einem Strich verzogen.

„Du hast recht, es tut mir leid. Ich hatte nur nicht mit diesem Vorschlag gerechnet. Ich meine, du bist Footballspieler ...“ Ich ließ den Satz so stehen.

„Und du bist Schwimmerin“, erwiderte er genervt.

Und damit traf er ins Schwarze. Wieso sollte ein Footballspieler nicht ins Museum gehen wollen? Es war ein dummes Klischee, dem ich da gerade aufgesessen war.

„Ja, das war eine unangemessene Reaktion meinerseits“, versuchte ich seine Seriosität zu spiegeln. „Ich gestehe, ich bin leider nicht vorurteilsfrei. Aber ich würde mich sehr gerne vom Gegenteil überzeugen lassen und dich ins Guggenheim begleiten, falls du das noch möchtest.“ Ich setzte mein putzigstes Welpengesicht auf, dem zumindest meine Mama selten widerstehen konnte.

Er verdrehte die Augen und wandte sich um. Mir war, als hätte ich ein klitzekleines Lächeln über sein Gesicht huschen sehen. Könnte aber auch nur Einbildung gewesen sein. „Wir treffen uns in einer halben Stunde hier“, warf er mir über die Schulter zu.

***

„Du willst also allen Ernstes zu Fuß gehen? Du weißt schon, dass die Temperaturen draußen eisig sind, oder?“, fragte Ryan mich fassungslos.

„Es sind nur zwanzig Minuten von hier bis zum Museum. Und ich bin mir ziemlich sicher, dass du eine warme Jacke besitzt“, konterte ich.

„Zwanzig Minuten im Stechschritt vielleicht ...“ Er schüttelt belustigt den Kopf. „Also gut“, stimmte er jedoch zu und schnaufte ergeben.

Aus einem der Garderobenschränke griff er sich einen langen zimtfarbenen Mantel, den er über seinen grauen Rollkragenpullover zog. Seine wildledernen Boots hatten denselben Ton wie der Mantel. Mir war bisher gar nicht aufgefallen, dass er besonders modebewusst war. Vor allem, weil die gesamte Familie immer ziemlich chic gekleidet war. Aber diese Kombi hatte wirklich Style, das musste ich zugeben. Ich selbst würde mich nicht unbedingt als modisch bezeichnen. Ich liebte bunte Klamotten, egal ob sie gerade angesagt waren oder nicht. Mein dauerhafter Trend war Colourblocking: einzelne Kleidungsstücke in verschiedenen Knallfarben, die sich klar gegeneinander abgrenzten. Heute trug ich zum Beispiel eine apfelgrüne Jeans und dazu einen pinken Strickpullover. Darüber zog ich meinen knallgelben Parka und fühlte mich damit pudelwohl. Andere kämen sich vielleicht wie ein Papagei vor, ich dagegen spürte die positive Energie der Farben, die mich einfach fröhlich machte.

Als ziemlich ungleiches Duo verließen wir die Wohnung und ich ließ es mir nicht nehmen, zuerst einen kleinen Abstecher zu Miez und Mauz zu unternehmen. Wie meistens saßen beide am Fenster und blickten leicht arrogant und trotzdem superknuffig zu uns herunter. „Darf ich vorstellen: Miez und Mauz."

„Sind das echte Katzen oder sind die ausgestopft? Warum haben sie so riesige Augen? Und so flache Schnauzen?" Er verzog sein Gesicht und ging einen Schritt näher heran, um sie besser in Augenschein nehmen zu können.

„Ich dachte auch erst, es seien Stofftiere, aber sie sind wirklich echt. Das sind die Merkmale dieser Rasse."

„Woher weißt du, wie sie heißen?", fragte Ryan.

„Das weiß ich nicht. Ich habe ihnen nur Namen gegeben, weil wir uns fast täglich sehen und ich es unhöflich fand, sie immer nur mit Katze eins und Katze zwei anzusprechen."

Er runzelte die Stirn, als versuche er zu ergründen, ob ich ihn veralbern wollte.

„Sie sind einfach unglaublich knuddelig, oder?", schwärmte ich. „Ich erzähle ihnen wie mein Tag so war und sie hören geduldig zu."

„Oder eben auch nicht, weil da eine Scheibe zwischen euch ist ...", erklärte er mir, als wäre ich ein Kleinkind.

„Katzen haben ein fantastisches Gehör", widersprach ich. „Bye, ihr Süßen. Bis morgen, da komme ich wieder ohne diesen Griesgram." Ich winkte ihnen zu und ging weiter.

„Moment mal, ich bin kein Griesgram", bemerkte er empört, als er zu mir aufgeschlossen hatte.

Ich zuckte mit den Schultern und erwiderte nichts.

„Ich fasse es nicht, du hältst mich wirklich für einen Griesgram?" Er wirkte überrascht und ein bisschen unangenehm berührt.

„Nein, nur für jemanden der sehr seriös und ernsthaft ist." Ich versuchte, meiner Stimme einen würdevollen Tonfall zu verleihen.

„Das klingt nicht unbedingt wie ein Kompliment."

„Für einen Collegeprofessor vielleicht schon ...", wandte ich grinsend ein.

„Du bist frech", stellte er fest. „Wirklich frech. Und vielleicht hast du sogar ein klitzekleines bisschen recht, was bedeutet, dass du niemals erfahren darfst, welchen Spitznamen ich bei den Wolves habe", bemerkte er geheimnisvoll.

Ich blieb stehen und starrte ihn mit aufgerissenen Augen an. „Das kannst du nicht machen! Du hast meine Neugier geweckt und die wird keine Ruhe geben, bis sie nicht befriedigt ist."

„Keine Chance." Ungerührt ging er weiter und verschränkte sogar seine Hände vor der Brust, so als müsse er auch äußerlich ein Bollwerk gegen mich schaffen, damit er nichts verriet.

„Ich werde es schon noch aus dir rausbekommen. Oder ich frage Cody", kam mir ein naheliegender Gedanke.

„Tu was du nicht lassen kannst." Ließ er mich auflaufen.

„Meine Neugier lässt sich nicht mehr Schlafenlegen. Sie ist hellwach. Bitte tue mir das nicht an. Sie nervt wirklich total", quengelte ich.

„Vielleicht fehlt dir ja die Ernsthaftigkeit sie wieder zu beruhigen", bemerkte er trocken.

Mr. Westman, sie haben ja doch Humor, wer hätte das gedacht.

Tatsächlich brauchten wir fast fünfunddreißig Minuten zum Museum. Google Maps hatte anscheinend nicht die zwölf Millionen Fußgängerampeln einkalkuliert, die wir passieren mussten. Und ich weigerte mich, wie die anderen neunzig Prozent der Passanten, die rote Hand einfach zu ignorieren und bestand darauf, auf das weiße Männchen zu warten – auch wenn mir das mal wieder ein Augenrollen von Ryan einbrachte.

„Ich war früher oft mit meiner Mutter hier", erklärte er, als das futuristische Gebäude des Guggenheims ganz in weiß vor uns aufragte. „Als Kind habe ich mir dann immer vorgestellt, ich würde ein Raumschiff betreten."

„Wie lange gibt es das Gebäude schon? Es sieht so modern aus", bemerkte ich verwundert.

„Ich glaube es wurde Ende der Fünfziger fertiggestellt", überlegte er.

„Du hättest mir auch erzählen können, dass es erst seit fünf Jahren hier steht und ich hätte dir geglaubt."

Die riesige Rotunde war schneeweiß und leuchtete in der Märzsonne. Auch drinnen war das Gebäude nicht weniger beeindruckend. Eine sich windende Rampe schlängelte sich an den Wänden des Rundbaus nach oben. Gekrönt wurde das Ganze von einer Glaskuppel.

Wir fingen am höchsten Punkt an und liefen die Rampe gemächlich immer weiter nach unten – wie in einer Spirale. Dabei passierten wir zahlreiche Kunstwerke von berühmten Malern.

„Dann interessiert sich Melissa also für Kunst? Ich dachte mir das schon, bei den vielen modernen Gemälden auf eurem Stockwerk", bemerkte ich, nachdem wir uns eine Weile schweigend die Bilder angesehen hatten.

Zuerst wirkte er irritiert, aber dann trat Verstehen in seinen Blick. „Ich war mit meiner leiblichen Mutter immer hier, nicht mit Melissa", erklärte er mir.

Und ich hatte mich schon gewundert, warum er plötzlich das englische Wort *Mother* benutzt hatte, anstelle von *Mum*, wie er Melissa sonst immer nannte. Da meine Tante zwei Jahre nach meinem Vater geboren worden war und er mich mit meiner Mama sehr jung bekommen hatte, hatte ich schon vermutet, dass weder Ryan noch Cody Melissas leibliche Kinder sein konnten, rein vom Alter her. Aber John hatte mir nie etwas darüber erzählt und ich war zu höflich gewesen, um nachzufragen. „Codys und meine Mutter starb an Krebs, als ich acht Jahre alt war. Eineinhalb Jahre später hat mein Vater Melissa kennengelernt und wir sind eine Familie geworden", bei seinen letzten Worten lächelte er melancholisch. „Meine leibliche Mutter war Künstlerin und einige ihrer Werke hängen bei uns im Appartement. Sie hatte irische Wurzeln." Er deutete auf seine Haare. „Ich vermisse sie, aber ich bin auch unglaublich froh, dass wir Melissa gefunden haben. Sie hat uns schon nach kurzer Zeit adoptiert. An meine Mutter kann ich mich ehrlich gesagt kaum noch erinnern. Aber diese Besuche hier im Museum, die habe ich erstaunlicherweise immer noch genau vor Augen", sinnierte er.

Ich versuchte, mein Staunen darüber zu verbergen, wie sehr er sich mir gerade geöffnet hatte. Und auch wenn das Thema ein trauriges war, freute ich mich, dass er mir dieses Vertrauen schenkte. Vor allem deshalb war es schwer für mich, darauf zu antworten. Ich wollte ihn nicht enttäuschen.

„Auch wenn es schon so lange her ist, ich weiß, wie schmerzhaft es ist, ein Elternteil zu verlieren." Eine Beileidsbekundung schien mir in diesem Fall irgendwie unangebracht.

„Ja, es war hart", bemerkte er leicht abwesend. Die nächsten Schritte taten wir wieder in Stille, aber dann kamen wir an einem Gemälde vorbei, das Ryans Aufmerksamkeit auf sich zog. „Das ist mein Lieblingsbild", erklärte er mir. Das Schild verriet, dass es von *Vincent van Gogh* stammte, im Jahr 1889 entstanden war und *Berge bei Saint Rémy* hieß. Das Bild strahlte eine starke Energie aus. Die Gipfel bestanden aus lauter Wirbeln in verschiedenen Farbnuancen, die das statische Gestein fast wie Ozeanwellen wirken ließ.

„Es ist unglaublich dynamisch", bemerkte ich bewundernd.

„Für mich strahlt es Stärke aus. Diese Berge strotzen nur so vor Kraft", erklärte er, während er in die Betrachtung des Gemäldes versunken war. „Und das ist es, worauf es im Leben ankommt: Stärke."

Seit wir einen Fuß in dieses Museum gesetzt hatten, war etwas mit Ryan passiert. Er hatte seine Maske fallen lassen und ließ mich ganz tief in sein Innerstes blicken. Ich bekam nur langsam den Eindruck, dass das nicht an mir lag. Dieser Ort hier machte etwas mit ihm, das ich nicht genau beschreiben konnte. Vielleicht waren es die Erinnerungen, die ihn hier überfluteten.

„Ich weiß nicht, ob ich dir da zustimmen kann", versuchte ich es vorsichtig, obwohl ich mir sicher war, dass ich ihm absolut nicht zustimmte. „Warum denkst du, dass nur Stärke dich voranbringt?"

Immer noch waren seine Augen auf das Bild gerichtet. „Ich musste das schon früh lernen. Auf der Beerdigung meiner Mutter bekam ich Ärger von ihrem Vater, meinem anderen Opa. Er hat mich ziemlich angeschnauzt, dass Weinen unmännlich sei und ich mich zusammenreißen solle. Ich hätte jetzt eine Verantwortung, ich müsste stark sein und auf meinen jüngeren Bruder aufpassen. Ich müsse jetzt ein Mann sein und kein Junge mehr. Das hat mich aus meiner Verzweiflung gerissen. Seit dem Tag habe ich mich immer auf meine Stärke besonnen und sie hat mich weit gebracht." Er sagte das alles in neutralem Tonfall und als wäre es unumstößlich.

Diese Offenbarung ließ mich erst einmal fassungslos zurück. Die Grausamkeit seines Großvaters schockierte mich und machte mich wütend. Genauso wie dieses toxische Bild von Männlichkeit, dass er Ryan damit eingetrichtert hatte. Und mein Cousin schien bis heute daran zu glauben, dass ein Mann immer stark sein musste. Mein Gehirn war gerade noch dabei das Ganze zu verarbeiten, als ich aus dem Augenwinkel mitbekam, wie Ryan zügig die Rotunde hinabschritt. Für einen Moment stand ich wie erstarrt da, bis ich mich endlich in Bewegung setzte und ihm nachging. Ich schaffte es allerdings nicht mehr, ihn einzuholen. Erst vor dem Gebäude traf ich ihn wieder.

„Ich habe frische Luft gebraucht", bemerkte er entschuldigend. Dann wanderte sein Blick zur Limousine, die in dem Moment vorfuhr. Der Chauffeur stieg aus und öffnete uns die Tür. „Ich hoffe, es macht dir nichts aus, wenn wir jetzt schon heimfahren? Wenn du noch bleiben willst, schicke ich James später wieder zurück zum Museum, um dich abzuholen", bot er mir an.

Ich merkte deutlich, dass er einfach nur weg wollte und das so schnell wie möglich. Also nickte ich nur und stieg mit ihm ein. Ich wäre so gerne noch einmal auf das eingegangen, was er mir eben erzählt hatte, aber er gab mir keine Chance dazu. Während der gesamten Fahrt telefonierte er und als wir im Appartement ankamen, zog er sich sofort in sein Zimmer zurück.

Frustriert schmiss ich mich auf mein Bett und nahm zur Ablenkung das Smartphone in die Hand.

Postkarte 6

Bild vom Solomon R. Guggenheim Museum

Heute wirds philosophisch: Wie stark kann jemand sein, der keine Schwäche zulässt? Für mich bedeutet Stärke nicht, Schwäche zu überwinden. Für mich bedeutet Stärke, Schwäche zuzulassen, sie als Teil von sich selbst zu akzeptieren und aus ihr zu lernen. Kuss Hannah

Es hatte lange gedauert, bis ich meine Gedanken so weit geordnet hatte, dass ich diese drei Sätze formulieren konnte. Aber am Ende war es genau das, was ich eigentlich Ryan hätte sagen wollen. Nur hatte sich meine wabbelnde Gehirnmasse nicht dazu hinreißen lassen, etwas schneller zu denken. Also blieb mir nur eines: Da ich seine Handynummer nicht kannte, beschloss ich, ihm die paar Zeilen auf einen Zettel zu schreiben. Ich ging zum Schreibtisch, um nach einem Blatt und einem Stift zu suchen, und fand dort eine Broschüre der Columbia University. Heute Morgen hatte sie noch nicht hier gelegen, das wusste ich mit Sicherheit. Verwundert nahm ich sie hoch. Der Studiengang, der hier beworben wurde, nannte sich *Bachelor in Sports Management.* Ich überflog das Faltblatt und es gefiel mir, was ich las. Es hörte sich wirklich interessant an. Einerseits wurden hier Fähigkeiten als Coach, Trainer oder Scout gelehrt, andererseits bekam man einen umfassenden Einblick in Wirtschaft, soziale Medien, Management und alle Bedürfnisse rund um Sport-Organisationen.

Ich überlegte, wer mir diesen Wink mit dem Zaunpfahl wohl hingelegt hatte. Ich wusste, dass Cody an der Columbia BWL studierte. Konnte es sein, dass er mir die Broschüre mitgebracht hatte? Wollte er etwa, dass ich hierblieb?

Ich gestattete mir nicht, weiter darüber nachzudenken, sondern verfolgte mein eigentliches Ziel. In einer der Schubladen fand ich einen Zettel und einen Kugelschreiber und notierte darauf die Worte, die ich auch auf die Postkarte meiner Mama geschrieben hatte. Dann faltete ich den Zettel zusammen, lief hoch zu Ryans Zimmer, nur um unschlüssig vor der Tür stehenzubleiben. Eigentlich hatte ich klopfen und ihm den Zettel übergeben wollen. Aber das kam mir nun irgendwie seltsam vor. Dann könnte ich es ihm ja auch sagen. Das wiederum erschien mir zu persönlich. Vielleicht wäre es ihm unangenehm, darüber zu reden. Er hatte mir zwar einen tiefen Blick in seine Seele gewährt, aber die überstürzte Abfahrt vom Museum ließ mich glauben, dass er es wahrscheinlich bereute. Oder dass es ihm zumindest unangenehm war. Nach seiner Einstellung zum Thema Stärke und Schwäche, wäre das nur logisch. Also steckte ich ihm den Zettel unter der Tür durch. Möglicherweise war das ein wenig kindisch, aber es kam einer Nachricht auf dem Handy zumindest am nächsten.

Du solltest ihn dringend mal nach seiner Nummer fragen, falls du weitere philosophische Ergüsse absetzen willst.

Aber darum ging es ja gar nicht. Ich wollte nicht klug dastehen oder Ähnliches. Ich wollte nur, dass er verstand, dass es andere Ansichten zu diesem Thema gab, modernere. Und vielleicht würde ihn das anregen, darüber nachzudenken, ob das, was man ihm da über Stärke eingetrichtert hatte, wirklich Sinn ergab.

Kapitel 7

„Also, wer will alles einen Spezialmilchshake zum Filmschauen?“ Cody hatte Ryan und mich beim Familienessen zu einem Filmabend überredet. Nun standen wir in der Küche, um uns ein paar kleine Snacks zu holen. Das dachte ich zumindest. Aber bei den Westmans war eben immer alles eine Nummer größer. Rosa zerrte gerade eine Popcornmaschine aus dem Vorratsraum und bellte jeden an, der nur versuchte, ihr dabei zu helfen.

„Was genau ist denn ein Spezialmilchshake?“, fragte ich ahnungslos.

„Ein Nussmilchshake mit Karamellsirup, gekrönt mit Sahne, Popcorn, Marshmallows und dann wird noch eine Eistüte mit einer Kugel Vanilleeis oben draufgesetzt.“

Der Kalorienzähler in meinem Kopf war schon nach *Marshmallows* durchgebrannt. „Äh, ich glaube nicht“, antwortete ich deshalb.

„Auf keinen Fall“, kam es gleichzeitig von Ryan.

„Die beiden Spitzensportler sind sich einig. Na wunderbar. Ernsthaft Ryan? Wie wärs wenn du ausnahmsweise mal alle fünfe gerade sein lässt und dich ein bisschen chillst. Dir jeden Abend Footballspiele reinzuziehen, um die Spielzüge zu analysieren, macht dich langsam echt gaga in der Birne. Das Leben hat auch noch so was wie Spaß zu bieten." Dann wechselte Cody ins Spanische und ich verstand kein Wort mehr. Aber es schien Ryan wütend zu machen, was er sagte, denn seine Bernsteinaugen verengten sich zu schmalen Schlitzen. Schließlich brach auch aus ihm ein spanischer Wortschwall hervor. Es war das erste Mal, dass ich ihn in dieser Sprache reden hörte, und es flashte mich komplett. Ich konnte nicht aufhören, ihn anzustarren: diese Lippen, das rollende *R* und seine Hände, die sich plötzlich in kraftvollen Gesten bewegten.

Hannah, hör auf ihn anzuglotzen, als fändest du das in irgendeiner Weise sexy! Das ist es ganz und gar nicht. Er ist nämlich dein Cousin. Er gehört zur Familie. Und genau deshalb sollte er für dich so sexy sein, wie ein bierbäuchiger Mönch.

„Seid nicht so unhöflich und unterhaltet euch auf Englisch, wenn Hannah im Raum ist!", schaltete sich nun Rosa ein. „Und hört auf, euch solchen Unsinn an den Kopf zu werfen!"

„Also gut, dann nehm ich eben so einen Super-spezial-ich-treibe-deinen-Cholesterinspiegel-in-schwindelnde-Höhen-Milchshake", stieß Ryan genervt hervor, was mich zum Lächeln brachte. „Dann will ich auch dieses Super-Cholesterin-Zeug. Ist immerhin eine legale Droge", bemerkte ich grinsend.

„Wunderbar, also dreimal Spezialmilchshake Rosa und dreimal Popcorn, bitte", gab Cody unsere Bestellung durch.

„Mit Vergnügen", kam es von der Haushälterin zurück.

Mein jüngerer Cousin setzte sich auf einen der Hocker an der großen Kücheninsel und wir taten es ihm nach. „Und während Rosa sich verkünstelt, haben wir ein bisschen Zeit unserer neuen Cousine auf den Zahn zu fühlen."

Ich machte ein unschuldiges Gesicht und tönte großspurig: „Ich bin ein offenes Buch."

„Hast du einen Freund in Deutschland?", fragte Cody ganz direkt. Da ging er ja gleich in die Vollen.

Was hast du denn gedacht, dass er sich für deine Schuhgröße interessiert?

„Ja, also eigentlich ... nein. Hmmm ... keine leichte Frage. Wir machen gerade eine Pause", stammelte ich etwas unbeholfen.

„Also bist du Single?", hakte mein jüngerer Cousin nach.

„Äh, vielleicht ..." Darüber hatte ich bisher gar nicht nachgedacht. Theoretisch war ich Single, aber die Geschichte mit Moritz war trotzdem noch nicht komplett vorbei.

„Du bist also das Vielleicht-Mädchen. Vielleicht Sportlerin, vielleicht nicht. Vielleicht einen Freund, vielleicht nicht", scherzte Ryan.

Seit wann war der denn so ein Witzbold? Und überhaupt, ich ärgerte mich darüber, dass er mich als Mädchen, also *Girl* bezeichnet hatte, anstatt als Frau *Woman*. Vielleicht war ich auch einfach ein unreifes Mädchen für ihn, das keine endgültigen Entscheidungen treffen konnte. Seitdem ich ihm den Zettel unter der Tür durchgeschoben hatte, hatte ich nichts mehr von ihm gehört. Ich wusste demnach nicht einmal, ob ihn meine Zeilen überhaupt erreicht hatten. Ihn danach zu fragen, war mir allerdings zu peinlich.

„Wie sieht es denn bei dir aus?", fragte ich Ryan zurück.

Cody bekam einen Lachanfall. „Der und eine Beziehung? Das würde ich echt gerne mal erleben. Länger als eine Nacht hält da nichts", japste er und hielt sich theatralisch den Bauch.

Ryan dagegen blickte missmutig drein. „Ich habe keine Zeit für eine Freundin. Der Sport steht bei mir an erster

Stelle", sprach er laut über das keckernde Lachen seines Bruders hinweg.

Als Cody sich wieder beruhigt hatte, ergriff er erneut das Wort. „Obwohl mich keiner gefragt hat, erkläre ich euch gerne, was in *meinem* Liebesleben so abläuft", bemerkte er gönnerhaft. „Ich kann mich gerade nicht zwischen einem Mann und einer Frau entscheiden, also tue ich es auch nicht." Er grinste und drehte sich einmal auf seinem Barhocker um sich selbst.

„Du datest also beide gleichzeitig? Und sie wissen nichts voneinander?", fragte ich schockiert.

„Natürlich wissen sie voneinander, ich bin doch kein Schuft."

„Und das ist okay für sie?" Ich konnte mir ein solches Arrangement ohne Eifersuchtsszenen kaum vorstellen.

„Wer die Chance hat ein Stück von mir zu bekommen, der greift eben zu", bemerkte er süffisant.

Ich musste grinsen. Ein Schuft war er vielleicht nicht, aber ein Schelm allemal. Allerdings hatte ich keine Ahnung, wie das Wort auf Englisch hieß. Also ließ ich es unkommentiert.

„Pass nur auf, dass du dich nicht übernimmst", kam bei Ryan wieder der große, verantwortungsvolle Bruder durch.

Olivia betrat den Raum und blieb kurz unschlüssig stehen. Sie hatte es vorher abgelehnt, am Filmabend teilzunehmen. Und ich hatte mich nur ein winziges bisschen darüber gefreut. Ehrenwort.

„Du kommst genau richtig Schwesterherz. Wir legen gerade alle unseren Beziehungsstatus offen. Wie sieht es da bei dir aus?" Cody stand auf und rückte Olivia einen Barhocker zurecht, auf den sie sich leicht widerwillig setzte.

„Da gibt es nichts zu berichten", ließ sie missmutig verlauten.

„Das kann ich mir nicht vorstellen. Aber damit du nicht im Hintertreffen bist, fasse ich mal kurz zusammen, was wir bisher schon gehört haben: Hannah macht gerade Beziehungspause mit ..." Er sah mich erwartungsvoll an.

„Moritz, ebenfalls Schwimmer", vervollständigte ich seinen Satz.

„Meine Wenigkeit kann sich gerade nicht zwischen Deborah und Liam entscheiden. Was nicht so schlecht ist, wie es sich anhört. Und Ryan, du wirst es kaum glauben, liebt seinen Sport und niemanden sonst. Jetzt bist du dran."

Cody wackelte auffordernd mit den Augenbrauen und Olivia entwich ein genervtes Stöhnen. „Dass es in dieser Familie immer nur um Sport geht. Sport hier, Sport da – das kommt mir echt langsam zu den Ohren raus." Ich war Olivias schlechte Laune ja gewohnt, sie war für mich also keine Überraschung, aber Cody schien ziemlich irritiert.

„Ich hatte letztens ein Date und was wollte er wissen: Wie ist es so eine Westman zu sein? Bekommst du alle Sportartikel umsonst? Kann ich vielleicht mal deinen Quarterback-Bruder treffen oder kannst du mir vielleicht Autogramme für meine Freunde organisieren? Hast du das letzte Spiel der Wolves gesehen? Hast du Lust dir den Draft mit mir anzusehen? Bla, bla, bla. Es steht mir echt bis hier." Sie deutete mit ihrer Handkante einen Punkt über ihrem Kopf an. „Nur, weil ich Westman heiße, bedeutet das nicht, dass ich Sport mit der Muttermilch aufgesogen habe. Ich hasse Sport." Den letzten Satz hatte sie fast geschrien. Unwirsch stand sie auf, nahm sich eine Wasserflasche aus dem Kühlschrank und verschwand aus der Küche.

„Okay, das war ein bisschen gruselig", kommentierte Cody Olivias Verhalten.

Ryan dagegen machte ein sorgenvolles Gesicht: „Sie wirkt ziemlich unausgeglichen in letzter Zeit. Vielleicht fühlt sie sich als Außenseiterin, weil sie kein Interesse an Sport hat ...", sprach er mehr zu sich selbst.

„Tja, es ist nicht immer ganz leicht, ein Westman zu sein", bemerkte Cody und wirkte dabei erstaunlich ernst.

„Die Snacks sind fertig", flötete Rosa.

„Das ist krass." Ich starrte auf die Milchshakes, die so laut nach Instagram schrien, dass ich fast taub wurde. Und natürlich zog ich mein Handy heraus und schoss ein Foto. Innen am Glas lief die Karamellsauce hinunter, während der riesige Sahneberg, der mit Mini-Marshmallows in Weiß und Rosa gespickt war, fast über den Rand quoll. Die Eistüte mit dem leicht schmelzenden Vanilleeis war die Krönung des Ganzen. Neben den Milchshakes standen auf dem Tablett auch noch drei kleine rosa-weiß-gestreifte Tüten, bis über den Rand mit buttrigem Popcorn gefüllt. Es roch einfach köstlich.

„Ich wusste, ihr würdet es bereuen, wenn ihr diesen Milchshake ablehnt", bemerkte Cody selbstzufrieden und schnappte sich das Tablett.

Postkarte 7

Bild von einem exorbitanten Milchshake und einer Tüte Popcorn

Hier ist nichts normal. Nicht einmal ein Milchshake. Mein Kopf muss so viel Neues verarbeiten, was meine Probleme plötzlich deutlich kleiner erscheinen lässt. Und ganz ehrlich, wer denkt bei diesem Milchshake schon an seine Sorgen? Kuss Hannah

Wir setzten uns auf eine der Couchen im Medienzimmer. Ich in der Mitte, Cody rechts neben mir und Ryan zu meiner Linken. Es wartete die schwere Aufgabe auf uns, das reichhaltige Topping des Milchshakes aufzuessen, bevor alles am Glasrand hinablaufen würde. Als das geschafft war, diskutierten wir eine halbe Stunde über den passenden Film und sahen uns mehrere Trailer an, bis ich aufgab und die Jungs entscheiden ließ. Nur Horrorfilme schloss ich aus. Cody setzte sich schließlich mit einer Komödie durch, die sich als wirklich witzig herausstellte. Ich lachte Tränen und schlug vor lauter Übermut aus Versehen Ryan auf den Oberschenkel. Kurz erschrak ich über mich selbst, aber er lachte in diesem Moment genauso herzhaft und schien es nicht einmal wahrgenommen zu haben. Außer Atem ließen wir uns in die Kissen fallen. Das Ende des Films war aber dann doch wieder recht emotional und ich musste heftig schlucken. Während Cody sich auf die Armlehne des Sofas stütze und sich so eher von mir weggelehnt hatte, war Ryan mir ganz nah. Er roch nach Popcorn und nach ... Wald. So seltsam das klingen mochte. Unauffällig schnupperte ich noch einmal. Ja, irgendwie roch er waldig. Oder vielleicht hatte ich auch zu viel von diesem Milchshake erwischt und mein Cholesterinspiegel verursachte mir schon Halluzinationen.

Kapitel 8

Rosa hatte sich mit ihrem Dessert mal wieder selbst übertroffen. „Warum habe ich bisher noch nicht gewusst, was Key Lime Pie ist?“, fragte ich ungläubig in die Familienrunde. „Ich kann nicht fassen, dass ich diesen Nachtisch bisher verpasst habe und das achtzehn lange Jahre!“

John lachte polternd. „Es freut mich, dass dir die amerikanische Küche schmeckt.“

„Schmecken ist wirklich der falsche Ausdruck. Ich bin im absoluten Himmel.“ Nun lachten auch die anderen. Es fühlte sich gut an, etwas zu der heiteren Stimmung beizutragen, die beim Essen mit den Westmans häufig herrschte. Und heute war es besonders schön, weil Olivia bei einer Freundin übernachtete und somit nicht hier war. Okay, das war gemein, aber ihren letzten Magenschwinger in der Boutique konnte ich ihr einfach nicht verzeihen.

Ich führte eine weitere Gabel mit der Köstlichkeit von Limetten-Kuchen zu meinem Mund. Zuerst schmeckte ich die cremige Textur, die sich süß und fruchtig auf meinen Gaumen legte, um dann in den knusprig buttrigen Boden zu beißen, der das Geschmackserlebnis perfektionierte. „Was ist da bitte drin?“, fragte ich mit vollem Mund.

„Er besteht hauptsächlich aus einer Creme aus Limettensaft, Eigelb und gezuckerter Kondensmilch auf einem Kuchenboden“, erklärte mir Miguel. „Und er ist auch einer meiner Lieblingsdesserts. Leider macht ihn Rosa nicht sehr häufig. Aber da du unser Gast bist, vielleicht kannst du ihn dir bald wieder einmal wünschen“, er warf mir einen verschwörerischen Blick zu, den ich erwiderte. Ich aß nur ein kleines Stück, schließlich wollte ich nicht, dass meine Ernährung völlig aus dem Ruder lief, aber dafür genoss ich dieses umso mehr.

„Was ich euch schon länger mal fragen wollte: Kann ich im Moment eigentlich irgendwo in New York Kolibris sehen?“, schnitt ich ein anderes Thema an. Nachdem ich mich aktuell auf *dem* Kontinent befand, auf dem Kolibris tatsächlich lebten, würde ich meiner Mama einfach gerne ein Video von einem freilebenden Tier schicken.

„Tut mir leid, aber die Kolibris sind momentan alle in ihren Winterquartieren in Mexiko“, erklärte mir Melissa bedauernd. „Interessierst du dich für die Vögel?“

„Ich nicht so wirklich, aber meine Mama ist schon fast besessen von ihnen. Sie liebt sie wirklich abgöttisch“, erklärte ich.

„Vielleicht besuchst du uns im Sommer wieder, dann treiben wir auf jeden Fall irgendwo Kolibris auf“, ermunterte mich meine Tante.

Ich hatte keine Ahnung, wie die weitere Planung für dieses Jahr aussah, aber tatsächlich hatte ich Lust, meine Familie hier in den Staaten bald wieder einmal zu besuchen. Bis auf Olivia hatten mich hier alle sehr herzlich aufgenommen und ich hatte die Westmans wirklich schon ein wenig liebgewonnen – auch wenn sie sich immer noch nicht direkt wie Familie für mich anfühlten. Aber vielleicht würde das in der

Art, wie ich es mir vorstelle, nie passieren. Sie hatten immerhin mein halbes Leben verpasst und ich das von ihnen. Dazu kam die weite Entfernung von meiner Heimat. Aber letztendlich war das nicht wichtig. Ich fühlte mich wohl mit diesen Menschen und sie waren in jedem Fall eine Bereicherung für mein Leben.

***

Am nächsten Morgen waren alle wieder ausgeflogen und ich zog mich mit einem Buch in den Fitness-Wintergarten zurück. Der Himmel zeigte sich heute wolkenverhangen und grau. Ein Spiegelbild meiner eigenen Stimmung. Es war sinnlos, die Worte verschwammen vor meinen Augen und ich konnte mich einfach nicht auf den Roman konzentrieren. Denn was eigentlich in meinem Kopf herumspukte, war die Tatsache, dass ich mich bereits seit fast drei Wochen in New York aufhielt und ich diese vermaledeite Entscheidung immer noch nicht getroffen hatte. Schwer atmend legte ich das Buch zur Seite, schob mir die Kopfhörer in die Ohren und startete einen Song, der meine aktuelle Stimmungslage perfekt widerspiegelte.

♫ Hör dir Lied 3 des Soundtracks an: Hometown Glory – Adele

Ich fühlte mich unglaublich melancholisch, wenn ich an die Zeit zurückdachte, die ich mit dem Schwimmen verbracht hatte. Ich schloss meine Augen und spürte das kühle Nass auf meiner Haut, das mich weich umfloss. Ich fühlte das Adrenalin, das ich empfand, wenn ich auf dem Startblock stand und jede einzelne Zelle in meinem Körper angespannt war und nichts mehr wollte, als endlich in dieses Becken zu springen. Ich roch das Chlor. Spürte meine Muskeln brennen, nach einem vierhundert Metern Lagenschwimmen. Hörte das Anfeuern der Zuschauer, das bei jeder getauchten Wende nur noch dumpf durch das Wasser drang. Ich empfand erneut das unbeschreibliche Hochgefühl, bei dem bedeutenden Schritt auf das Siegerpodest. Die Glückshormone, die durch meinen Körper rauschten, sobald ich um den Hals das Gewicht der Medaille spürte. Ich hörte das Lachen meiner Teamkollegen. Die aufmunternden Worte, wenn das Training mal wieder so hart war, dass am Ende mein ganzer Körper zitterte. Der stolze Blick unseres Trainers, als ich wieder einmal meine Bestzeit unterboten hatte. Ich sah Moritz vor mir, wie er mich an den Armen schwungvoll aus dem Becken zog und mich lachend küsste.

Das alles stürmte auf mich ein und es schien mir plötzlich unmöglich, es aufzugeben. Wofür? Für eine Zukunft ohne Ziel. Für ein langweiliges Leben ohne dieses Balancieren an den Grenzen meines Körpers. Wie sollte ich mich spüren, wenn nicht so? Wie sollte ich alles, wofür ich bisher gekämpft, mich geschunden und auf so vieles verzichtet hatte, einfach aufgeben? Oder wie konnte ich es nicht tun? Wie konnte ich meine innere Stimme länger verleugnen? Denn ganz tief in mir drin wusste ich, was ich tun musste. Aber ich hatte furchtbare Angst davor. Riesengroße rotblitzende Angst mit schwarzen scharfkantigen Zacken und Glutaugen.

Auf einmal spürte ich, dass ich nicht länger alleine war, öffnete meine Augen und blickte in die von Ryan. Ich hatte nicht gemerkt, wie er hereingekommen war. Er hockte vor mir und ich sah die Sorge in seinem Blick, die ich erst nicht ganz verstand, bis ich bemerkte, dass mir die Tränen über die Wangen liefen. Er sagte etwas zu mir, aber die Musik war zu laut, so dass ich ihn nicht hörte. Nur war ich gerade unfähig, sie leiser zu stellen oder auch sonst irgendetwas zu tun. Die Angst fiel immer noch über mich her. Wie eine Streitmacht von Monstern attackierte sie meine inneren Organe. Sie quetschten meine Lungen und hämmerten auf mein Herz ein. Sie schwärmten in meiner Brust aus und überzogen alles mit einer klebrigen Schicht aus Unruhe, Unsicherheit, Unbehagen und Kummer. Abgrundtiefem Kummer.

Ich konnte nur vor mich hinstarren. Zu nichts anderem war ich mehr fähig.

Ryan bewegte sich und zog mir, mit beiden Händen gleichzeitig, die Kopfhörer aus den Ohren.

„Hey." Voller Mitgefühl blickte er mich an. „Was ist denn los?"

Ich schüttelte nur den Kopf, zum Zeichen, dass ich nicht sprechen konnte.

„Es geht um das Schwimmen, oder?", fragte er mich bedächtig.

Ich nickte und die Tränen liefen mittlerweile in Sturzbächen über meine Wangen. Sturzbäche, in denen ich zu ertrinken drohte.

Er legte meine Ohrstöpsel auf die Yogamatte neben mich und begann mit seinen Händen meine Arme zu reiben. Langsam und bedächtig. Immer weiter auf und ab. Zwischendurch setzte er sich etwas bequemer hin. Er sagte nichts. Kein Wort. Keine Tipps. Keine Ratschläge. Keine Fragen. Keine Vorwürfe. Kein Unverständnis. Er war da und rieb weiter langsam über meine Arme, die in einem Longshirt steckten. Auf und ab.

Es dauerte eine Zeit lang, aber dann spürte ich, wie ich mich immer mehr beruhigte. Meine Atmung wurde gleichmäßiger. Meine Tränen versiegten. Die Armee der Angstmonster trat ihren Rückzug an. Weniger Krallen, weniger Zähne, weniger glühende Augen. Sie zogen sich zurück in eine kleine Kammer in meinem Herzen. Falteten sich dort zusammen und stapelten sich. Waren nicht vollständig verschwunden, aber längst nicht mehr so gefährlich.

Mein Blick klärte sich langsam wieder und ich fühlte Leben in meine Glieder kommen. Ich konzentrierte mich auf die Wärme von Ryans Händen, die immer noch vorsichtig über meine Arme fuhren – so als könnte ich jeden Moment zerbrechen.

Diese Bewegungen,

diese Berührungen,

diese Beweise von Mitgefühl, brachten mich wieder zurück in das Hier und Jetzt.

Ich war gefallen und er hatte mich aufgefangen.

Ich blickte hoch, direkt in seine warmen Augen. Und versuchte, ihm mit meinem Blick zu sagen, wie viel mir das hier gerade bedeutete. Wie sehr er mir geholfen hatte. Es weiterhin tat. Ich tauchte ein in diese Bernsteinaugen, wollte tiefer, aber wusste nicht wohin. Wollte mehr, aber wusste nicht wovon. War gefangen in diesem unglaublich intensiven Moment, der alles, was vorher war, verdrängte. Der die Sonne in mein Herz ließ und der die letzten Reste der Schlacht, die in meinem Inneren getobt hatte, einfach wegschmolz.

Ryans Hände fuhren langsam meine Arme hinunter und seine Finger verschränkten sich mit meinen.

„Wie geht es dir?“, fragte er mich sanft und holte mich damit endgültig in die Realität zurück.

Ich räusperte mich kurz, um zu testen, ob meine Stimme wieder funktionierte. „Besser. Viel besser. Dankeschön", klang es rau aus meinem Mund.

„Ich habe eigentlich nichts gemacht", sagte er, als wäre das hier selbstverständlich gewesen. Als wäre seine Einfühlsamkeit nicht der Rede wert. Als wäre das hier alltäglich. Vielleicht war es das für ihn sogar. Möglicherweise hatte er es nicht täglich mit Nervenzusammenbrüchen und weinenden Frauen zu tun. Aber er war der Beschützer. War von klein auf dazu gedrillt worden. Hatte sich schon als Kind in diese Rolle eingefügt. Bei seinem Bruder, seiner Schwester und jetzt auch in seinem Football-Team. Eventuell kam es ihm deshalb so vor, als hätte er gerade *eigentlich nichts* getan.

Langsam löste er seine Hände von meinen und das irrationale Gefühl von Verlust durchzuckte mich.

„Du hast genau das gemacht, was ich gebraucht habe, ohne, dass ich es dir gesagt habe. Ich finde das ein ziemlich beeindruckendes Nichts, wenn du mich fragst", erklärte ich ihm mit fester Stimme.

Seine Mundwinkel bogen sich leicht nach oben. „Es freut mich, wenn es dir bessergeht." Er schien zu überlegen, dann bat er mich, einen Moment hier zu warten.

Zehn Minuten später kehrte er wieder zurück und hatte seine Sportklamotten gegen Straßenkleidung getauscht. Er streckte mir die Hand entgegen, um mir aufzuhelfen.

„Ich habe eine Überraschung für dich", meinte er schwammig und ging voraus. Ich folgte ihm bis in den Flur, wo wir uns Jacken anzogen, machte dann aber noch einen Abstecher zum WC, um mir das Gesicht zu waschen. Ich sah fürchterlich verquollen aus. Immerhin trug ich heute keine Schminke – es war also nichts verschmiert. Trotzdem fühlte ich mich nicht ganz wohl, so nach draußen zu gehen.

Aber ich war auch sehr neugierig darauf, womit Ryan mich überraschen wollte. Ich konnte es mir nicht im Entferntesten vorstellen. Ein letztes Mal blickte ich in den Spiegel. Das kalte Wasser hatte mir gutgetan und die Schwellungen an den Augen bildeten sich schon leicht zurück. Um die Nase war ich noch etwas bleich, was meine Sommersprossen stärker hervortreten ließ. Ich atmete tief durch und trat wieder zu Ryan, der im Flur auf mich wartete. Im Aufzug drückte er den Knopf fürs Erdgeschoss.

„Was ist das für eine Überraschung?“, hakte ich nach.

„Warum fragen das eigentlich immer alle, die überrascht werden sollen?“, stöhnte er. „Es ist doch der Sinn des Ganzen, dass du es nicht weißt.“

„Aber du hast doch schon Bekanntschaft mit meiner Neugier gemacht“, erinnerte ich ihn.

„Allerdings.“ Es schien ihm wieder einzufallen, dass ich mehrere Tage alle in der Familie damit gelöchert hatte, wie sein Spitzname bei den New York Wolves lautete. Ich hatte mich sogar überwunden, Olivia zu fragen, die mir ein unwirsches „Keine Ahnung“, entgegengepfeffert hatte.

Das alles hatte dann dazu geführt, dass sämtliche Westmans wissen wollten, wie sein Spitzname lautete und diese damit wiederum Ryan auf den Keks gegangen waren. Er hatte zwar dichtgehalten, aber es hatte ihn erhebliche Anstrengungen gekostet.

„Erinnere mich nicht daran!“ Er legte seine Hand in den Nacken und blickte hilfesuchend zur Decke.

Der Aufzug kam zum Stehen und die Türen öffneten sich. Wir stiegen aus und der Doorman stand schon an der Eingangstür und hielt sie uns auf. Als wir ihn passiert hatten, überholte er uns und zog auch noch die Tür der schwarzen Limousine auf.

„Danke, Frank", lächelte ich ihn etwas schief an, weil die dafür zuständigen Muskeln in meinem Gesicht leicht eingerostet waren, von den vielen Tränen kurz zuvor.

„Ich wünsche Ihnen einen wunderschönen Tag Miss Hannah", lächelte er zurück und tippte sich an seine Mütze.

Als wir losfuhren, griff ich das Thema von vorhin noch einmal auf. „Da du meine Neugier ja schon kennst, weißt du auch, was sie von Überraschungen hält."

„Willst du die Überraschung oder nicht?", fragte er trocken.

„Auf jeden Fall. Wenn es eine gute Überraschung ist", schränkte ich ein.

„Natürlich ist sie das", bemerkte er leicht unwirsch.

„Okay, bin ja schon ruhig. Ich sitze einfach nur hier und schaue nach draußen. Und frage mich innerlich, wo wir so hinfahren. Vielleicht schießen ein paar Vorschläge in meinen Kopf, die ich laut äußern werde und möglicherweise, könntest du dann einfach ein ganz kleines Zeichen geben, wenn ich auf der richtigen Spur bin. Nur ein kurzes Nicken. Klitzeklein, das reicht uns schon."

„Wer ist *uns*?"

„Na meine Neugier und ich natürlich."

„Aha."

„Also, vielleicht fahren wir an einen Ort, wo wir Spaß haben werden?"

„Das nennst du ruhig sein?"

„Mach doch bitte mit!"

„Ich fasse es echt nicht." Er schien es mehr zu sich selbst zu sagen und nickte dann mit dem Kopf.

„Das war ein *Ja*, oder? Ein *Ja* zu Spaß?"

Ergeben nickte er erneut.

„Besuchen wir Miez und Mauz, weil du herausbekommen hast wer ihre Besitzerin ist und wir trinken Tee in dem Zimmer hinter dem Fenster?“

Er zog eine Grimasse.

„Also nicht. Hmmm. Ich weiß es, ein Vergnügungspark: *Coney Island*?“

Er schüttelte den Kopf. „Es ist vielleicht auch nicht direkt Spaß, sondern mehr Freude. Wir sind da“, bemerkte er, als der Wagen gerade zum Halten kam. „Das hoffe ich zumindest“, fügte er leise hinzu, aber ich hatte es noch gehört, bevor er ausgestiegen war.

Soweit ich das beurteilen konnte, befanden wir uns immer noch in Manhattan. Ich stieg ebenfalls aus und orientierte mich. Wir standen vor einer Galerie und Ryan bedeutete mir, hineinzugehen. Das verwirrte mich weiter. Was bitte taten wir hier? Aber da er eine besondere Verbindung zur Malerei besaß, war es doch nicht so verwunderlich. Vielleicht wollte er mir ja zur Aufheiterung ein Bild kaufen. Das war zwar eine ungewöhnliche Art des Trosts, aber warum eigentlich nicht? Möglicherweise war das in diesen Kreisen ja das Normalste der Welt. Das Gästezimmer könnte ohnehin ein bisschen mehr Farbe vertragen.

Eine attraktive Mittvierzigerin, die hinter einem Glasschreibtisch gesessen hatte, erhob sich und trat auf uns zu. Ihr Rock war so eng, dass sie nur kleine Schritte machen konnte und auf ihren hohen Absätzen sah es fast ein wenig so aus, als würde sie auf Stelzen balancieren.

„Wir haben gerade telefoniert, ich bin Ryan Westman“, er streckte ihr die Hand entgegen. Sie strahlte ihn an wie ein Honigkuchenpferd und ergriff sie, schien sie gar nicht mehr loslassen zu wollen. „Sie müssen sich doch nicht vorstellen,

Mr. Westman, ich bin eingefleischter Fan der Wolves“, teilte sie ihm mit zuckersüßem Lächeln mit.

Oha, sie schien vor allem ein Fan von Ryan zu sein. Mich ignorierte sie komplett.

Die beiden betrieben ein wenig Smalltalk, was mir die Gelegenheit gab, mich ein bisschen umzusehen.

Es war eine Galerie wie viele hier in Manhattan, an denen ich schon vorbeigelaufen war. Vorne eine große Fensterfront und innen weiße Wände, die mit Kunstwerken behangen waren. Es gab ein ausgeklügeltes Beleuchtungskonzept, das die teuren Stücke ansprechend in Szene setzte. Die wenigen Möbel, die hier standen, waren entweder aus Glas oder weiß. Es gab einen Durchgang auf der rechten Seite, der zu einem weiteren Raum führte, wo eine riesige Videoinstallation aufgebaut war. Ich konnte von hier aus allerdings nichts Genaueres erkennen. Auf mehreren Betonsockeln, die in der Mitte des Hauptraumes verteilt waren, standen verschiedene Skulpturen aus Holz und Metall.

„Dann führe ich sie zu den gewünschten Werken“, bemerkte die Lady, die sich mir nicht vorgestellt hatte und schritt uns voran zur Treppe. Wobei Schreiten etwas zu hochgegriffen war – sie trippelte. Es schien in dem Rock auch nicht einfach zu sein, die Stufen zu erklimmen. Fast wie eine Ertrinkende klammerte sie sich an den Handlauf. Aber ihr Po, der sich direkt vor uns befand, kam wirklich äußerst vorteilhaft zur Geltung, das musste ich neidlos anerkennen. Ich schielte zu Ryan hinüber, ob er den Ausblick genoss, aber der tippte gerade auf seinem Handy herum. Eine echte Verschwendung. Da quälte sich die arme Frau ganz umsonst die Treppe hinauf, obwohl es auch einen Aufzug gab. Die Welt konnte grausam sein.

Ich war von mir selbst erstaunt, wie gut meine Laune schon wieder war. Alleine würde ich wahrscheinlich immer noch wie ein Häufchen Elend im Wintergarten sitzen.

Oben angekommen, führte sie uns einen Gang entlang, von dem sechs Räume abzweigten, in denen wie unten Kunst präsentiert wurde. Anscheinend hatten wir ein genaues Ziel. Neugierig folgte ich der Galeristin in das letzte Zimmer auf der linken Seite. Der ganze Raum war schwarz gestrichen inklusive der Decke. Und an den Wänden hingen angestrahlte, großformatige Fotografien von ... Kolibris. Ich drehte mich zu Ryan um. „Das sind Kolibris", bemerkte ich wenig eloquent und völlig verdattert.

„Du wolltest Kolibris in New York sehen und das ist im März gerade die einzige Option dafür", erklärte er achselzuckend.

Immer noch ungläubig schritt ich auf die Fotografien zu. Sie waren gestochen scharf und die bunten Gefieder der Vögel leuchteten in allen Farben. Sie mussten mit einer Spezialkamera aufgenommen worden sein, denn selbst bei den Kolibris im Flug, war jede einzelne Feder an den Flügeln zu erkennen.

„Der Künstler Alfredo Pero hat sich jahrelang mit Kolibris beschäftigt und sie monatelang beobachtet. Dadurch sind diese außergewöhnlich detailreichen und einzigartigen Aufnahmen entstanden. Sie zeigen seine ganz besondere Sicht auf diese Tiere, die ihn seit der Kindheit faszinieren." Miss Enger-Rock trat nah an Ryan heran, während sie diese Informationen über den Fotografen zum Besten gab – ganz schön nah. „Ich würde Ihnen gerne noch mehr darüber erzählen..."

„Vielen Dank für ihre Mühe, ich glaube, das reicht uns an Hintergrundwissen. Wir möchten die Fotos erst einmal in Ruhe auf uns wirken lassen.“ Dabei betonte er das Wort *Ruhe*, schenkte ihr gleichzeitig aber ein freundliches und sehr charmantes Lächeln. Ich verkniff mir ein Grinsen, als ich bemerkte, wie er unauffällig ein wenig von ihr abrückte.

„Selbstverständlich. Melden Sie sich gerne jederzeit, wenn sie Hilfe brauchen!“ Okay, das war jetzt eindeutig zweideutig gewesen. Sie ging ganz schön ran.

Ich wendete mich wieder den Fotografien zu und versuchte, in meinem Kopf zusammenzubringen, wie es sein konnte, dass ich tatsächlich hier stand und mir Kolibris ansah – selbst wenn sie nicht lebendig waren.

Ryan trat hinter mich. „Ich weiß, dass deine Mama der Kolibri-Fan ist, aber ich dachte, du könntest dir ein Bild für sie aussuchen. Ein Mitbringsel sozusagen. Ich würde es dir gerne schenken.“

„Das ist ...“ Ich stockte, weil es mir schwerfiel, Worte dafür zu finden, wie unglaublich süß ich das fand. „Wie hast du das so schnell recherchiert und organisiert?“ Ich drehte mich zu ihm um und blickte ihn fragend an. Sein Gesicht wirkte wie fast immer verschlossen. Es war schwer, ihm seine Emotionen anzusehen. Er war so wahnsinnig kontrolliert, schien permanent alles im Griff zu haben.

„Ich habe gestern schon ein bisschen geschaut, als du es beim Abendessen erwähnt hast“, bemerkte er unaufgeregt, als wäre es mal wieder nicht der Rede wert. Aber seit wann interessierte er sich so für mich? Gestern hatte es noch keinen Grund gegeben, mich aufzuheitern. Er hatte es recherchiert, einfach so. Und das, nachdem er anfänglich nicht einmal etwas mit mir unternehmen wollte und nur sein Training im Kopf hatte.

„Hast du dir vorher die Preise angesehen?“, flüsterte ich, als mein Blick auf die vielen Nullen auf den Schildern fiel.

Die Galeristin stand weiterhin in der Nähe und beobachtete uns. Hatte sie nichts anderes zu tun? Oder glaubte sie ernsthaft, wir würden eines der Bilder unauffällig in die Hosentasche schieben?

„Mach dir darüber keine Gedanken", wiegelte er ab. „Wie findest du das?" Er zeigte auf ein Bild mit einem bernsteinfarbenen Kolibri, der auf einem Zaun saß und dessen Gefieder in der Sonne irisierend funkelte. Es war witzig, dass ihm genau der Vogel gefiel, der mich am meisten an ihn erinnerte. An den Ton seiner Bernsteinaugen.

Aber ich hatte schon das perfekte Geschenk für meine Mama entdeckt und schritt auf das hochformatige Foto zu. Es zeigte einen Kolibri, der in dem Moment eingefangen worden war, als er sich von einem Ast abstieß.

„Das ist eine Sternelfe", erklärte ich Ryan. „Sie hat zwar kein so beeindruckendes Gefieder, wie viele ihrer Artgenossen, aber so hat mich meine Mama immer schon genannt."

Der Vogel besaß einen zartgrünen Rücken und Kopf, einen hellen Bauch und eine auffällig pinke Halskrause.

„Ich würde sagen, das passt perfekt. Sie streckt ihre Flügel aus und fliegt, genauso wie du es auch tun solltest", bemerkte er.

Verwundert drehte ich mich zu ihm um. „Wie meinst du das?"

„Du solltest etwas Neues finden, bei dem du wieder fliegen kannst, so wie du es früher beim Schwimmen getan hast. Die Welt steht dir offen, du hast so viele Möglichkeiten. Es lohnt sich zu springen." Er verzog seinen Mund zu einem Schmunzeln, aber ich zweifelte keinen Moment daran, dass er es völlig ernst gemeint hatte.

„Und wenn ich nicht weiß in welche Richtung?", fragte ich zerknirscht nach.

„Du bist sportbegeistert und deine Familie besitzt ein riesiges Unternehmen, bei dem sich alles um Sport dreht. Alleine hier gibt es zig Optionen. Oder du machst etwas völlig anderes. Es liegt bei dir."

Nur, dass diese Firma, die mir nach meinem Studium wohl tatsächlich gute Chancen bieten würde, tausende Kilometer von meiner Heimat entfernt lag. Und, dass ich auch kein offizieller Teil dieser Familie war. Ich schluckte und verfluchte Olivia innerlich dafür, dass sie mir diesen Gedanken in meinen Kopf gepflanzt hatte.

Die Galeristin rückte uns immer weiter auf die Pelle und stand nun in Hörweite, so dass es nicht mehr möglich war, unser Gespräch fortzusetzen.

„Wir haben uns für diese Fotografie entschieden", sprach Ryan sie an. „Würden Sie das Bild bitte die nächsten Tage an uns schicken lassen?"

Sie gratulierte ihm überschwänglich zu seiner fantastischen Wahl und ihr Redefluss wurde erst gestoppt, als er ihr seine Kreditkarte in die Hand drückte.

„Dann gehe ich eben runter und mache alles fertig. Und vielleicht haben Sie ja noch kurz Zeit mir als großem Wolves-Fan ein paar Geschichten zu erzählen?"

Ryans Lächeln gefror, aber sie hatte es anscheinend nicht bemerkt. „Wenn ich Sie schon mal hier in der Galerie habe, dann lasse ich Sie natürlich nicht so leicht wieder gehen." Ihr perlendes Lachen wurde immer leiser, als sie sich entfernte. Ich war mir fast sicher, dass sie dieses Mal den Aufzug nehmen würde.

Endlich waren wir wieder ungestört. Ryan sah allerdings nicht mehr ganz so entspannt aus. Seine kontrollierte Außenhülle, hatte einen kleinen Kratzer abbekommen und ich wusste auch, was der Grund dafür war.

„Du schnappst dir die Kreditkarte und dann rennen wir einfach raus. Mit diesem Rock hat sie absolut keine Chance, uns zu folgen", raunte ich ihm verschwörerisch zu.

Erst starrte er verdutzt zu mir, bevor er herzhaft anfing zu lachen.

„Du denkst daran, wie es aussehen würde, wenn sie in dem Ding anfängt zu rennen, oder?" Ich stimmte in sein Lachen mit ein. Die Vorstellung war einfach zu ulkig.

„Schön wärs", meinte er, nachdem wir uns wieder beruhigt hatten, „aber ich habe leider einen Ruf zu verlieren", stöhnte er.

Ich schoss noch ein Foto von dem Kolibri, der Ryan so gut gefallen hatte, und folgte meinem Cousin dann nach unten, wo er gerade den Papierkram erledigte und seine Karte wieder in Empfang nahm. Während ich die Treppe hinunterstieg, hielt ich mir mein Handy ans Ohr und tat so, als würde ich telefonieren. „Ja, alles klar, das ist natürlich sehr wichtig. Ich verstehe, ja, das kriegen wir schon hin. Wir sind in einer halben Stunde da, keine Sorge. Ja, wir beeilen uns." Ich tippte auf das Display und beendete somit den imaginären Anruf. „Ryan, das war dein Management, wir müssen sofort los!" Irritiert blickte er mich an und ich starrte zurück und hoffte inständig, dass er verstand, was ich hier vorhatte. „Ach wirklich, das muss ja etwas Wichtiges sein, wenn Peter sogar dich anruft", bemerkte er verwundert.

„Ja, du bist wohl nicht an dein Handy gegangen", gab ich ihm eine Steilvorlage.

„Ach ja, ich habe es auf lautlos gestellt, damit wir nicht gestört werden." Es hatte wohl endlich *Klick* gemacht und Ryan spielte mit. „Es tut mir leid, aber ich fürchte, wir müssen sofort los", wandte er sich an die Galeristin.

„Das ist aber schade. Was ist denn passiert?“, fragte sie bestürzt.

„Leider streng geheim“, wandte ich bedauernd ein und das erste Mal sah sie mir ins Gesicht und schien mich überhaupt wahrzunehmen.

„Ach wirklich, na ja, da kann man wohl nichts machen“, bemerkte sie enttäuscht.

„Ja, sehr schade“, bestätigte Ryan und ich hätte es ihm fast abgekauft. Zügig verließen wir den Laden und stiegen in die wartende Limousine ein. Er wies den Fahrer an, schnell loszufahren, als hätte er Angst, sein Fan würde wirklich hinter uns hergerannt kommen. Dann sprudelte ein erleichtertes Lachen aus ihm heraus.

„Hast du mehr so aufdringliche Groupies?“, fragte ich ihn mit hochgezogenen Augenbrauen.

Er lehnte sich zurück und man konnte deutlich sehen, wie er sich wieder entspannte. „Es fällt mir schwer, ihnen die Grenzen zu zeigen, weil ich nicht unhöflich sein möchte“, gestand er.

„Wann immer du jemanden brauchst, der dich rausboxt, ruf mich einfach an, ich lasse mir was einfallen“, grinste ich. Tatsächlich war ich froh, dass ich heute auch eine Kleinigkeit für ihn hatte tun können. „Danke – das Bild, überhaupt die ganze Idee – ich weiß gar nicht, was ich sagen soll. Das war wirklich klasse. Mir fehlen echt die Worte.“

„Danke, dass du mir diese sehr nette, aber doch etwas übergriffige Person vom Hals gehalten hast. Dann sind wir also quitt.“

Im Leben nicht.

Er zog sein Handy aus der Tasche und hielt es mir hin. „Tippst du mir deine Nummer ein? Sonst kann ich dich ja schlecht erreichen, wenn Not am Mann ist.“

Ich schnaubte belustigt. „Als würdest du jemals anrufen. Aber natürlich bekommst du meine Nummer. Versprochen ist schließlich versprochen.“ Ich nahm das Telefon und tippte die Zahlen ein.

„Jetzt wo du *meinen* geheimen Spitznamen kennst…“

„Vergiss es“, unterbrach er mich, ohne die Miene zu verziehen.

Als wir wieder im Appartement waren, schickte ich zuerst eine Postkarte an meine Mama.

Postkarte 8

Bild von einem bernsteinfarbenen Kolibri

Es gibt hier tatsächlich noch jemanden, der wie du daran glaubt, dass mir doch wieder Flügel wachsen werden. Okay, zugegeben, das kling etwas pathetisch. Aber hey, deine Kolibris haben mich inspiriert. Leider nur per Foto. Sind anscheinend alle gerade auf Urlaub in Mexiko. Die haben ein Leben. Kuss Hannah

Danach rief ich aus einem Impuls heraus Moritz an.

„Hey, ich bin gerade beim Essen“, meldete er sich, wohl um mir deutlich zu machen, dass er keine Zeit hatte zu telefonieren. Wir hatten uns seit Wochen nicht gesprochen und das war der erste Satz, den er zu mir sagte. Meine Kehle fühlte sich auf einmal ganz trocken an.

„Ich wollte dich nicht stören, nur kurz deine Stimme hören“, antwortete ich möglichst neutral. Vielleicht war er immer noch sauer auf mich und deshalb so reserviert.

„Ja, schön, dass du dich meldest. Das Schwimmtraining läuft super und der Trainer hat mir schon zu verstehen gegeben, dass er mich fest fürs WM-Team einplant. Also es ist noch nicht offiziell, aber so gut wie sicher", erklärte er stolz.

„Gratuliere, das ist toll."

„Ist noch was Wichtiges?", fragte er mich kauend.

„Nein, nichts Wichtiges, alles in Ordnung. Guten Appetit noch und wir hören uns bestimmt bald mal."

„Grüße nach New York. Du bist ja bald wieder hier, dann reden wir."

Als ich aufgelegt hatte, war der Kloß im Hals, den ich das ganze Telefonat über gespürt hatte, plötzlich weg. Moritz hatte mich nicht einmal gefragt, wie es mir ging. Sich kein bisschen für mich interessiert. Und er hatte wie immer vom Schwimmen angefangen. In diesem Moment wurde mir klar, dass diese Pause endgültig war, zumindest von meiner Seite aus. Und diese Erkenntnis tat viel weniger weh, als ich eigentlich gedacht hatte.

Kapitel 9

Nach fast vier Wochen hatte ich mich an diese Stadt gewöhnt, die niemals schlief. An die Geräusche, die Gerüche, den Verkehr und das pulsierende Leben, das hier herrschte. Die vielen Einflüsse unterschiedlicher Kulturen, die Gegensätze zwischen belebten Straßen und der Ruhe des Central Parks. Die kreativen Menschen, die hier lebten und bei denen ich mich nicht fühlte wie ein buntes Chamäleon unter lauter gleichfarbigen Eidechsen. Auch in Berlin war das schon deutlich besser gewesen, als vorher in Bremen oder Heidelberg. Aber New York brachte die skurrilsten, schrillsten und farbenfrohsten Menschen hervor, die ich jemals gesehen hatte. Der Glamour des Broadways, die Architektur der Wolkenkratzer, das Wasser überall um einen herum – es war wunderbar. Und ich mochte sogar das Donnern der Subway, wenn sie unter einem vorbeifuhr und das Dauerhupen der Taxis. Die Vielfalt, die Dynamik, all das war mir ans Herz gewachsen. Und ich würde es sehr vermissen.

Gedankenverloren rührte ich in meinem Naturjoghurt.

„Ich sehe, dass dir einiges im Kopf herum geht", bemerkte Rosa und ich blickte auf. Sie trocknete gerade eine

Pfanne ab und hatte sich zu mir umgedreht. „Es ist nicht gut, zu viel zu grübeln. Manchmal ist es besser, du hörst einfach auf dein Herz und pfeifst auf das ganze Wenn und Aber.“ Sie hängte die Pfanne an den dafür vorgesehenen Haken über dem Herd und legte das Geschirrtuch neben die Spüle. Dann wandte sie sich wieder mir zu und klopfte sich mit ihrer Hand mehrmals auf ihre linke Brust. „Hier drin ist auch eine Art Gehirn, das meistens viel besser Bescheid weiß, als das hier oben.“ Sie strich mir im Vorbeigehen über den Rücken und nahm sich den bereitgestellten Einkaufskorb von der Kücheninsel. „Ich muss nur eben noch ein paar Besorgungen machen, Metzgerei und so weiter. Falls jemand nach mir fragt, ich bin in einer Stunde zurück.“

Die Worte von Rosa, die sie so einfach eingestreut hatte, gingen mir nach. Möglicherweise war das wirklich mein Problem, dass ich das Ganze zu kopflastig sah und ständig neu durchdachte. Denn es gab ohne Zweifel Argumente auf beiden Seiten. Vielleicht musste ich mir endlich eingestehen, dass Logik mich hier nicht weiterbrachte. Schon wieder am Grübeln, bemerkte ich Cody erst, als er direkt vor mir stand.

„Na, bist du bereit?“, fragte er mich euphorisch. Er hatte mich gestern gefragt, ob ich mit ihm auf den Campus der *Columbia University* kommen wollte, um mir alles anzusehen. Da war mir auch der ominöse Flyer wieder eingefallen, den jemand auf meinem Schreibtisch platziert hatte. Als ich Cody danach gefragt hatte, hatte er entschuldigend die Hände gehoben und gemeint, dass John ihn dazu angestiftet hätte.

„Aber ich finde ebenfalls, dass es eine wunderbare Idee ist, dass du hier in New York studierst. Jetzt habe ich mich gerade so an dich gewöhnt und du willst schon wieder weg“, hatte er sich entrüstet. Also hatte ich zugesagt, mir die Universität einmal anzusehen. Allerdings wusste ich, wie schwer es war, hier angenommen zu werden, und ich plante nicht wirklich damit, dort zu studieren. Es war einfach viel zu weit weg von meiner Mama, Cosmo und meinen Freunden. Es war ein utopischer Gedanke. Zu utopisch. Aber ich versprach mir einen amüsanten Tag mit Cody und darauf freute ich mich.

„Ich muss nur noch aufessen und dann können wir los", antwortete ich ihm.

„Kein Stress, ich hab zwar schon gefrühstückt, aber ein paar Oreos gehen schon noch. Weißt du zufällig, wo Rosa steckt?"

„Sie ist kurz zur Metzgerei gegangen", gab ich weiter, was sie vorher zu mir gesagt hatte, während ich mir die letzten drei Himbeeren genüsslich in den Mund steckte.

„Wie kann man bei Obst nur so genießerisch dreinschauen?" Die Frage war wohl rhetorisch gemeint, denn mein Cousin verschwand im Vorratsraum. Einen Augenblick später tauchte er mit einer Schachtel Oreo-Frühstücksflocken wieder auf. Er öffnete die Lasche oben und schüttete sich das Zeug direkt aus der Packung in seinen Mund. „Verrate das bloß nicht Rosa!", bat er mich schmatzend.

„Kein Sterbenswort", flüsterte ich verschwörerisch.

***

Der Campus-Rundgang hatte mich wirklich beeindruckt.

Ja, ich liebe dieses Wort.

Alleine die Bibliothek: riesige Lesesäle mit Wandmalereien an den Decken, Kronleuchtern und holzvertäfelten Wänden. Auf den Stufen davor saßen Studenten aus allen

Ländern zusammen, was ich an den verschiedenen Sprachen erkannte, die ich aufschnappte. Sie hatten Decken auf den Wiesen rundum ausgebreitet und genossen den ersten richtig warmen Tag des Jahres. Es hatte mit Sicherheit über zwanzig Grad, was wohl für Ende März ziemlich ungewöhnlich war. Ich hatte meinen gelben Parka gegen ein frühlingshaftes rotes Kleid mit zartgelben, weißen und rostfarbenen Blumen darauf eingetauscht. In der Luft lag diese Aufbruchsstimmung, die typisch für den Frühling war. Diese Jahreszeit in New York zu erleben, musste fantastisch sein.

Die altehrwürdigen Häuser auf dem Campus machten vielleicht im ersten Moment den Anschein, als würde es hier gediegen zugehen. Aber das Gegenteil war der Fall. Die Ausstattung der Hörsäle war modern und überall in diesen alten Gebäuden steckte Leben. Nichts wirkte angestaubt oder elitär. Es war ein buntes Miteinander, das mich sofort in seinen Bann zog.

Cody freute sich über meine Begeisterung und führte mich stolz herum. In einem der Cafés gab er mir das beste Falafel-Sandwich aus, das ich jemals gegessen hatte – ungelogen.

Völlig beseelt von den Eindrücken bat ich meinen Cousin darum, zumindest einen Teil des Wegs zum Appartement zu Fuß zurückzulegen. Meine Lust auf Spaziergänge war ungebrochen. Es schien mein Ersatz für die sportliche Betätigung zu sein, die sonst täglich für mich zum Alltag gehört hatte. Wahrscheinlich fiel es mir deshalb so schwer, ruhig in einer Limousine zu sitzen. Ich war einfach gerne selbst in Bewegung und machte Kilometer mit meinem Körper – egal ob zu Wasser oder an Land.

Wir spazierten am nördlichen Teil des Central Parks vorbei und ich hörte eine Armada von Vögeln zwitschern. So ganz ohne Winterjacke fühlte ich mich leicht und frei und ich schritt beschwingt aus. Am liebsten hätte ich mich im Kreis gedreht und wäre herumgehopst. Keine Ahnung, ob alleine das warme Wetter für meine Gefühle verantwortlich war oder ob da mehr dahintersteckte.

Als wir an einem Friseurladen vorbeigingen, dessen Ladentür weit geöffnet war, hielt ich inne. Mein Blick fiel auf das Poster im Schaufenster, das eine junge Frau mit kurzen welligen Haaren zeigte. Sie hatte eine ähnliche Haarstruktur wie ich und die Frisur fiel ihr perfekt bis auf die Schultern. Unbewusst griff ich nach meinen langen dicken Haaren, die mir vorne bis zur Brust hingen. Ich hatte sie schon seit meiner Kindheit so getragen, hatte sie mit Mühe unter die Schwimmhauben gequetscht und sie nach dem Training minutenlang trockengeföhnt. Ich hatte an ihnen gehangen. An jedem Zentimeter. Aber in diesem Moment wollte ich nur eines: diese schwere Last loswerden.

Cody trat neben mich und blickte von mir zum Poster und wieder zurück. „Das ist eine spitzenmäßige Idee", bemerkte er und grinste von einem Ohr bis zum anderen.

„Die haben bestimmt keinen Termin frei", zweifelte ich.

„Also hier steht ganz deutlich *ohne Termin*", er deutete auf ein Schild, das innen am Schaufenster auf der anderen Seite der Tür befestigt war.

„Na dann, ich könnte ein bisschen Veränderung vertragen", bemerkte ich wieder ein wenig mutiger.

Einfach mal machen. Nicht immer alles zerdenken, Hannah! Tu es!

Der Laden war schon etwas in die Jahre gekommen, hatte aber eine hochwertige Ausstattung aus dunklem Holz und gepolsterten Stühlen aus cognacfarbenem Leder. Es roch nach Haarspray und irgendeinem recht aufdringlichen Lufterfrischer. Mein Entschluss geriet erneut ins Wanken, aber ich setzte tapfer einen Fuß vor den anderen. Ich stellte mich an den Tresen, auf dem eine antike Registrierkasse stand. Dann wartete ich darauf, dass die ältere Dame, die dahinter am Laptop saß, auf mich aufmerksam wurde.

„Das junge Fräulein hier hätte gerne den Kurzhaarschnitt aus dem Schaufenster", mischte Cody sich ein, der wohl nicht die Höflichkeit besaß kurz zu warten.

Die Frau schaute hoch und ließ ihren Blick über meine Haare gleiten. „Du hast Glück, Schätzchen, ich bin gerade mit meiner letzten Kundin fertig geworden, alle anderen sind noch belegt", sie deutete hinter sich in den Raum, wo fünf weitere Friseurinnen ihrem Handwerk nachgingen. Irgendwie würde ich mich bei einer der jüngeren Kolleginnen besser fühlen, aber ich schalt mich sofort selbst für diese Altersdiskriminierung.

„Wunderbar." Ich lächelte ihr freundlich zu, auch wenn mein Inneres bedenklich wankte. Als würde ich über eine Hängebrücke balancieren und überlegen, ob es nicht schlauer wäre, wieder zurückzulaufen.

Die Friseurin führte mich zu dem einzigen freien Stuhl, der ganz vorne im Laden stand. Im Spiegel konnte ich erkennen, dass Cody sich in die kleine Sitzgruppe am Eingang fläzte und sein Handy aus der Hosentasche zog. Er blickte noch einmal zu mir und zeigte mir überschwänglich einen erhobenen Daumen.

„Du möchtest also die Frisur aus dem Schaufenster? Den schulterlangen Bob?", fragte mich die Friseurin, die auf dem Hocker neben mir Platz genommen hatte.

Ich nickte, unfähig etwas zu sagen.

Tue ich das gerade wirklich? Kann mich bitte mal jemand kneifen?

„In Ordnung. Dein Haar ist perfekt dafür. Na, dann wollen wir mal." Während sie mir einen Umhang umlegte und mich kämmte, warf sie mir immer mal wieder einen Blick im Spiegel zu. „Trennung oder neuer Lebensabschnitt?", fragte sie mich unvermittelt.

„Wie bitte?"

„Bei Frauen, die ihre Frisur so radikal verändern wollen, steckt meistens so etwas dahinter. Reine Erfahrungswerte." Sie lächelte und zeigte mir dabei eine Reihe perfekt gerader Zähne. Sie selbst hatte eine blonde Kurzhaarfrisur, die so kurz war, dass man daran wahrscheinlich recht wenig verändern konnte. Außer natürlich die Farbe. Aber sie war ja auch nicht in einer Extremsituation. „Vielleicht beides", antwortete ich und spielte mit meinen Fingern, ohne die Friseurin anzublicken.

„Das arme Schätzchen hier, hat eine Trennung hinter sich *und* fängt ein neues Leben an", rief sie ihren Kolleginnen zu. Vor Schreck zuckte ich zusammen. Das war wirklich laut gewesen. So laut, dass es der ganze Laden gehört hatte. Wie peinlich. Plötzlich bekam ich von allen Seiten Mitgefühlsbekundungen, die mir zuerst furchtbar unangenehm waren. Aber ich merkte, dass sie von Herzen kamen und schließlich ließ ich mich sogar ein ganz klein wenig davon trösten.

„In Ordnung, dann tue ich mein Bestes, dass der Start in dein neues Leben zumindest gut aussieht", ergriff meine Friseurin wieder das Wort.

„Bei Rita bist du in den besten Händen", kam es von weiter hinten aus dem Laden. Also schloss ich die Augen und versuchte, der ganzen Sache zu vertrauen. Ich konnte ohnehin nicht dabei zusehen, wie meine langen Strähnen nach und nach auf den Boden fielen. Ich hörte nur das Geräusch der Schere, einen Föhn und das Geplapper im Hintergrund.

***

„Du kannst die Augen aufmachen, es sieht wunderschön aus!", ermutigte mich Cody.

„Ehrlich?"

„Tausendprozentig", bekräftigte er erneut. Er redete schon ein wenig länger auf mich ein.

Ich atmete einmal tief durch und blinzelte dann gegen das Licht. Als sich meine Augen an die Helligkeit gewöhnt hatten, blickte ich mich im Spiegel an. Sanfte Wellen umspielten mein Gesicht und fielen locker auf meine Schultern. Ich fand, dass ich ein kleines bisschen älter aussah, was ich aber mochte. Weniger kindlich. Ich fasste mir in die Haare, was sich seltsam anfühlte, weil etwas fehlte. Dann drehte ich den Kopf hin und her. Unglaublich, wie leicht ich mich fühlte. Es war wirklich, als wäre ich von einer Last befreit worden.

„Ich liebe es", platzte es aus mir heraus und plötzlich brach um mich herum Jubel aus. Ich hatte überhaupt nicht bemerkt, wie sich drei der anderen Friseurinnen und zwei Kundinnen, die eine noch mit Lockenwicklern im Haar, rund um den Stuhl aufgebaut hatten, wohl um meine Reaktion abzuwarten. Ich wurde in eine aufrechte Haltung gezogen und von Cody in seine Arme geschlossen, während die anderen applaudierten. Ich musste lachen und nahm ihn bei den Händen und wir hüpften einmal im Kreis, wobei meine neuen kurzen Wellen nur so hin und her sprangen. In völlig ausgelassener Stimmung verließen wir den Laden. Und während Cody ein Foto von mir schoss, wusste ich es plötzlich. Ich wusste, was ich tun wollte, und ich hatte endlich eine Entscheidung getroffen.

„Ich muss sofort zu John“, wandte ich mich an meinen Cousin.

„Das klingt interessant.“ Er nahm sein Handy und rief damit den Fahrer der Limousine an, die uns heute Vormittag zum Campus gebracht hatte. Zehn Minuten später sammelte er uns auf und brachte uns nach Hause. Dort angekommen stürmte ich die Treppen hinauf, in den zweiten Stock der Wohnung und war erleichtert, meinen Großvater an seinem Schreibtisch sitzend vorzufinden. Denn ich wollte es sofort loswerden. Auf der Stelle.

Ich betrat den Raum völlig außer Atmen und stützte mich erst einmal mit den Händen auf den Oberschenkeln ab, um wieder zu Luft zu kommen.

„Wer ist denn hinter dir her?“, fragte John schmunzelnd, nahm seine Lesebrille ab und legte sie auf den Schreibtisch. Er trug heute einen grauen Anzug mit einem schlichten weißen Hemd darunter. Wahrscheinlich war er gerade erst von der Arbeit gekommen und hatte sich noch nicht umgezogen. Meist bevorzugte er zuhause Pullover und Chinos.

„Ich möchte noch ein bisschen länger hierbleiben. Also eigentlich viel länger...“, begann ich.

In seinem Gesicht konnte ich Erstaunen erkennen und Freude blitze auf. Aber er bemühte sich schnell wieder um eine neutrale Miene – womöglich, weil er mich erst einmal aussprechen lassen wollte.

Ich setzte mich auf einen der zwei braunen Chesterfieldsessel gegenüber dem Schreibtisch. Das Leder knarzte, als ich mich hineinsetzte.

Das Arbeitszimmer meines Großvaters war nicht ganz so modern wie der Rest des Hauses. Die Einrichtung hatte eher den gediegenen Charme eines sehr exklusiven Herrenclubs. Es würde mich nicht wundern, wenn er hier ab und an heimlich eine Zigarre rauchen würde.

Ich leckte mir über meine trockenen Lippen und begann von Neuem: „Ich habe nun endgültig beschlossen, mit dem Schwimmen aufzuhören. Es macht mich einfach nicht mehr glücklich. Ich hatte wirklich Angst davor, diese Entscheidung zu treffen, aber mir ist klargeworden, dass ich mich einfach nicht mehr selbst verleugnen kann. Und auch wenn sich das vielleicht seltsam anhört, aber New York ist mir wirklich ans Herz gewachsen. Ihr seid mir ans Herz gewachsen. Ich bin mir noch nicht hundertprozentig sicher, was ich jetzt machen möchte. Ich weiß, das ist nicht optimal. Aber ich habe das Gefühl, dass ich hier am richtigen Ort bin, um es herauszufinden. Melissa hatte mir angeboten, ein Praktikum in der Firma zu absolvieren und Cody hat mir heute den Campus gezeigt und ich bin total begeistert. Vielleicht könnte ich ein Auslandssemester einlegen. Also, natürlich erst ab Herbst, weil das Semester hier ja schon begonnen hat. Ich müsste in Deutschland ein Urlaubssemester einlegen oder vielleicht funktioniert auch ein Auslandssemester. Und ich will euch natürlich nicht auf der Tasche liegen, ich würde natürlich versuchen irgendwo ein WG-Zimmer zu finden“, das alles sprudelte innerhalb kürzester Zeit aus mir heraus. Als hätte es nur darauf gewartet, endlich ausgesprochen zu werden.

Unsicher blickte ich John an. Ich hatte keine Ahnung, wie er darauf reagieren würde. Nachdem er Cody gebeten hatte, mir den Flyer mitzubringen, hoffte ich auf eine positive Reaktion, aber ich war mir nicht ganz sicher. Schließlich drängte ich mich ziemlich auf. Erst wollte ich nur vier Wochen auf Besuch kommen, was ja auch schon nicht gerade kurz war, und nun hatte ich quasi beschlossen, auf unbestimmte Zeit zu bleiben. Deshalb war es mir wichtig gewesen, zu betonen, dass ich vorhatte, mir etwas Eigenes zu suchen.

„Natürlich bleibst du hier bei uns! Wir haben genug Platz. Und du darfst dir dein Zimmer auch ganz nach deinem Geschmack einrichten." Er hielt inne und es schien, als müsse er sich kurz sammeln. Er griff nach seiner Brille und setzte sie sich auf, blickte auf seinen Bildschirm, nahm sie wieder ab und sah mich dann an. „Ich kann dir gar nicht sagen, wie sehr ich mich darüber freue, dass du noch länger hierbleiben möchtest. Der größte Fehler meines Lebens war es, Jasper einfach so aufzugeben. Und dass ich jetzt noch einmal die Chance bekomme ..." Er hielt erneut inne und seine Hand umklammerte wieder die Brille. In seinen Augen glänzten ungesagte Worte. „Dass ich die Chance bekomme, noch mehr Zeit mit dir zu verbringen, das hätte ich niemals zu träumen gewagt."

Ich hatte mit einigem gerechnet, aber sicher nicht mit dieser emotionalen Reaktion. Dass er mir seine Gefühle zeigte, bedeutete mir unglaublich viel. Ich blinzelte mehrmals, um meine Tränen zurückzudrängen. Tränen der Rührung und Tränen der Freude. Es war die schönste Bestätigung, die er mir nur geben konnte: Es war richtig, hierzubleiben.

Langsam stand er auf, ging um den Schreibtisch herum und setzte sich neben mich in den zweiten Sessel.

Ich wünschte, mein Papa könnte jetzt hier sein. So viel echtes Interesse und ehrliche Zuneigung. Warum nur hatte er nie Kontakt zu John gewollt?

„Was stand in dem Brief?“, fragte ich einem Impuls folgend.

Er blickte mich wissend an, auch wenn ich nicht genau erklärt hatte, welchen Brief ich meinte. Dann atmete er einmal tief durch und begann zu erzählen. „Ich war noch sehr jung, als ich diese Vereinbarung mit deiner Großmutter traf und hatte noch keine Ahnung, was es bedeutet Vater zu sein oder Verantwortung für andere Menschen zu übernehmen. Ich war das erste Mal von zu Hause fort und brannte darauf, die Welt zu entdecken. Als deine Großmutter mich dann bat, mich aus ihrem Leben herauszuhalten, da war ich verletzt, aber auf der anderen Seite zeigte sie mir damit auch einen Ausweg, aus dieser schwierigen Situation. Sie war verheiratet und ich war noch nicht bereit, eine Familie zu gründen. Ich wollte noch ein wenig frei sein, bevor ich in die Firma meines Vaters einsteigen würde. Also habe ich schweren Herzens zugestimmt. Aber ich wollte mein Kind nicht vollends loslassen. Ich war unglaublich naiv und dachte, dass ich dann einfach später in die Vaterpflichten einsteigen könnte. Sobald Jasper achtzehn wäre, würde er alles erfahren und mich natürlich kennenlernen wollen. Und ich hätte dann auch die Zeit und Muße, mich um ihn zu kümmern. Selbstredend war das reine Fantasterei. Als ich zwei Jahre später heiratete und Melissa auf die Welt kam, verstand ich erst, was es überhaupt bedeutete, ein Vater zu sein. Aber es war zu spät, ich hatte versprochen mich aus Jaspers Leben herauszuhalten. Und auch meine Frau wusste damals noch nichts von meinem ersten Kind. Also verdrängte ich es weiter, so wie ich es bisher getan hatte. Aber je näher seine Volljährigkeit rückte, desto mehr wuchs mein Bedürfnis, ihn kennenzulernen. Über den Brief hatte ich gar nicht mehr nachgedacht. Aber das hätte ich tun sollen. Denn das was ich geschrieben habe, schien Jasper nicht sonderlich gefallen zu haben." Er seufzte, lehnte sich im Sessel zurück und schloss kurz die Augen, bevor er fortfuhr. „Und ganz ehrlich, ich kann dir den genauen Wortlaut nicht mehr sagen. Aber ich schrieb diesen Brief in dem Glauben, dass ich meine Vaterpflichten kurz stilllegen könnte, nur um dann zu einem späteren Zeitpunkt einfach weitermachen zu können. Und das muss Jasper gespürt haben. Dabei lässt sich diese Zeit nie wieder aufholen." Er starrte ins Leere. „Und dann habe ich den zweiten größten Fehler meines Lebens gemacht. Als deine Großmutter mir mitteilte, dass Jasper keinen Kontakt zu mir haben wollte. Niemals. Da war ich gekränkt. Und gleichzeitig hatte ich Angst, meine eigene Familie zu zerstören. Hatte Angst, es käme alles ans Licht. Wer weiß, was meine Frau von mir gehalten hätte, hätte sie erfahren, dass ich mein eigenes Kind einfach zurückgelassen hatte. Im Stich gelassen hatte. Ich wollte die Abscheu, die ich für mich selbst empfand, nicht in ihren Augen sehen. Also redete ich mir ein, es wäre besser so. Jasper hatte eine Familie, einen Vater. Und ich hatte ebenfalls eine Familie." Er stand auf und ging zum flackernden Kamin und stützte sich mit den Händen am Sims ab. Er schien gerade in seiner eigenen Welt versunken zu sein. Deshalb blieb ich ganz ruhig. Wollte ihn auf keinen Fall stören. Nach einer Weile drehte er sich wieder um und blickte mich an.

„Es ist unverzeihlich, dass ich ihn und damit auch dich einfach so aufgegeben habe. Und ich hoffe sehr, du kannst mir das irgendwann verzeihen. Aber in seinem Fall ist es zu spät. Dass ich ihn nie kennengelernt habe, schmerzt mehr als ich es ausdrücken kann." Ein bittersüßes Lächeln lag auf seinem Gesicht, als er sich wieder zu mir setzte. „Und deshalb möchte ich dir danken, für diese Chance, die du mir gibst, denn ehrlich gesagt habe ich keine Ahnung, ob ich sie überhaupt verdiene."

Nun rollte mir doch eine Träne über die Wange. Ließ sich nicht mehr zurückhalten. Zeigte deutlich, wie nahe mir das alles ging.

Ich hatte nie einen Groll gegen John gehegt. Mir hatte mein Leben lang nichts gefehlt. Ich hatte schließlich einen Opa gehabt. Als ich von meinem neuen Großvater erfuhr, war das mehr wie eine zusätzliche Bereicherung gewesen. Dagegen hatte ich nicht verstanden, warum mein Papa den Kontakt so rigoros abgelehnt hatte. Aber je länger ich darüber nachdachte, desto besser konnte ich seine Beweggründe verstehen. Es musste traumatisierend für ihn gewesen sein, mit achtzehn zu erfahren, dass er sein Leben lang belogen worden war. Dass sich sein leiblicher Vater eine Auszeit genommen hatte. Und das war ja nicht nur eine Auszeit von Verantwortung. Es war auch und vor allem eine Auszeit von Liebe. Dass es jemand also tatsächlich übers Herz brachte, zu sagen: „In achtzehn Jahren sehen wir uns wieder, dann passt es irgendwie besser und wir können uns gerne kennenlernen. Und Vaterliebe gibt es ja vielleicht später auch gratis dazu. Wir werden sehen."

Das war natürlich überspitzt ausgedrückt, aber wahrscheinlich hatte es sich so ähnlich für meinen Papa angefühlt. Und dann wollte er sicherlich auch seinen Adoptivvater schützen, der ihn aufgezogen hatte, ohne von alldem zu wissen.

Dennoch gab es in meinem Herzen keinen Groll für John. Er hatte Fehler gemacht und meinen Papa unglaublich verletzt, aber mich nicht. Seit er von meiner Existenz erfahren hatte, hatte er den Kontakt zu mir gesucht. Er hatte mir Interesse und Wertschätzung entgegengebracht und Zuneigung. Und nun hatte er sich entschuldigt.

„Ich finde, es ist menschlich, Fehler zu machen und es ist mutig, sie sich einzugestehen. Und es ist willkommen, es danach besser zu machen.“ Ich hatte das ausgesprochen, was mir gerade in den Sinn gekommen war, und es fühlte sich richtig an. Ich hatte nicht das Recht, ihm für meinen Papa zu vergeben, aber ich wollte ihm mitteilen, dass ich das, was er für mich und unsere Beziehung tat, sehr schätzte.

Gerührt nickte er mir zu und drückte meine Hand.

„Mama hat mir das Geld gegeben. Die drei Millionen. Ich kann es mir also leisten, mir eine Wohnung zu nehmen“, erklärte ich vorsichtig.

„Das ist gut. Aber für eine Wohnung wirst du es nicht brauchen. Ach übrigens, ich mag deine neue Frisur.“

„Sie steht für einen Neuanfang.“

„Das klingt schön. Dann lass uns doch gemeinsam diesen Neuanfang starten, ich könnte auch einen vertragen.“

***

Immer noch aufgewühlt setzte ich mich zum Abendessen. Nach dem Gespräch mit meinem Großvater hatte ich sofort meine Mama angerufen, um ihr ebenfalls meine Entscheidung mitzuteilen. Auch diese Unterhaltung war emotional gewesen. Die Trennung würde hart werden, da wir uns sehr nahestanden. Aber wir kannten diese Art der Fernbeziehung schon aus meiner Internatszeit in Bremen, wo ich hunderte Kilometer von unserem damaligen Wohnort Heidelberg entfernt gelebt hatte. Und trotzdem hatte unsere Verbindung zueinander nicht darunter gelitten. Dieses Mal waren es mehrere tausend Kilometer, dennoch war ich mir sicher, dass wir das hinbekommen würden.

Die Familie war vollzählig versammelt und es wäre ein guter Anlass gewesen, sie ebenfalls in meine Zukunftspläne einzuweihen. Cody blickte ohnehin dauernd fragend in meine Richtung, da er ja wusste, dass etwas im Busch war. Aber vielleicht ließ ich das alles besser erst einmal ein wenig sacken.

Oder auch nicht ... John war aufgestanden und klopfte mit einer Gabel an ein leeres Kristallglas. Ich ahnte, was er verkünden wollte. Innerlich atmete ich tief durch und wappnete mich für Olivias biestige Blicke, wenn sie erfuhr, dass ich länger hier wohnen würde. Ich hoffte sehr, dass das zumindest für Melissa und Miguel in Ordnung wäre. Ansonsten würde ich das mit der eigenen Wohnung doch in die Tat umsetzen. Ich wollte hier niemandem auf die Pelle rücken.

Mein Großvater räusperte sich gerade. Alle blickten ihn erstaunt an. „Du machst es aber spannend", bemerkte Melissa.

„Allerdings, denn ich habe eine große und längst überfällige Ankündigung zu machen", begann er.

Wieso längst überfällig?

„Wie ihr wisst, gibt es einen dunklen Fleck in meinem Leben. Ich habe eine Schuld auf mich geladen, die sich nicht mehr tilgen lässt. Aber ich kann *jetzt* richtig handeln. Und deshalb möchte ich euch mitteilen, dass ich unseren Anwälten heute Vormittag den Auftrag erteilt habe, die Vaterschaft für meinen verstorbenen Sohn Jasper offiziell anzuerkennen. Ich möchte endlich, dass Hannah auch ein rechtlicher Teil dieser Familie wird. Und sobald das durch ist, wird unsere Presseabteilung eine Mitteilung herausgeben, dass unsere Familie Zuwachs bekommen hat." Er blickte in meine Richtung und es fühlte sich an, als hätte er mein Herz in Glitzer getaucht und es würde nun von innen heraus strahlen – vor Freude.

„Und wie es der Zufall so will, hat sich Hannah gerade vorhin dazu entschlossen, noch eine Weile in New York zu bleiben und im Herbst vielleicht sogar ein Auslandssemester zu beginnen. Na, was sagt ihr?" Er blickte lächelnd in die Runde. Die erste Antwort war das Schaben von Stuhlbeinen. Dann erhob sich Olivia und polterte lautstark die Treppe hoch, ohne sich noch einmal umzusehen.

John wirkte irritiert, während Melissa dagegen frustriert aufseufzte. „Teenager. Nimm dir das bitte nicht zu Herzen, Hannah! Ihre Hormone spielen einfach verrückt." Sie stand auf und trat auf mich zu. Ich erhob mich ebenfalls und sie schloss mich in die Arme. „Für mich gehörst du die ganze Zeit schon zur Familie, aber ich bin absolut bei John, dass das der richtige Schritt ist, es offiziell zu machen." Sie umarmte auch ihren Vater und ich glaubte die Worte „Ich bin stolz auf dich", zu hören.

Cody, der gegenüber von mir saß, stand ebenfalls auf und gab mir über den Tisch hinweg High five. „Geile Entscheidung. Ich freue mich, dass dich mein Campusrundgang so nachhaltig beeindruckt hat, dass du hierbleibst." Er grinste sein schelmisches Lachen, das ich so sehr an ihm mochte.

„Ich denke, sie wird da noch ein, zwei andere Gründe gehabt haben", bemerkte Miguel, der neben mir saß, und lächelte mich an. „Schön, dass du noch ein wenig bei uns bleibst."

„Dann bist du also bald hochoffiziell meine Cousine", bemerkte Ryan. „Willkommen in der Familie." Er prostete mir zu. Und trotz meiner fröhlichen Stimmung verpasste mir dieser Satz einen kleinen Dämpfer. Was völlig unlogisch war, denn warum sollte es mich stören, auch amtlich Ryans Cousine zu sein?

Eine halbe Stunde später saß ich im Gästezimmer und bastelte aus dem Foto, das Cody nach dem Friseur von mir gemacht hatte, eine Postkarte für meine Mama.

Postkarte 9

Bild von Hannah und ihrer neuen Frisur

Liebe Mama, manchmal braucht es Veränderungen im Leben. Kuss Hannah

Dann tippte ich Moritz eine Nachricht, dass ich dringend mit ihm reden müsse und ob ich ihn morgen Nachmittag deutscher Zeit anrufen könnte.

Das würde kein angenehmes Gespräch werden. Aber es war notwendig und Moritz hatte es verdient, so bald wie möglich von meinem Entschluss zu unserer endgültigen Trennung zu erfahren.

Kapitel 10

„Na, wie war dein erster Tag?“, fragte mich Rosa, während sie das Abendessen vorbereitete.

Ich saß an der Kücheninsel und trank einen Eistee, während ich ihr mit schlechtem Gewissen bei der Arbeit zusah. Ich hätte ihr gerne geholfen, aber ich hatte den Fehler meine Hilfe anzubieten nur ein weiteres Mal gemacht. Ihren vernichtenden Blick würde ich niemals vergessen. Und ich würde niemals wieder fragen.

„Stell dir vor, ich habe meinen eigenen Schreibtisch in der Eventabteilung und durfte sogar schon die erste Rechercheaufgabe für ein Event durchführen. Das finde ich so cool, dass ich sofort richtig mitarbeiten darf“, erzählte ich ihr begeistert.

Ich hatte heute mein Praktikum begonnen und alle in der Abteilung hatten mich freundlich aufgenommen. Na ja, das mussten sie natürlich auch, jetzt wo ich offiziell zum Westman-Clan gehörte. Ein komisches Gefühl irgendwie.

„Das ist ja wunderbar“, unterbrach die Haushälterin meine Gedanken. „Hat deine Tante schon den Innenarchitekten engagiert, der das Gästezimmer umgestalten soll?“

„Äh, nein. Ich habe das abgelehnt. Also den Innenarchitekten. Ich möchte mein Zimmer lieber selbst gestalten", bemerkte ich etwas kleinlaut. Ich wusste, dass hier alles im Appartement strengsten Design-Ansprüchen genügte, aber mein Zimmer würde ja niemand Außenstehendes zu sehen bekommen. Melissa hatte sich zwar gewundert, meine Entscheidung aber akzeptiert.

Rosa lachte. „Das hätte ich mir bei dir ja denken können."

„Was hättest du dir denken können?", fragte Ryan nach, der gerade in die Küche trat. Hinter ihm erschien Cody.

„Dass Hannah keinen Profi engagieren möchte, um ihr Zimmer einzurichten, sonders das lieber selbst macht", erklärte Rosa vergnügt.

Cody runzelte die Stirn. „Du weißt aber schon, dass auch Profis bunt einrichten können, denn bunt schwebt dir vor, oder?"

„Erwischt. Aber es wird nicht total bunt. Ich werde mir ein Farbkonzept überlegen. Ich möchte einfach, dass der Raum zu meiner Persönlichkeit passt und ich mich wohlfühle. Und das schaffe ich am besten selbst. Außerdem möchte ich den Aufwand geringhalten und auch alles aus meiner eigenen Tasche bezahlen", versuchte ich mich zu erklären.

Cody zog Luft durch die Zähne. „Da brichst du Mum das Herz. Sie lebt dafür, sich durch die Moodboards von Inneneinrichtern zu klicken."

„Wirklich?", fragte ich erschrocken.

„Er übertreibt – wie immer", bemerkte Ryan trocken.

„Aua, jetzt hast du *mir* das Herz gebrochen", jammerte Cody theatralisch.

„Ich wollte morgen zu *Ikea* fahren. Ich war total begeistert, als ich einen hier in Manhattan gefunden habe“, bemerkte ich verzückt.

Das riss meinen jüngeren Cousin aus seinem Selbstmitleid. „Bitte was? Habe ich da gerade Ikea gehört???“

„Ja, genau. Warst du schon mal da?“

„Sie hat gefragt, ob ich schon bei Ikea gewesen bin!“ Cody starrte Ryan fassungslos an. Der schüttelte genervt den Kopf.

„Mein Bruder möchte dir damit sagen, dass er noch nicht dort war.“

„Das ist ein Ramschladen“, pflichtete Cody ihm bei.

„Das ist er nicht“, verteidigte ich das schwedische Möbelhaus vehement. „Es ist eine Kette, die viel Wert auf die Umwelt legt und so produziert, dass sich auch Normalbürger gut designte Möbel leisten können.“ Ich starrte ihn kampflustig an. „Außerdem erinnert sie mich an Zuhause“, fügte ich ein wenig leiser hinzu, was mir die volle Aufmerksamkeit von Ryan einbrachte. Vielleicht war das sein Beschützermodus, der gerade wieder angesprungen war. Und ganz vielleicht, würde ich mich erdreisten, mir diesen ein bisschen zu Nutze zu machen. „Ich könnte morgen wirklich jemanden gebrauchen, der mit mir zum Einkaufen geht. Um die schweren Sachen zu tragen und um mir danach beim Aufbauen der Möbel zu helfen“, dabei blickte ich Ryan direkt an und klimperte ein paar Mal auffällig mit den Wimpern.

„Also ich kann nicht, habe ein Date mit Sandra“, erklärte Cody wenig bedauernd.

„Hast du dich jetzt für eine oder einen der beiden entschieden?“, hakte ich nach.

„Häh? Ach so, nö, waren doch beide nichts für mich.“

Ich schüttelte lächelnd den Kopf und wandte mich dann hoffnungsvoll wieder meinem anderen Cousin zu.

„Hör auf mich so anzusehen!“, forderte er mich auf.

„Wie sehe ich dich denn an?“

„Als wäre ich der Einzige, der dir helfen kann.“

„Du bist der Einzige der mir helfen kann.“ Ich klimperte wieder, was das Zeug hielt.

Er stöhnte und fuhr sich mit den Händen durch die Haare. „Na schön. Warum lasse ich mich von dir eigentlich immer zu Sachen überreden, die ich eigentlich gar nicht will?“

„Muss der berühmte deutsche Charme sein“, bemerkte ich ironisch und grinste über meinen Sieg. „Warst du schon mal bei Ikea?“

Er schüttelte den Kopf.

„Du hast also noch nie irgendein Möbelstück selbst aufgebaut und dabei lautstark geflucht? Oder Köttbullar gegessen? Klebrig süße Cranberrylimonade getrunken? Dir selbst Softeis aus dem Automaten gelassen? Dir den Einkaufswagen mit Teelichtern, Servietten und Gläsern vollgemacht, obwohl du eigentlich nichts davon kaufen wolltest? Das gibt es doch nicht, eine Ikea-Jungfrau! Dass ich das noch erleben darf. Wir werden so viel Spaß haben!“, rief ich erfreut aus.

Cody klopfte Ryan auf die Schulter „Bleib stark, Brüderchen!“

***

„Hattest du nicht was von Limonade und Eis gesagt?“, fragte Ryan leicht genervt, als wir uns durch die volle Ausstellung des Möbelhauses schoben. „Wo kommen nur diese ganzen Menschen her? Das sind ja mehr als beim Superbowl", beschwerte er sich. Er trug Jeans und T-Shirt und hatte sich sein Basecap tief ins Gesicht gezogen, um von niemandem erkannt zu werden.

„Das würde ich mal bezweifeln", bemerkte ich trocken und lotste ihn hinter mir her in eine der voll eingerichteten Beispielwohnungen, die in der Ausstellungshalle aufgebaut waren. „Hier muss doch irgendwo ...", murmelte ich vor mich hin. „Ah, genau." Von der Küche, die ganz hinten lag, führte eine Tür auf einen Balkon. Der natürlich keiner war. Es war nur ein Zwischenraum, zur nächsten aufgebauten Wohnung. Aber es sah eben aus wie ein Balkon. Dank einer Fototapete hatte man sogar das Gefühl, dass es eine Aussicht in die Natur gab. Auf einem grau gemusterten Outdoorteppich stand ein kleiner Holztisch mit zwei Stühlen. Außerdem war ein Geländer mit Blumenkästen montiert, in denen Kunstblumen steckten. Eine Lichterkette und viele kleine Töpfe mit weiteren künstlichen Pflanzen auf verschiedenen Sockeln, ließen alles erstaunlich gemütlich wirken. Und das Wichtigste: Es war wie schon vermutet niemand hier. Ich kannte solche stillen Ecken der Ausstellung aus meiner Heimat und auch hier schien es nicht anders zu sein.

„Kleine Verschnaufpause gefällig?", fragte ich Ryan, der hinter mir auf den gefakten Freisitz getreten war.

„Was ist das hier?"

„Ein Balkon", ich schloss die Tür. „Setz dich!", forderte ich ihn auf und tat es ihm dann nach. „Und nun schließ deine Augen, spür die Sonne auf deiner Haut und hör den Vögeln beim Zwitschern zu."

„Frankie, das ist genau die Küche die ich gemeint habe", hörten wir es in dem Moment im Hintergrund kreischen.

Wir mussten lachen. „Sehr schrille Vögel hier", bemerkte Ryan.

„Konzentrier dich! Also die Vögel zwitschern, es riecht nach Frühling und aus irgendeiner Nachbarwohnung kommt leise Musik."

Ich öffnete kurz die Augen, um einen Song aus meiner Playliste *Gute Laune* anzumachen, dann schloss ich sie wieder und begab mich ganz in diese Entspannungsübung.

♫ Hör dir Lied 4 des Soundtracks an: Sister Of Pearl – Baio

Als das Lied endete, fragte ich: „Und, bessere Laune?"

„Definitiv", erklärte er fast schon träumerisch. Lächelnd öffnete ich die Augen und bemerkte, dass er mich ansah. Für einen Moment trafen sich unsere Blicke, dann sah er ertappt weg.

Er hatte mich angesehen, als ob ...

Das sind Hirngespinste, Hannah! Schlag sie dir gleich wieder aus dem Kopf!

„Bist du bereit dich wieder ins Getümmel zu stürzen?", fragte ich schnell, um meine Gedanken zu vertreiben.

„Auf jeden Fall."

***

Ich hatte mir in der Ausstellung ein paar Möbelstücke notiert, die ich kaufen wollte. Der Kinderbereich war die letzte Abteilung, die uns noch vom Restaurant trennte. Zügig passierten wir sie, als ich an einem kleinen Seehundnachtlicht hängenblieb.

„Es ist so süß“, schwärmte ich, während ich es in meinen Händen drehte. Es war einfach nur eine weiße kleine Kugel mit einem Seehundgesicht aufgedruckt. Man konnte sie aufladen und dann überall aufstellen. Durch kurzes Antippen leuchtete sie in einem warmen Weißton.

Ich spürte Ryans Blick auf mir und stellte den kleinen Seehund schweren Herzens wieder weg.

„Lass uns ins Restaurant gehen“, schnaufte ich.

„Willst du die Lampe nicht mitnehmen?“, fragte er verwundert.

„Sie ist eigentlich für Kinder. Und ich bin leider schon zu alt dafür, mir ein Nachtlicht zu kaufen.“ Ich verzog mein Gesicht zu einer Grimasse. „Aber für Köttbullar werde ich niemals zu alt sein“, fand ich sofort mein Lächeln wieder und ging voran ins Restaurant.

„Vielleicht verrätst du mir jetzt endlich, was das eigentlich ist?“

„Schwedische Hackfleischbällchen.“ Antwortete ich ihm über die Schulter. Wir nahmen uns jeder ein Tablett und ich ließ mir eine ordentliche Portion Köttbullar mit Kartoffelpüree auf den Teller schöpfen. Ryan bestellte seine mit Pommes. Als wir an einem der langen Tische saßen, steckte ich mir ein Fleischklößchen in den Mund und kaute genießerisch. „Hmmmm, genau wie Zuhause.“ Es war vielleicht kein kulinarisches Highlight auf Sterne-Niveau, aber es war knusprig krosse Nostalgie mit weichem Kern und ordentlich Soße drauf. „Egal wie mein Ernährungsplan aussah, Tage bei Ikea waren immer eine Ausnahme. Als Kind war ich oft mit meinen Eltern dort und jedes Mal haben wir Köttbullar gegessen. Es war wie ein Ritual.“ Ich vermischte den cremigen Kartoffelbrei mit der würzigen dunklen Sauce und lud anschließend alles auf eine Gabel. Einfach nur lecker. „Und, was sagst du zu deinen ersten schwedischen Fleischbällchen?“, fragte ich Ryan.

„Dafür, dass wir hier in einem Möbelhaus sitzen, nicht schlecht, aber ich fürchte, ich kann deine Euphorie zwar nicht ganz teilen. Trotzdem sehe ich dir wirklich gerne dabei zu.“

Als Nächstes gingen wir durch die Markthalle und natürlich kam ich nicht an diversen Kerzen und Deko-Kleinkram vorbei. Die Servietten, die ich normalerweise immer kaufte, sparte ich mir aber, da es bei den Westmans zuhause ohnehin nur Stoffservietten gab. Außerdem schlug ich in der Lampenabteilung bei den Lichterketten zu. Und ein Teppich, diverse Kissen, eine Kuscheldecke und verschiedene Topfpflanzen landeten ebenfalls in unserem Wagen. Ich liebte es bunt, aber wie versprochen, versuchte ich mich an ein Farbschema zu halten, das im Appartement nicht völlig fehl am Platze wirken würde und dennoch mich repräsentierte. Ich entscheid mich für Blau- und Rosatöne mit ein paar Akzenten in Grün. Ryan lief leicht überfordert hinter mir her und schob den immer voller werdenden Einkaufswagen. Beim Aussuchen der Designs und Muster war er keine große Hilfe. Aber umso mehr dafür später, als wir die Möbelpackstücke in der riesigen SB Halle von den Paletten auf unseren zweiten Wagen wuchteten. Durch sein Football-Training hatte er ordentlich Kraft und bugsierte die schweren, in Kartonboxen verpackten Möbelteile, als wären sie aus Styropor.

Die Schlange an der Kasse war gefühlt endlos, aber irgendwann schafften wir es, zu bezahlen. Jetzt wartete die nächste Belohnung: Ich besorgte uns beim Kiosk zwei

Münzen und zwei Eiswaffeln für den Softeisautomaten und streckte jeweils eines davon Ryan hin.

„Du bist eingeladen, weil du bisher so fleißig warst", grinste ich.

„Oh, wie großzügig. Aber fehlt da in der Waffel nicht etwas ganz Entscheidendes?", gab er zu bedenken.

Ich trat an ihm vorbei zu dem Automaten, setzte das Waffelhörnchen in eine dafür vorgesehene Halterung, warf die Münze ein und drückte auf einen Knopf. Schon wurde die Waffel mit Vanilleeis befüllt.

„Interessant", bemerkte er und bediente ebenfalls den Automaten. Der schien allerdings einen Defekt zu haben und hörte nicht damit auf, Eis ins Hörnchen zu spritzen, das mittlerweile aber schon übervoll war.

„Ist das normal?", fragte er leicht verunsichert.

„Ich glaube nicht, eigentlich müsste es stoppen ...", bemerkte ich nachdenklich. Das tat es aber nicht. Ryan nahm die überquellende Waffel aus der Halterung und fing den Eisschwall mit seiner anderen Hand auf. „Irgendwann muss das doch wieder aufhören, verdammt...", fluchte er vor sich hin, weil er das Eis mittlerweile nicht mehr auffangen konnte und es auf den Boden floss. Ich eilte ihm zu Hilfe und legte nun stattdessen meine Hand unter den Auslass, während ich fieberhaft nach einem Stoppknopf oder etwas Ähnlichem suchte. Ryan hielt nach einem Mitarbeiter Ausschau, der uns helfen konnte. Währenddessen leckte er das Eis in seiner Hand ab, das mittlerweile so weich geworden war, dass es auf den Boden und seine Kleidung tropfte.

„Es kommt gleich jemand", versicherte er mir kurze Zeit später, was allerhöchste Eisenbahn war, denn auch meine Hand konnte in diesem Moment kein Eis mehr aufnehmen, also lief alles auf den Boden.

„Die schöne Eiscreme“, rief ich betrübt aus. „So eine Verschwendung.“ Kurzerhand kniete ich mich hin, streckte die Zunge aus und ließ das Eis direkt in meinen Mund hineinlaufen. Hinter mir hörte ich Ryan lauthals lachen, was mich wiederum ebenfalls zum Lachen brachte. Was zur Folge hatte, dass das Eis an meinem Mund vorbeilief, direkt auf meine Schulter.

Nun fluchte ich meinerseits und sprang schnell auf, bevor mich dieser wahnsinnig gewordene Automat in eine lebendige Eisskulptur verwandeln konnte. Und endlich eilte ein Mitarbeiter heran, der ein Bedienpanel öffnete, darin herumfuhrwerkte und den Vanillestrom so zum Versiegen brachte.

Ryan kugelte sich immer noch vor Lachen, nebenbei versuchte er, das restliche Eis auf seiner Hand und in der Waffel aufzuessen. Es dauerte eine Weile, bis er sich wieder beruhigt hatte. Ich nutzte die Zeit dazu, alle Eisreste in meinen Händen restlos im Magen verschwinden zu lassen. Freundlicherweise reichte uns der Ikea-Mitarbeiter einen Stapel Servietten, den ich dankbar annahm und mein verschmiertes Gesicht damit säuberte. Für mein blaues Kleid, mit den roten Punkten, kam allerdings jede Rettung zu spät. Da würde nur ein Waschgang helfen.

Auch Ryan wischte sich die Finger und sein Gesicht ab. „Ich fasse es nicht, dass ich davon kein Foto machen konnte: du unter der Eismaschine. Obwohl, eigentlich ist es egal, denn dieses Bild werde ich niemals wieder aus meinem Kopf bekommen“, er schüttelte sich lachend.

„Ich wollte nur etwas gegen die Lebensmittelverschwendung unternehmen. Stell dir vor, das ganze leckere Eis wäre auf dem Boden gelandet. Da musste eine Kuh sicher schwer dafür schuften“, erklärte ich ernsthaft.

„Super-Hannah, im selbstlosen Einsatz gegen die Verschwendung von Lebensmitteln“, machte er sich über mich lustig.

„Das ist ein ernstes Thema...“, versuchte ich erneut zu protestieren.

„Sehr ernst“, unterbrach er mich. „Ich kann mich kaum noch halten vor Ernsthaftigkeit.“ Er kicherte wie ein Schuljunge.

„Wenn ich nicht dasselbe gegessen hätte wie du, würde ich denken, in dem Eis waren irgendwelche Aufputschmittel oder so“, schnaubte ich. „Oder hast du vielleicht Lachgas inhaliert?“, zog ich nun ihn auf. Aber obwohl ich mich ein bisschen darüber lustig machte, war es schön, zu sehen, wie er sich so gehen ließ. Ich glaube, ich hatte ihn noch nie so aus vollem Hals lachen hören. Entspannt und völlig unverkrampft. Und das gefiel mir. Es gefiel mir viel zu gut.

***

Ryan hatte einen Transporter organisiert, den wir eigenhändig einluden und dann damit vor dem Appartementhaus vorfuhren. Frank kam sofort herausgeeilt und blickte etwas irritiert auf das Fahrzeug. Als er mich aussteigen sah, holte er in Windeseile zwei Kofferwägen und half uns, unsere Pakete und Tüten nach oben zu transportieren. Falls es ihm seltsam vorkam, dass wir einen riesigen Ikea-Einkauf getätigt hatten, was in diesem hochherrschaftlichen Haus sicherlich nicht allzu häufig passierte, ließ er sich nichts anmerken.

Den Rest des Tages rollten wir Teppiche aus, schlugen Nägel in die Wände und bauten Möbel auf. Wir unterbrachen unsere Arbeit nur einmal, als Rosa uns zum Abendessen Sandwiches brachte. Cody ließ sich kurz blicken, stellte sich aber absichtlich so dämlich an, dass Ryan ihn bald darauf des Zimmers verwies.

Um 23.32 Uhr ließ ich mich erschöpft und glücklich aufs Bett fallen. Auch Ryan plumpste neben mich und streckte alle viere von sich. Er stöhnte und schloss die Augen. Ich dagegen ließ meinen Blick über das wandern, was wir geschafft hatten: An dem riesigen Einbauschrank aus rötlich poliertem Holz hatte ich natürlich nichts geändert, aber der Glasschreibtisch daneben hatte weichen müssen. Es war unglaublich ungemütlich, an ihm zu arbeiten. Jedes Mal, wenn meine Unterarme die Tischplatte berührt hatten, zum Beispiel beim Tippen auf der Laptoptastatur, war ich zusammengezuckt. Schließlich hatte ich immer ein Handtuch untergelegt. An seiner Stelle stand nun ein rauchblauer Schreibtisch mit messingfarbenen Griffen an den Schubladen. Darunter lag ein flauschiger rosaroter Teppich. Auch das teure Boxspringbett war geblieben, nur hatte ich hinter dem Kopfteil einen riesigen Lichterkettenvorhang aufgehängt. Daran hatte ich mit hölzernen Wäscheklammern Kunstpostkarten von Ikea und kleine Erinnerungsstücke gehängt, die ich bisher in New York gesammelt hatte – wie eine Vogelfeder aus dem Central Park.

Das Bett zierte außerdem eine neue hellblaue Tagesdecke und Tonnen von Kissen in Blau- und Rosatönen. Dazwischen immer wieder smaragdgrüne Tupfen. Auch den blauen Sessel mit den eckigen Messingarmlehnen hatte ich mit einem rosa Schaffell und mehreren Kissen gemütlich gemacht. An der Wand neben der Tür hatten wir einige schwebende Regalbretter aufgehängt, die einen ähnlichen Farbton besaßen, wie der Einbauschrank. Darauf befanden sich nun eine ganze Reihe von Zimmerpflanzen, Kerzen, Dekovasen und verschiedenen Rahmen. Im Moment waren sie noch leer, aber ich hatte sehr bald vor, sie mit Erinnerungen zu füllen. Auch über die Regale schlängelte sich eine Lichterkette. Eine neue grüne Stehlampe in der Ecke vervollständigte die heimelige Beleuchtung des Raums.

„Es ist perfekt", stieß ich hervor. Ich war wirklich zufrieden. Endlich fühlte sich der Raum nicht mehr fremd und leblos an. Er fühlte sich an, wie mein Zimmer.

„Ich glaube, eine Kleinigkeit fehlt", bemerkte Ryan, der immer noch auf dem Rücken lag, die Hände hinter seinem Kopf verschränkt. „Schau doch mal in die zweite Schublade deines neuen Schreibtisches!", forderte er mich auf.

Ich runzelte die Stirn, denn ich konnte mich nicht erinnern, dass wir etwas vergessen hätten aufzubauen oder auszupacken. Dennoch erhob ich mich und zog die Schublade auf. Meine Augen weiteten sich und alles Blut, das in meinem Körper pulsierte, versammelte sich für einen Augenblick in meinem Herzen. Ich griff nach dem Nachtlicht und tippte es leicht an. Das Seehundgesicht leuchtete mir fröhlich entgegen.

„Wann hast du das denn gekauft?", fragte ich freudig überrascht.

„Als du gerade beschäftigt warst. Ich dachte, wenn du es nicht selbst kaufst, sondern es ein Geschenk ist, wäre es vielleicht doch in Ordnung?" Er setzte sich auf und seine Mundwinkel kräuselten sich.

„Ein Geschenk darf ich natürlich keinesfalls ablehnen, auch wenn es ein bisschen kindisch ist. Das wäre unglaublich unhöflich", stimmte ich ihm eifrig nickend zu. Dann setzte ich mich wieder zu ihm aufs Bett. „Ich danke dir."

„Gern geschehen. Ich finde, er passt zu dir."

„Wie das?", fragte ich argwöhnisch.

Weil du heulst wie ein Robbenjunges. Oder: Weil deine Haare so dicht sind wie ein Pelz. Oder: Weil du genauso treudoof glotzen kannst.

Diese nicht sehr freundlichen Vergleiche kamen mir direkt in den Sinn.

„Weil du so fröhlich bist, wie diese Robbe aussieht und genauso süß."

Daraufhin trat Stille ein. Nur das letzte Wort hing im Raum. Es drehte sich, zog seine Kreise und wollte einfach nicht verschwinden. Wie ein wildgewordener Schmetterling, der den Ausgang nicht fand.

Er findet dich süß.

Ich starrte in seine Bernsteinaugen und bemerkte, wie nahe wir uns eigentlich gerade waren. Sein Oberschenkel nur wenige Zentimeter von meinem entfernt. Unwillkürlich beugte ich mich ein bisschen vor. Und erneut roch ich diesen waldartigen Geruch, der ihn meistens umgab.

Was tust du hier, Hannah?

Ich wusste es nicht.

Immer noch sagte keiner von uns ein Wort. Mein Blick fiel auf seine Lippen und ich zerrte ihn zurück. Legte ihn an die Leine und befahl ihm, sich nie wieder in die Nähe dieses Mienenfelds zu wagen. Denn es durfte nicht sein. Selbst wenn wir praktisch nicht verwandt waren, theoretisch waren wir Cousin und Cousine. Und er war nicht einfach irgendjemand. Er gehörte zu einer der einflussreichsten Familien New Yorks – vielleicht der ganzen USA. Dazu kam, dass er Profi-Footballspieler war. Ein Lieblingssport der Amerikaner. Quarterback um genau zu sein. Der, auf den alle Augen sich richteten.

Was also würde passieren, wenn ich ihn küssen würde? Nur rein theoretisch. Die Presse würde ihm einen Strick daraus drehen: „Footballstar auf inzestuösen Abwegen: Er küsst seine Cousine“ oder so ähnlich würden sie titeln. Und noch schlimmer: Was würden John und Melissa dazu sagen? Sicher wären sie über diese Art der Publicity nicht gerade begeistert. Ganz zu schweigen von der Unruhe, die ich in die Familie bringen würde. Was wäre, wenn wir zusammenkämen und uns irgendwann trennen würden. Dann gäbe es keine unbeschwerten Familienessen mehr, kein unkompliziertes Zusammenleben unter einem Dach.

Es ist unmöglich, Hannah. Schlag es dir aus dem Kopf und denk nie wieder darüber nach!

Wahrscheinlich bildete ich mir dieses Knistern zwischen uns sowieso nur ein. Er war immerhin sieben Jahre älter als ich. Er war mein Cousin. Er hatte mir nur geholfen, weil er eben so war. Er kümmerte sich um seine Familie. Und ich gehörte dazu. Das war alles.

Ich wandte den Kopf ab und starrte auf den Seehund in meinen Händen.

„Dann werde ich mal langsam ins Bett gehen.“ Ryan stand auf und ging zur Tür.

„Danke für deine Hilfe, ohne dich hätte ich es nicht geschafft.“

„Hab ich gerne gemacht“, antwortete er in neutralem Tonfall, blickte sich jedoch nicht noch einmal um.

Ich sags ja, du spinnst dir da was zusammen!

Wütend über mich selbst und meine unkontrollierbaren Gefühle zog ich das Handy vom Nachtschränkchen und beschäftigte mich mit einer Postkarte für meine Mama.

Postkarte 10

Bild vom Ikea-Restaurant

Liebe Mama, ein bisschen Heimat hier in der Ferne. Kuss Hannah

Kapitel 11

Postkarte 11

Bild von der Columbia University

Ich habe es getan, meine Bewerbung für das Herbstsemester ist raus. Kuss Hannah

Auch wenn ich es niemals gedacht hätte, als ich den Flyer zum ersten Mal in der Hand gehalten hatte: Ich hatte mich für ein Auslandssemester in genau diesem Studiengang beworben. Mit meiner Berliner Uni hatte ich geklärt, inwieweit die Kurse und meine erbrachten Leistungen mir anerkannt werden würden. Grundsätzlich sah das ganz gut aus, obwohl sich nicht alle Fächer eins zu eins miteinander deckten. Außerdem hatte ich mich noch an einer privaten Universität hier in New York angemeldet, falls das mit der Columbia nicht klappen würde. Dennoch hoffte ich wirklich sehr, dass ich dort einen Platz bekam. Alles, was ich über die Uni gelesen hatte, war einfach nur fantastisch und der Rundgang mit Cody vor einem Monat war mir lebhaft in Erinnerung geblieben. Ich wollte genau dort studieren.

Ein unglaublich gutes Gefühl, dass ich endlich wusste, was ich wollte. Ich spürte eine Energie in mir, die ich schon lange nicht mehr gefühlt hatte. Viel zu lange.

Es war Samstag und ich hatte eine anstrengende Arbeitswoche hinter mir. Nachdem ich die Bewerbung nun endlich abgeschickt hatte, beschloss ich, mal wieder Miez und Mauz zu besuchen und das mit einem kleinen Spaziergang zu verbinden. Als ich aus meinem Zimmer trat, hörte ich Rosa nach mir rufen, also machte ich einen Abstecher in die Küche.

„¡Madre mía! Jetzt habe ich doch glatt vergessen, deinem Großvater die Getränke zu bringen. Und ich kann nicht weg, weil der Kuchen gleich aus dem Ofen muss." Sie sah mich herzzerreißend an. „Kannst du vielleicht eben das Tablett auf die große Terrasse bringen?"

„Klar, kein Problem." Ich nahm das silberne Serviertablett, auf dem ein großer Krug mit Eistee und drei Gläser standen. Vorsichtig bugsierte ich es durch das Wohnzimmer. Die Tür nach draußen war offen und ich trat hinaus. Ich blinzelte in die Sonne und wünschte mir, dass ich eine Sonnenbrille aufhätte. Als sich mein Blick geklärt hatte, orientierte ich mich kurz auf der Terrasse. Der April war bisher sehr warm gewesen und es hatte schon einige schöne Tage gegeben, die wir hier bei einem Barbecue verbracht hatten.

Jetzt hatte ich meinen Großvater entdeckt. Er saß mir zugewandt auf einer der Sitzgruppen. Ihm gegenüber erblickte ich eine Frau mit kurzen schwarzen Haaren, die mir sogar von hinten verdammt bekannt vorkam. In diesem Moment sprang sie von ihrem Sitz hoch, drehte sich um und rief lauthals „Überraschung!"

Klein, zierlich, Sommersprossen, grüne funkelnde Augen und ein Streifenshirt: eindeutig meine Mama. Ich stellte das Tablett auf dem nächstbesten Tisch ab und lief ihr entgegen. Wir umarmten uns stürmisch.

„Was tust du denn hier?“, rief ich überrascht. „Warum hast du nichts gesagt? Seit wann bist du hier?“, sprudelte es aus mir heraus.

Sie war kleiner als ich und musste sich auf Zehenspitzen stellen, um mir einen Kuss auf die Stirn zu geben. „Ich hab dich so vermisst meine Sternelfe. Danke übrigens noch einmal für das Kolibri-Bild, dass du mir per Post geschickt hast. Die Fotografie ist wirklich wunderschön.“

Sie packte mein Kinn und drehte den Kopf hin und her, um meine Frisur zu begutachten. „Ungewohnt, aber sehr hübsch“, lautete ihr Kommentar. „Ach wie schön, dich zu sehen.“ Sie drückte mich erneut an sich, dass ich fast keine Luft mehr bekam.

„Ich freue mich auch sehr dich zu sehen, aber beantwortest du mir auch noch meine Fragen?“, erinnerte ich sie gutmütig.

„Ich wollte dich überraschen“, lautete ihre schlichte Antwort.

„Na, das ist dir gelungen.“ Ich blickte über die Schulter zu John. „Und du wusstest davon?“

„Schuldig.“ Er hob ertappt seine Hände.

„Und es kommt sogar noch besser! Kiki ist ebenfalls mitgekommen. Sie ist gerade bei einem Job, irgendeine Einweihung einer Boutique oder so. Wir sehen sie heute Nachmittag“, erklärte mir meine Mama weiter.

„Seit wann seid ihr denn hier?“

„Wir sind die Nacht durchgeflogen und vor wenigen Stunden gelandet. Es ist leider auch nur ein kurzes Vergnügen, weil wir am Montagabend schon wieder zurückmüssen.“ Sie verzog den Mund unzufrieden. „Aber die Zeit werden wir nutzen, oder?“ Sie blickte mich auffordernd an.

„Na klar! Das wird super!“ Dieses Mal schloss ich sie in meine Arme.

„Ich finde darauf sollten wir anstoßen!“ John war aufgestanden und hatte das Tablett aufgesammelt, das ich achtlos hatte stehen lassen. Er trug es zu der Sitzgruppe und wir gesellten uns zu ihm.

Rosa tauchte im Türrahmen auf, in ihrer Hand eine Platte mit Kuchenstücken.

„Ich hätte gleich ahnen sollen, dass da etwas im Busch ist, als du mich um Hilfe gebeten hast. Aber der Trick mit dem Kuchen war wirklich gut. Der war nie in Gefahr, oder?“, fragte ich die Haushälterin.

„Natürlich nicht“, war alles, was sie sagte und mit einem Lächeln auf dem Gesicht wieder verschwand.

***

„Ich fasse es nicht, dass du jetzt zur New Yorkerin wirst“, schleuderte Kiki mir entgegen, als wir auf sie zuliefen. Sie stand von ihrem Tisch auf und drückte mich fest an sich.

„Unser kleines Mädchen wird flügge“, fügte sie noch theatralisch hinzu.

Wir hatten uns in einer der vielen angesagten Rooftop-Bars getroffen, die eine spektakuläre Aussicht auf Manhattan und den *Hudson River* bot.

„Ich freu mich auch dich zu sehen“, beantwortete ich ihre unkonventionelle Begrüßung.

Wir setzten uns und bestellten etwas zu trinken. Nachdem die Kellnerin die Getränke gebracht hatte, rümpfte Kiki die Nase in Richtung meines Kaffees.

„Bäh, ich kann das heute gar nicht riechen." Sie rückte ein wenig von mir ab.

Erstaunt blickte ich sie an. „Du liebst Kaffee!", stellte ich leicht verwirrt fest.

Meine Mama stütze ihren Kopf auf ihre Hand und sah uns lächelnd an, als würde sie auf etwas warten.

Verwundert sah ich wieder zu Kiki, die ebenfalls diesen geheimnisvollen Blick draufhatte. „Was ist hier los?"

„Also eigentlich wollte ich ja nicht gleich mit der Tür ins Haus fallen ..." Kiki machte eine bedeutungsvolle Pause. „Aber ich bin schwanger!", kreischte sie dann los.

Sofort sprang ich auf und umarmte sie. „Das ist wunderbar!", rief ich aus und meine Augen wurden feucht. Sie drückte mich fest an sich.

Sie und Piedro hatten lange versucht, schwanger zu werden. Schließlich hatten sie sich für künstliche Befruchtung entschieden. Leider hatte sich auch auf diesem Weg nicht sofort der Erfolg eingestellt. Dass sich nun ein Leben in ihr formte, war ohnehin schon eine große Sache, aber nach dieser Vorgeschichte war es eine gigantische, hypergalaktische Sache. „Ich freu mich so für euch!"

„Ich danke dir mein Schatz." Kiki zog sich ein Taschentuch aus ihrer Handtasche und schnäuzte sich kräftig. „Es tut mir leid, aber ich könnte den ganzen Tag heulen, Schokolade essen und kotzen – alles im Wechsel. Ich dachte wirklich nicht, dass alle diese Klischees stimmen – ich bin der lebende Beweis." Sie hob resigniert ihre Schultern, aber das konnte das glückliche Funkeln in ihren Augen nicht verbergen.

Ich überlegte, wann ich das letzte Mal so richtig glücklich gewesen war, und sofort fiel mir der Ikea-Besuch mit Ryan ein. Ryan. Er spukte mir immer öfter im Kopf herum. Es war paradox. Je mehr ich versuchte, nicht an ihn zu denken, desto mehr dachte ich an ihn. Ich schüttelte mich kurz, als könnte ich so diese Gedanken loswerden.

Kiki blickte mich irritiert an.

„Ich dachte nur gerade daran, dass ich dann nicht da sein werde, wenn das Baby auf die Welt kommt", sagte ich das nächstbeste, das mir einfiel. Und es stimmte tatsächlich.

„New York ist ja nicht aus der Welt. Du setzt dich einfach in ein Flugzeug und besuchst unsere neue kleine Familie, wenn es so weit ist. Schließlich bist du jetzt bald eine Westman-Erbin, da ist so ein Flugticket doch nur Kleingeld für dich." Sie zwinkerte mir zu.

„Wie meinst du das?", ich blickte hilfesuchend zu meiner Mama.

„Ich habe die offiziellen Papiere von der Vaterschaftssache heute deinem Großvater gegeben", erklärte sie mir. „Er wird damit zum Notar gehen und du wirst in sein Testament mit aufgenommen. Außerdem wird er dir wie seinen anderen Enkelkindern ein Treuhandkonto einrichten, vom dem du monatlich einen bestimmten Betrag ausbezahlt bekommst und auf das du ab deinem einundzwanzigsten Geburtstag vollen Zugriff haben wirst. Das war zumindest das, was ich verstanden habe – du weißt, mein Englisch ist ein bisschen eingerostet." Sie sah mich entschuldigend an.

Von einem Treuhandvermögen hörte ich zum ersten Mal. Natürlich hatte John mir erzählt, dass er mich offiziell in die Familie aufnehmen wollte, was mich so sehr gefreut hatte, dass ich gar nicht über die Folgen nachgedacht hatte.

„Aber..." Ich stockte, denn ich wusste nicht, was ich sagen sollte. Warum wollte er mir mehr Geld geben? Schließlich besaß ich schon drei Millionen Euro. Eine Summe, die mir immer noch völlig abstrakt erschien.

„Du bist jetzt reich, Hannah-Maus. Ich fürchte, damit musst du dich abfinden", bemerkte Kiki ironisch und kicherte. „Du solltest mal dein Gesicht sehen. Ich glaube die meisten anderen Menschen würden jetzt Freudensprünge machen."

Meine Mama griff nach meiner Hand. „Ich dachte, John hätte schon mit dir darüber gesprochen", bemerkte sie mitfühlend.

„Ja, das hat er auch. Aber irgendwie war mir das alles trotzdem nicht so ganz klar", gab ich zu.

Wie naiv bist du eigentlich?

Ich schlug mir die Hände vors Gesicht.

„Es muss nichts ändern, wenn du das nicht möchtest", sagte Mama eindringlich und blickte mir dabei fest in die Augen.

„Sagst du ihr gerade, sie soll den Zaster ausschlagen?", fragte Kiki entgeistert.

„Nein, ich versuche nur, ihr zu vermitteln, dass Vermögen nicht zwangsläufig den Charakter verändert. Du hast das selbst in der Hand. Behalte dir deine Dankbarkeit und Demut, das ist nicht verkehrt, bei so viel Geld! Mehr Geld als ein einzelner Mensch braucht. Ich kenne dich. Ich weiß genau, wenn du das verarbeitet hast, dann wirst du erkennen, dass das eine wunderbare Chance ist – nicht nur die Chance auf ein gutes Leben, sondern die Chance auch viel Gutes in das Leben anderer zu bringen."

Sie sprach aus Erfahrung, denn sie hatte letztes Jahr einen Rockstar geheiratet, auf dessen Bankkonto seitdem auch sie

Zugriff hatte. Und eines der ersten Dinge, die sie gemacht hatte, war, mit einem Teil des Gelds eine Stiftung zu gründen, die Analphabeten und benachteiligten Kindern das Lesen näherbrachte. Als Buchhändlerin wollte sie ihre Passion weitertragen und anderen Menschen dabei helfen, die Freude zu empfinden, die sie beim Lesen überfiel. Als Zweites hatte sie sich einen Aston Martin gekauft, denn sie war schließlich keine Heilige. Aber ich verstand, was sie mir damit sagen wollte. Und sie hatte recht. Viel Geld bedeutete auch viel Verantwortung und ich würde das ernst nehmen, das stand für mich fest.

Kapitel 12

John hatte Cody und mich heute mit zum Baseball genommen. Ein Heimspiel der Mannschaft, für die mein Urgroßvater vor vielen Jahre gespielt und mehrere Meisterschaftstitel errungen hatte. Ich kannte aus Deutschland nur „Brennball", was der amerikanischen Sportart zwar ähnlich ist, aber sich natürlich in den Regeln und vor allem darin, dass der Ball mit einem Schläger geschlagen wird, unterscheidet. Sowohl mein Großvater als auch Cody halfen mir geduldig, das Spiel zu verstehen. Sie kommentierten für mich die Abläufe, erklärten mir Regelverstöße und gaben mir unmissverständliche Zeichen, wenn es Zeit war zu jubeln. Es faszinierte mich, dass dieses Spiel ein regelrechtes Familienevent war. In den teilweise langen Pausen, in denen nichts oder nur wenig passierte, schwatzen und aßen die Menschen. Und dann, wenn der Ball getroffen wurde, sprangen plötzlich alle auf und waren voll dabei. Die hektische Betriebsamkeit auf dem Spielfeld übertrug sich direkt auf die Zuschauer. Und fünf Minuten später unterhielten sich die Mütter zweier Familien wieder über den Ausflug vom letzten Wochenende.

In den richtigen Spielpausen sorgte dann die Kuss-Kamera für ausgelassene Stimmung. Vermeintliche Paare wurden von einer der Stadionkameras eingefangen und auf die großen Screens projiziert. Unter dem Jubel der Zuschauer küssten sich die beiden dann – wenn alles gut lief.

Mein Großvater war mit voller Leidenschaft beim Spiel dabei. Er sprang andauernd auf, wenn etwas Spannendes passierte und auch seiner Entrüstung machte er hin und wieder lautstark Luft. Es war schön, ihn so ungezwungen zu erleben. Meistens war er doch der charmante Geschäftsmann im Anzug. Aber gerade eben war er einfach nur ein mitfiebernder Fan. Und das brachte ihn mir wieder ein Stückchen näher.

Im letzten Inning wurde es dann noch einmal spannend. Alle Augen lagen auf dem Batter unserer Mannschaft, der gleich versuchen würde, den Ball ins Feld zu schlagen. Er musste unbedingt treffen, um beiden Runner auf den Bases, die Möglichkeit zu geben, ins Ziel zu laufen. Denn es fehlten uns zwei Punkte für den Sieg. Wir und alle um uns herum waren aufgestanden und fixierten wie gebannt das Spielfeld. Der Pitcher der Gegenspieler warf und ... Strike. Ein unzufriedenes Raunen hallte durch die Menge. Der Batter hatte den Ball nicht getroffen. Noch zwei Versuche. Angesteckt von der Stimmung rings um mich, war selbst ich nun aufgeregt. Ich drückte die Daumen beider Hände fest und fixierte den Ball.

„Strike!", rief Cody frustriert. Mein Großvater klatschte sich verärgert auf die Oberschenkel und verzog unzufrieden das Gesicht. Mein Herz klopfte schneller. Ein letzter Versuch war übrig. Ich fühlte mit dem Batter auf dem Feld. Auf ihm lag die ganze Verantwortung, dieses Spiel zu gewinnen. Ein unglaublich hoher Druck. Bei den vorherigen beiden

Versuchen hatte ihn das halbe Stadion angefeuert, aber nun war es erstaunlich ruhig. So als spürten alle, dass er seine ganze Konzentration brauchte. Der Catcher hob erst den rechten Fuß, dann beide Arme und schließlich warf er den Ball mit voller Wucht. Ein Klacken ertönte und die Menge brach in Jubel aus. Der Batter hatte getroffen und rannte auf die erste Base zu, während die anderen beiden Runner versuchten ins Ziel zu kommen. Alle Augen folgten dem Ball, der Mitten ins Publikum flog, wo eine kleine Balgerei ausbrach.

„Homerun", jauchzte mein Großvater, klatschte Cody ab und beide fielen sich hüpfend in die Arme. Bei diesem Bild musste ich lächeln. Sie hatten eine starke Verbindung zueinander und das war schön mit anzusehen.

Die Runner liefen locker ins Ziel und das Spiel war somit gewonnen. Auch ich jubelte, weil alle um mich herum sich freuten. Und, weil ich wirklich mitgefiebert hatte, selbst wenn mir noch nicht sämtliche Regeln klar waren.

Als sich die Ränge langsam leerten, führte uns John in die Katakomben des Stadions. Er hatte VIP-Pässe organisiert und wir trafen uns hinter den Kulissen mit dem Manager des Teams. Er war ein kleiner untersetzter Mann, der John herzlich begrüßte. „Schön dich auch mal wieder hier zu sehen. Und Cody, es bricht mir immer noch das Herz, dass du dich für Football entschieden hast." Er umarmte auch meinen Cousin. Mir streckte er die Hand hin.

„Das ist meine Enkelin Hannah, aus Deutschland, Bill. Sie absolviert gerade ein Praktikum in unserer Event-Abteilung und wird im Herbst ein Auslandssemester in New York machen. Und ob du es glaubst oder nicht, es hat mit Sport zu tun." Alle stimmten in sein Lachen mit ein.

Wenn es Bill seltsam vorkam, dass John plötzlich eine neue Enkelin hatte, ließ er sich nichts anmerken. Ich wusste allerdings nicht genau, wie gut sich die beiden kannten.

„Das hört sich fantastisch an. Und was ist deine Lieblingssportart?“, fragte mich Bill.

„Schwimmen“, platzte es sofort aus mir heraus. Denn obwohl ich es nicht mehr professionell betreiben wollte, würde es dennoch immer meine Lieblingssportart bleiben.

Der Manager lachte wieder. „Ich merke schon, das Sportimperium wächst in alle Richtungen. Na dann kommt mal mit in unsere Hall of Fame.“ Er ging voran und führte uns in einen Raum, in dem eine Menge Pokale ausgestellt waren. Dahinter hing jeweils ein Foto der Mannschaft, die den Erfolg erzielt hatte.

Es war wie eine Zeitleiste und wir liefen ein ganzes Stück an ihr entlang, bis wir zu den *World Series Champions 1949* gelangten.

„Ich muss eben zur Pressekonferenz, aber wir treffen uns dann gleich wieder oben im VIP-Bereich an der Bar“, entschuldigte sich Bill und verließ den Raum.

„Das wollte ich dir gerne zeigen, Hannah. Cody war ja schon einmal hier“, bemerkte John.

„Aber da war ich klitzeklein und erinnere mich kaum“, wandte dieser leicht entrüstet ein.

„Na, dann zeige ich ihn euch beiden.“ Er deutete auf einen Mann auf dem Foto, der in der Mitte der Mannschaft saß. Wie alle anderen hatte auch er seine Arme vor der Brust verschränkt. Er trug ein freundliches Lächeln auf dem Gesicht, während der Rest des Teams teilweise recht ernst dreinblickte. „Das ist euer Urgroßvater. Eine Legende im Baseball. Er schlug damals den weitesten Homerun in der

Major League und hielt diesen Rekord über drei Jahrzehnte." Stolz legte John seinen rechten Arm um Cody und seinen linken um mich. Gemeinsam blickten wir auf diesen Erfolg unseres Vorfahren. Es war fast schon ein feierlicher Moment. Aber was mich viel mehr beeindruckte, als mein siegreicher Verwandter, war, dass mein Cousin und ich für John so selbstverständlich zur Familie gehörten. Während ich meinen Großvater kaum ein Jahr kannte, war Cody noch nicht einmal mit ihm blutsverwandt. Und doch ließ er das keinen von uns beiden spüren. Wir waren ein Teil davon. Ohne Wenn und Aber.

***

„Ihr bringt sie sicher wieder nach Hause!", forderte John streng.

Cody hatte mir und Ryan vorgeschlagen, Darts spielen zu gehen. Da ich aber unter einundzwanzig war, kam ich normalerweise nicht in eine Bar rein, wo das möglich wäre. Da mein Cousin allerdings einen Türsteher kannte, versprach er, das zu organisieren.

Zuerst hatte sich John quergestellt aber das Argument „In Deutschland darf sie auch in Bars", überzeugte ihn letztendlich.

„Aber keinen Alkohol!", hatte mein Großvater gefordert. „Sonst kommen wir in Teufelsküche."

„Aye, aye, Sir!", salutierte Cody. „Wir passen auf sie auf, versprochen!"

„Na klar, Gramps, du kannst dich auf uns verlassen", beteuerte auch Ryan.

Cody hatte Recht behalten, der Türsteher ließ uns kommentarlos passieren. Im Inneren der Bar herrschte schummriges Licht. An der linken Seite gab es einen Tresen aus dunklem Holz, dessen Theke blankpoliert war. Davor standen ziemlich verschrammte Barhocker, ebenfalls aus Holz. Die nackten Backsteinwände zierten Neonschilder mit Bierwerbungen oder einzelnen Wörtern wie *Play* und *Fun*. Im mittleren Bereich des quadratischen Raums gruppierten sich Hochtische und Stühle, während rechts hinten mehrere Billard-Tische standen. Über ihnen hingen längliche Lampen aus altmodischem Tiffany-Glas, die aber in dieser rauen Umgebung schon fast wieder cool wirkten. Links hinten waren zwei Dartsautomaten aufgestellt, auf die wir nun zusteuerten. Sie waren mit bunten Lichterketten geschmückt und mit einem starken Lampenstrahl beleuchtet. Cody legte sein Handy auf den Hochtisch in der Nähe der Scheibe in der Ecke, die noch frei war. Es herrschte viel Betrieb, was ich an einem Samstagabend auch erwartet hatte. Ich hängte meine pinke Jeansjacke über einen der Hochstühle und setzte mich, während Cody die Dartpfeile holte und Ryan uns etwas zu Trinken besorgte.

„Du hast ihr echt eine Cola mitgebracht?“, fragte Cody ihn vorwurfsvoll, als er zurückkam.

„Wir haben es versprochen“, entgegnete dieser ernst.

„Ein einziges Bier wäre garantiert niemandem aufgefallen“, verdrehte Cody die Augen. „Du bist so ein Erbsenzähler“, machte er sich über seinen Bruder lustig.

„Schon in Ordnung, ich bin wirklich zufrieden mit der Cola. Ich brauche keinen Alkohol, ich will ja schließlich richtig zielen“, versuchte ich die Situation zu schlichten.

Ryan schenkte mir einen dankbaren Blick. „Hast du schon mal Darts gespielt?“, fragte er mich.

„Nicht sehr oft“, gab ich zu. „Aber immer, wenn ich gespielt habe, habe ich gewonnen.“ Ich ließ dieser Aussage ein breites Grinsen folgen. Ryans Augen blitzten auf, denn er hatte das genauso verstanden, wie ich es gemeint hatte: als Herausforderung. Nach dem Baseballspiel heute war ich voll im Wettkampffieber. Es schienen bei mir also doch Schwimm-Entzugserscheinungen zu existieren. Ich hatte Lust, mich mit jemandem zu messen und da war mir Codys Vorschlag Darts spielen zu gehen gerade richtig gekommen.

„Das klingt ja, als wärst du ein Naturtalent. Aber ich werde es dir nicht einfach machen. Ich habe schließlich schon zwei Darts-Meisterschaften gewonnen“, erklärte Ryan süffisant.

„Ja, in der High School, beim Schulfest, wo alle nur so zum Spaß gespielt haben und du der Einzige warst, der die ganze Zeit auf die Regeln gepocht hat und verbissen bis zum Ende gespielt hat. Ich glaube achtzig Prozent deiner Mitschüler haben vorzeitig aufgehört, weil sie vor deinem massiven Ehrgeiz die Flucht ergriffen haben“, bemerkte Cody belustigt.

„Du übertreibst, wie immer“, wiegelte sein Bruder ab.

„Ich gebe offen zu, dass ich diesen Hang besitze. Aber dieses Mal ist es die volle Wahrheit.“ Er blickte mich durchdringend an und nickte zur Bekräftigung seiner Worte.

„Na dann herzlichen Dank fürs Zerstören meiner Reputation.“

„Tja, ich fürchte, deine Einschüchterungstaktik ist dieses Mal fehlgeschlagen, Brüderchen. Machst du das auch immer so auf dem Footballfeld? Dass du den großen Macker markierst, damit den anderen die Knie vor dem großen Ryan Westman schlottern?“, kicherte Cody und wackelte übertrieben mit seinen Knien.

Das brachte auch Ryan zum Lachen, der seinen Bruder einen spielerischen Schubs gab.

„Und was sind deine Darts-Erfahrungen Cody?“, wollte ich nun wissen.

„Hmmm, mal überlegen. Also einmal habe ich ein grünes Schwein gewonnen, als wir auf dem Rummelplatz Darts auf Luftballons geworfen haben. Ryan hat übrigens nur einen Bleistift gewonnen. Und kürzlich bei einer Party war ich beim Strip-Darts der Letzte, der...“

„Lasst uns endlich anfangen!“, unterbrach Ryan und verteilte die Pfeile.

„Es scheint so, als hätten sich hier drei Darts-Koryphäen versammelt. Verspricht ein spannendes Spiel zu werden“, bemerkte ich amüsiert.

Und das wurde es tatsächlich. Ryan stürzte sich, wie zu erwarten war, mit voller Konzentration in die Partie – und er war wirklich gut. Cody lockerte das mit seinen Sprüchen immer wieder auf und auch er traf recht zielgenau. Meine Siege bei den wenigen Spielen, die ich bisher absolviert hatte, hatte ich dem Anfängerglück zugeschrieben. Aber es stellte sich heraus, dass ich durchaus mit den beiden mithalten konnte, was meinen Ehrgeiz weiter anstachelte. Am Ende landete ich ganz knapp auf dem zweiten Platz hinter Ryan, der die Siegerfaust in die Höhe streckte.

„Und da habe ich mal wieder gelernt, dass ich mich niemals mit Profisportlern und Ehemaligen auf ein Spiel einlassen sollte. Das artet immer in Arbeit aus“, Cody stöhnte theatralisch.

„Ach komm, eine Revanche machen wir aber noch. Ich verspreche auch, es locker angehen zu lassen“, stichelte Ryan.

„Ha, ich glaube du weißt gar nicht, wie man das Wort *locker* buchstabiert“, stichelte dieser zurück.

Ich kicherte, weil er damit gar nicht so unrecht hatte, was mir einen entrüsteten Blick von Ryan einbrachte.

„Ich sehe schon, ihr wollt euch gegen mich verbünden", beschwerte er sich.

„Bis eben noch nicht. Aber das scheint mir eine fantastische Idee zu sein", überlegte Cody und streckte mir seine Hand hin, in die ich einschlug.

Die nächste Runde verbrachten wir also damit, Ryan abzulenken, wenn er an der Reihe war. Und er machte es uns erstaunlich schwer. Nicht einmal ein unvorhergesehener Fingerstupser in die Bauchgegend von Cody konnte seine Konzentration durchbrechen.

An unserem Nebentisch schien es auch hoch herzugehen. Eine Gruppe Männer Mitte zwanzig spielte dort ein kleines Turnier und feuerte sich lautstark gegenseitig an. Als einer meiner Dartpfeile an der Scheibe abprallte und in Richtung dieses Tisches geschleudert wurde, hob ihn einer der Typen auf und gab ihn mir. Er war mir vorhin schon aufgefallen, weil sein Lachen das lauteste und ansteckendste der ganzen Gruppe war. Er trug ein enges weinrotes Shirt, das über seinem gut gebauten Oberkörper spannte, dazu eine Jeans und Vans mit dem typischen Schachbrettmuster. Seine dicken blonden Haare hingen ihm bis auf die Schultern und seine blauen Augen strahlten mit seinem Lächeln um die Wette.

„Danke dir", nahm ich den Pfeil entgegen.

„Es war mir eine Ehre", antwortete er neckisch, bevor er selbst wieder an die Scheibe musste, um zu spielen.

Er war wirklich süß.

„Hannah, du hast noch einen Versuch!", bemerkte Ryan leicht ungeduldig und ich beeilte mich weiterzuspielen.

Die nächsten Minuten fiel mir auf, dass der Typ von eben, immer mal wieder zu mir herübersah. Einmal prostete er mir sogar offensichtlich zu.

„Ich glaube, du hast einen Fan gefunden", bemerkte Cody grinsend, während Ryan eher finster in die Richtung des Fremden starrte.

„Ich weiß nicht", wiegelte ich ab. Es schien tatsächlich so, als wollte er mit mir flirten, aber ich hatte keine Ahnung, ob ich nach der Trennung von Moritz überhaupt schon bereit für so etwas war.

Ryan warf gerade, da kam der Typ vom Nebentisch zu mir herüber und stellte sich vor. „Hey, ich bin Samson."

Ryans Pfeil schoss an der Dartscheibe vorbei und Cody jubelte.

„Hi, ich bin Hannah", versuchte ich möglichst abgeklärt zu antworten, auch wenn ich ziemlich aufgeregt war. Samson war wirklich gutaussehend und sein wohlwollendes Lächeln brachte mich ein kleines bisschen in Verlegenheit. Außerdem war mein letzter Flirt schon ewig her. Ich hatte das starke Bedürfnis, mir eine meiner Haarsträhnen zu greifen und sie um den Finger zu wickeln.

Wo kommt das denn jetzt her?

Unwichtig, meine Haare waren nun ohnehin zu kurz dazu, es würde mit Sicherheit lächerlich aussehen. Stattdessen griff ich nach meiner Cola, nur um irgendwas in der Hand zu haben.

„Bist du öfter hier?", spann er das Gespräch weiter.

„Nein, das erste Mal. Ich wohne erst seit kurzem in New York", erklärte ich ihm.

„Hannah, du bist dran!", ertönte Ryans Stimme. Hörte ich da eine leichte Gereiztheit heraus? Ich hatte doch kaum zwei Sätze mit meiner neuen Bekanntschaft gewechselt.

Aber auch Samson war wieder an der Reihe und so gesellten wir uns beide zu unseren Gruppen.

Cody blickte seinen Bruder strafend an. „Warum lässt du sie nicht ein bisschen flirten?", bemerkte er leise.

„Weil der Typ denkt, dass sie einundzwanzig ist, weil sie hier in einer Bar ist, in der sie eigentlich gar nicht sein dürfte."

„*Sie* hört übrigens mit und ich wusste nicht, dass flirten in den USA auch unter einundzwanzig verboten ist", konterte ich. Wobei ich zugeben musste, dass es mir ein bisschen schmeichelte, dass Ryan hier den Beschützer heraushängen ließ. Aber tief in meinem Herzen hoffte ich eigentlich, dass der Grund für seinen Unmut etwas ganz anderes war – Eifersucht auf Samson. Natürlich war das völliger Blödsinn. Denn warum sollte er eifersüchtig sein? Und obwohl ich mein Herz dafür ausschimpfte und versuchte, diesen Gedanken schnell zu verdrängen, ließ es nicht locker. Es gab mir unmissverständlich zu verstehen, dass ich mit meinem Cousin flirten sollte und nicht mit dem gutaussehenden Dartsspieler vom Nebentisch.

„Nein, das ist es nicht", gab Ryan zu. „Aber er ist einfach zu alt für dich. Außerdem haben wir Gramps versprochen auf dich aufzupassen."

„Okay, jetzt übertreibst du aber echt." Cody hob die Augenbrauen.

„Warum glaubst du beurteilen zu können, wer zu alt für mich ist?", zischte ich gereizt. Mir war klar, warum mich das so ärgerte, auch wenn ich nicht stolz darauf war. Samson war meiner Schätzung nach in einem ähnlichen Alter wie Ryan.

„Hast du dich nicht gerade erst von deinem Freund getrennt?", ging er gar nicht darauf ein und warf mir gleich die nächste Gemeinheit an den Kopf. Was war nur mit ihm los? Dieses Verantwortungsbewusstsein für seine Familie schien ja ganz schräge Blüten zu tragen. Aber bevor ich ihm eine gepfefferte Antwort entgegenschleudern konnte, grätschte Cody dazwischen. „Am besten beruhigen wir uns alle wieder. Ich glaube nicht, dass Gramps gemeint hat, dass wir Hannah von allen anderen Männern in der Bar fernhalten sollen. Aber natürlich wird sie wieder mit uns nach Hause gehen. Gegen ein Gespräch mit einem ziemlich attraktiven Fremden, der neben uns Darts spielt, harmlos aussieht und höflich zu sein scheint, hätte er sicher nichts einzuwenden. Darüber hinaus ist Hannah volljährig und darf selbst entscheiden, was sie tut und was sie lässt. Und ich für meinen Teil finde, dass man eine Trennung am besten damit verarbeitet, in dem man wieder in den Sattel steigt."

Ich war froh, dass die Musik so laut aus den Boxen schallte, dass die Gruppe am Nebentisch nichts von unserem Gespräch mitbekam. Unangenehm berührt drehte ich mich trotzdem zu Samson um, der mir lächelnd zuwinkte.

Frustriert zog sich Ryan seine Basecap vom Kopf und fuhr sich mit einer Hand durch die Haare. Danach dauerte es nur wenige Minuten, bis die Gruppe neben uns irgendwie unruhig wurde. Sie stießen sich gegenseitig an und blickten in unsere Richtung – nein nicht in unsere, in die von Ryan. Und ich sah sofort weshalb. Seine Tarnung war eindeutig aufgeflogen. Die Kombination von der schwarzen Kappe, die sein auffälliges rotes Haar verdeckt hatte und der dicken Hornbrille mit Fensterglas hatte ihn ganz gut verborgen. Dann das schummrige Licht in der Bar, unser Platz hinten in der Ecke und dass er mit dem Rücken zum Gastraum saß. Das alles hatte dazu beigetragen, seine Verkleidung aufrecht zu erhalten. Aber jetzt waren seine hellroten Haare optimal zu sehen und alleine die Brille, die er eigentlich gar nicht brauchte, konnte nicht mehr verbergen, wer er war.

„Das ist doch Ryan Westman“, hörte ich es vom Nebentisch tuscheln. Keine zehn Sekunden später, kamen zwei von der Gruppe herüber und baten Ryan um ein Foto.

„Shit“, rutschte es Cody leise heraus. „Jetzt kommen wir hier ewig nicht mehr los.“

Samson sah mich über seine Freunde hinweg entschuldigend an und zuckte mit den Schultern. Er schien wohl der Einzige zu sein, der nicht scharf darauf war, mit einem Prominenten fotografiert zu werden oder ein Autogramm von ihm zu bekommen.

Als Ryan fertig damit war zu posieren und ein paar freundliche Worte mit den Männern zu wechseln, kamen schon die nächsten an und nahmen ihn in Beschlag. Es wurde immer voller um uns herum und wir wurden ein Stück von Ryan abgedrängt. Etwas hilflos drehte ich mich zu Cody um, doch der war plötzlich verschwunden. Dafür trat Samson an meine Seite. „Ist das immer so, wenn ihr zusammen ausgeht?“ Er deutete mit dem Kopf auf den Menschenauflauf.

„So habe ich das ehrlich gesagt noch nicht erlebt, aber ich war auch noch nicht so oft mit ihm in der Öffentlichkeit unterwegs. Meistens klappt das mit der Tarnung ganz gut“, erklärte ich. „Aber ich kenne das Ganze schon von dem Mann meiner Mama.“

„Ist der auch Footballer?“, fragte er mich.

„Nein, Rockstar.“

„Echt? Wer denn?“ Auf einmal leuchteten seine Augen auf. So ein Mist. Er schien sich nicht sonderlich für Football zu interessieren, aber er hörte definitiv Rockmusik. Ich ärgerte mich darüber, überhaupt etwas gesagt zu haben. Er war ein völlig Fremder, dem ich natürlich auf keinen Fall von Cosmo erzählen würde.

Früher hatten sich die Leute nie großartig für meine Familie interessiert, aber seit der Sänger der Band *No More Galaxy* dazugehörte, hatte sich das natürlich geändert. Und es war erstaunlich zu sehen, wie sehr sich manche entfernte Bekannte plötzlich anbiederten und dauernd etwas mit mir unternehmen wollten. Und das, obwohl sie mich davor kaum wahrgenommen hatten. Und nun hatte ich einen weiteren Prominenten in der Familie. Der war zwar in Deutschland keine große Nummer, aber hier schien ihn wirklich fast jeder zu kennen.

Endlich sah ich Cody wieder auf mich zukommen, der den Türsteher im Schlepptau hatte. Ich entschuldigte mich bei Samson und entkam so einer Antwort. Dann steuerte ich auf meinen jüngeren Cousin zu.

„Die Security bringt uns raus“, raunte er mir ins Ohr und hakte sich bei mir unter, damit wir in dem Auflauf rund um Ryan nicht getrennt wurden. Wir drückten uns durch die Menge zu meinem Cousin durch und der Türsteher unterstütze uns dabei. Er begann lautstark Abstand einzufordern und schirmte uns und Ryan mit den Armen von der Menge ab. Die Leute gehorchten nur ungern, aber schließlich schafften wir es durch eine Tür neben der Bar, die in ein Personalzimmer führte. Von dort aus lotste uns der Sicherheitsmann zur Hintertür. Dankbar machte unser Footballstar auch mit ihm noch ein Foto und dann waren wir endlich draußen.

„Es tut mir leid, ich hätte das Cap nicht abnehmen dürfen“, bemerkte Ryan kleinlaut. Wir stiegen in die Limousine, die sein Bruder anscheinend schon organisiert hatte. „Danke, Cody.“

Ich war beeindruckt davon, wie souverän mein jüngerer Cousin reagiert und unseren Abgang geplant hatte. Bei seinen lockeren Sprüchen und der ungezwungenen Art, konnte man leicht vergessen, dass er auch andere Seiten besaß. Bei seiner Begleitung zu meinem Friseurtermin hatte er mir ja schon gezeigt, wie einfühlsam er sein konnte. Bei den Westman-Brüdern waren die Rollen nach außen hin zwar klar verteilt, aber, wenn man beide näher kannte, bemerkte man schnell, dass sie sich in kein Schema pressen ließen.

„Das letzte Spiel habe übrigens ich gewonnen“, stellte ich klar.

„Wir haben es nicht beendet“, widersprach Ryan.

„Dafür kann ich ja nichts, dass deine glorreiche Erscheinung verhindert hat, dass du zu Ende spielen konntest. Ich lag in Führung, also habe ich gewonnen“, behauptete ich selbstbewusst.

Er ließ sich leicht erschöpft in den Sitz zurückfallen und ich konnte erkennen, dass er sich immer noch über den abrupten Abschluss des Abends ärgerte. „In Ordnung, ich habe es schließlich verbockt. Aber ich bin mir sicher ich hätte dich noch überholt, wenn wir zu Ende gespielt hätten.“

„Das werden wir wohl niemals erfahren. Es steht also eins zu eins. Ein Spiel für dich und eines für mich. Unentschieden.“

„Es scheint so, als bliebe diese Rechnung erst einmal offen.“ Endlich lächelte er wieder.

Ein Lächeln, das mit voller Wucht durch meinen Körper rauschte und in jedem Winkel ein kribbelndes Gefühl hinterließ.

Ein Lächeln, das ich mit einer Intensität erwiderte, als würde jede einzelne kribbelnde Zelle meines Körpers zurücklächeln.

Ein Lächeln, das mir deutlich zeigte, dass ich rettungslos verloren war.

***

Ich lag auf meinem Bett und versuchte, diesen Tag zu verarbeiten. Wie schon die letzten Wochen half es mir, eine Postkarte an meine Mama zu verfassen. Ich hatte Codys Hand beim Dartsspielen kurz vor dem Werfen fotografiert. Er trug wie meistens silbernen Schmuck, der im Licht der Scheibe blitzte. Es war ein wirklich ansehnlicher Schnappschuss, den ich da hinbekommen hatte.

Postkarte 12

Bild einer Hand mit Dartspfeil vor einer Dartsscheibe

Liebe Mama, auch wenn der Profisport Geschichte ist, habe ich meinen Ehrgeiz nicht verloren. Irgendwie beruhigend zu wissen, dass sich nicht alles ändert. Kuss Hannah

Kapitel 13

Der Saum meines türkisfarbenen Kleids schleifte fast über den Boden. Nur den Highheels hatte ich es zu verdanken, dass ich nicht unabsichtlich den edlen Steinboden des Foyers wischte. Meine rechte Hand umklammerte die schwarze Clutch so fest, dass sich die aufgesetzten Strasssteine in meine Handflächen bohrten. Mit der linken hob ich das Kleid an, um unbeschadet die Treppe zu erklimmen. Ich war so konzentriert darauf, nicht auf das glänzende Satinkleid zu treten, dass ich das Ende der Stufen zu spät bemerkte. Ich strauchelte kurz und konnte mich gerade noch abfangen, als ich auch schon den Arm meines Großvaters um meine Schultern spürte.

„Na, aufgeregt?", fragte er mich rücksichtsvoll.

„Ja, ein bisschen. Ich bin zwar nicht schüchtern und ich bin es auch von Wettkämpfen gewohnt, dass sich alle Augen auf mich richten, aber in diesem Umfeld ist das irgendwie etwas anderes. Das ist alles so ungewohnt für mich", erklärte ich freimütig.

„Ich verspreche dir, ich werde so wenig Aufhebens darum machen, wie möglich." Er lächelte mich aufmunternd an.

Gemeinsam betraten wir den Festsaal des Hotels, der mit seinen Kronleuchtern, den weißen Stuhlhussen und den silbernen Kerzenleuchtern auf den Tischen prunkvoll dekoriert war. John hatte die heutige Wohltätigkeitsveranstaltung der Westman Corporation dazu auserkoren, meinen neuen Status als seine Enkelin öffentlich zu machen. Er würde am Anfang eine kleine Rede halten und dann auf die Pressemitteilung verweisen, die schon auf der Website bereitstand. Wir hatten besprochen, dass ich an diesem Abend keine Interviews geben würde. Zuerst sollte ich ein Medientraining bekommen. Eigentlich hätte ich das als Vorbereitung schon diese Woche erhalten sollen, aber leider gab es einen krankheitsbedingten Ausfall. Außerdem war es ohnehin nicht geplant gewesen, mich jetzt schon den Wölfen zum Fraß vorzuwerfen. John wollte mit der Sache ehrlich umgehen, aber mir keinen Presserummel zumuten. In Deutschland hätte sich wohl kaum jemand für so eine Geschichte interessiert, in den USA dagegen zählte mein Großvater zu den erfolgreichsten Unternehmern und war sehr bekannt. Und somit war das Privatleben von ihm für die Öffentlichkeit relevant. Auch wenn die Nachfrage nach Storys nicht vergleichbar war mit der bei der Prominenz aus Schauspiel, Sport oder Musik. Deshalb hatte mein Großvater den heutigen Abend gewählt, bei dem es darum ging Spenden für benachteiligte Kinder zu sammeln. Er hatte die Hoffnung, dass die Spendensumme, die sie im besten Fall erreichen würden, und die vielen anderen prominenten Gäste, die Presse anderweitig beschäftigen würde.

John führte mich an einen der runden Tische in der ersten Reihe vor der Bühne und zog mir einen Stuhl heraus, damit ich mich setzen konnte. Dann beugte er sich herunter und raunte mir ins Ohr: „Du siehst heute übrigens wieder wunderschön aus." Es war unglaublich süß, wie er versuchte, mir ein gutes Gefühl zu geben. Ich lächelte ihm dankbar zu, als er sich setzte. Auch der Rest der Familie nahm Platz. Sogar Olivia war heute ausnahmsweise dabei. Es war Wochenende und da durfte sie ab und an zu solchen Veranstaltungen mitkommen. In ihrem brombeerfarbenen Abendkleid mit dem Bandeauoberteil, das über und über mit funkelnden Steinen bestickt war, sah sie aus wie eine lebendig gewordene Elfe. Ihr offenes blondes Haar verstärkte diesen Effekt. Neben ihr kam ich mir immer ein bisschen zu muskulös, zu groß und zu breit vor. Dabei war das Unsinn, weil ich mit meinem Körper eigentlich zufrieden war. Meistens zumindest. Aber dieses zarte schulterfreie Kleid würde an mir aussehen, als hätte man den unglaublichen Hulk in ein Tutu gesteckt.

Natürlich war es so, dass jeder Mensch eine andere Figur besaß und somit andere Vorzüge hatte, die man mit Kleidung betonen konnte. Aber an manchen Tagen wäre ich eben auch gerne mal eine zarte Elfe gewesen. Einfach nur so.

Mein Großvater saß links von mir, während Cody es sich zu meiner Rechten bequem gemacht hatte. In seinem Smoking sah er richtig elegant aus. Seine lockigen Haare, die er heute nicht mit Gel gebändigt hatte, fielen ihm ins Gesicht und bildeten einen angenehmen Kontrast zu seiner schicken Kleidung. Ryan hatte ich bisher nicht gesehen, weil er schon früher hergekommen war, um einen Journalisten zu treffen. Ich blickte mich im Saal um und genau in diesem Moment trat er durch eine der Seitentüren. Er traf ein paar Leute auf dem Weg zu uns, begrüßte sie lächelnd und sprach wenige Worte mit ihnen, bevor er weiterging. Sein figurbetontes Jackett, das weiße Hemd, die Fliege – alles saß perfekt an ihm. Und er bewegte sich darin, als würde er täglich in einem Smoking herumlaufen – ganz selbstverständlich. Sein rötliches Haar schimmerte im Licht der Kerzen und hob ihn von allen anderen ab. Auch seine Größe ließ ihn aus der Masse herausstechen. Er war etwas Besonderes, daran bestand kein Zweifel. Und das nicht nur äußerlich. Es war mir unmöglich, meinen Blick von ihm abzuwenden, während er weiter auf uns zuschritt. Ich starrte ihn an. Nein, eigentlich hob ich das Starren quasi auf ein komplett neues Level.

Codys Gesicht schob sich in mein Blickfeld und ich musste kurz blinzeln. Durchdringend sah er mich an. „Wenn ich nicht wüsste, dass ihr zusammenwohnt, würde ich denken, du bist ein Wolves-Fan und siehst ihn gerade das allererste Mal.“

Ich fühlte mich ertappt und mir wurde plötzlich ganz heiß. „Was meinst du?“, fragte ich ausweichend und kramte in meiner Clutch nach ... was auch immer.

Er lachte leise. Wahrscheinlich war das genau die falsche Reaktion gewesen. Ich hätte zugeben sollen, ihn angestarrt zu haben, weil er im Smoking einfach gut aussah. Das hätte deutlich weniger verdächtig gewirkt.

Hannah, du bist so dämlich. Willst du wirklich, dass deine Familie erfährt, wie gut du Ryan findest – wie unangebracht gut? Dass du denjenigen anhimmelst, der gleich für alle Welt offiziell dein Cousin werden wird? Denjenigen mit dem du einmal die Firma erben wirst? Denjenigen, in dessen Familie du aufgenommen wurdest, als gehörtest du schon immer dazu?

Ich spürte, wie meine Ohren anfingen, zu glühen, was das Ganze natürlich nicht besser machte.

„Ich bin einfach aufgeregt“, setzte ich nach und zwang mich, Cody in die Augen zu sehen.

„Ja, das wird nicht ganz einfach", antwortete er mir versonnen und ich hatte das starke Gefühl, dass er damit nicht meine offizielle Ernennung zum Familienmitglied meinte.

***

Ich hatte es überstanden. Die Erklärung ganz zu Anfang, die John abgegeben hatte, war kurz und sachlich formuliert gewesen. Er hatte alle Pressevertreter gebeten, die Privatsphäre der Familie zu respektieren und ihnen erklärt, dass ich nicht für Interviews zur Verfügung stünde. Die Augen des gesamten Saals hatten natürlich für kurze Zeit auf mir gelegen und nun, bei der anschließenden Feier, bemerkte ich auch die neugierigen Blicke der Gäste. Aber niemand hatte mich darauf angesprochen oder war mir unangenehm auf den Pelz gerückt.

Die Spendensammlung lief noch und in einem separaten Raum fand zusätzlich eine kleine Versteigerung statt, um höhere Beiträge zu generieren. Der Teil des großen Saals, der vorher mit einem Vorhang abgetrennt gewesen war, wurde geöffnet und offenbarte eine Tanzfläche, eine Bar und einen DJ.

Alle aus der Familie bis auf Cody, Olivia und ich, waren zur Versteigerung gegangen, um sich dort zu zeigen und zu sehen, ob der Ablauf reibungslos verlief. Ich sah ein paar meiner Kollegen aus der Eventabteilung herumlaufen, die die Veranstaltung organisiert hatten. Da aber von Anfang an klar gewesen war, dass ich teilnehmen würde, hatte ich bisher nichts damit zu tun gehabt. Ich winkte Kelly, die im Büro am Schreibtisch neben mir saß und ebenfalls gerade ein Praktikum absolvierte. Sie lächelte mich an und winkte flüchtig zurück. Sie hatte verständlicherweise keine Zeit, zu mir zu kommen. Also beschloss ich, Cody zu fragen, ob er mit mir an die Bar gehen würde. Aber der unterhielt sich gerade mit einer äußerst attraktiven jungen Frau vom Nebentisch und dabei wollte ich keinesfalls stören. Mein Blick schweifte zu Olivia, die mit ihrem Handy spielte. Sie sah kurz auf, als hätte sie bemerkt, dass ich sie ansah. Sofort verzogen sich ihre Lippen zu einem harten Strich. Ich stöhnte innerlich, denn ich wusste immer noch nicht, was ich diesem Mädchen getan hatte. Aber eigentlich war das gerade die perfekte Gelegenheit, um das herauszufinden. Wir waren mehr oder weniger alleine, was sonst kaum vorkam. Ich sollte sie einfach fragen.

Olivias Blick war zur Bar gewandert und ihr Gesicht hellte sich ein wenig auf. Gerade wollte ich dazu ansetzen, ihr meine leicht pikante Frage zu stellen, als sie mir zuvorkam: „Willst du mit zur Bar?", fragte sie mich und stand gleichzeitig auf.

Überrumpelt blickte ich sie an. Hatte sie tatsächlich einen Schritt auf mich zugemacht? Es geschahen wohl doch noch Zeichen und Wunder.

„Ja, klar", antwortete ich und folgte ihr. Als wir schon fast angekommen waren, machte sie jedoch einen Schlenker nach links, zur Tür in den Vorraum. „Ich habe da gerade jemanden gesehen und will schnell *Hallo* sagen. Komm doch kurz mit!", warf sie mir über die Schulter zu.

Ich hatte nicht viel Zeit, darüber nachzudenken und aus welchem Grund hätte ich auch ablehnen sollen? Ich war froh, dass sie endlich einmal normal mit mir redete. Also lief ich ihr weiter hinterher bis in den Vorraum. Hier steuerte sie direkt auf einen Mann mittleren Alters zu.

„Hallo Tim", flötete sie freundlich. Wow, ich glaube, so gutgelaunt hatte ich sie noch nie gesehen.

„Olivia, wie traumhaft du wieder aussiehst“, bemerkte er euphorisch und küsste sie links und rechts auf die Wange. „Das ist meine Cousine Hannah“, stellte Olivia mich vor und mir wäre beinahe die Kinnlade heruntergeklappt. Hatte sie mich gerade wirklich als ihre Cousine bezeichnet? Vielleicht hatte sie es endlich akzeptiert, jetzt wo es offiziell war und alle davon wussten. Das wäre ja fast zu schön, um wahr zu sein.

Tim drehte sich schnell um und winkte hektisch jemandem, bevor er sich wieder mir zuwandte. „Es ist mir eine Freude, dich kennenzulernen“, bemerkte er mit klebriger Freundlichkeit. Das war gerade wirklich seltsam gewesen. Dieser Typ war mir nicht besonders sympathisch.

„Das ist Tim Willbourne vom Sender TXS. Er hat unsere Familie mal für die Sendung *Firmenbosse und ihre Familien* interviewt. Das war wirklich ein toller Beitrag“, erklärte Olivia mir.

Mein Mund wurde plötzlich trocken. Das war ein Journalist. Sie stellte mich gerade einem Journalisten vor. Ich überlegte fieberhaft, wie ich mich am besten entschuldigen konnte, um hier wegzkommen und das, bevor er irgendwelche Fragen an mich richten würde. Aber schon tauchte ein Kamerateam hinter Tim auf und hielt mir die Linse ins Gesicht. Jetzt wurde mir klar, wem er da so hektisch gewunken hatten.

Das war nicht gut, das war gar nicht gut. Ich suchte Olivias Blick, um ihr zu signalisieren, dass wir abhauen sollten, aber sie lächelte den Fernsehmenschen breit an. „Tim, du bist wirklich der einzige aus der Presse, dem wir vertrauen, deshalb würde Hannah dir gerne exklusiv ein paar Fragen beantworten.“

Mir wich alle Farbe aus dem Gesicht, zumindest hatte ich das Gefühl. Sämtliches Blut musste mit einem Mal aus meinem Körper herausgeflossen sein, denn ich fühlte mich plötzlich völlig leblos und wie erstarrt.

„Viel Spaß!", raunte mir Olivia boshaft zu, drehte sich um und verschwand. Sie ließ mich einfach hier stehen, mit diesem Tim, der mir bereits ein Mikrofon unter die Nase hielt.

Ich hatte keine Ahnung, was ich tun sollte, sofern ich wieder in der Lage sein würde mich zu bewegen.

„Wunderbar, dass ich dieses exklusive Interview führen darf, ich fühle mich wirklich sehr geehrt. Am besten immer zu mir schauen und nicht direkt in die Kamera. Einfach ganz locker antworten, das ist wie ein normales Gespräch unter Freunden, nichts Aufregendes. Was ist es denn für ein Gefühl, plötzlich zu erfahren, dass man einen steinreichen Opa hat?" Das alles war wie ein Wasserfall aus ihm herausgesprudelt. Erwartungsvoll blickte er mich nun an.

Mein Gehirn war immer noch dabei, das alles zu verarbeiten, aber ich war froh, dass ich endlich wieder meine Beine und Arme spürte.

Was bitteschön sollte ich denn jetzt tun?

Ich hatte kein Medientraining gehabt und wollte mich oder meine Familie nicht blamieren. Aber wenn ich nach Olivias Ansage nun einfach weggehen und das Interview verweigern würde, würde das wahrscheinlich ebenfalls für negative Schlagzeilen sorgen. So ein Scheibenkleister. Vermaledeiter Scheibenkleister.

Hektisch blickte ich mich um, aber niemand den ich kannte, war in der Nähe. Die Auktion schien anzudauern. „Entschuldigung, ich bin etwas aufgeregt, kannst du die

Frage bitte noch einmal wiederholen?", bat ich, um Zeit zu schinden.

„Das ist ja nur zu verständlich. Es muss alles wahnsinnig aufregend für dich sein. Wie hat es sich denn angefühlt, als du erfahren hast, dass dein Großvater steinreich ist?"

Ich kam wohl nicht darum herum, zu antworten. Innerlich stöhnte ich laut auf. Ohrenbetäubend laut. Dann konzentrierte ich mich und ließ die Worte bedacht und nur langsam aus meinem Mund entweichen:

„Als ich erfahren habe, dass ich einen Opa habe, den ich nicht kenne, habe ich mich zuerst einmal sehr gefreut. Ich finde, man kann nie genug Großväter haben." Das war das Unverfänglichste, was mir dazu eingefallen war.

Auch als ich meine ersten Schwimmerfolge feiern durfte, gab es Interviewanfragen, allerdings nur von Sportmedien oder öffentlich-rechtlichen Kanälen. Damals war ich von meinem Trainer darauf vorbereitet worden und es war immer nur um meine Leistungen gegangen. Die Journalisten hatten nie komplizierte oder gar persönliche Fragen gestellt. Aber das hier, würde ein ganz anderes Kaliber von Interview werden.

Tim lächelte gestelzt über meine Antwort. Wahrscheinlich hatte ich nicht das gesagt, was er hatte hören wollen. Die nächsten beiden Fragen waren zum Glück einfach, weil sie sich um Deutschland und meine Englischkenntnisse drehten. Aber dann ging es wieder ans Eingemachte: „Du bist also seit wenigen Tagen eine der offiziellen Erbinnen des Westman-Imperiums. Kommst du dir da nicht ein bisschen vor wie Cinderella?"

Diese Frage war unverschämt und taktlos und ich überlegte angestrengt, wie ich sie sinnvoll beantworten konnte, ohne in diese offensichtlich gestellte Falle zu tappen. Ich sah schon die Schlagzeile vor mir: „Verwandte aus Deutschland taucht aus dem Nichts auf und will sich Westman-Vermögen unter den Nagel reißen."

Ich streckte das Kreuz durch und räusperte mich. „Das wichtigste ist für mich im Moment, meine Familie näher kennenzulernen und darauf freue ich mich schon sehr." Ich lächelte unverbindlich. Mit Sicherheit würde ich ihm nicht den Gefallen tun, die Worte *Geld*, *Vermögen* oder *Cinderella* in den Mund zu nehmen. Denn ich glaubte keine Sekunde daran, dass Olivia diesem Pressemenschen vertraute.

„Ach, da bist du ja. Ich habe dich überall gesucht, wir brauchen dich ganz dringend bei der Versteigerung", hörte ich Ryan sagen, der hinter mir aufgetaucht war. „Es tut mir leid, aber ich muss meine Cousine eben entführen. Als Gastgeber haben wir uns um eine wichtige Angelegenheit zu kümmern." Während er noch sprach, nahm er mich an beiden Schultern und führte mich von der Kamera und dem verdatterten Tim weg. Ein paar Meter weiter ließ er mich los und ich folgte ihm in den Raum, in dem die Versteigerung stattfand. Er ging an der hinteren Wand entlang und öffnete dann eine Tür, die nach draußen führte. Schnell schlüpfte ich mit ihm hinaus.

Wir waren in einem kleinen Innenhof mit einem Brunnen und mehreren Sitzbänken gelandet. Es war schon dunkel und ein wenig frisch, in meinem kurzärmeligen Kleid, aber ich war froh, einmal in Ruhe durchatmen zu können. Ich ließ mich nicht besonders damenhaft neben Ryan auf eine der Bänke fallen. Das passte nicht wirklich zu meinem eleganten Outfit, aber das war mir gerade schnurzpiepegal. Ich war immer noch fassungslos, in welche Situation mich Olivia da absichtlich gebracht hatte. Von wegen, dass sie mir einen Schritt entgegenkam. Sie hatte mich erneut kilometerweit von sich weggestoßen.

Warum bin ich eigentlich immer so gutgläubig und merke nicht, wenn mich jemand verkohlt?

„Danke, dass du mich da rausgeholt hast“, wandte ich mich an Ryan.

„Hab die Taktik mal bei jemandem gelernt.“

Ich musste grinsen. „Scheint eine gute Lehrerin gewesen zu sein.“

„Ja, nicht schlecht“, gab er zu. „Aber eigentlich musstest du gar nicht gerettet werde. Die Antwort die ich gehört habe, war ziemlich gut.“

„Dieses auf die Familie aufpassen ist dein Ding, oder?“

„Scheint wohl so zu sein“, gab er zu. „Ich kann das schwer abschütteln. Auch wenn es vor allem meine Geschwister des Öfteren nervt. Ich fürchte, diese Eigenschaft macht mich nicht unbedingt zu einem coolen Bruder, aber definitiv zu einem besseren Quarterback“, bemerkte er grinsend, dann wurde er sofort wieder ernst. „Ich weiß, wie das ist, wenn man fiese Fragen gestellt bekommt. Da ich nicht Melissas leiblicher Sohn bin, musste ich mir da auch schon einiges anhören.“

„Das tut mir leid.“

Er zuckte mit den Schultern. „Ich dachte, du solltest noch keine Interviews geben?“, stellte er die alles entscheidende Frage.

„Das dachte ich auch, bis mich Olivia vor eine Kamera gezerrt hat“, antwortete ich und konnte meine Wut nicht verbergen. Ich hatte mir das lange angesehen, aber jetzt war endgültig Schluss. Ich würde ihr das dieses Mal nicht durchgehen lassen. Damit war sie wirklich zu weit gegangen.

„Olivia?“, hakte er nach.

„Sie scheint mich zu hassen", stellte ich seufzend fest.

Bedächtig schüttelte er den Kopf. „Nein, das glaube ich nicht."

„Und ich glaube das sehr wohl", bekräftigte ich.

„Das ist alles nicht so leicht für sie. Bisher war sie das Nesthäkchen, das einzige Mädchen und dann kamst du: sportlich wie der Rest der Familie, hübsch, intelligent. Ich glaube einfach, dass sie ein bisschen eifersüchtig ist, auf die Aufmerksamkeit, die du bekommst."

Das Blut, das vorher komplett aus meinem Körper verschwunden war, rauschte mir nun in den Ohren. Es hörte sich an, als würde der gesamte Ozean in meine beiden Gehörgänge gequetscht werden.

Hat er gerade gesagt, dass er mich intelligent findet? Und hübsch? Hat er das wirklich gesagt???

Plötzlich hörten wir Schreie von drinnen. Ryan sprang sofort auf und öffnete die Tür zum Saal. „Wir brauchen einen Krankenwagen", rief jemand und ich eilte hinter meinem Cousin her. Der versuchte sich einen Überblick zu verschaffen und wurde plötzlich ganz blass. „Gramps", rief er aus und stürzte in die Mitte des Raumes. Dort knieten Melissa und Miguel neben John, der eine Hand auf seinen Brustkorb gepresst hatte. Seine Züge waren schmerzverzerrt. Miguel riss sich hektisch sein Sakko von den Schultern, faltete es und legte es unter den Kopf meines Großvaters.

„Such Cody und Olivia und bring sie her!", forderte Ryan mich auf und kniete sich ebenfalls hin. „Hat schon jemand einen Notarzt gerufen?", hörte ich ihn eindringlich fragen, während ich mich wie ferngesteuert auf den Weg machte. Cody war immer noch in das Gespräch mit der Dame von vorhin vertieft. Als er mein Gesicht sah, stand er sofort auf.

„Was ist passiert?", fragte er mich alarmiert.

„Gramps, ich glaube, er ist zusammengebrochen. Es geht ihm nicht gut ... Ich kann Olivia nicht finden ...", stammelte ich, immer noch unter Schock stehend.

„Okay, wir suchen Olivia gemeinsam. Wo ist Gramps?"

„Im Versteigerungsraum. Die anderen sind bei ihm. Sie holen den Notarzt."

Cody nahm mich an der Hand und wir durchstreiften den Raum auf der Suche nach Olivia, aber sie war nirgends zu sehen. Als wir wieder zum Rest der Familie stießen, fanden wir sie dort. Weinend kniete sie am Boden und hielt Johns Hand. Er hatte anscheinend das Bewusstsein verloren und Miguel fing an, eine Herzdruckmassage durchzuführen.

Das alles kam mir so unwirklich vor, als würde ich es träumen. Das Eventteam sorgte dafür, dass die unbeteiligten Leute den Raum verließen. Kurze Zeit später trafen schon die Sanitäter ein und übernahmen die Wiederbelebungsversuche mit Hilfe eines tragbaren Defibrillators. Cody hielt weiterhin meine Hand. Die ganze Zeit. Wir standen nur da und versuchten, dem Rettungsteam nicht im Weg zu sein. Miguel umarmte Melissa, die ebenfalls weinte und Ryan zog Olivia von Gramps weg, damit die Sanitäter ihn auf die Trage heben konnten. Das alles lief wie ein Film vor mir ab. Wie eine Geschichte, zu der ich gar nicht dazugehörte. Mein Gehirn schaffte es einfach nicht, das zu verarbeiten.

Die fahrbare Trage streifte mich leicht, als sie meinen Großvater an mir vorbei nach draußen schoben. Das riss mich aus meiner Starre. Ich folgte den anderen, die alle dem Rettungsteam hinterherliefen. Melissa stieg mit in den Krankenwagen ein, während wir die Limousine nahmen. Keiner sprach auch nur ein Wort, bis wir beim Krankenhaus eintrafen. Ryan stürmte sofort an die Rezeption und versuchte herauszufinden, wo sie Gramps hingebracht hatten. Schließlich saßen wir im Wartebereich vor den Operationssälen. Der Arzt hatte uns erklärt, dass John einen Herzinfarkt erlitten hatte und dass sie alles tun würden, um ihn zu retten. Was letztendlich nur hieß, dass es auf Messersschneide stand. Miguel kümmerte sich um die völlig aufgelöste Melissa. Cody und Olivia hatten sich auf eine der Couchen gesetzt und flüsterten miteinander. Wahrscheinlich sprachen sie sich tröstende Worte zu. Cody wirkte fast ebenso mitgenommen wie Olivia, die immer mal wieder in Tränen ausbrach. Ryan war die ganze Zeit unterwegs, um irgendwelche Dinge zu erledigen. Er sprach mit dem Klinikpersonal, füllte Formulare aus, rief Rosa an, damit sie Sachen für John zusammenpackte, wie zum Beispiel einen Schlafanzug. Außerdem besorgte er Kaffee, Wasser und Sandwiches für alle.

Ich war wie eine Beobachterin dieser ganzen Szenerie. So sehr ich mich in letzter Zeit als Teil dieser Familie gefühlt hatte, so sehr fühlte ich mich nun wie eine Außenstehende. Ich wusste nicht, ob ich das Recht hatte, genauso traurig zu sein wie alle anderen. Ich kannte ihn seit einem Jahr – persönlich gerade mal seit zwei Monaten. Ich war erst dabei, eine Verbindung zu ihm aufzubauen. Und trotzdem brannte alles in mir: meine Augen, meine Brust, mein Herz.

Ich stand auf, weil ich mich nicht mehr so alleine fühlen wollte. Dann nahm ich den Aufzug und trat vor das Krankenhaus. Es war umsäumt von einem kleinen Park, in den ich nun blindlings hineinlief. Straßenlaternen erhellten die gekiesten Wege und ich stolperte mit meinen Highheels mehr, als dass ich ging. Und hier gestattete ich mir, endlich meinen Tränen freien Lauf zu lassen. Mit zitternden Händen zog ich das Handy aus der Clutch und rief meine Mama an. Nach dem sechsten Klingelzeichen ging sie ran. „Hast du vergessen, dass es eine Zeitverschiebung gibt?“, meinte sie verschlafen. „Moment, weinst du? Hey, mein Herz, warum weinst du?“ Mit einem Mal wirkte sie topfit.

„John hatte einen Herzinfarkt. Sie wissen nicht, ob er es schafft“, schluchzte ich.

Kurz war Stille am anderen Ende der Leitung. „Okay, wo bist du gerade?“

„Im Krankenhaus. Also ich bin im Park vor dem Krankenhaus. Er wird im Moment operiert. Mama?“

„Ja, mein Schatz.“

„Das ist so unfair. Ich hatte keine Zeit, ihn kennenzulernen. Das ist so verdammt unfair“, meine Stimme klang so verzerrt wie die verstimmten Saiten einer Geige.

„Ich weiß, das ist es. Aber er bekommt Hilfe und es gibt Hoffnung, dass er wieder gesund wird. Viele Menschen überleben einen Herzinfarkt“, sprach sie mir Mut zu.

„Warum verlässt mich schon wieder jemand, Mama? Warum sterben immer alle?“

„Weil wir eben alle sterben müssen. So ist das nun mal, kleine Sternelfe, auch wenn uns das nicht gefällt. Aber wir sind froh und glücklich, dass diese Menschen in unserem Leben waren. Es bereichert haben. Wir mit ihnen wunderbare Momente geteilt haben. Und das macht uns dankbar.“

„Ich bin aber nicht dankbar. Ich bin gerade überhaupt nicht dankbar“, schluchzte ich.

„Das musst du auch nicht sein. Jetzt braucht dich dein Opa kämpferisch. Glaub daran, dass er es schafft. Er ist ein Kämpfer, du kennst ihn doch mittlerweile. Jetzt ist nicht die

Zeit zu weinen, jetzt ist die Zeit für positive Gedanken – für Hoffnung. Gib nicht zu schnell auf."

Ich nahm mir ein Taschentuch aus der Clutch und schnäuzte mich. Dann setzte ich mich auf eine Bank und atmete tief durch, bis ich wieder klar denken konnte.

„Danke, Mama"

„Nicht dafür. Und jetzt geh rein, du hast bestimmt keine Jacke an!"

„Nein, hab ich nicht."

„Also rein mit dir, bevor du dich erkältest. Und halt mich auf dem Laufenden. Ruf jederzeit wieder an, wenn es dir nicht gut geht."

***

Mit Liebe und neuer Energie aufgeladen betrat ich den Wartebereich. Ryan hatte sich endlich gesetzt und ich nahm den Platz neben ihm ein. Er drehte sich zu mir und ich konnte keinerlei Gefühlsregung in seinem Gesicht ausmachen. Ein Gesicht wie aus Marmor gemeißelt. Glatt, kalt und wunderschön. Aber vor allem war es eins: unnahbar.

Er reichte mir ein Taschentuch. „Du bist ein bisschen verschmiert", bemerkte er entschuldigend, als hätte er es verursacht. Ich benutzte mein Handy wie einen Spiegel und wischte mir die verlaufene Wimperntusche unter den Augen weg.

„Er bekommt ein Zimmer auf der Privatstation, wenn er aufwacht. Das habe ich alles geregelt. Wahrscheinlich muss er zuerst auf die Intensivstation, aber danach wird er ein eigenes Zimmer bekommen", rasselte Ryan herunter.

„Du hast dich um alles gekümmert", stellte ich fest und er nickte. „Auch um dich selbst?"

„Gerade geht es nicht um mich." Er stützte seine Ellbogen auf den Oberschenkeln ab und legte das Gesicht in seine Hände.

„Niemand kann immer nur stark sein. Niemand muss immer nur stark sein. Niemand soll immer nur stark sein." Ich hatte ihm schon in meinem Brief, den ich ihm unter der Tür durchgeschoben hatte, versucht, das zu sagen. Aber es schien nicht bei ihm angekommen zu sein. Und gerade sah es auch nicht so aus, als würde ich zu ihm durchdringen. „Wie fühlst du dich?", fragte ich ihn trotzdem. Weil ich hoffte, dass er sich ein wenig öffnete. Und wenn es nur ein kleiner Spalt war. Ich wünschte ihm, dass er seine Emotionen zulassen könnte. Dass er sie nicht verstecken müsste, hinter einer Mauer aus windschiefen Glaubenssätzen und falschverstandener Männlichkeit.

Er starrte auf die Spitzen seiner schwarzen Lederschuhe. „Ich ...", setzte er an. Nur dieses eine Wort, aber ich hielt den Atem an. Wollte mehr hören.

Er richtete sich wieder auf und sah mich an. Und in diesem Blick las ich Schmerz, Wut und Verzweiflung, aber ich sah noch etwas anderes. Etwas ganz anderes. Und das war es, das meinen Blick gefangen hielt.

Ich spürte, wie seine Finger nach meinen tasteten, und ich hielt sie fest. Warm und weich lag meine Hand nun in seiner. Die andere bewegte er auf mein Gesicht zu. Fuhr mit dem Daumen unter meinem Auge entlang. Wahrscheinlich, um die letzten Spuren der Wimperntusche zu beseitigen.

Mein Atmen stockte bei dieser sanften Berührung. Ich wagte es nicht, mich nur einen Millimeter zu bewegen. Ich schloss die Augen, um das hier zu genießen. Nur ganz kurz. Auch wenn das nicht der richtige Ort und nicht die richtige Zeit waren. Denn obwohl sich gerade alles um mich herum falsch anfühlte. Das hier nicht. Das hier fühlte sich richtig an. So richtig wie eine korrekt beantwortete Frage bei einer Quizshow, eine gelöste Mathematik-Gleichung, das letzte entwirrte Rätsel in einem Escape-Room-Spiel.

Alles war für einen Moment so, wie es sein sollte.

Als ich die Augen wieder öffnete, kam gerade ein Arzt auf uns zu. Ryan ließ mich sofort los und sprang auf. Auch ich erhob mich.

„Die Operation ist grundsätzlich erfolgreich verlaufen." Ich hörte ein erleichtertes Aufatmen von jemandem. Miguel drückte Melissas Hand, die wie gebannt auf den Arzt starrte. „Wir müssen jedoch abwarten, wie sich alles entwickelt. Wir haben mehrere Stents gesetzt, um die Gefäße wieder zu weiten, aber nun müssen wir Geduld haben und wenn Mr. Westman wieder aufwacht, können wir sicher schon mehr sagen", schränkte er ein.

„Ich danke Ihnen", übernahm Melissa das Gespräch und stellte dann die Frage, die uns allen auf der Seele brannte: „Wird er denn wieder ganz gesund werden?"

„Das kann ich Ihnen zum aktuellen Zeitpunkt leider nicht beantworten. Es war ein wirklich schwerer Infarkt und wie weit das Herz dadurch in Mitleidenschaft gezogen worden ist, das können wir erst im Laufe der nächsten Zeit einschätzen."

Als der Arzt gegangen war, setzten wir uns alle wieder auf unsere Plätze im Wartebereich. Obwohl es eigentlich gute Nachrichten gewesen waren, die er uns gebracht hatte, machte sich dennoch eine gewisse Schwermut breit. Es war immer noch nicht klar, ob John wieder ganz der Alte werden würde. Diese Unsicherheit legte sich auf uns, wie eine schwere, kratzige Decke.

Olivia liefen wieder stille Tränen die Wangen hinunter. Als sie hochsah, trafen sich unsere Blicke und sie stand wütend auf. „Was tut sie eigentlich hier? Sie hat kein Recht hier zu sein!“

„Beruhig dich, Baby“, auch Melissa war nun aufgestanden. „Wir alle sind gerade ein bisschen durch den Wind. Aber Hannah hat das selbe Recht hier zu sein, wie jeder von uns.“

Es war der Tropfen, der das Fass zum Überlaufen brachte. Diesmal war es mir unmöglich, diese Schmähungen von ihr weiterhin still zu ertragen. Nicht heute. Nicht nach diesem grauenhaften Ereignis. Und nicht nach der Situation, in die sie mich heute schon gebracht hatte. Ich erhob mich ebenfalls und funkelte das erste Mal zurück. Ich würde das nicht einfach so stehen lassen. „Was hast du eigentlich für ein Problem mit mir?“, fragte ich ganz direkt. Und es war mir völlig egal, dass alle zuhörten oder dass wir uns in einem Krankenhaus befanden. Nur wenige Meter von uns entfernt kämpfte mein Großvater ums Überleben – unser Großvater. Und sie hatte nichts Besseres zu tun, als sich mit mir zu streiten.

„Mein Problem?“, fragte sie schrill. „Was mein verdammtes Problem ist? Dass er mit mir nie zu Madame Tussauds gegangen ist, das ist mein verdammtes Problem. Und dass er es nun vielleicht auch nie mehr tun wird“, ihre Stimme brach, sie schluchzte und warf sich in Melissas ausgebreitete Arme.

Ich schluckte und setzte mich wieder. Es war das erste Mal, dass ich verstand, dass nicht ich als Person Olivia zu schaffen machte. Denn natürlich ging es hier nicht um Madame Tussauds, zumindest nicht nur. Es ging um das Verhältnis von John und Olivia und um das Verhältnis von

John und mir. Sie schien es wohl so zu empfinden, dass es hier ein Ungleichgewicht zu meinem Vorteil gab. Und das erleichterte mich ungemein. Denn so machte ihre für mich bisher grundlose Wut endlich einen Sinn. Und es befreite mich davon, etwas falsch gemacht zu haben. Wir sollten dringend darüber sprechen, aber nicht jetzt und nicht hier, am besten mit unserem Großvater zusammen. Das ging jedoch nur, wenn er wieder aufwachte.

Postkarte 13

Bild von einem Krankenhausflur mit Empfang

Liebe Mama, die Zeit ist verrückt. Wenn man auf etwas wartet, vergeht sie unglaublich langsam. Und wenn man etwas genießt, dann ist alles viel zu schnell vorbei. Als würde sie das absichtlich machen, um uns zu quälen. Kuss Hannah

Kapitel 14

„Ich kann es nicht fassen, dass es dir wieder gut geht.“ Ich saß mit John in seinem privaten Wohnzimmer. Vor uns auf dem kleinen Tisch standen eine Karaffe mit Wasser und ein Obstteller.

„Ich weiß nur nicht, wie lange noch, wenn ich mich weiterhin nur von gesundem Zeug ernähren soll.“ Dass er wieder Scherze machte, war in jedem Fall ein gutes Zeichen. Erst heute war er von der Reha zurückgekommen, die er direkt nach seinem einwöchigen Krankenhausaufenthalt angetreten hatte.

„Du hast uns große Sorgen gemacht.“ Natürlich erzählte ich ihm damit nichts Neues.

„Völlig unnötig, wie du siehst“, er zwinkerte mir zu. „Es geht mir prächtig. Noch prächtiger würde es mir allerdings gehen, wenn ich endlich mal wieder ein Stück Schokolade oder Torte im Mund hätte.“

Ich blickte ihn streng an. „Du musst auf dich aufpassen! Wir brauchen dich hier noch ein bisschen.“

Er stöhnte und ließ sich in den dunklen Ledersessel zurückfallen. „Ich bin mir sicher, Rosa wird das mit dem Aufpassen für mich übernehmen, da gebe ich mich keinerlei

Illusion hin.“ Das brachte mich zum Lachen. „Und wie ist es dir so ergangen? Schon Neuigkeiten von der Columbia?“, fragte er mich.

„Nein, ich denke, ich werde frühestens im Juni Bescheid bekommen.“ Ich machte eine kurze Pause und fasste mir dann ein Herz. „Ich würde gerne noch über etwas mit dir sprechen.“

Er neigte den Kopf, um mir zu zeigen, dass er ganz Ohr war.

„Ich habe versucht, mehr mit Olivia in Kontakt zu kommen, das hat ja von Anfang an nicht so gut geklappt, wie du weißt. Es hat sich herausgestellt, dass sie ein wenig eifersüchtig auf mich ist“, formulierte ich den Sachverhalt so positiv wie möglich. Es ging mir nicht darum, mich über Olivia zu beschweren. Sie fühlte sich zurückgesetzt und das tat mir leid. Ich wollte ihr helfen.

„Weshalb denn eifersüchtig?“, fragte John mich erstaunt.

„Sie denkt, dass du sehr viel Zeit mit mir verbringst. Mehr als jemals mit ihr. Und sie fühlt sich schlecht, weil sie die Einzige in der Familie ist, die nichts mit Sport zu tun haben will.“

Mein Großvater wirkte ehrlich überrascht und auch betroffen. Er überlegte eine Weile, bevor er mir antwortete. „Es tut mir sehr leid, wenn sie wirklich denkt, dass ich dich ihr vorziehen würde. Aber jetzt wo ich darüber nachdenke, verstehe ich, woher das vielleicht kommt. Als sie noch jünger war, war ich sehr stark in die Firma eingebunden und hatte wenig Zeit, etwas mit ihr zu unternehmen. Ich musste oft auf Sportevents, zu denen ich ihre Brüder dann mitgenommen habe. Zwei Fliegen mit einer Klappe sozusagen.

Und es stimmt, dabei ist sie vielleicht ein wenig zu kurz gekommen. Aber es war nie so, dass ich jemanden von meinen Enkeln oder Enkelinnen bevorzugt hätte. Und natürlich verbringen wir beide momentan viel Zeit zusammen, weil ich so viel in deinem Leben verpasst habe. Es grämt mich, dass Olivia das so aufgefasst hat, als wäre sie mir weniger wichtig."

Etwas in dieser Art hatte ich mir schon gedacht. „Ich glaube, es würde sie sehr freuen, wenn du ihr das genauso sagen würdest", bemerkte ich vorsichtig.

Er nickte bedächtig. „Ja, das werde ich tun."

„Sie hat gerade ihr allererstes Kleid designt und selbst genäht. Ich glaube, sie fände es schön, wenn du es dir mal ansehen würdest."

Er beugte sich in seinem Sessel vor und drückte meine Hand. „Du bist eine gute Cousine." Dann stand er auf. „Ich glaube, ich werde das sofort in die Tat umsetzen. Man weiß nie, wie viel Zeit einem noch bleibt."

Auch wenn es scherzhaft gemeint war, hinterließ es ein schmerzhaftes Ziehen in mir. Ich war unglaublich froh, dass es ihm wieder so gut ging. Fast so, als wäre nichts gewesen. Ich wollte nicht darüber nachdenken, dass dieser Zustand endlich sein könnte. Außerdem bezweifelte ich, dass ich eine gute Cousine war, denn ich war mir ziemlich sicher, dass gute Cousinen sich nicht in ihre Cousins verliebten. Aber genau das war passiert. Es hatte absolut keinen Zweck es länger zu leugnen. Nur, was ich mit dieser Erkenntnis anfangen würde, das wusste ich nicht. Es zu verdrängen war bisher nicht besonders erfolgreich gelaufen. Meine Gefühle waren immer wieder an die Oberfläche geploppt, egal, wie sehr ich dies zu vermeiden versucht hatte. Wie ein Korken, den man ins Wasser drückt und der immer wieder an der

Oberfläche auftaucht. Selbst wenn man ihn in kleine Stückchen zerschreddern und sie versenken würde, würden sie doch irgendwann erneut an der Oberfläche schwimmen. Zumindest leugnete ich nicht mehr, dass es den Korken gab. Aber er konnte auch nicht einfach weiter so rumschwimmen. Nicht auszudenken, wenn ihn jemand sehen würde. Wahrscheinlich sollte ich langsam damit aufhören, meine Gefühle mit einem Korken zu vergleichen.

In deinem Kopf läuft echt einiges schief, Hannah. Aber in deinem Herzen ist es deutlich schlimmer.

Ich stöhnte und erhob mich ebenfalls aus dem Sessel. John war schon zu Olivia hinuntergegangen. Und auch ich nahm die Treppe ins Erdgeschoss, wo ich den Rest der Familie im offiziellen Wohnzimmer sitzen sah. Es würde wohl bald Essen geben, weshalb sich alle hier schon einmal mit einem Aperitif versammelt hatten. Ich gesellte mich dazu – möglichst weit entfernt von Ryan. Gerade brachte ich nicht die Energie auf, mich mit ihm und meinen Empfindungen zu beschäftigen. Das Einfachste war es also, ihn weitestgehend zu ignorieren.

Das Gesprächsthema gerade waren die Hamptons. Es schien *das* Feriengebiet der New Yorker schlechthin zu sein. Ein amerikanisches Sylt oder so ähnlich. Alle freuten sich schon auf den Start der Saison, die vom letzten Montag im Mai bis zum ersten Montag im September ging.

„Ich fahre schon am Donnerstag hin, weil ein paar meiner Teamkollegen bei dem Charity-Turnier in Southhampton spielen und sie mich gefragt haben, ob ich mich dort mit ihnen treffe“, erklärte Ryan.

„Seit wann spielst du Golf?“, fragte Cody irritiert. „Obwohl, eigentlich würde das ganz gut zu dir passen.“

„Ich spiele kein Golf, ich treffe dort nur ein paar Kollegen und höre mir die neuesten Geschichten über die NFL an."

„Du spielst also kein Golf, sondern triffst dich zum Kaffeeklatsch? Ich weiß echt nicht, ob es das nicht noch schlimmer macht, Bro", Cody zog eine Augenbraue nach oben und ich musste grinsen.

„Das ist doch wunderbar, Ryan. Dann kannst du Hannah mitnehmen. Wir sind einer der Sponsoren des Turniers und ich weiß, dass die Event-Abteilung jemanden hinschicken wollte, um zu überprüfen, ob wir wie vereinbart repräsentiert werden. Hannah, das kannst du doch übernehmen! Du hast das doch letztens mit Peggy bei dem Marathonlauf auch schon gemacht. Traust du dir das zu?" Melissa strahlte mich an, als wäre das die beste Idee des Jahrhunderts. Dass ich mit Ryan alleine in die Hamptons vorfahren sollte, hörte sich dagegen für mich wie die schlechteste Idee an, seit Ferrero angefangen hatte, ihre Küsschen mit dunkler Schokolade zu produzieren.

„Also, ich weiß nicht ...", begann ich herumzustottern. Im gleichen Moment sagte Ryan „Vielleicht wäre es besser..." Wir hielten beide inne und Melissa nutzte ihre Chance: „Du kannst gar nichts falsch machen. Nur einmal kurz *Hallo* zum Organisationsteam sagen, die zeigen dir dann die Platzierung unseres Logos und die Giveaways. Du machst ein paar Fotos, eines davon instagramtauglich und schickst sie an die Marketing-Abteilung! Wir sparen es uns, extra einen Mitarbeiter hochzuschicken, der dann wieder zurückfahren müsste. Und du kannst wertvolle Erfahrungen sammeln. Was meinst du?" Melissa lächelte mich aufmunternd an.

Wie sollte ich dazu *Nein* sagen? Mir fiel absolut kein Grund ein, weiterhin zu zögern. Außer vielleicht, dass ich urplötzlich verlernt hatte, wie man ein Handy hält.

„Okay?" Meine Antwort war mehr wie eine Frage formuliert, was meine Tante allerdings ignorierte.

„Wunderbar. Ich kläre das mit deiner Abteilungsleiterin, Hannah." Anscheinend wollte sie das sofort machen, da sie ihr Mobiltelefon vom Couchtisch nahm und sich von uns entfernte.

Ryan hatte nichts mehr dazu gesagt. Unauffällig versuchte ich, zu ihm hinüberzublicken, um seine Reaktion auf die ganze Sache abzuschätzen. Er tippte jedoch auf seinem Handy herum. Es schien so, als hätte er vorhin einen Einwand bringen wollen, aber er hatte wohl beschlossen, doch nichts mehr zu sagen. Obwohl ich selbst von der Idee nicht begeistert war, ärgerte es mich, dass er es auch nicht so toll fand. Vor allem, weil ich nicht wusste, weshalb. Aber ihn danach zu fragen, wäre mir viel zu peinlich gewesen. Und vielleicht wollte ich es gar nicht wissen.

„Ich habe alles geklärt", berichtete Melissa und setzte sich wieder. „Also Ryan, dann nimmst du Hannah am Donnerstag mit?"

„Ja, wir fahren nach dem Frühstück los", er sah mich kaum an, während er das sagte. Seit wir diesen Moment im Krankenhaus geteilt hatten, verhielt er sich irgendwie distanziert. Ich hatte das auf die allgemeine Aufregung rund um Johns Herzinfarkt und seine Reha geschoben, aber gerade war ich mir da nicht mehr so sicher.

***

Wir waren in Ryans Wagen zum Golfturnier gekommen. Die etwas über zweistündige Fahrt war recht ereignislos verlaufen. Er hatte sicher eine halbe Stunde davon mit seinem Manager telefoniert. Die restliche Zeit war die Columbia das Gesprächsthema gewesen. Er hatte mir einige Geschichten von seinem Studium erzählt, denen ich gespannt gelauscht hatte. Jetzt war meine Lust dort zu studieren noch größer.

Wir betraten das Clubhaus und schon im Foyer trafen wir auf einen von Ryans Teamkollegen.

„Hey, Mann, schön dich zu sehen." Sie klopften sich gegenseitig auf die Schultern.

„Das ist Abu", stellte er mir den Spieler mit den kurzen Dreadlocks vor. „Und das ist meine Cousine Hannah, aus Deutschland."

„Hallo Hannah, schön dich zu treffen", er streckte mir die Hand hin, in die ich einschlug.

Bevor ich antworten konnte, kam durch die Terrassentür ein Mann auf uns zugerannt, der Ryan seitlich rammte. Sie balgten ein bisschen herum und der Typ raunzte: „Hey, altes Haus, leicht eingerostet, oder was?" Er tätschelte den flachen Bauch meines Cousins. „Hast du etwa zugelegt?"

„Ich würde mir mal lieber darüber Gedanken machen, warum wir uns wie Rentner in einem Golfclub treffen, Wyatt. Weil ich glaube, dass das deine Idee war", gab Ryan trocken zurück. „Vielleicht bist *du* also schon ein bisschen eingerostet."

„Aua, das trifft mich hart, dass du denkst, Golf wäre ein Rentnersport. Aber war mir schon klar, dass du mit einem Schläger nicht zurechtkommst. Du brauchst den Ball in deinen magischen Händen." Er packte Ryans Handgelenke und riss sie in die Luft. Alle drei Jungs lachten.

Sie waren wie eine Naturgewalt. Riesig, muskulös, laut und irgendwie respekteinflößend. Ich war mir nicht sicher, ob ich ihnen gerne auf einem Spielfeld begegnen würde.

„Das ist Hannah, Ryans Cousine“, stellte mich Abu vor, der bemerkte, dass ich etwas verunsichert am Rand stand.

Doch anstatt mich zu begrüßen, wandte sich Wyatt direkt wieder an Ryan. „Wieso bringst du deine Cousine mit, Alter? Das sollte ein Männertreffen werden.“ Jetzt blickte er doch kurz zu mir. „Oder bist du zum Babysitten eingeteilt? Mit den Klamotten schein sie zumindest direkt dem Kindergarten entsprungen zu sein.“ Er lachte schallend, als hätte er den besten Witz seines Lebens gemacht.

Fassungslos starrte ich ihn an. Was für ein ungehobelter Klotz. Ich hatte mich extra bemüht ein golfclub-taugliches Outfit zu finden, das aus einem limettengrünen Poloshirt, einem gelben kurzen Rock und weißen Sneakers mit regenbogenfarbenen Schnürsenkeln bestand. Alle liefen hier mit Poloshirts herum, sogar Ryan. Gut, vielleicht waren die eher weiß, schwarz, grau oder allenfalls rosa, aber was konnte ich dafür, wenn der Rest der Welt sich langweilig kleiden wollte? Hilfesuchend blickte ich zu Ryan, der tatsächlich in das Lachen mit einstimmte, genauso wie Abu, der jetzt auf Wyatt zuschritt und ihn in die Schulter boxte. „Unhöflich wie immer, scheint als hätte sich nichts verändert in den letzten Monaten.“

Meine Brust krampfte sich zusammen und vor Wut begannen meine Hände zu zittern.

Bleib cool, Hannah. Du wirst dich doch nicht von so einem dummen Spruch provozieren lassen. Wie oft hast du schon dämliche Kommentare über dein Outfit gehört? Der eine mehr oder weniger ist doch nun wirklich völlig egal.

Ich biss mir auf die Lippe, bis ich wieder klar denken konnte und richtete anschließend das Wort an alle drei Blödmänner: „Ich bin hier um zu arbeiten, ihr entschuldigt mich.“ Dann schenkte ich ihnen ein breites Lächeln und drehte mich um. Nur leider hatte ich keine Ahnung, wo ich hingehen sollte. Das würde gleich noch peinlicher werden, als es ohnehin schon war. Ich steuerte auf die Rezeption zu, hinter der gerade niemand stand und hoffte inständig, dass die Person jetzt gleich sofort in dieser Sekunde zurückkommen würde.

Komm zurück! Komm zurück! Bitte komm zurück!

Und ich hatte Glück. Gerade als ich dort ankam, trat ein Mann aus dem Hinterzimmer. Ich stellte mich ihm vor und fragte nach der Kontaktperson, die die Sponsoren betreute. Er bat mich, kurz zu warten und griff zum Telefon.

Puh, der erste Schritt war geschafft. Ich starrte aus dem Fenster hinter der Theke. Ich hatte absolut keine Lust, mich nach den anderen umzudrehen, weil ich immer noch sauer war. Richtig sauer. Und verletzt. Nicht von dem Idioten, der den dummen Kommentar abgegeben hatte, er war mir egal, sondern von Ryan. Und genau der trat jetzt neben mich. „Meldest du dich, wenn du fertig bist?“, fragte er, als ob nichts passiert wäre.

„Mach ich“, gab ich knapp zurück, sah ihn jedoch nicht an. Ich bemerkte aus dem Augenwinkel wie er etwas unschlüssig stehen blieb, sich dann aber wieder entfernte. Nun drehte ich mich doch um und sah die Drei nach draußen auf die Terrasse gehen.

Mein Job war wirklich nicht besonders schwierig. Eine Mitarbeiterin führte mich herum und zeigte mir unser Logo, das auf mehreren Sponsorenwänden und auf verschiedenen Plakaten prangte. Außerdem sahen wir uns gemeinsam die

Goodiebags an. In denen befand sich jeweils ein Set von Westman, das aus einem Golfball und einem Namensstempel bestand, mit dem man seine Initialen auf den Ball drucken konnte. Alles war tadellos und genauso wie vertraglich vereinbart. Sie zeigte mir noch ein wenig den Club und führte mich dann zu einer Gruppe Golfer auf den Rasen, die komplett mit Westman Sportartikeln ausgestattet worden waren. Ich knipste ein paar Fotos von ihnen für unsere Social-Media-Kanäle und schickte sie anschließend der Marketingabteilung. Die letzte Station war die Bar, wo die Mitarbeiterin dem Barkeeper erklärte, dass ich frei Haus trinken durfte. Also bestellte ich mir einen Eistee.

Eigentlich war ich mit meinem Auftrag fertig, aber ich konnte Ryan draußen auf der Terrasse mit seinen Kumpels sitzen sehen und ich hatte keinerlei Ambitionen mich zu ihnen zu gesellen. Ich trank den Eistee in kleinen Schlucken und versuchte, meine Mama zu erreichen. Doch weder sie, noch Kiki oder eine meiner Schwimmkolleginnen gingen ans Telefon. Notgedrungen schlug ich die Zeit mit einem stumpfsinnigen Handyspiel tot. Zwischendurch scrollte ich mich durch Instagram und sah Ryans neuesten Post. Er hatte ihn erst ein paar Minuten zuvor eingestellt. „Wiedervereint", stand unter dem Foto, das ihn mit seinen Mannschaftskollegen auf der Terrasse des Golfclubs zeigten. Er grinste ziemlich breit in die Kamera und schien glücklich zu sein.

Meine Gefühle für ihn kamen mir plötzlich lächerlich vor. Ich war nicht nur ein Mitglied seiner Familie, sondern er war noch dazu ein berühmter Sportler. Er hatte fast eine Million Fans auf Instagram. Das war eine Summe, die ich nicht einmal richtig begreifen konnte, und es war erst seine zweite NFL-Saison. Sein Bekanntheitsgrad würde mit Sicherheit weiter steigen. Er wurde umschwärmt, von Männern und von Frauen, konnte jedes Model haben, wovon er den Klatschblättern nach recht häufig Gebrauch machte. Wie absurd von mir, überhaupt jemals darüber nachgedacht zu haben, dass er irgendeine Art romantisches Interesse an mir hätte. An mir, der gescheiterten Schwimmerin in ihren Kindergartenoutfits.

Ich überlegte kurz, mir beim Barkeeper etwas Alkoholisches zu bestellen, entschied mich aber schweren Herzens dagegen. Wahrscheinlich würde er mir auf Grund meines Alters ohnehin nichts geben und außerdem war ich hier in Vertretung der Westman Corporation. Da sollte ich mich professionell verhalten.

Drei Eistees und zwei Toilettengänge später verabschiedeten sich die ersten aus der Gruppe rund um Ryan und ich nahm das zum Anlass, mein Handy aus der Tasche zu ziehen und ihn anzurufen.

„Also ich wäre fertig und würde im Foyer auf dich warten. Wie sieht es bei dir aus?“, meldete ich mich.

„Perfektes Timing, ich bin in ein paar Minuten da.“

***

„Du bist so still“, bemerkte Ryan, als wir eine Weile gefahren waren und ich ihm auf seine Fragen zu meinem Job heute nur einsilbige Antworten gegeben hatte.

„Ich bin nicht still, ich bin sauer“, platzte es aus mir heraus.

„Wyatt hat das nicht so gemeint“, versuchte er mich zu beschwichtigen.

„Ich bin nicht sauer auf Wyatt. Meinst du es interessiert mich, was ein dahergelaufener Typ von meinem Kleidungsstil hält?"

„Was ist dann los?"

„Ich bin sauer auf dich."

Ungläubig drehte er den Kopf zu mir, bevor er wieder auf die Fahrbahn blickte. „Wieso auf mich?"

„Weil dein Freund oder Kollege oder was auch immer er ist, sehr unhöflich zu mir war und anstatt ihn zurechtzuweisen hast du auch noch mitgelacht. Vorstellen musste mich auch Abu", entrüstete ich mich.

„Okay, du hast recht, das tut mir leid. Aber du musst zugeben, wenn man dich noch nicht kennt, dann können deine Outfits schon etwas gewöhnungsbedürftig sein", rechtfertigte er sich.

Gewöhnungsbedürftig? Der Stich in mein Herz ging tief. Ich glaube kein Kommentar, den ich jemals zu meiner Kleidung gehört hatte, hatte mich mehr verletzt. Dabei könnte es mir eigentlich völlig egal sein, was er darüber dachte. Aber das war es leider nicht.

„Also, weil ich mich nicht anziehe wie Hinz und Kunz, dürfen andere mir dumme Sprüche ins Gesicht schleudern?", fragte ich ungläubig.

„Ich weiß nicht wer Hinz und Kunz sind ..." Er versuchte sich an der deutschen Aussprache, was sich ziemlich witzig anhörte. Nur leider war mir gerade absolut nicht zum Lachen zumute.

„Was ist mit deinem Beschützerinstinkt passiert? Dass du meine Kleidung doof findest ist in Ordnung, aber dass deine Freunde mich beleidigen und nicht einmal ordentlich begrüßen, das ist nicht okay", unterbrach ich ihn.

„Ja, das stimmt, ich hätte etwas sagen sollen. Und ich habe nie gemeint, dass ich deine Klamotten nicht mag. Ich musste mich nur erst daran gewöhnen, das ist alles“, rechtfertigte er sich.

„Und dass du den Babysitter spielen musst, tut mir übrigens leid, aber ich habe mir das nicht ausgesucht. Und sobald wir im Haus sind, brauchst du mich die nächsten Tage auch gar nicht zu sehen. Ich bin mir sicher, es besitzt solche Ausmaße, dass wir uns nicht über den Weg laufen müssen.“

Damit brachte ich ihn zum Lachen. Keine Ahnung weshalb. Ich fasste es einfach nicht. Meine Gefühlsachterbahn schwankte zwischen Wut und Frustration, aber eigentlich war mir gerade am meisten danach loszuheulen. Ich presste meine Lippen fest zusammen und drehte das Gesicht zum Fenster. Nur für den Fall, dass ich es doch nicht schaffte, diese albernen Verräter namens Tränen in meinen Augen einzusperren.

„Hannah, du verstehst das falsch. Es tut mir leid. Hannah?“

„Lass mich einfach in Ruhe!“, flüsterte ich.

Plötzlich fuhr Ryan den Wagen auf einen Parkplatz. Ich sah hohe Dünen, dahinter lag mit Sicherheit das Meer. Er stoppte das Fahrzeug und stellte den Motor ab.

„Hannah?“, fragte er erneut. Wie unglaublich weich mein Name in seinem Mund klang. Weich wie Butterkaramell.

Notgedrungen schaute ich zu ihm und blickte direkt in seine Bernsteinaugen. War das Mitleid? Verdammt. Ich musste hier raus!

Ich öffnete die Beifahrertür und stieg aus. Wind umfing mich, der meine Haare in der Luft herumwirbelte. Ich schlug die Tür zu und versuchte, mich zu orientieren.

Ich brauchte dringend einen Moment für mich, um wieder klarzukommen. Ich fühlte mich wie ein Tier in der Falle und wollte nur weg, auch wenn ich wusste, dass das unreif war.

Ryan stieg aus und umrundete den Wagen.

„Ich brauch nur einen Moment alleine, okay? Nur einen kurzen Augenblick. Ich bin gleich wieder da!“ Ich wartete seine Antwort nicht ab, sondern schlug den Pfad ein, der zwischen den Dünen hindurchführte. Nur ein bisschen Zeit allein und ich würde mich wieder im Griff haben.

Über mir kreisten die Möwen und die Luft roch salzig. Ich beschleunigte meine Schritte, hatte plötzlich das dringende Bedürfnis das Meer zu sehen. Ein Holzsteg führte über eine Fläche mit Schilfgras und hinter der nächsten Biegung tauchte endlich das Wasser auf. Ich hörte die Wellen rauschen, zog meine Sneakers aus und sank mit den Füßen in den Sand ein. Der Wind riss an meiner Kleidung, aber ich fror nicht. Der Tag war frühsommerlich warm und ich spürte die Sonne auf der Haut. Ich bohrte die Zehen tief in den Sand hinein, bis ich zu den kühleren Schichten vordrang. Einfach nur durchatmen. Augen schließen. Augen wieder öffnen und die Weite des Meeres sehen. Mehr sehen. Mehr spüren. Mehr von der Natur und allem um mich herum. Weniger von dem, was in mir drin tobte. Nur noch kurz. Nur noch ein paar Minuten. Dann wäre es wieder gut. Ich könnte erneut in dieses Auto steigen und so tun als wäre mein Herz nicht gerade zerbröselt wie ein Korken.

„Hannah“, hörte ich Ryans Stimme. Hinter mir. Viel zu nah. Was bitte hatte er an *allein* nicht verstanden?

Ich schloss erneut die Augen und spürte in mein Innerstes. Überprüfte, ob sich dort alles wieder zusammengesetzt hatte, aber ich fühlte immer noch den Schmerz.

Verdammt, verdammt, verdammt. Das war zu wenig Zeit.

Ich nahm eine Berührung an meiner Schulter wahr und drehte mich zu ihm um. Weil mir nichts anderes übrigblieb. Weil ich mich nicht noch lächerlicher machen wollte, als ohnehin schon. Weil er mich berührt hatte und ich gar nicht anders konnte, als mich ihm zuzuwenden.

„Du hast mich völlig falsch verstanden. Ich habe doch nur gelacht, weil du mich immer irgendwie zum Lachen bringst. Ich weiß auch nicht, wie du das machst. Und ich denke natürlich nicht, dass ich dein Babysitter bin. Wenn du wüsstest, wie weit ich davon entfernt bin, dein Babysitter zu sein.“ Er schnaufte. „Das kam alles ganz falsch rüber und es tut mir wirklich leid. Ich mag deine bunten Klamotten, weil sie zu dir passen. Weil das einfach du bist. Und ich mag dich.“ Er blickte mich erwartungsvoll an. Der Wind hatte seine Haare zerzaust, die ihm nun in die Stirn fielen. Ich erlaubte mir das erste Mal seit langem, wieder auf seinen Mund zu schauen. Den Mund, der gerade diese Wörter gesagt hatte, die nicht vollständig zu mir durchdrangen. Weil sie nicht zu dem passten, was ich angenommen hatte. Und weil mein Gehirn und mein Herz das gerade alles nicht richtig zusammenbrachten. Viel zu groß war die Chance, dass ich wieder etwas missdeutete.

„Okay“, sagte ich deshalb nur und blickte wiederum ihn erwartungsvoll an, ob da vielleicht noch etwas kam oder ob das alles gewesen war. Ob wir aus dieser verwirrenden Sache damit hinausgehen würden, dass wir uns mochten, Freunde waren und Mitglieder einer Familie. Oder ob da doch mehr war. Ob ich richtig lag bei dem, was ich im Moment wieder unterschwellig spürte. Diesen winzigen Funken. Gut versteckt, aber da. Vorhanden. Existent.

Ryan trat einen Schritt auf mich zu. Er schien mit sich zu ringen. Focht einen innerlichen Kampf aus, der sich alleine in seinen Augen widerspiegelte. Dann hob er seine rechte Hand. Sie verharrte in der Luft. Für Sekunden. Und ich las in seinem Blick alle Zweifel, die ich selbst auch hatte. „Wir sollten das nicht tun", hingen unausgesprochene Worte zwischen uns. Aber schließlich führte er seine Hand doch an meine Wange. Und ich schmiegte mich hinein, in diese Berührung. Weil sie sich unglaublich gut anfühlte.

Seine Haut auf meiner.

Seine Augen in meinen.

„Was ist das da zwischen uns?", fragte er mich leise.

„Ich denke, es ist etwas ziemlich Schönes und zugleich etwas wirklich Beängstigendes", sprach ich das aus, was ich in diesem Moment fühlte.

Und dann endlich.

Seine Lippen auf meinen.

Lippen, die nicht zu viel versprochen hatten. Lippen, die mich zärtlich berührten, meinen Mund liebkosten. Lippen, die nach Glück schmeckten. Und nach Meer. Nach so viel mehr.

Ich ließ meine Hand hinauf wandern, über seinen Arm, zu seiner Schulter, den Hals entlang, in seine weichen Haare. Er nahm mein Gesicht in seine Hände, streichelte mit seinen Daumen meine Wangen. Jede Berührung federleicht, weil wir wussten, dass das hier zerbrechlich war.

Es war der zärtlichste Kuss, den ich bisher je bekommen hatte. Und trotzdem war er unglaublich intensiv. So lange hatte ich mich danach gesehnt, und niemals zu träumen gewagt, dass das Wirklichkeit werden könnte. Und nun war Ryan hier, ganz nah bei mir.

Plötzlich schlang er die Arme um mich und drückte mich an sich. Er legte sein Kinn auf meinen Kopf und hielt mich fest. Ich schmiegte mich in seine Umarmung.

„Das fühlt sich so gut an. Du fühlst dich so gut an", flüsterte er mir ins Ohr. Und dann küsste er meine Stirn und meine geschlossenen Augenlider. Und meinen Mund. Immer wieder meinen Mund. Und ich küsste ihn zurück. Verlor mich in diesen Empfindungen. Schob die Gedanken weg, die mich warnen und zurückhalten wollten und setzte sie alle vor die Tür.

Wir hielten kurz inne, um zu Atem zu kommen, und ich spürte, wie er den Kopf schüttelte. „Ich kann dir nicht einmal annähernd beschreiben, wie ich mich fühle, aber ich hätte wirklich Lust zu tanzen. Mich zu drehen. Keine Ahnung. Und das ist ziemlich außergewöhnlich, weil ich nie Lust habe zu tanzen. Wirklich nie." Er lachte etwas verlegen.

„Na dann sollten wir die Gelegenheit nutzen", grinste ich, nahm ihn bei den Händen und fing an mich mit ihm im Kreis zu drehen. Wir verschränkten die Finger ineinander und kreisten immer schneller und schneller. Bis ich stolperte und wir lachend in den Sand fielen.

„Ist das als Tanzen durchgegangen?", fragte ich ihn.

„Der beste Tanz meines Lebens." Er rollte sich zu mir herum und küsste mich. Und ich wollte, dass er niemals wieder damit aufhörte.

***

Als es langsam frisch wurde, schlug Ryan vor, ins Ferienhaus zu fahren. Es war nur noch zehn Autominuten von hier entfernt und wie ich es mir schon gedacht hatte, war es natürlich nicht nur ein einfaches Haus. Es war ein ganzes Anwesen. Die Außenwände waren komplett mit dunklen, wettergegerbten Holzschindeln eingedeckt, was wohl typisch für diese Gegend war. Die Sprossenfenster dagegen waren strahlend weiß gestrichen. Eine riesige Veranda zog sich ums gesamte Haus, auf der sich mehrere Schaukelstühle aneinanderreihten, mit dem Blick aufs Meer. Im Garten befand sich ein Pool mit fast schon olympischen Ausmaßen und ein langer Holzsteg führte durch die Dünen zum Ozean. Das war kein Ferienhaus, sondern ein echtes Urlaubsparadies. Innen war alles im maritimen Stil eingerichtet. Es war das genaue Gegenteil von der Wohnung in New York. Es wirkte hell und freundlich und strahlte deutlich mehr Persönlichkeit aus. Hier hingen selbstgebastelte Mobiles aus Muscheln und Schwemmholz. Eine ganze Wand im Wohnzimmer nahmen Fotos vergangener Urlaube ein. In einer Schale lag gesammeltes Strandgut. Überall entdeckte man Hinweise auf die Bewohner dieses Hauses.

„Das ist wundervoll“, rief ich über die Schulter, als ich aufgeregt das Erdgeschoss erkundete. Ich öffnete eine Tür und fand dahinter ein Zimmer, das ganz in Blau- und Weißtönen gehalten war. Die Tapete zierten lauter kleine Anker und das Himmelbett, das den Raum dominierte, hatte luftig weiße Vorhänge.

„Das Haus hat meine Oma eingerichtet. Es war ihr ganzer Stolz. Sie hat ihre Zeit am liebsten hier verbracht. Nach ihrem Tod hat Gramps das Appartement in New York komplett neu einrichten lassen. Ich glaube, es hat ihn einfach alles zu sehr an sie erinnert. Aber hier im Ferienhaus hat er alles so gelassen, wie es war.“

„Sie hatte Talent fürs Einrichten. Schon als ich den ersten Fuß in das Haus gesetzt habe, habe ich mich direkt wohlgefühlt."

„Ja, das hatte sie", er lächelte melancholisch. „Das ist übrigens mein Zimmer."

„Wirklich? Es ist toll", schwärmte ich.

„Und ich weiß eines, das dir noch viel besser gefallen wird." Er nahm meine Hand, zog mich in den Flur und öffnete die Tür zum Nebenraum.

„Das ist ... der Wahnsinn." Ich drehte mich um meine eigene Achse und nahm begeistert jede wundervolle Einzelheit dieses Zimmers wahr. Es hatte das Thema *Korallen*, denn sie waren überall zu finden. An den weißen Wänden hingen riesige Bilder mit kunstvoll gemalten Korallen in allen Farben. Und von der Decke baumelte ein Kronleuchter aus rotem Glas, ebenfalls im Korallen-Design. Das Boxspringbett war mit blauem Samt bezogen und das Kopfteil erinnerte entfernt an eine Muschel. Auf dem Bett stapelten sich korallenfarbige, weiße und türkise Kissen. Es war farbenfroh, aber dennoch harmonierte alles miteinander.

„Es ist perfekt. Wer schläft hier?" Ein wenig Neid stieg in mir auf, denn das hier war ein absoluter Traum.

„Du, wenn du möchtest. Alle anderen haben oben ihre Zimmer."

„Du machst Witze!", rief ich und riss meine Augen weit auf.

Er lachte und schüttelte den Kopf. „Es ist deines."

„Ich liebe es!" Jauchzend und mit ausgestreckten Armen ließ ich mich aufs Bett fallen.

Er beugte sich über mich, um mich zu küssen, und ich zog ihn herunter, bis er auf mir lag – bis ich ihn spüren, riechen und schmecken konnte.

„Warum duftest du nach Wald? Ich habe mir das schon öfter gedacht. Oder bilde ich mir das ein?“ Ich schnupperte an seinem Hals.

„Das kitzelt“, lachte er „Der Duft heißt tatsächlich *Wald* und stammt von einer kleinen Parfum-Manufaktur aus Brooklyn.“

„Jetzt wird mir einiges klar. Und weil wir gerade dabei sind ...“ Ich fing an, ihn am ganzen Körper zu kitzeln, und brachte ihn damit tatsächlich zum Quietschen. Er zuckte unkontrolliert und konnte überhaupt nicht mehr aufhören zu lachen. „Stopp!“, flehte er und „Gnade!“

„Wie kitzlig kann jemand sein?!“, kommentierte ich belustigt seine Reaktion.

„Was muss ich tun, damit du aufhörst?“, lachte er, beinahe schon hysterisch.

„Mir deinen Spitznamen bei den Wolves verraten“, forderte ich ihn auf.

„Niemals“, presste er hervor, während er versuchte meine Hände festzuhalten, was ihm jedoch nicht gelang, weil er immer wieder von Lachern geschüttelt wurde. Diese Antwort veranlasste mich außerdem dazu, ihn an der besonders empfindlichen Stelle unter den Achseln zu kitzeln. Er versuchte, mich kopflos wegzuschieben, was aber nicht klappte, weil ich mich auf ihn gesetzt hatte. Er bäumte sich auf, ich ließ jedoch nicht locker.

„Okay“, japste er. „Ich sags dir.“

Ich hörte auf und er versuchte, wieder zu Atem zu kommen.

„Also?“, drängte ich ihn.

Er pumpte geräuschvoll Luft in seine Lungen und schloss die Augen. „Mr. Serious.“

Jetzt brach ich in Lachen aus. „Na dann war meine Einschätzung von dir ja gar nicht so schlecht, wenn selbst deine Teamkollegen dich als äußerst ernsthaft empfinden.“ Ich verstellte meine Stimme und sprach ein paar Oktaven tiefer: „Mr. Serious. Hört sich an, als wärst du ein vornehmer englischer Gentleman. Heute mal wieder ein bisschen distinguiert, Mr. Serious?“, zog ich ihn auf.

Er öffnete die Augen und sah mich einen Moment nachdenklich an. „Ja, so bin ich eben. Du hast mich erkannt. Ich nehme wirklich alles seeeeehr ernst.“ Er machte eine kurze Pause, bevor er fortfuhr: „Und Rache ganz besonders.“ Blitzschnell drehte er uns um und saß plötzlich auf mir. Mein gekreischtes „Nein“, ließ ihn nur fies grinsen und nun war ich an der Reihe zu quietschen.

♫ Hör dir Lied 5 des Soundtracks an: Unpack Your Bags – Lemony Rug

Die Haushälterin war noch nicht vor Ort, sondern würde erst am Samstag kommen. Der offizielle Start der Saison war dann am Montag, dem Memorial Day. Das hieß, wir hatten, bis am Samstagnachmittag alle eintrafen, das Haus ganz für uns alleine. Wir bestellten Pizza und setzten uns in Decken eingepackt auf eine der oberen Terrassen, von der aus wir das Meer am besten sehen konnten. Der Sonnenuntergang war spektakulär und wir unterhielten uns über alles Mögliche. Ich erzählte Ryan unter anderem von meinem Leben in Deutschland und er erklärte mir die Footballregeln. Kurz nach Mitternacht unterbrachen wir unser Gespräch, um auf die Couch im Wohnzimmer umzuziehen.

Wir kuschelten uns dort aneinander und redeten bis in die frühen Morgenstunden.

***

Ich wachte auf der Couch auf, Ryans Arm um mich geschlungen. Für einen Moment schloss ich meine Augen wieder und genoss das Gefühl, von ihm gehalten zu werden. Ich spürte seinen gleichmäßigen Atem an meinem Ohr. Fühlte die Wärme seines Körpers.

Meine Blase verstand allerdings nichts von Romantik und drängte mich beharrlich dazu, aufzustehen. Vorsichtig nahm ich Ryans Arm und bugsierte ihn von mir herunter. Dann tapste ich auf Zehenspitzen in mein Zimmer und von dort aus in das angeschlossene Bad, wo ich gestern schon den Kosmetikbeutel deponiert hatte. Ich erledigte die Morgentoilette und sprang auch gleich unter die Dusche. Aus den Klamotten herauszukommen, fühlte sich gut an. Ich hatte sie gestern den ganzen Tag getragen und war dann in ihnen eingeschlafen. Als das Wasser auf mich herunterprasselte, hatte ich das erste Mal Zeit, darüber nachzudenken, was eigentlich passiert war. Ryan war passiert. Und sobald ich mir wieder die Küsse und unsere Gespräche in Erinnerung rief, fühlte ich, wie mich Glücksgefühle mit voller Wucht überrannten. Und noch nie war ich so gerne von etwas überrannt worden.

Ich durfte nur nicht zu genau über das alles nachdenken. Durfte es nicht hinterfragen. Durfte mir nicht in Erinnerung rufen, warum es eigentlich nicht sein sollte – dieses Glück.

Schnell stellte ich das Wasser aus und machte mich fertig. Ich liebte es, in der Dusche meine Gedanken schweifen zu lassen, aber gerade war es besser sie bei mir zu behalten.

Angezogen und mit trockenen Haaren kam ich ins Wohnzimmer, aber Ryan war nicht mehr hier. Er hatte schon alle Decken, die wir gestern ausgebreitet hatten, zusammengelegt.

Ich fand ihn in der Küche, nachdem ich dem Geruch von Verbranntem gefolgt war. Er stand leicht verzweifelt am Herd, vor ihm eine Pfanne, aus der er gerade einen ziemlich schwarzen Pancake beförderte.

Als er mich hereinkommen sah, lächelte er mich entschuldigend an. „Eigentlich wollte ich Frühstück machen." Er sah zerknirscht aus. „Ich dachte, das mit den Pancakes ist bestimmt nicht so schwierig. Bei Rosa sieht das immer so leicht aus."

„Woher hast du die Zutaten?", fragte ich ihn überrascht.

„Rosa hat den Einkauf heute Morgen liefern lassen, er stand vor der Tür."

„Ist das dein erster Pancake-Versuch?"

„Scheint so." Er zuckte mit den Schultern.

„Interessant, was man so alles verpasst, wenn man eine Haushälterin hat."

Ich blickte in die Schüssel mit dem Teig und rührte einmal um, um die Konsistenz zu prüfen. „Also der sieht doch ganz gut aus." Ich nahm noch ein bisschen Mehl und schüttete es hinein, weil er ein wenig zu flüssig war. Dann stellte ich Ryan die Schüssel wieder hin. „Zweiter Versuch!", forderte ich ihn auf.

„Bist du sicher, dass ich es noch einmal probieren soll? Ich will nicht schuld sein, wenn die ganze Küche abfackelt", bemerkte er skeptisch.

„Keine Sorge, ich passe schon auf. Ich habe eine Mama, der ständig irgendetwas anbrennt. Ich bin es also gewohnt auch mal ein kleines Feuerchen zu löschen", erklärte ich ihm grinsend.

„Na wenn das so ist: neuer Versuch."

„Du musst die Temperatur ein bisschen herunterdrehen, sonst hast du gleich wieder Kohle in der Pfanne."

Wir fassten beide gleichzeitig nach dem Regler. Und als sich unsere Finger berührten, war es, als würde die Hitze direkt in meinen Körper abgeleitet.

Er zog mich an sich und küsste mich. „Guten Morgen", lächelte er an meinen Mund.

„Dir auch einen wunderschönen guten Morgen." Ich biss ihn spielerisch in die Lippe. „Und jetzt wieder ran an die Arbeit!"

„Zu Befehl, Captain."

„Machst du nicht sonst immer die Ansagen in deinem Team?", fragte ich ihn.

„Hmmm", brummte er zustimmend, während er sich darauf konzentrierte den Pancake umzudrehen.

„Und wie ist das, wenn man selbst mal ein paar Ansagen bekommt?", stichelte ich.

Er blickte mich an und seine Augen verengten sich leicht „Auf jeden Fall. Eine ganz neue Erfahrung, Coach". Er zwinkerte. Das Lächeln, das er mir im Anschluss daran schenkte, war nicht von dieser Welt. Zumindest kannte ich so etwas nicht aus *meiner* Welt. Allerhöchstens aus dem Kino. Dieses Lächeln war herausfordernd und sexy. Und ich war kurz davor mir die Kleider vom Körper zu reißen – und das war mein voller Ernst. Der qualmende Pancake unterbrach allerdings weitere Überlegungen in diese Richtung, worüber ich eigentlich dankbar sein sollte. Mit der Betonung auf *eigentlich*.

„Nimm ihn raus, schnell!“, forderte ich Ryan auf, der meiner Anweisung hektisch Folge leistete. Aber es war zu spät.

„Schon wieder schwarz“, seufzte er frustriert. „Das war nur, weil du mich abgelenkt hast.“

Ich hob abwehrend beide Hände. „Also gut, dann keine Gespräche mehr mit dem Koch.“

Die nächsten zwanzig Minuten sah ich ihm schweigend dabei zu, wie er einen Pancake nach dem anderen briet. Und mir war nicht eine Sekunde davon langweilig. Nicht eine einzige.

***

Nachdem wir das Frühstücksgeschirr weggeräumt hatten, kippte die Stimmung ein wenig. Wir wussten beide nicht so recht, was wir nun tun sollten – mit uns und dieser ganzen surrealen Situation.

„Ich weiß, du würdest vielleicht lieber rausgehen und dir die Gegend ansehen. Durch die Stadt laufen, ein Restaurant besuchen und so was alles. Aber wenn es dir nichts ausmacht, würde ich den Tag lieber hier mit dir verbringen.“ Er blickte mich ernst an und machte seinem Spitznamen mal wieder alle Ehre. Und ich verstand auch warum. Denn es schwang deutlich mehr mit, in diesen Worten. Es ging nicht nur darum, dass er nicht ausgehen wollte: Wir waren ein Geheimnis, das war es, was er damit gemeint hatte.

Ich nickte und gab ihn mein Einverständnis dazu. Was hätte ich sonst tun sollen? Ich wusste nicht, worauf das hier hinauslief. Das wäre jetzt der perfekte Zeitpunkt gewesen, um darüber zu sprechen. Über uns – ob und wie das weitergehen würde. Aber wir taten es nicht.

Wir verbrachten einen wunderschönen Tag zusammen, hörten Musik, kochten und lieferten uns einen Mario Party Contest. Und ich lernte immer mehr die entspannte, unbeschwerte und so gar nicht ernste Seite von Ryan kennen. Wir bestellten uns noch einmal Pizza und setzten uns damit wieder auf die Terrasse.

„Wie kannst du nur Pizza mit Spiegelei essen?", fragte er mich leicht angewidert.

„Weil Pizza und Spiegelei eben perfekt zusammenpassen", erklärte ich leidenschaftlich.

„Das finde ich überhaupt nicht und die Mehrheit der menschlichen Bevölkerung ebenfalls nicht", erwiderte er.

„Es ist mir aber völlig egal, was andere darüber denken. Für mich passt es perfekt", verteidigte ich meine Meinung.

„Wie schaffst du das nur, dass du dir keine Gedanken darüber machst, was andere über dich denken?", hakte er nach und wickelte sich einen der Käsefäden um den Finger.

„Oh, ich mache mir viele Gedanken. Aber nur bei Dingen, die auch andere betreffen. Bei meinen Klamotten ist es mir meistens egal, was andere darüber denken, weil ich damit niemanden störe. Sie sollen halt wegschauen, wenn ich ihnen nicht gefalle. Aber ich höre zum Beispiel nicht laut Musik im Freibad, weil ich niemanden anderen damit belästigen möchte."

Er sah mich an und ich meinte, Bewunderung in seinem Blick zu lesen. „Du sagst manchmal ziemlich schlaue Sachen."

„Nur manchmal?", kokettierte ich.

„Ja, ab und zu. Jeder hat wohl mal einen lichten Moment", scherzte er.

„Hey", beschwerte ich mich und boxte ihn in die Schulter, aber ich spürte nur harte Muskeln und bewirkte damit bei ihm absolut gar nichts.

„Soll das etwa ein Tackle gewesen sein?", fragte er mich mit hochgezogenen Augenbrauen.

„Keine Ahnung, was das ist."

„Im Football bedeutet es, den Gegner mit Hilfe von physischem Einsatz zu behindern und manchmal auch zu Boden zu ringen. Zeig mal, was du draufhast!" Er stand auf.

„Wie jetzt? Ich soll dich tacklen?", fragte ich verwirrt.

„Du sollst es versuchen!", forderte er mich heraus.

„Wenn ich mich nicht täusche machst du das beruflich, meine Chancen stehen also ziemlich schlecht."

„So leicht gibst du auf?", neckte er mich.

Ich erhob mich ebenfalls und stemmte beide Hände in die Hüften. „Ich will dir ja nicht weh tun", behauptete ich großspurig.

Er lachte. „Schmerzen bin ich gewohnt. Die gehören beim Football dazu, genau wie das Werfen und Fangen."

Ich erinnerte mich an eine Reportage, die ich mal gesehen hatte, in der es darum ging, welche Sportarten die gefährlichsten waren. Football war ganz vorne mit dabei gewesen.

„Warum machst du eigentlich einen so brutalen Sport?", fragte ich ihn und konnte nicht verhindern, dass ich mich plötzlich um ihn sorgte.

Wo kommt das denn auf einmal her, Hannah?

„Weil es Spaß macht", erwiderte er achselzuckend.

„Also gut, was soll ich tun?"

Er stellte sich drei Meter von mir entfernt auf. „Versuch mich irgendwie vom Fleck zu bewegen!"

„Okay, du hast es so gewollt." Mit einem Angriffsschrei stürzte ich mich auf ihn und erreichte genau: nichts. Seine Füße bewegten sich nicht einen Millimeter von den Steinfliesen der Terrasse. Er stand fest da, als wäre er mit dem Boden unter sich verwachsen – wie ein Baum. Ein Mammutbaum. Obwohl ich an ihm zog, zerrte und drückte, er blieb standhaft.

„Dann muss ich eben zu härteren Maßnahmen greifen", teilte ich ihm mit finsterem Gesichtsausdruck mit. Ich schritt flink auf ihn zu und anstatt ihn anzurempeln, kitzelte ich ihn in der Bauchgegend.

Er schrie auf. „Hey, Moment mal, das ist gegen die Regeln." Und dann bekam er einen Lachanfall. Nun konnte ich ihn ganz leicht zur Seite schieben.

„Vielleicht sollte ich deinen Gegnern mal verraten, wie man dich am besten tacklet", lachte ich.

„Untersteh dich!" Ohne Vorwarnung packte er mich jäh, hob mich hoch und warf mich über seine Schultern.

„Das ist Freiheitsberaubung!", wetterte ich und strampelte, was das Zeug hielt. Völlig unbeeindruckt davon trug er mich durch die Terrassentür nach drinnen und die Treppe hinunter. Es schien ihn überhaupt nicht zu stören, dass ich mich gebärdete wie eine Irre. Nicht einmal, dass ich ihn kitzelte, beeinträchtigte ihn mehr. Mit einem Fuß stieß er die Tür zu meinem Zimmer auf und warf mich aufs Bett. Dann beugte er sich über mich und erstickte mit einem Kuss alle weiteren Versuche, mich zu wehren.

„Ich glaube, das ist auch gegen die Regeln", flüsterte ich.

„Das macht nichts", entgegnete er mit rauer Stimme. „Ich will nicht gewinnen. Ich will einfach nur spielen."

Und das tat er dann auch. Er spielte. Seine Zunge glitt an meinem Hals entlang. Sein Mund küsste, saugte und knabberte, bis mein gesamter Körper in Flammen stand. Er schob mein Kleid nach oben und versicherte sich mit einem Blick, ob das in Ordnung war. Und das war es. So was von in Ordnung. Ich zog es mir selbst über den Kopf und ließ es auf den Boden fallen.

Er küsste den Ansatz meiner Brust und meinen Bauch. Zog mit seiner Zunge die runde Form meines Bauchnabels nach. Und ich spürte das alles, völlig pur, völlig unverfälscht. Einfach nur Haut an Haut – und doch etwas so Besonderes. Etwas exzessiv Intensives. Seine Berührungen sendeten heiße Wellen durch meinen Körper. Und ich wollte mehr von ihm spüren. Ließ meine Finger durch sein seidiges Haar gleiten und liebkoste seinen Nacken.

Ryan schob meinen BH nach oben und er stöhnte leise auf, als meine Brüste sich ihm entgegenreckten. „Wunderschön", flüsterte er, bevor er sich wieder über mich beugte. Er knabberte an meinen Brustwarzen, leckte sie, bis sie sich vor Wonne zusammenzogen. Seine Hände streichelten zentimeterweise freigelegte Haut: mal zart, mal fest – immer spielerisch. Meine Sinne waren aufs äußerste gespannt, wie eine Bogensehne. Jeder Hautkontakt löste ein Kribbeln, Kitzeln, Entspannung und Anspannung aus. Es war so viel und doch immer noch zu wenig.

Er kümmerte sich hingebungsvoll, um die empfindliche Außenseite meiner Brüste, was bei mir wohlige Schauer auslöste. Überall.

Ich zog ihm sein T-Shirt aus, weil ich endlich mehr von seiner Haut spüren wollte. Fuhr über die Muskeln seines Oberkörpers: glatt und hart wie Marmor, aber viel wärmer und nachgiebiger. Wunderschön.

Er küsste sich immer tiefer, bis zu meinem Slip und darüber hinaus. Hauchte seinen heißen Atem durch den dünnen Stoff, auf meine empfindlichste Stelle. Ein kehliges Stöhnen entwich mir. Das war befreiend. Und deshalb hielt ich mich nicht weiter zurück, sondern begleitete seine Berührungen mit lustvollem Geräuschen. Es schien ihm zu gefallen, denn seine Augen wurden eine Spur dunkler, als er zu mir hochblickte. Mit einer fließenden Bewegung zog er mir meinen Slip herunter und vergrub seinen Kopf in meinem Schoß. Feuchte Küsse, überall auf meinem Unterleib. Unvorstellbarer Genuss. Mein Körper gab sich ihm hin, zuckte, entspannte sich, zog sich zusammen, voller Wonne, nur um im nächsten Moment komplette und allumfassende Befriedigung zu erfahren. Ryan hatte gespielt, vollen Einsatz gebracht und alles abgeräumt.

Ich atmete schwer, während er sich nach oben küsste und sich dann neben mich legte. Als ich wieder Herrin meiner Sinne war, rollte ich mich auf ihn und wollte anfangen, ihn zu streicheln, aber er hielt meine Hand zärtlich fest.

„Ich möchte mich revanchieren und ich möchte dich spüren", erklärte ich ihm.

„Ich finde, wir beide haben schon gewonnen. Es war wunderschön und ich würde es gerne dabei belassen." Sein plötzlicher Rückzug irritierte mich.

„Ich bin keine Jungfrau mehr, wenn du das denkst", erklärte ich ihm deshalb.

„Nein, das ist es nicht." Er schüttelte den Kopf und zog die Bettdecke über uns.

Er schien keinen Sex mit mir zu wollen und ich versuchte das Gefühl von Abweisung abzuschütteln, das gerade wie eiskaltes Wasser auf meine Erregung tropfte und ein unangenehmes, zischendes Geräusch verursachte.

Nicht jeder Mann möchte immer nur Sex. Er hat seine Gründe, die du respektieren solltest. Es liegt nicht an dir!

Aber es war schwer, mich zu entspannen, wenn ich diese Gründe nicht kannte.

„Was ist es dann? Ich könnte dich auch so befriedigen, wie du es gerade bei mir gemacht hast“, schlug ich ihm vor und lächelte ihn an. Ich wollte auf keinen Fall, dass er sich unwohl fühlte. Wollte die Person sein, der er alles anvertrauen konnte, egal was es war.

Er schnaufte tief. „Ich fühle mich so schon schlecht genug.“

„Warum fühlst du dich schlecht?“, fragte ich und konnte den Schock, den mir diese Worte versetzt hatten, nicht aus meiner Stimme heraushalten.

„Weil ich dein sieben Jahre älterer Cousin bin. Wir noch nicht einmal darüber geredet haben, was das mit uns ist. Ich meine, ich bin der Ältere. Der Vernünftige. Ich müsste dem hier eigentlich Einhalt gebieten. Es stoppen. Aber du machst es mir so verdammt schwer.“ Zärtlich strich er eine lockige Strähne meines Haares hinter mein Ohr.

„Du denkst doch hoffentlich nicht, dass du mich hier ausnutzen würdest?“, fragte ich bestürzt.

„Ich weiß nicht ... vielleicht schon“, druckste er herum und drehte sich auf den Rücken, seinen rechten Unterarm auf die Stirn abgelegt.

„Das tust du nicht. Ich will das hier. Das ist meine Entscheidung. Du hast mich zu nichts gedrängt“, betonte ich, schmiegte mich an ihn und legte eine Hand an sein Gesicht, um es behutsam wieder zu mir zu drehen. „Ich verstehe, warum du dir diese Gedanken machst. Auch in mir gibt es mindestens eine Million Fragzeichen. Und auch Zweifel.“ Ich streichelte ihm sanft über seine Schulter und seinen Oberarm. „Aber wir sind jetzt hier zusammen, in diesem Moment. Und nur das zählt.“ Und dann küsste ich ihn. Und er küsste mich zurück. Erst noch zögerlich, aber sehr schnell wurde der Kuss tiefer. Meine Fingerspitzen fuhren über seinen nackten Bauch und seine Brustmuskeln, während ich mit meiner Zunge neckisch seine Lippen berührte und sie immer wieder in seinen Mund gleiten ließ. Ich spürte, wie sein Herzschlag sich beschleunigte und sein Atem sich vertiefte. Ich wollte so gerne, dass er sich entspannte, aber ich merkte, wie er sich leicht verkrampfte, als meine Hand immer weiter nach unten wanderte. Dabei sehnte ich mich danach, seine Lust zu sehen, zu spüren und sie zu schmecken. „Wenn du dich dann besser fühlst", flüsterte ich. „helfe ich dir nicht, aber ich würde gerne dabei zusehen, wie du es dir selber machst." Die Worte waren aus mir herausgekommen, ohne, dass ich sie hätte aufhalten können.

„Was?" Seine Augen wurden groß. Und auch ich war von mir selbst überrascht.

„Schockiert dich das jetzt?", fragte ich unsicher. Vielleicht war das doch zu forsch gewesen. Das Gefühl von Scham stieg in mir auf.

„Nein, das tut es nicht", beruhigte er mich sofort. „Ich war nur erstaunt."

„Gut erstaunt?"

Endlich lächelte er wieder. „Auf jeden Fall." Seine Stimme klang samtig und tief.

Ich setzte mich auf und zog ihn mit mir hoch. Dann küsste ich ihn leidenschaftlich, nahm dabei seine Hand und führte sie zu der Beule in seiner Hose. Drückte sie bestimmt fester an ihn heran, was ihm ein Stöhnen entlockte, das wie Musik in meinen Ohren klang. Unsere Küsse wurden immer inniger, immer tiefer, während er anfing, seinen Penis zu reiben und dabei die Augen schloss. Ich griff nach dem Gürtel und öffnete ihn. „Zieh deine Hose aus!", flüsterte ich.

Es war allerdings nicht ganz einfach halb kniend, halb sitzen aus der Hose zu kommen. Schließlich stand Ryan auf und das Bett knarzte dabei verdächtig. Ich musste kichern, weil es nicht gerade graziös aussah, wie er sich aus seinen Klamotten schälte. Aber endlich hatte er sich seiner Kleidung entledigt und kniete nackt und breitbeinig vor mir. Das Kichern erstarb.

„Das findest du also witzig, ja?", bemerkte er entrüstet. Seine Stimme immer noch rau vor Lust. „Die meisten Frauen würden vor lauter Ehrfurcht vor meinem Körper erstarren", witzelte er.

„Das tue ich. Weil du wunderschön bist, Ryan." Ungeniert blickte ich ihn an. Auch er war ernst geworden. Es schien ihm zu gefallen, dass ich ihn ohne Scheu betrachtete. Ich nahm wieder seine Hand und legte sie um sein steifes Glied. Dann zog ich mich zurück und beobachtete ihn: Seinen Gesichtsausdruck, als er begann seine Hand langsam auf und ab zu schieben. Wie er sich auf die Lippe biss und seine Bewegungen immer schneller wurden. Die Muskeln an seinen Armen und Oberschenkeln, die deutlich hervortraten. Wie er seine Augen schloss und den Kopf nach hinten legte. Seinen Brustkorb, der sich immer schneller hob und senkte. Und wie er sein Gesicht lustvoll verzog, als er kam.

Er ließ sich nach hinten sinken und ich legte mich seitlich neben ihn. „Dieses Spiel hat mir wirklich gut gefallen", bemerkte ich mit klopfendem Herzen, immer noch high von dieser Erfahrung.

„Gefallen ist gar kein Ausdruck. Es hat mich so angemacht, zu wissen, dass du Spaß daran hast, zuzusehen." Er drehte sich halb zu mir um, schob seine linke Hand in meinen Nacken und küsste mich. „Du bist unglaublich, Hannah from Germany."

Und für einen glückseligen Moment hatte ich das Gefühl, ich bräuchte nur die Flügel auszustrecken und könnte endlich wieder fliegen. Alles würde gut werden. Das würde es doch, oder?

***

Irgendwas hatte mich geweckt, aber ich wusste nicht mehr, was es gewesen war. Verschlafen drehte ich mich zu dem Wecker, der auf dem Nachtkästchen stand. Es war kurz nach zehn Uhr morgens. Dann hörte ich jemanden rufen. „Hannah, Ryan, wir sind da!" Verdammte Axt. Panisch rüttelte ich an Ryans Schulter, der seine Augen öffnete und mich verschlafen anblickte.

„Deine Eltern sind schon da", wisperte ich ihm zu. Das ließ ihn sofort senkrecht in die Höhe fahren. Nun blickte auch er sich alarmiert um. Wir lagen immer noch in meinem Bett. Nackt. Und gemeinsam.

Er stand auf und begann sich hektisch, seine Klamotten überzuziehen. Ich ging zu meinem Koffer, holte mir frische Unterwäsche heraus und zog sie mir an. Dann griff ich nach meinem Morgenmantel, der über einem Stuhl hing, schlüpfte hinein und knotete den Gürtel fest.

„Ich fürchte, du musst sie ablenken, damit ich ungesehen in mein Zimmer komme." Er sah mich mit einer Mischung aus Bedauern und Panik an.

„Okay." Ich verschwand kurz im Bad, wusch mir das Gesicht mit eiskaltem Wasser und putze in Windeseile die Zähne. Als ich wieder herauskam, blickte ich ein letztes Mal zu Ryan. Er saß auf der Bettkante und starrte in den Teppich. Ich hätte zu gerne gewusst, was in ihm vorging. Aber ich verließ das Zimmer, um das zu tun, worum er mich gebeten hatte.

Melissa und Cody saßen an dem langen Tisch vor dem Fenster in der Küche und Miguel machte gerade Kaffee für alle.

„Da bist du ja“, begrüßte meine Tante mich fröhlich. „Ich hoffe, ich hab dich nicht aufgeweckt, aber ich dachte ihr seid bestimmt schon wach.“ Sie stand auf und umarmte mich, als hätten wir uns seit Wochen nicht gesehen.

„Ich war sowieso nur noch im Halbschlaf, sonst hätte ich dich gar nicht gehört“, versuchte ich möglichst nah an der Wahrheit zu bleiben.

„Schläft Ryan noch?“

„Ich weiß nicht, ich bin gerade erst aufgestanden.“ Mein Lächeln gefror zu einer Maske und ich hoffte inständig, dass das niemandem auffiel. Wie ich es hasste, sie anzulügen. Meine Familie. Menschen, die mich mit offenen Armen empfangen hatten.

„Vielleicht ist er schon zum Joggen raus“, mutmaßte Miguel. Die Dampfdüse gab röchelnde Geräusche von sich, als er Milch damit aufschäumte. Er bewegte das Metallkännchen langsam nach oben und unten. Sofort hatte ich wieder Bilder von gestern Nacht im Kopf.

Hannah, jetzt reiß dich mal zusammen. Die Hormone scheinen dein Gehirn vernebelt zu haben. Das ist nur ein Milchaufschäumer, sonst nichts.

Ich presste meine Zähne so fest aufeinander, dass ich es knirschen hörte.

„Das würde ihm ähnlich sehen, dass er schon wieder Sport macht“, flachste Cody.

„Ihr seid früher hier als geplant, oder?", fragte ich mit viel zu hoher Stimme und hatte das Gefühl, dass ich so durchschaubar war, wie frisch geputztes Fensterglas. Langsam setzte ich mich neben meinen Cousin.

„Ja, wir sind doch spontan schon vormittags los, um dem Stau zu entgehen. Olivia und mein Vater kommen später mit dem Helikopter. Er muss noch zur Krankengymnastik und mit dem Auto wird es sonst zu spät", erklärte Melissa wie selbstverständlich.

„Ihr habt einen Helikopter?", fragte ich fassungslos. *Warum wundert dich so was eigentlich noch, Hannah?*

„Ja, klar. Das ist der schnellste und sicherste Weg hier raus. Ryan fliegt sogar selbst", erklärte Miguel stolz und stellte einen Latte macchiato vor mich hin.

„Was tut er?", rief ich überrascht aus. Er hatte bisher nie etwas in diese Richtung erwähnt.

„Na, er fliegt den Helikopter." Mein Onkel lächelte belustigt.

„Hat er denn einen Führerschein?" Ich konnte es einfach nicht fassen: Wie sich überhaupt jemand freiwillig in so eine Höllenmaschine setzte – und dann auch noch als Pilot. Mit diesen vielen Knöpfen, Reglern, Messgeräten und blinkenden Lichtern. Immer mit einem Bein im Grab.

Cody blickte mich an, als wäre ich nicht ganz klar im Kopf. „Äh, natürlich hat er eine Fluglizenz. Sonst dürfte er ja nicht fliegen."

Ich räusperte mich und versuchte, mich wieder zu beruhigen. „Na klar, ich meine nur, weil er noch so jung ist und er hat nie etwas darüber erzählt."

„Das wundert mich. Er liebt das Fliegen schon seit er klein war", schaltete Melissa sich ein. „Er hat, sobald es erlaubt war, Flugstunden genommen und hat in kürzester Zeit seinen Schein gemacht. Er nimmt dich bestimmt mal mit."

„Oh nein, danke, ohne mich", wehrte ich ab und erntete leicht konsternierte Blicke. „Ich habe Flugangst", gab ich deshalb etwas zerknirscht zu.

Miguel setzte sich zu uns, eine dampfende Tasse Kaffee in der Hand. „Das ist ja schade", bemerkte er mitfühlend. „Hallo mein Großer", begrüßte er Ryan, der in diesem Moment die Küche betrat. Seine Haare waren nass, also hatte er sich anscheinend schnell geduscht.

„Wie hast du es von Deutschland in die USA geschafft?", fragte mich Cody. „Sie hat Flugangst", bemerkte er zu Ryan und deutete mit dem Finger auf mich.

Endlich sah er zu mir. Sein Gesichtsausdruck zeigte Erstaunen, aber er wirkte auch distanziert, was mir einen Stich versetzte.

Was hast du erwartet? Dass er freudestrahlend allen erzählt, dass das Erbe vielleicht in der Familie bleibt?

Ich wusste nicht, was ich erwartet hatte. Gar nichts. Denn ich hatte einfach nicht darüber nachgedacht. Die letzten eineinhalb Tage waren mir wie ein Traum vorgekommen. Umso bitterer war nun das Erwachen.

***

Er ging mir aus dem Weg, so viel war klar. Olivia und Gramps waren am späten Nachmittag eingetroffen und die Haushaltshilfe namens Trish hatte uns ein spitzenmäßiges Abendessen aufgetischt. Leider hatte ich kaum einen Bissen heruntergebracht. Cody hatte seine Geschwister und mich anschließend dazu überredet an den Strand zu gehen. Ryans Widerwillen war fast schon physisch zu spüren gewesen, aber vielleicht wollte er seinen Bruder nicht vor den Kopf stoßen, um keine Aufmerksamkeit zu erregen. Wir kamen an einer Gruppe von jungen Leuten etwa in meinem Alter vorbei, die mehrere Feuer entzündet hatten. Jemand spielte Gitarre und auch Gesang war zu hören.

Wir setzten uns in der Nähe in den Sand und lauschten der Musik und den Wellen. Cody erzählte von einer wichtigen Prüfung, die er diese Woche geschrieben hatte. Olivia langweilte das offensichtlich. Sie ließ uns einfach sitzen und steuerte auf das Lagerfeuer zu. Ryan blickte ihr kurz nach, schien aber nicht im Oberbeschützermodus zu sein, wie sonst meistens. Unglaublicherweise ließ er sie einfach gehen.

„Und was habt ihr so getrieben?“, fragte Cody. Er zog sich seine Umhängetasche von der Schulter und klappte sie auf. Daraus förderte er drei kalte Dosen Bier zu Tage, wovon er zwei an uns weiterreichte. Sie waren außen mit Kondenswasser beschlagen und es zischte beim Öffnen. Auch hierzu kam kein Kommentar von Ryan. Was ebenfalls sehr ungewöhnlich war, weil es im Staat New York eigentlich verboten war, Alkohol an öffentlichen Plätzen zu konsumieren. Es schien so, als wäre er komplett in seiner eigenen Welt versunken.

Ich erzählte Cody von dem Golfturnier und wie mein erster Einsatz gelaufen war. Sein Bruder beteiligte sich nicht an unserem Gespräch, dafür kippte er das Bier herunter, als wäre es Wasser. Seine Stimmung machte mir langsam Sorgen und ein ganz mieses Bauchgefühl stieg in mir auf. Auch Cody hatte seine Dose schnell gelehrt, während ich gerade Mal bei der Hälfte angekommen war.

„Ich hol Nachschub", bemerkte er und ich wäre ihm am liebsten vor Dankbarkeit um den Hals gefallen. Als er außer Hörweite war, sprach ich Ryan an. „Hey, alles klar bei dir?"

Ungläubig blickte er zu mir hoch und schüttelte den Kopf. „Nein. Ich weiß nicht, ich, keine Ahnung. Die Situation heute Morgen hat mir gezeigt, dass es nicht richtig ist, was wir tun."

Das war ein Stich ins Herz. Mitten hinein. Und zwar nicht mit einem doppelschneidigen scharfen Kampfschwert, sondern mit einem stumpfen, verrosteten Messer. Der Stich drang nicht schnell und sauber in mein Innerstes, dafür langsam und unendlich qualvoll.

„Wie kann es richtig sein, wenn wir es geheim halten müssen? Wenn wir lügen müssen?", redete er weiter.

Immer tiefer bohrten sich die Worte in mein Herz, die das Einzige waren, das in meinen Augen abgrundtief falsch klang. „Wie kann es falsch sein, wenn es sich so richtig anfühlt?", stellte ich ihm deshalb eine Gegenfrage. Er wollte es beenden, das spürte ich deutlich. Das, was noch gar nicht begonnen hatte. Aber ich war nicht bereit dazu. Überhaupt nicht bereit. Mein Herz hämmerte in meiner Brust. Ich musste mich konzentrieren und ihm sagen, was in mir vorging. Vielleicht würde ich so schnell keine Chance mehr dazu bekommen. „Wir sind nicht verwandt. Ja, wir sind offiziell Cousine und Cousin und ich weiß, dass das alles andere als optimal ist. Aber es ist nicht falsch. Wir sind nicht falsch."

Er fuhr sich mit beiden Händen durch seine Haare, die im Halbdunklen fast hellbraun wirkten. Nur der flackernde Feuerschein, ließ das rot ab und an aufblitzen.

„Die Presse wird das anders sehen", stieß er die Luft aus. „Und ich, ich muss für mein Team da sein. Ich habe eine anstrengende Saison vor mir und du wirst nach deinem Auslandssemester wieder zurück in deine Heimat gehen. Dazu kommt die Sache mit Gramps. Er erholt sich gerade wieder, aber das hat meine Familie wirklich mitgenommen und sie brauchen mich."

Und ich brauche dich genauso.

Aber ich sprach es nicht aus. Irgendetwas in mir drin, vielleicht mein letztes bisschen Selbstachtung, verhinderte, dass ich ihm das sagte. Obwohl ich nichts anderes wollte, als ihm meine Gefühle entgegenzuschreien. Aber da war auch Angst. Angst zurückgewiesen zu werden. Trotzdem konnte ich das nicht so stehen lassen. Ich musste kämpfen, irgendetwas tun, um ihm verständlich zu machen, wie ernst es mir mit ihm war. Denn das war es, das wurde mir in diesem Moment klar. Noch nie hatte ich solche intensiven Gefühle für jemanden gehabt, nicht einmal für Moritz. Also nahm ich all meinen Mut zusammen – aber bevor ich sprechen konnte, hatte Ryan wieder das Wort ergriffen.

„Wir müssen jetzt stark sein, Hannah. Es ist ja noch nicht viel passiert. Wir können es jetzt beenden und niemand kommt zu Schaden."

Es war, als würde er das Messer, das schon in meinem Herzen steckte, herumdrehen. Für einen Moment fehlte mir komplett die Luft zum Atmen.

Nicht viel passiert? Nicht viel passiert???

Für ihn womöglich nicht. Obwohl, dass er gesagt hatte, wir müssten stark sein, implizierte zumindest, dass es ihm auch nicht leichtfiel. Aber das war zu wenig. Viel zu wenig. Er wollte nicht kämpfen, er wollte mit der Sache abschließen. Ihm jetzt meine Gefühle zu gestehen, fühlte sich so an, wie sich nackt mitten in die Mensa der Uni zu setzen. Zumindest stellte ich mir das so vor.

Aus der Richtung unseres Hauses sah ich den Schein einer Handytaschenlampe auf uns zukommen. Cody würde gleich zurück sein und ich musste mich jetzt entscheiden. Ich musste entscheiden, ob ich darauf hoffte, dass Ryan gegen seine tiefsten Muster ankam, die ihm vorgaukelten, nie schwach sein zu dürfen. Oder ob ich dieses schwierige Unterfangen einfach aufgab.

„Ich habe mich in dich verliebt“, platzte es aus mir heraus. Und so sehr ein Teil von mir diese Worte wieder zurücknehmen wollte, so froh war ein anderer Teil, dass ich sie endlich ausgesprochen hatte.

Seine Augen weiteten sich, aber dann drehte er sich unabsichtlich so, dass seine Gesichtszüge im Schatten lagen und ich nicht mehr erkennen konnte, was in ihm vorging.

„Da bin ich wieder, mit einer Menge Nachschub“, bemerkte Cody verschmitzt, der diesmal eine große Kühltasche mitgebracht hatte. „Es wird Zeit, dass wir den Anfang des Sommers ordentlich begießen.“ Er gab seinem Bruder eine frische Dose und prostete uns zu. Ryan leerte sie in einem Zug. „Was ist denn mit dir los?“ Cody wirkte fassungslos.

„Wie du schon gesagt hast, es ist Zeit zu trinken.“

„Soll mir recht sein, Mann. Wenn du einmal deine Zügel lockerlässt, bin ich sicher der Letzte, der etwas dagegen einzuwenden hat.“ Cody setzte die Dose wieder an seine Lippen, trank aber deutlich bedächtiger als sein Bruder.

Ich nippte zum Schein weiter an meinem ersten Getränk, aber die Lust zu trinken war mir vergangen. Ryan hatte nichts erwidert, auf mein Geständnis. Ich wusste, dass er sich schwer tat über Gefühle zu sprechen und auch, sie herauszulassen. Und ja, Cody hatte uns unterbrochen. Aber er hätte zumindest meine Hand drücken können, mir ein

Lächeln schenken oder mir eine simple Textnachricht aufs Handy schicken. Irgendwas. Er hatte mich einfach so sitzen lassen. Nackt. Mitten in der Mensa.

„Wo ist eigentlich Olivia abgeblieben?“, fragte Cody. „War sie in der Zwischenzeit noch mal da?“

Ich schüttelte den Kopf und bemerkte, wie Ryan zur nächsten Bierdose griff.

„Soll ich mal nachsehen?“, fragte ich.

„Sie wird wohl einmal auf sich selbst aufpassen können“, zischte Ryan und seine Zunge lag ihm schon ein wenig schwer im Mund.

„Äh, wer bist du und was hast du mit meinem Bruder gemacht?“, brachte es Cody auf den Punkt. Ryan stand komplett neben sich. Ich hatte nur keine Ahnung, ob mir das Sorgen machen sollte oder ob ich mich sogar darüber freuen sollte, dass er es doch nicht so leicht abtun konnte. Vielleicht beides ein bisschen. Möglicherweise hatte er es aber gar nicht verdient, dass ich mich um ihn sorgte. Schließlich hatte er mich mit meinen Gefühlen einfach so stehen lassen. Und das war nicht besonders angenehm.

Plötzlich kam eine Gestalt auf uns zu, die ziemlich Schlagseite hatte. Um genauer zu sein, torkelte sie uns entgegen. Da ihr Gesicht von den Flammen abgewandt war, konnte ich nichts erkennen, aber auf Grund ihrer Silhouette tippte ich auf Olivia. Und tatsächlich, sie war es und ließ sich schwer neben uns in den Sand fallen. Dann fing sie grundlos an zu kichern. „Na, was geht ab?“

„Was soll das Olivia, hast du etwa getrunken?“, schien Ryan sich nun doch wieder an seine Beschützerinstinkte zu erinnern.

„Hast du etwa getrunken?“, äffte sie ihn nach. „Und was hast du da in deiner Hand?“

„Ich bin alt genug, aber du ...“

„Sei doch nicht immer so ein Spießer, Ryan. Im Leben geht es doch auch mal drum Spaß zu haben“, lallte Olivia.

„Wisst ihr was? Ich hab keine Lust mehr mich zum Buhmann machen zu lassen. Ihr seid selbst für euer Leben verantwortlich“, fauchte Ryan, stand leicht unkoordiniert auf und verschwand in der Dunkelheit Richtung Haus.

Obwohl er wahrscheinlich vor allem seine Geschwister gemeint hatte, hatte das gesessen. Zumindest bei mir. Die beiden anderen schienen nicht besonders entsetzt über seinen Ausbruch zu sein, sondern gackerten albern.

„Ich glaube, wir sollten Olivia ins Haus bringen“, wandte ich mich an Cody. Sie war erst fünfzehn Jahre alt und um uns herum wurde die Party langsam wilder. Ich sah knutschende Pärchen, die anscheinend vergessen hatten, dass sie sich in der Öffentlichkeit befanden. Außerdem war das Singen bereits eher zum Grölen geworden und unweit von uns übergab sich jemand in die Dünen – zumindest der Geräusche nach zu urteilen.

„Du hast mir gar nichts zu sagen“, brabbelte Olivia undeutlich. Sie wollte sich ihre langen blonden Haare über die Schulter werfen, verhedderte sich aber mit einem ihrer Ringe und fluchte lautstark.

„Lass sie doch ein bisschen über die Stränge schlagen“, bemerkte Cody und trank einen Schluck Bier. „Sonst haben unsere Eltern immer ein wachsames Auge auf sie, aber hier in den Hamptons gibt es ein paar mehr Freiheiten. Sie ist eine Teenagerin. Sie muss ein paar Dummheiten machen, das ist quasi Gesetz.“ Er prostete mir zu, was ich nicht erwiderte. Er kam allerdings auch nicht zum Trinken, weil seine Schwester ihm das Bier aus der Hand riss und es sich hinunterschüttete.

Was war eigentlich heute mit dieser Familie los? Offensichtlich hatte ich die Einladung zu „Wir betrinken uns alle sinnlos und sind unhöflich zueinander" nicht bekommen.

Ich wollte Ryan nachlaufen, hatte jedoch Bedenken, dass das zu auffällig wäre. Außerdem machte ich mir wirklich Sorgen um Olivia. Sie gehörte dringend ins Bett, aber alleine konnte ich hier nichts ausrichten.

Inzwischen war sie aufgestanden, warf die Dose achtlos auf den Boden und steuerte torkelnd aufs Meer zu.

„Wo willst du hin?", fragte Cody zwar, griff aber dann nach einem weiteren Bier, ohne Anstalten zu machen, ihr zu folgen.

Ich stöhnte genervt auf, stemmte mich dann hoch, klopfte mir den Sand von meiner malvenfarbenen Jeans und folgte ihr. Ich hatte keine Ahnung, womit ich das verdient hatte. Am liebsten hätte ich mein Gewissen ausgeschaltet und mich auf die Suche nach Ryan gemacht. Nur leider wusste ich nicht, wie das funktionierte.

„Lasst uns schwimmen gehen!", schrie Olivia plötzlich und ging immer schneller aufs Wasser zu.

Ich hoffte inständig, dass sie scherzte. Der Wellengang war, den Geräuschen nach zu urteilen, ziemlich stark und das Wasser des Atlantiks würde eisig sein – schließlich hatten wir erst Mai. Doch für den Fall, dass sie es ernst meinte, beschleunigte ich meine Schritte. Der Mond versteckte sich hinter einer Wolke und der Lichtschein der Feuer durchdrang die Dunkelheit, hier nahe der Brandung, nur unzureichend. Ich sah bloß die dunkle Silhouette meiner Cousine, die sich in diesem Moment ins Wasser bewegte.

„Bleib stehen! Olivia, bitte, bleib stehen!", rief ich ihr nach und legte noch einmal einen Zahn zu, was bei dem trockenen Sand gar nicht so einfach war. Aber sie hörte nicht auf mich. So ein Mist. Ich ließ mehrere Flüche los und beeilte mich, sie einzuholen. Als ich endlich am Meer ankam, war sie schon ein ganzes Stück weit hineingelaufen. Das Wasser ging ihr bereits bis zum Bauchnabel. Was tat sie da bloß? Es war viel zu kalt zum Schwimmen. Außerdem trug sie ihre gesamte Kleidung inklusive ihrer türkisblauen Bast-Wedges, die längst nicht mehr zu sehen waren.

„Komm da raus, Olivia! Vielleich denkst du gerade, dass das eine gute Idee ist, aber das ist nur der Alkohol, der dich das denken lässt. Es ist gefährlich."

„Es ist herrlich hier. Ich fühle mich so lebendig!", jauchzte sie und spritze Wasser in meine Richtung.

Langsam wurde ich wütend. Ich streifte die Sneakers ab, um meine Cousine eigenhändig aus dem Wasser zu zerren. Die Brandung traf auf meine nackten Füße und ich schluckte. Das konnten nicht viel mehr als zwölf Grad sein. Das Wasser war eiskalt.

Ich wollte gerade zu einer erneuten Schimpftirade ansetzen, da wurde Olivia von einer hohen Welle erwischt. Sie stieß einen spitzen Schrei aus und dann ging sie unter. Aber sie tauchte nicht wieder auf.

„Olivia", meine Stimme klang panisch. „Verdammt, Olivia!", rief ich erneut und sprintete ins Wasser. Währenddessen streifte ich mir die Jeansjacke ab und warf sie einfach in die Wellen. Sie würde mich nur runterziehen, sollte ich schwimmen müssen. Ich schrie noch einmal und immer weiter, aber alles, was ich sah, war durchdringende Schwärze. Angsterfüllt blickte ich mich um, während mir die Gischt ins Gesicht spritze und meine Augen zum Brennen brachte. Endlich kam der Mond wieder hinter den Wolken hervor und spendete ein bisschen mehr Licht. Ich suchte die raue Wasseroberfläche nach Olivias hellem Schopf ab und da entdeckte ich sie. Sie war einige Meter weiter rechts und ein gutes Stück ins Meer hineingetragen worden. Ohne zu überlegen, stürzte ich mich in die Wellen und begann zu schwimmen. Die Kälte schoss wie ein Blitz in meinen Körper und nahm mir für einen Moment die Luft zum Atmen. Wie kleine Nadelstiche traktierte sie meine Haut. Aber ich war eine Schwimmerin und die Bewegungsabläufe waren in meinem Muskelgedächtnis gespeichert. Also schwamm ich wie von selbst, während ich noch den Schock den die Wassertemperatur verursacht hatte, verarbeitete. Das Adrenalin tat seinen Rest dazu. Ich fixierte Olivia, die panisch versuchte, sich über Wasser zu halten, aber die Strömung und der Wellengang waren so stark, dass es sie immer wieder nach unten drückte. Der Alkohol beeinträchtigte mit Sicherheit ihre Koordinationsfähigkeit und wenn ich sie nicht schnell erreichen würde, wäre sie vielleicht bald zu erschöpft, um sich immer wieder an die Wasseroberfläche zu kämpfen. Sie schrie. Ein kurzer abgehackter Schrei, der in ein Gurgeln überging. Er ging mir durch Mark und Bein, denn die Angst, die diesen Ausruf begleitete, war existentiell. Ich hatte nie etwas Schlimmeres gehört.

„Ich komme! Bleib ruhig! Versuch dich auf den Rücken zu legen und Kräfte zu sparen!“, rief ich ihr zu, aber es war zu spät dafür. Ich hatte genügend Rettungsschwimmer-Lehrgänge besucht, um zu wissen, dass sie jetzt nur noch damit beschäftigt war zu überleben. Denn entgegen der landläufigen Meinung winken Ertrinkende nicht und sie rufen auch nicht um Hilfe. Der Kopf taucht immer wieder unter Wasser. Die Augen starren ins Leere. Die Kraft reicht nur zum Atmen. Und genau das sah ich gerade vor mir. Es waren bloß noch wenige Meter zwischen uns. Ich kämpfte die Panik zurück und sprach mir Mut zu.

Du schaffst das, Hannah! Wasser ist dein Element.

Ich hatte zwar nie einen Menschen gerettet, aber ich hatte es in den Kursen geübt, die ich hatte absolvieren müssen, um den Schwimmtrainerschein zu machen. Ich verdoppelte die Anstrengungen und glitt kraulend durchs Wasser. Meine vollgesogene Kleidung erschwerte mir das Vorankommen enorm, aber ich ließ mich davon nicht beirren. Ich verringerte die Entfernung zu Olivia Meter um Meter, bis ich sie endlich von hinten zu fassen bekam, als sie gerade wieder im Begriff war unterzugehen. Ich wendete den Fesselschleppgriff an, weil ich Angst hatte, dass sie mich vor lauter Panik mit unter Wasser ziehen würde. Ich hielt ihren linken Oberarm hinter ihrem Rücken gepackt, die andere Hand legte ich an ihr Kinn und so versuchte ich, uns in Rückenlage wieder ans Ufer zurückzubringen. Dazwischen redete ich ihr gut zu. Sie war so erschöpft, dass sie keinen Widerstand leistete, leider war sie aber auch zu müde oder zu verängstig dafür, mir zu helfen, sie an Land zu bringen. Es kostete mich immense Kraft, mit ihr gegen die Wellen anzuschwimmen. Meine schwere Kleidung zerrte zusätzlich an mir. Als wir endlich in seichteres Wasser kamen und ich meine Füße auf den Boden setzen konnte, fiel mir ein Felsbrocken vom Herzen. Sicherheit. Ich hörte Cody schreien, der wenige Augenblicke später neben mir auftauchte und mir half, Olivia an Land zu ziehen. Völlig erschöpft ließ ich mich in den Sand fallen und versuchte, wieder zu Atem zu kommen. Cody kümmerte sich derweil um meine Cousine und wickelte sie in seine Jacke. Sie war bei Bewusstsein und hustete Wasser aus.

„Ist alles in Ordnung mit dir?“, fragte er sie mindestens zehn Mal, bevor sie endlich antwortete. „Alles okay“, ihre Stimme klang rau und dünn, aber es war so schön sie zu hören. Eine allumfassende Erleichterung stieg in mir auf und wärmte mich von innen. Ich hatte es geschafft. Olivia war in Sicherheit.

„Ihr habt es gehört, alles in Ordnung, ihr könnt jetzt wieder tun, was immer ihr vorher getan habt", forderte Cody die Umstehenden auf, die ich bisher gar nicht wahrgenommen hatte. Sie mussten von meinen Rufen angelockt worden sein, entfernten sich nun aber wieder.

Als das Adrenalin langsam abnahm, spürte ich, wie die Kälte in meine Glieder kroch und den letzten Rest von der Wärme, die ich eben noch wahrgenommen hatte, vertrieb. Auch wenn es mich immense Anstrengungen kostete, rappelte ich mich auf. „Wir müssen aus den nassen Klamotten raus", sagte ich zu Cody.

Beide halfen wir Olivia hoch, die erschöpft war und kaum laufen konnten, weshalb Cody sie kurzer Hand auf seine Arme nahm und sie zum Haus trug. Ich folgte ihnen und verfluchte den elenden Sand, der mir das Gehen erschwerte und der überall an meinen Sachen klebte. Ryan saß auf den Stufen der Veranda und rannte auf uns zu, als er uns kommen sah.

„Was ist passiert?", fragte er panisch, schien sich aber gleich wieder etwas zu beruhigen, als er sah, dass augenscheinlich alle okay waren.

„Olivia hatte die dämliche Idee ein Bad im Meer zu nehmen und Hannah hat das glücklicherweise bemerkt und sie wieder rausgezogen. Aber es war wirklich verdammt knapp." So ernst hatte ich Cody bisher noch nie erlebt.

„Wir müssen einen Krankenwagen holen...", begann Ryan.

„Vergiss es", meldete sich Olivia. Sie klang schwach, aber ihre Worte waren klar verständlich. „Und sagt auf keinen Fall was zu Mum, Dad und Gramps! Die haben sich in letzter Zeit alle schon genug Sorgen gemacht. Es geht mir gut, ich brauche nur eine heiße Dusche und ein Bett." Sie schloss die Augen und lehnte ihren Kopf an Codys Schulter.

„Gib sie mir, ich löse dich ab!", forderte Ryan seinen Bruder auf.

„Es geht schon, ich trage sie in ihr Zimmer", widersprach Cody.

Der hilflose Ausdruck in Ryans Augen schnürte mir die Kehle zu. Unsere Blicke trafen sich. „Geht es dir gut?", fragte er mich besorgt.

„Mir ist kalt, sonst ist alles in Ordnung." Eigentlich war nichts in Ordnung.

Ryan hielt uns die Türen auf und wir betraten das Haus, in dem alles ruhig zu sein schien. Cody stieg mit Olivia die Treppen nach oben und Ryan folgte ihnen. Ich dagegen bog in den Flur ab, der zu meinem Zimmer führte und versuchte, möglichst wenige Sandspuren zu hinterlassen. Meine Cousine war in guten Händen, nun musste ich mich erst einmal um mich selbst kümmern. Im Bad schälte ich mich aus den nassen Klamotten, die an meiner Haut klebten wie Seepocken an einem Schiffsrumpf. Dann stellte ich mich minutenlang unter die heiße Dusche, ohne mich zu bewegen. Ich konnte immer noch nicht fassen, dass das alles gutgegangen war. Nach ungefähr zwanzig Minuten drehte ich das Wasser wieder ab und schlüpfte in einen Jogginganzug und dicke Socken und setzte mich auf den Hocker im Bad, um mir die Haare zu föhnen. Gerade als ich damit fertig war, klopfte es. Erschöpft schleppte ich mich zur Tür und öffnete sie. Ryan stand davor. Sofort wurde ich wieder ein bisschen wacher. Ich trat einen Schritt zurück und ließ ihn herein. Dann schloss ich die Tür behutsam und drehte mich zu ihm um.

„Was ist passiert?", fragte er mich und da war wieder diese Hilflosigkeit in seinen Augen, die ich vorhin schon gesehen hatte.

Ich hockte mich auf mein Bett und erzählte ihm, was geschehen war. Ryan zog sich einen der Sessel heran. Dass er sich nicht zu mir setzte, tat weh.

„Und es geht dir wirklich gut?", wollte er erneut wissen, nachdem ich geendet hatte.

Ich nickte nur. Eigentlich ging es mir überhaupt nicht gut, aber der Grund war nicht die Rettungsaktion im eiskalten Wasser, sondern er.

„Ich hätte sie nicht allein lassen sollen", warf er sich vor.

„Das hast du nicht. Cody und ich waren da."

„Aber ich war so wütend auf sie und bin einfach gegangen. Dabei bin ich der Erwachsene und sie die Teenagerin. Normalerweise lasse ich mich nicht so provozieren", bemerkte er und barg sein Gesicht in den Händen. Wie er so gebeugt dasaß, schien es, als würde seine Reue ihn niederringen. „Nicht auszudenken, wenn euch beiden etwas passiert wäre." Er blickte hoch und seine Augen fixierten mich. Und plötzlich sah er mich wieder so an, wie er es die Tage getan hatten, wo wir hier alleine gewesen waren. Ich erkannte die Zuneigung in seinem Blick und das erleichterte mich, denn zeitweise hatte ich vermutet, ich hätte mir das alles nur eingebildet. Als wäre ich die Einzige, die hier involviert war. Und doch trennte uns etwas. Und das nicht nur räumlich. Er hatte dichtgemacht, mich ausgeschlossen. Aber nun hatte ich wieder die Hoffnung, dass das nicht alles gewesen war. Eine Hoffnung, die so schnell wuchs, wie ein Luftballon – und die genauso fragil war.

„Ich danke dir, dass du sie gerettet hast. Ich weiß nicht, wie man sich für so etwas Bedeutendes bedankt." Ich merkte wie sehr er darum rang, die Fassung zu bewahren, und wünschte mir, er würde es nicht tun. Würde seine Gefühle einfach freilassen.

„Das war selbstverständlich für mich. Es ist nicht nötig, sich zu bedanken. Ich habe das für niemanden getan, sondern nur, weil es richtig war. Und das mit uns, das ist auch richtig. Es ist ganz bestimmt nicht einfach. Es ist ungewöhnlich. Aber wir sind wie Pizza mit Spiegelei. Nur weil andere das vielleicht seltsam finden, ist es letztendlich einfach nur Geschmackssache. Und ich liebe Pizza mit Spiegelei, für mich passen sie perfekt zusammen." Meine Kehle fühlte sich trocken an, nach diesem Gefühlsausbruch.

Es lag so viel bittersüßer Schmerz in Ryans Blick. Aber er blieb stumm. Es war zum Verrücktwerden. „Sag mir bitte, was du fühlst!", forderte ich ihn auf. Ich wollte endlich wissen, woran ich war. Hielt diesen Schwebezustand nicht mehr aus.

Er stand auf und wanderte im Zimmer umher. Dann blieb er stehen, um mich anzusehen, nur um sofort wieder weiterzulaufen. Ich versuchte, mich in Geduld zu üben. Wollte ihm die Zeit geben, die er anscheinend brauchte, aber es war irrsinnig schwer. Ich biss mir auf die Lippe, um nicht vorschnell etwas zu sagen. Schließlich setzte er sich auf den Sessel und mein Herz sank. Er saß wieder auf diesem bescheuerten Sessel, gefühlte Kilometer von mir entfernt. Die Müdigkeit übermannte mich auf einmal mit voller Wucht und ich ließ mich seitlich aufs Bett gleiten.

„Du brauchst Ruhe und ich halte dich hier vom Schlafen ab. Es tut mir leid. Wir reden ein anderes Mal." Ich hörte nur noch das Klicken der Tür. Und den Luftballon, der mit einem lauten Knall zerplatzte.

Postkarte 14

Bild von einem Strand in den Hamptons

Liebe Mama, Schönheit und Scheiße fangen beide mit „Sch" an und liegen manchmal extrem dicht beisammen. Sorry, ich weiß ja, Fäkalsprache gehört sich nicht. Aber ganz ehrlich: Das ist mir heute so was von scheißegal!!!!
Kuss Hannah

Am nächsten Morgen stattete ich Olivia einen Besuch ab. Sie lag in einem rosaroten Jogginganzug auf einer Couch in ihrem Zimmer. Auch dieser Raum strahlte den Charme aus, den das ganze Ferienanwesen versprühte. Hier war alles in zarten Gelbtönen gehalten. Auf Kissen und Decken fanden sich Zitronenmuster wieder und dazwischen gab es ein paar Tupfer in Rosé und Flieder. Ein pastelliger Mädchentraum, was nicht unbedingt mein Ding war, und trotzdem fühlte ich mich hier direkt wohl.

Olivia schnaufte schwer. „Es musste ja so weit kommen", begrüßte sie mich. Fragend blickte ich sie an. „Na, dass wir eine Aussprache haben werden. Ich konnte mich bisher ganz gut darum drücken, aber nach deiner Lebensrettungsaktion, sind die Karten neu gemischt."

Ich mochte ihre biestige Offenheit lieber, als ihre verschlagenen Seitenhiebe. Eine erstaunliche Erkenntnis, wenn ich bedachte, dass sie schon wieder nicht besonders freundlich zu mir war.

„Wie geht es dir?“, fragte ich sie das, weshalb ich eigentlich hergekommen war.

Sie nahm sich eines der Kissen und umarmte es vor ihrem Bauch. Dann begann sie mit einer der Troddeln, die an den Ecken befestigt waren, zu spielen. „Ich denke gut. Das gestern, das war wirklich eine dumme Idee von mir. Keine Ahnung, was mich da geritten hat. Und danke, dass du mir geholfen hast. Wirklich. Das war echt cool. Ich hätte es alleine wohl nicht geschafft ...“ Sie ließ die Worte im Raum stehen und ich bemerkte, dass sie glasige Augen bekam. Es schien sie viel mehr mitzunehmen, als ich gedacht hatte. Das brachte mich für einen Moment aus dem Konzept und ich wusste nicht, was ich antworten sollte. Gern geschehen? War irgendwie zu profan. Kein Problem? Noch schlimmer. Dann kam mir das in den Sinn: „Es freut mich, dass ich dir helfen konnte.“

„Du hast mir schon zum zweiten Mal geholfen. Das erste Mal, als du mit Gramps geredet hast. Wir haben uns danach ausgesprochen und alle Missverständnisse geklärt.“ Sie lächelte mich leicht schief an und das war tatsächlich das allererste Mal, seit wir uns kannten, dass das Lächeln echt war. Dass *sie* echt war. „Ich weiß, ich war eine richtige Bitch“, fuhr sie fort. „Und das tut mir im Nachhinein leid. Aber du bist einfach so verdammt perfekt. Kommst hier in unser Leben reingeschneit. Sprichst super gut Englisch. Verstehst dich mit allen. Jeder schließt dich in sein Herz. Du liebst Sport. Ich habe mich in meiner Familie in letzter Zeit wie eine Außenseiterin gefühlt. Und dann kamst du quasi als Oberaußenseiterin und warst sofort irgendwie im Club. Das war so frustrierend für mich. Aber Gramps hat mir vieles erklärt und er nimmt mich jetzt ernster als vorher. Er hat sich die ersten Kleider angesehen, die ich designete und genäht habe und war total begeistert. Er will mir helfen, Modedesignerin zu werden." Bei ihren letzten Worten strahlte sie regelrecht.

„Das ist cool. Und es freut mich wirklich für dich. Ich wollte nie, dass wir in irgendeiner Art Konkurrenz stehen", erklärte ich ihr. „Ich freue mich einfach nur wahnsinnig, euch als den neuen Teil meiner Familie näher kennenzulernen."

„Sag ich doch, du bist ekelhaft perfekt", sie verdrehte die Augen.

„Das bin ich nicht", widersprach ich ihr schnaubend. Am liebsten hätte ich laut losgelacht. Ich war so was von meilenweit entfernt von Perfektion.

„Ach, du meinst, deine Schwimmkarriere die du freiwillig an den Nagel gehängt hast? Das fanden doch auch alle so furchtbar mutig und toll, wie du deinen Weg gehts." Sie steckte sich den Finger in den Mund, was wohl ein Hinweis darauf sein sollte, dass sie das zum Kotzen fand.

„Das ist nur *ein* Beispiel von ganz vielen", versuchte ich ihr, zu verstehen zu geben. „Ich bin ein ganz normaler Mensch, mit einer Menge Schwächen."

„Dann sag mir doch nur eine einzige wirkliche Schwäche!", forderte sie mich auf.

Ich überlegte krampfhaft, was ich ihr erzählen könnte. Auch wenn unser Start unglücklich war, wollte ich das Kriegsbeil unbedingt begraben. Obwohl sie mich verletzt hatte. Aber die Hormone von Teenagern spielten mitunter verrückt und immerhin hatte sie sich entschuldigt. Ich wollte, dass wir uns besser verstanden. Also musste ich ihr etwas geben ... aber was? Ich überlegte fieberhaft. „Ich kann mich nicht so gut kleiden wie du", sagte ich das Erstbeste, das mir einfiel.

„Deine Klamotten sind wirklich zum Davonlaufen, aber du hast einen Stil, den du durchziehst. Du weißt was du willst und was dir gefällt. Das zählt also auch nicht." Genervt spielte sie weiter mit der Troddel.

Ich atmete tief durch und dann folgte ich einem plötzlichen Impuls. „Ich habe mich in meinen Cousin verliebt, das ist ziemlich weit weg von perfekt, oder?"

Ich hatte nicht vorgehabt es ihr zu erzählen. Ausgerechnet ihr. Aber es war mir schneller über die Lippen gekommen, als ich es geschafft hatte, über die Risiken nachzudenken. Und die waren extrem hoch. Wenn sie es den anderen erzählte, war ich geliefert. Und Ryan würde nie wieder mit mir reden.

Der hysterische Schrei, den ich erwartet hatte, blieb aus. „Warum erzählst du das ausgerechnet mir?", stellte sie mir lediglich eine absolut berechtigte Frage.

„Irgendwer muss ja anfangen zu vertrauen, oder?"

Das schien sie zum Nachdenken zu bringen.

„Ich sags ja, du bist widerlich perfekt, selbst wenn du gerade mal kurz nicht perfekt bist." Sie schnaufte übertrieben.

„Ist das alles, was du dazu zu sagen hast?", fragte ich verwundert.

„Ist er auch in dich verliebt?"

Das war die Eine-Million-Dollar-Frage. „Vielleicht."

Olivia hatte nicht einmal nachgefragt, welchen Cousin ich überhaupt meinte. War das etwa so offensichtlich?

„Ich habe es irgendwie gespürt. Es sind da diese Vibes zwischen euch. Irgendwie schräg, aber warum nicht? Einstein hat sogar seine echte Cousine geheiratet." Ich blickte sie verwundert an, keine Ahnung, woher sie so etwas wusste.

„Ich habe mal ein Referat über ihn gehalten", erklärte sie mir, als sie meinen verblüfften Blick bemerkte. „Jedenfalls, von mir erfährt keiner was. Ich fände es übrigens ziemlich cool, wenn Ryan sich endlich mal wirklich verlieben würde. Er braucht dringend ein bisschen mehr Spaß in seinem Leben. Sorgst du dafür?"

„Wenn er mir die Chance dazu gibt, dann ja." Und wie gern ich diese Chance hätte. Wie sehr ich sie mir wünschte. Nichts wollte ich in diesem Moment mehr.

„Also gut, dann hätten wir das ja geklärt. Aber das heißt nicht, dass ich dich jetzt plötzlich mag." Sie grinste über beide Ohren, als sie das sagte.

„Ich mag dich auch nicht", lächelte ich zurück.

Kapitel 15

Jeden Tag checkte ich gefühlte tausendmal meine Mails, um das heißersehnte Antwortschreiben der Columbia auch ja nicht zu verpassen. Ansonsten versuchte ich mich so gut wie möglich auf die Arbeit zu konzentrieren und Ryan aus meinen Gedanken zu verbannen. Seit etwas mehr als einer Woche waren wir wieder aus den Hamptons zurück und er mied mich immer noch. Selbst die Familienessen verpasste er fast alle und ich hatte das ungute Gefühl, dass das auch auf meine Kappe ging. Heute war ich mal wieder bei Miez und Mauz, die wie meistens tagsüber auf der Fensterbank saßen. Ich hatte ihnen mein Leid geklagt und sie hatten wie immer stumm zugehört. Als ich etwas ausschweifender wurde, fing Mauz an, sich die Pfote zu lecken. Wahrscheinlich ein Hinweis, dass ich begann ihn zu langweilen. Miez saß weiterhin aufrecht da und blickte mich mit ihren viel zu groß geratenen Augen an. Aber auch sie wirkte nicht mehr ganz so interessiert. „Ist ja gut, ich hör schon auf." Ich seufzte.

„Womit hörst du auf?", erklang hinter mir eine männliche Stimme, die ich sehr gut kannte.

„Wie lange stehst du schon hier?“, fragte ich Ryan entsetzt, der mal wieder mit Basecap und Brille unterwegs war. Dieses Mal allerdings trug er eine verspiegelte Sonnenbrille.

„Seit du gesagt hast, dass du mit irgendetwas aufhörst. Sonst habe ich nichts gehört, ich schwöre. Aber wenn du irgendwelche wichtigen Sachen mitten auf der Straße besprichst, solltest du dir nächstes Mal vielleicht vorher überlegen, dass jemand vorbeilaufen könnte, den du kennst. Nur so als Tipp.“

„Und du bist natürlich ganz zufällig hier vorbeigekommen, weil du ja so häufig zu Fuß in New York unterwegs bist, genau wie der Rest deiner Familie.“ Die Ironie troff aus jedem meiner Worte.

„Nein, ich bin nicht zufällig hier, ich habe nach dir gesucht.“ Das nahm mir den Wind aus den Segeln. Er hatte nach mir gesucht ...

„Schau, schnell, da ist der Katzenbesitzer“, er deutete mit erstauntem Gesichtsausdruck auf das Fenster, von dem ich mich abgewandt hatte. Ruckartig fuhr ich herum und sah einen Mann mittleren Alters in einem Businessanzug mit Krawatte hinter meinen Katzenfreunden stehen. Es schien so, als begrüße er die beiden. Er nahm Miez hoch und Mauz schmiegte sich an seinen Bauch. Er streichelte sie und gab jedem einen Kuss auf die Nasenspitze. Dann verschwanden alle drei im Inneren der Wohnung.

„Ich fasse es nicht“, rief ich aus. „Seit Monaten versuche ich das Katzenfrauchen- oder herrchen zu sehen und ausgerechnet, wenn du vorbeischaust habe ich Glück.“ Ich drehte mich wieder zu ihm um. „Es ist so ein Businesstyp im Anzug, kannst du das glauben? Ich habe fest mit einer Katzen-Omi im Morgenmantel gerechnet.“

Er zuckte mit den Schultern. „Der Blick in dieses Fenster ließ wirklich nicht gerade auf einen Manager oder Bänker schließen, bei den vollgestopften Bücherregalen“, stimmte er mir zu.

„Manchmal täuscht der erste Eindruck wohl.“ Ich musste lächeln, weil ich mich wirklich darüber freute, den mysteriösen Katzenbesitzer einmal gesehen zu haben.

„Hast du Lust mit mir Essen zu gehen und zu reden?“, fragte er mich unvermittelt.

Die ganze Woche hatte ich darauf gewartet, dass er endlich einen Schritt auf mich zugehen würde. Meine Hoffnung, war mit jedem Tag weniger geworden. Dass er mich zum Essen einladen wollte, überraschte mich deshalb mehr, als es das eigentlich sollte.

Er deutete auf die Limousine, die am Straßenrand parkte. Natürlich war er nicht zu Fuß gekommen.

„Dein CO2-Abdruck muss wirklich gigantisch sein“, bemerkte ich trocken, während er mir die Tür aufhielt und ich ins klimatisierte Innere stieg.

„Ich spende wirklich viel für den Umweltschutz. Und wir benutzen zuhause kaum noch Plastik“, versuchte er sich zu rechtfertigen.

Die Trennscheibe zum Fahrer war oben, aber der schien zu wissen, wohin wir wollten, denn Ryan gab keinerlei Anweisung durch die Sprechanlage.

„Wo fahren wir hin? Ich bin nicht dafür angezogen schick essen zu gehen“, teilte ich ihm meine Bedenken mit und blickte auf meinen pflaumenfarbenen Rock, zu dem ich ein gebatiktes orangefarbenes T-Shirt trug.

„Keine Sorge, wir besuchen ein kleines Restaurant in *Little Italy*“, erklärte er.

Ich war bisher erst einmal in diesem Stadtviertel gewesen, in dem früher viele Süditaliener gelebt hatten. Heutzutage gab es dort kaum noch Italoamerikaner, aber einige preisgünstige italienische Restaurants.

„Ich habe extra einen Laden ausgesucht, in dem es Pizza mit Spiegelei gibt." Er sah mich an, als würde er damit rechnen, dass ich in einen Freudentaumel ausbrach. Aber danach war mir überhaupt nicht. Er hatte mich ewig warten lassen, hatte seine Gefühle vor mir verborgen und war mir aus dem Weg gegangen. Ich konnte jetzt nicht so tun, als wäre das alles kein Problem.

„Danke", sagte ich also schlicht und blickte aus dem Fenster.

Im Restaurant bekamen wir rasch einen Platz, weil es gerade mal siebzehn Uhr war und um diese Zeit kaum jemand aß. Es war ein bodenständiger Laden mit rot-weiß-karierten Tischdecken, kitschigen Wandgemälden von der Toskana und dunklen Holzmöbeln. Über der Theke hingen mehrere Schinken und auf den Fensterbänken standen gläserne Amphoren, gefüllt mit Flaschenkorken. Eine komplette Wand des Restaurants nahm ein riesiges Weinregal ein. Die Flaschen sahen teilweise ziemlich eingestaubt aus. Es war die Art von Laden, in dem Ryan wahrscheinlich nicht unbedingt sehr häufig aß. Er setzte sich mit dem Rücken zum Gastraum und zog seine Basecap tiefer ins Gesicht. Dann tauschte er die Sonnenbrille gegen sein nerdiges Modell mit Fensterglas aus. Er wollte nicht erkannt werden und das war mir nur recht. Obwohl hier im Moment zwar nicht viele Menschen waren, konnte sich das schnell ändern. Und ich legte keinen gesteigerten Wert darauf, wieder von seinen Fans überrannt zu werden.

Die Tischdecke hatte einen großen braunen Fleck, wahrscheinlich Balsamico-Essig. Ryan starrte darauf und schob dann den Salzstreuer darüber. Das brachte mich zum Lächeln. „Scheint nicht so, als würdest du dich in dem Laden den du ausgesucht hast besonders wohlfühlen", stellte ich fest.

Er seufzte. „Die Fotos im Internet sahen irgendwie besser aus. Ist das hier okay für dich?"

„Ich finde es sehr bodenständig und das mag ich", bemerkte ich grinsend. Ich war in letzter Zeit mit der Familie fast ausschließlich in irgendwelchen Sternelokalen mit experimentellem Essen gewesen. Da war das hier wirklich mal eine schöne und entspannte Abwechslung. Hier musste ich mir zumindest keine Gedanken über passende Kleidung machen, oder Zutaten aus der Speisekarte nachgoogeln.

Der Kellner trat an unseren Tisch. Er trug ein weißes Hemd, darüber eine schwarze Weste und eine Fliege in den Farben der italienischen Flagge: grün, weiß, rot. Er gab uns die Karte, die ich anschließend nur überflog, weil ich ohnehin schon wusste, was ich essen wollte. Als er zurückkam, um die Bestellung aufzunehmen, orderte ich die Pizza, wegen der wir extra hierhergekommen waren.

Die gab es nicht sehr häufig zu bestellen, weshalb ich in manchen Restaurants darum bat, mir ein Spiegelei auf die Pizza Verdure – also die Gemüsepizza – zu machen. Aber nicht alle Pizzabäcker erfüllten mir diesen Wunsch. Wenige Läden führten diese Spezialität auf der Karte, es gab dafür aber keinen einheitlichen Belag oder eine Benennung. In diesem Restaurant wurde sie mit Blattspinat, Pilzen und extra Käse zubereitet. Eine Zusammenstellung, die ich absolut genial fand.

„Für mich dasselbe, bitte“, hörte ich Ryan sagen, während ich dem Kellner die Speisekarte zurückgab.

Irgendwas daran kam mir komisch vor, ich konnte es aber nicht sofort greifen. Dann durchzuckte es mich. „Seit wann isst du Pizza mit Spiegelei? Hast du nicht mal gesagt, du fändest das widerlich, oder so ähnlich?“

Er sah mich eindringlich an. „Ich habe lediglich gesagt, dass Pizza und Spiegelei für mich nicht zusammenpassen. Aber ich habe meine Meinung geändert.“ Seine Bernsteinaugen funkelten mich an und wirkten im Licht des Restaurants fast golden. Und endlich machte es in meinem Kopf klick. Ich hatte uns beide mit dieser Art von Pizza verglichen. Mir war es, als würden in diesem Moment sämtliche Kolibris, von denen mir meine Mama jemals erzählt hatte, in meinem Bauch umherflattern. Mit ihren brummenden Flügeln verursachten sie so einen Lärm, dass ich nicht mehr richtig denken konnte. Ich starrte Ryan einfach nur mit pochendem Herzen an. Denn ich traute mich nicht, es zuzulassen. Traute mich nicht, wirklich daran zu glauben, dass er mir hier gerade eine Liebeserklärung gemacht hatte. Mit Hilfe von Pizza.

Er nahm meine Hand, die auf dem Tisch lag und hielt sie fest. Und für eine ganze Weile sahen wir uns nur an. Ich hatte so viele Fragen, aber ich hatte Angst, alles zu zerreden. Und so beschloss ich, diesen Moment mit diesem wunderbaren Mann mir gegenüber einfach zu genießen. Der Mann, dem mein Herz gehörte – das Fragilste an mir und trotzdem das mit der meisten Kraft. Wie verdammt surreal war Liebe eigentlich?

Als die Pizza kam, machte ich mich freudig daran, den knusprigen Teigfladen zu schneiden und ihn ohne Umschweife in meinen Mund zu befördern. Sofort vermischte sich der Geschmack von reifen Tomaten, frischem Spinat, würzigem Käse und cremigem Ei zu einem perfekten Gesamtkunstwerk.

Irgendwann blickte ich auf Ryans Teller und bemerkte, dass er rund um das Spiegelei herumgeschnitten hatte. Und nun saß er da und überlegte anscheinend, ob er es endlich wagen sollte, den ihm äußerst suspekten Teil zu probieren. Ich beobachtete ihn heimlich, als er es schließlich tat, und dann konnte ich mir ein Lachen nicht mehr verkneifen. Er wollte eigentlich das Gesicht verziehen, versuchte aber krampfhaft, es nicht zu tun, was in einer komischen Grimasse endete.

Frustriert ließ er das Besteck auf den Teller sinken und lehnte sich zurück. „Ich habe es wirklich versucht. Ich meine, ich wollte damit eine Botschaft rüberbringen, aber jetzt schaffe ich es nicht das zu essen.“ Er starrte resigniert und ein wenig enttäuscht auf seinen Teller.

Ich grinste ihn an. „Keine Sorge, die Botschaft ist auch so angekommen. Du musst das nicht essen.“ Ich schnitt ein Stück von meiner Pizza ohne Ei ab und tauschte es mit dem auf seinem Teller aus. „Ich weiß es trotzdem zu schätzen, dass du es probiert hast.“

„Ich wollte, dass es romantisch ist, aber jetzt habe ich es irgendwie verdorben.“ Seine Schultern sackten nach unten. Es war unglaublich süß, wie sich dieser riesige Footballspieler über ein nicht gegessenes Stück Pizza grämte. Und noch viel schöner war es, weil er endlich Gefühle zuließ und mir zeigte, was in ihm vorging.

„Es war das Romantischste, das jemals jemand für mich getan hat“, versicherte ich ihm ernst und dieses Mal nahm *ich* seine Hand. Er verschränkte die Finger mit meinen und seine Mundwinkel zuckten.

„Du nimmst mich auf den Arm."

„Nein, tue ich nicht."

„Und ich wollte mich entschuldigen. Es tut mir leid, dass ich so lange gezögert habe. Ich brauchte Zeit zum Nachdenken, aber ich hätte dir das sagen sollen."

Er blickte mir in die Augen und ich sah, dass er seine Entschuldigung wirklich ernst meinte. Und sie legte sich wie Balsam auf meine Seele. Trotzdem wollte ich ihm zu verstehen geben, dass sein Verhalten nicht in Ordnung war. „Es hat mich sehr traurig gemacht", sagte ich deshalb.

„Das Letzte was ich möchte, ist, dass du traurig bist. Bitte glaub mir! Ich fürchte, ich bin ein schwerer Fall." Er nestelte nervös an seiner Brille herum.

„Und worüber hast du nachgedacht?", hakte ich nach.

Er blickte sich unbehaglich um. „Sollen wir das vielleicht zuhause besprechen, wo wir ungestört sind?"

„Okay." Am liebsten hätte ich gleich gewusst, was er sich überlegt hatte, wie es mit uns weitergehen würde. Aber ich verstand ihn, dass er das an einem privateren Ort besprechen wollte.

„Verzeihst du mir?", fragte er mich leicht verunsichert.

„Wenn du versprichst, das nächste Mal zu versuchen, mir deine Gefühle mitzuteilen?"

Seine Miene hellte sich auf. „Versprochen."

„Also ab jetzt Pizza mit Spiegelei?", fragte ich ihn.

„Pizza mit Spiegelei", antwortete er und griff erneut nach meiner Hand. Wir lächelten uns an und dieser Moment brannte sich in mein Gedächtnis ein. Wie ein Prägestempel drückte er sich in das Papier meiner Erinnerungen und sorgte dafür, dass ich ihn niemals wieder vergessen würde.

***

Als wir wieder in der Limousine saßen, checkte ich wie automatisiert mein Handy und da war sie: Die Mail, auf die ich so lange gewartet hatte.

„Oh mein Gott, oh mein Gott, oh mein Gott!“, rief ich völlig aus dem Häuschen. „Ich habe die Mail von der Columbia bekommen.“

„Was steht drin?“, drängte Ryan mich, sie zu lesen.

Ich überflog die Begrüßungsfloskel, bis ich endlich zu der Zeile kam, in der stand ... „Ich bin angenommen. Ich habe den Platz“, jubelte ich, schnallte mich ab und fiel ihm um den Hals.

„Ich habe keine Sekunde daran gezweifelt, dass sie dich nehmen. Denn du bist die klügste Frau, die ich kenne. Und die einzigartigste.“ Dieses Kompliment war so spontan und so unverfälscht, dass das Glück begann in meinen Augen zu schwimmen. Und dann küsste ich ihn und er küsste mich und das war der Moment, in dem ich endlich wieder meine Flügel ausstreckte und abhob.

Fünf Minuten später fuhr der Wagen langsam vor das Appartementgebäude und ich wollte aussteigen, damit ich Gramps von der tollen Neuigkeit erzählen konnte, doch Ryan hielt mich zurück.

„Ich würde diesen Erfolg gerne mit dir feiern, aber ich habe versprochen, heute Abend noch kurz bei einer Veranstaltung vorbeizuschauen und ein paar Sponsorenhände zu schütteln. Treffen wir uns morgen zum Frühstücken auf der kleinen Terrasse oben? Dann besprechen wir, wie das alles mit uns laufen kann. Und du feierst heute einfach mit dem Rest der Familie, sie werden dich sowieso nicht so schnell aus ihren Klauen lassen, wenn sie davon erfahren“, er schmunzelte.

„Das hört sich nach einem spitzenmäßigen Plan an."

Er küsste mich noch einmal, was wegen der dunkel getönten Scheiben, niemand sehen konnte, und dann kam auch schon der Doorman Frank auf das Fahrzeug zugeeilt, um uns die Tür zu öffnen.

***

„Ich bin so stolz auf dich und unglaublich glücklich, dass wir noch länger Zeit miteinander verbringen können." John und ich saßen auf einem der Sofas vor dem Kamin im offiziellen Wohnzimmer, während der Rest der Familie sich schon ins Bett verabschiedet hatte. Alle außer Cody, der mit seinem neuen Freund ausgegangen war. Er hatte ihn uns bisher nicht vorgestellt, aber sie verbrachten viel Zeit zusammen und es schien etwas Ernstes zu sein.

„Danke. Ich kann es immer noch nicht glauben, dass ich es tatsächlich geschafft habe, und ich freue mich unglaublich auf das Studium und auf den Winter in New York und die Weihnachtszeit." Alleine, wenn ich an die geschmückte Stadt mit ihren vielen Lichtern dachte, lief mir ein wohliger Schauer den Rücken hinunter.

„Rosa lässt es sich nicht nehmen hier jedes Jahr eigenhändig zu dekorieren. Wir haben einen ganzen Keller voll mit weihnachtlichem Zeug", er lachte, was mir zeigte, dass er das gar nicht so schlimm fand. „Und vergiss nicht *Thanks Giving*! Das Fest gefällt mir fast noch besser. Und ich habe so unglaublich viel, wofür ich dieses Jahr dankbar sein darf: Dass wir uns gefunden haben, dass ich eine bessere Verbindung zu Olivia aufbauen konnte und mein überstandener Herzinfarkt. Wir machen es uns schön, versprochen."

Ich hegte keinerlei Zweifel daran. Ich wusste nur nicht, wie er es aufnehmen würde, wenn er von Ryans und meinen Gefühlen erfuhr. Und ich hatte Angst davor, dass es unserer Beziehung schaden könnte. Aber ich hatte schon eine Idee, um das Ganze etwas abzumildern: Wir würden erst einmal nur die Familie einweihen und unsere Partnerschaft vor der Öffentlichkeit geheim halten. Das würde nicht einfach werden, aber nur so konnten wir testen, ob das mit uns funktionierte. Und erst, wenn wir uns sicher waren, würden wir offen damit umgehen. Am besten proaktiv, mit einer eigenen Pressestrategie. Wofür gab es diese ganzen PR-Profis in der Westman Corporation? Und falls unsere Beziehung nicht funktionieren würde, dann müsste ich eben in den sauren Apfel beißen und mir hier eine eigene Wohnung suchen. Was mit meinem Geldpolster aber kein Problem wäre. Natürlich würden wir uns weiterhin bei Familientreffen sehen, aber sobald ich wieder in Deutschland war, würde das ohnehin nur selten der Fall sein und als Footballprofi arbeitete Ryan an vielen Feiertagen. Wir mussten es nur John, Melissa und Miguel gut verkaufen. Olivia war sowieso schon auf unserer Seite und ich war mir ziemlich sicher, dass auch Cody nichts dagegen haben würde. Es würde schwer werden, vor allem John und Melissa davon zu überzeugen, uns und unseren Gefühlen zu vertrauen, aber das war es in jedem Fall wert, da war ich mir sicher.

Mir entschlüpfte ein Gähnen. Der Tag war lang und ereignisreich gewesen. „Ich gehe auch ins Bett, Gramps“, verabschiedete ich mich, während ich aufstand.

„Ich liebe es, dass du mich nicht mehr John nennst.“ Er blickte zu mir hoch und lächelte mich an.

„Ich auch.“

Hätte ich gewusst, dass dies das letzte Mal sein würde, dass ich ihn sah, dann hätte ich ihn in den Arm genommen. Ich hätte ihn fest gedrückt und ihm gesagt, wie schnell es ihm gelungen war, einen Platz in meinem Herzen zu beziehen. Einen Platz, den ich ihm immer freihalten würde. Aber so lächelte ich ihn nur an und strich im Vorbeigehen über seine Schulter.

♫ Hör dir Lied 6 des Soundtracks an: Saturn – Sleeping At Last

Die Sonne strahlte vom Himmel, obwohl er eigentlich Regen weinen sollte. Die Vögel zwitscherten in den Bäumen, obwohl es eigentlich still sein sollte. Der Pfarrer redete und redete, obwohl es eigentlich keine Worte dafür gab. Für diesen Schmerz. Diesen unsagbaren Schmerz jemanden auf dieser Welt für immer zu verlieren. Ich stand hier. An einem Grab. Erneut. Und wusste nicht, wie es möglich war, einen Menschen gehen zu lassen. Wie ich das machen sollte, ohne, dass es mir mein eigenes Herz zerriss. Ohne, dass sich meine Gefühle gegen mich wandten. Ohne, dass meine Seele kollabierte.

Da waren all diese Leute um mich herum und doch fühlte ich mich so unglaublich allein. Gefangen in meinem Inneren, in dem alles schrie und tobte und brüllte, warum ich erneut einen so wichtigen Menschen in meinem Leben verloren hatte. Jemanden, der mir geholfen hatte, wieder meinen Weg zu finden. Jemand, der mich so angenommen hatte, wie ich bin. Jemand, der mich geliebt hatte. Und ich wusste nicht, was schlimmer war – eine Person zu verlieren, die man schon Jahrzehnte lang gekannt hatte oder jemanden zu verlieren, mit dem einem nur eine unglaublich kurze Zeitspanne geblieben war.

Meine Hände zitterten, als ich die weiße Rose in das Grab warf. Ich dachte an die letzten Monate und unsere gemeinsamen Momente. An seine Augen, die meinen so ähnlich gewesen waren. Daran, wie sehr ich mich auf das nächste halbe Jahr mit ihm gefreut hatte. Und dann sank ich in die Knie. Weil ich keine Kraft mehr hatte mich aufrecht zu halten. Stille Tränen liefen mir über die Wangen und ich fühlte kaum, wie sich der Kies in die Haut meiner Unterschenkel drückte. Dann war da eine Hand auf meiner Schulter. Olivia half mir auf und hakte sich bei mir unter. Sie führte mich zurück zur Familie. Zu Melissa, die so blass im Gesicht war, als hätte der Tod ihres Vaters auch sämtliches Leben aus ihr gesaugt. Zu Miguel, unter dessen Augen dunkle Ringe hervortraten und dessen Hand die seiner Frau umklammert hielt. Zu Cody, dessen Gesicht rot und aufgequollen wirkte und der mich voller Mitgefühl anblickte. Zu Ryan, dessen Züge keine einzige Gefühlsregung verrieten. Der dastand wie ein Fels in der Brandung. Der uns ein Zeichen zum Aufbruch gab. Der uns zum Auto führte. Der mit dem Cateringunternehmen sprach und die Gäste im Appartement begrüßte. Der dafür sorgte, dass vor Gramps Bild eine Kerze aufgestellt wurde. Und der Rosa das Tablett mit den Gläsern abnahm, als ein Weinkrampf sie überfiel.

Hätte ich gewusst, dass ich den Ryan, der seine Gefühle für mich zuließ, zum letzten Mal in der Limousine gesehen hatte, dann hätte ich ihn festgehalten und hätte ihn nie wieder losgelassen. Denn derjenige, der mir jetzt gegenüberstand, war eine gepanzerte Version von ihm. Eine, die keine Gefühle nach außen dringen ließ. Eine starke Version. Eine unerschütterliche. Eine pragmatische. Und eine, die Pizza mit Spiegelei probiert hatte, aber der die Kombination letztendlich doch zu gewagt fand.

Postkarte 15

Spiegelung von Hannah in dunkler Kleidung in einer Pfütze

Liebe Mama, habe ich dir schon jemals erzählt, warum ich schwarz so sehr hasse? Weil diese Farbe alles Licht einfach verschluckt. Kuss Hannah

Kapitel 16

„Du hast was getan?“, Melissa schrie fast.

Es war Wochenende und wir saßen beim Familienabendessen. Ryan hatte mir gerade eröffnet, dass er einen Freund von sich gebeten hatte, mir ein Wohnheimzimmer zu organisieren.

„Peter arbeitet seit kurzem dort und ich dachte, Hannah würde es gefallen, näher am Geschehen zu sein.“

„Hast du ihn darum gebeten?“, wandte sie sich an mich.

Ich konnte nur mechanisch mit dem Kopf schütteln. Das alles traf mich so hart, als hätte Ryan mich mit einem Baseballschläger niedergestreckt. Die letzten drei Wochen seit der Beerdigung, hatte ich ihn kaum gesehen. Das offizielle Training hatte wieder begonnen und er kam abends erst spät zurück. Ich hatte mehrmals das Gespräch mit ihm gesucht, aber er hatte immer abgeblockt. Bis ich es schließlich aufgegeben hatte. Sein Panzer war undurchdringlich. Ich kam einfach nicht zu ihm durch. Nach außen hin wirkte er so, als hätte er alles im Griff. Er ließ sich keine

Zeit zu trauern, sondern stürzte sich in seine Arbeit und wenn er zuhause war, organisierte er irgendetwas: Einen Nähworkshop für Olivia, eine neue Putzkraft, eine Firma, die Johns Zimmer ausräumte und die wichtigsten Sachen einlagerte. Er kümmerte sich um seine Familie – um alle, außer um mich und um sich selbst.

Und jetzt wollte er mich auch noch aus der Wohnung haben. Wollte wahrscheinlich nicht jeden Tag an diesen Fehltritt erinnert werden, den er sich geleistet hatte. Wenn ich gedacht hatte, ich hätte den Tiefpunkt schon erreicht, dann tat sich hier gerade eine komplett neue Dimension von Tiefe auf.

Bodenlose,
grenzenlose,
lichtlose,
Tiefe.

„Du hast also gedacht es wäre sinnvoll, dass gerade jetzt, wo die Familie zusammenhalten sollte, Hannah auszieht?" Meine Tante war konsterniert, fast schon wütend. Seit ihr Vater gestorben war, stand sie völlig neben sich. Jede Kleinigkeit regte sie auf. Entweder kochte sie vor Zorn, was meistens mit der Firma zu tun hatte, oder sie war erschöpft, beinahe lethargisch und schlief viel.

„Bitte reg dich nicht auf, Mum! Ich hab einfach nicht weiter darüber nachgedacht. Er hat mir erzählt, dass er jetzt dort arbeitet, und wir sind ins Reden gekommen. Da hat er mir angeboten, uns unter der Hand ein bisschen dabei zu helfen, ein Zimmer auf dem Campus zu kriegen, weil die sehr begehrt und schwer zu bekommen sind. Das ist alles."

Wers glaubt! Ich war mir sicher, dass er ihn proaktiv danach gefragt hatte.

Melissas Stirnfalten glätteten sich wieder. Sie strich sich eine Strähne ihres wie immer perfekt geföhnten Bobs hinter ein Ohr. Die Diamanten an ihren Fingern glitzerten. „Also ich finde, dass du hierbleiben solltest“, wandte sie sich an mich. „So haben wir viel mehr Zeit zusammen und das Geld kannst du dir wirklich sparen. Womöglich musst du das Zimmer mit jemandem teilen. Wir haben hier genug Platz und Dad ...“, sie stockte und es war offensichtlich, wie schwer es ihr fiel, über ihn zu sprechen. Nach einem kurzen Moment hatte sie sich wieder gefangen. „Er hätte nicht gewollt, dass du ausziehst. Und ich möchte das auch nicht.“ Hoffnungsvoll sah sie mich an.

Es war schwer unter den Erwartungen der anderen, die unterschiedlicher nicht sein könnten, das auszugraben, was *ich* eigentlich wollte. Ich versuchte Ryan auszublenden. Würde ich ins Studentenheim ziehen wollen, wenn es ihn nicht gäbe? Zuerst hatte ich nur geplant, dieses eine Semester in den USA zu verbringen. Als ich dann gedacht hatte, Ryan und ich würden eine Beziehung eingehen, hatte ich schon ein bisschen vorausgeträumt. Ich hätte mir durchaus vorstellen können, mein gesamtes restliches Studium hier zu absolvieren und im Anschluss sogar in der Firma zu arbeiten. Aber diese Gedankenblasen waren nun geplatzt. Es ging also wieder nur um dieses eine Semester. Das Wohnheimzimmer würde es mir mit Sicherheit leichter machen, Kontakte zu anderen Studenten zu knüpfen. Aber deshalb war ich nicht in die USA gekommen. Ich war hier, um meine Familie kennenzulernen – meine Wurzeln besser zu verstehen. Und das funktionierte am besten, wenn ich hier lebte, bei ihnen, in diesem Appartement. Ich mochte die Familienessen, mein neu eingerichtetes Zimmer und Rosa, die mich umsorgte. Die Wohnung war groß genug, dass man sich aus dem Weg gehen konnte, wenn man das wollte, aber sie ließ durch die gemeinsamen Mahlzeiten, die mindestens am Wochenende stattfanden, genug Nähe zu. Ich hatte mich an all das hier gewöhnt, hielt täglich ein kleines Schwätzchen mit Frank, wenn er mir die Tür öffnete und mir einen schönen Tag wünschte. Besuchte Miez und Mauz. Las im Fitnessstudio. Genoss den Luxus, nicht kochen zu müssen. Liebte die spontanen Filmabende mit Cody. Und sogar mit Olivia lief es erstaunlich gut.

Auch wenn die Stimmung hier in letzter Zeit gedrückt war und mich Johns leeres Büro ständig an ihn erinnerte – ich wollte das nicht aufgeben.

Die Frage ist nur, ob du dir das von Ryan kaputt machen lässt?

Ich reckte kämpferisch mein Kinn vor und beschloss, mir das nicht von ihm verderben zu lassen. Er hatte mich tiefer verletzt, als irgendjemand vor ihm in meinem Leben. Aber ich hatte gewusst, dass er kein Typ für Beziehungen war. Alles, was die Klatschblätter schrieben, über seinen Lebensstil, was Cody erzählt hatte, was er selbst zu mir gesagt hatte, all das hätte mich warnen sollen. Aber ich war so naiv gewesen zu glauben, dass es bei mir anders wäre. Dass ich die eine wäre, in die er sich wirklich verliebt hätte. Und vielleicht hatte er das sogar ein bisschen. Aber der Tod unseres Großvaters schien etwas Grundlegendes verändert zu haben. Ryan war in seiner Rolle als starker Mann gefangen. Die Trauer war in ihm drin, denn ich wusste, wie sehr er John geliebt hatte. Aber er ließ sie nicht nach außen dringen, gestattete es sich nicht. Er sperrte sie in sein Herz ein. Kein Wunder, dass dort also kein Platz für mich war.

Und dennoch tat es unglaublich weh, dass er mir nicht einmal die Gelegenheit gab, über alles mit ihm zu sprechen.

Das hätte ich verdient gehabt. Unter all dem Schmerz entdeckte ich in diesem Moment die Wut, die in mir brodelte. Rote, glimmende Wut. Die Wut darauf, dass er mich zwei Mal sitzen hat lassen, obwohl er mir versprochen hatte, mir das nächste Mal seine Gefühle mitzuteilen, es zumindest zu versuchen. Aber er tat gar nichts. Schlimmer: Er stieß mich aktiv von sich weg. Und diese Wut gab mir die Kraft Melissa zu antworten. „Ich bleibe gerne hier", sagte ich deshalb und bemerkte, wie Ryans Gesichtszüge noch ein bisschen mehr versteinerten, falls das überhaupt möglich war. Die Wut wurde allumfassend. Breitete sich wie Lava in meinem gesamten Körper aus und setzte ihn in Brand. Er hatte kein Recht dazu, das von mir zu verlangen, nachdem er nicht einmal den Mut besessen hatte, mit mir über uns zu reden. Nachdem er zu feige gewesen war, mir ins Gesicht zu sagen, dass er sich anders entschieden hatte. Er hatte all diese Hoffnungen in mir geweckt und die zogen und zerrten nun an mir, wie ein schwerer Rucksack, den ich nicht ablegen konnte. Meine Hände ballten sich unter dem Tisch zu Fäusten und meine Kiefer malten aufeinander.

Ich hörte ein Klingeln im Hintergrund und kurz darauf bog Rosa um die Ecke. „Frank hat gerade angerufen, dass unten ein Besucher für Hannah ist. Er heißt Moritz Weiß. Erwartest du ihn?"

Ich starrte sie an, als wäre sie eine Erscheinung. Moritz war hier? Aber wieso?

Ich atmete tief durch und versuchte, mich wieder etwas zu beruhigen, was mir bei dieser Ankündigung jedoch nicht besonders gut gelang. Krampfhaft überlegte ich, warum er hier so plötzlich auftauchte, bis mir die Weltmeisterschaften einfielen. Wahrscheinlich war er deshalb hier.

Rosa wartete weiterhin auf eine Antwort.

„Ich, nein, also ich habe ihn nicht erwartet, aber ich kenne ihn, ja", stammelte ich verdattert.

„Weiß? Dann kommt er also aus Deutschland?", fragte Miguel interessiert.

„Scheint so, als hätte er eine lange Anreise gehabt. Schick ihn rauf, Rosa! Endlich mal ein bisschen Abwechslung hier", grinste Cody.

Wie vom Donner gerührt saß ich da, unfähig etwas zu erwidern. Dass Moritz einfach so hier auftauchte, ohne sich vorher zu melden, verstörte mich völlig. Wir hatten keinerlei Kontakt mehr gehabt, seit ich Schluss gemacht hatte. Er war damals verletzt gewesen, als ich ihm meine Entscheidung mitgeteilt hatte. Aber da sich unsere endgültige Trennung schon länger angedeutet hatte, war er letztendlich auch davon überzeugt gewesen, dass unsere Zeit wohl leider vorbei war.

„Willst du ihn alleine empfangen?", fragte mich Melissa mitfühlend. Sie schien zu merken, dass mich sein Auftauchen völlig aus der Bahn warf. Wie alles im Moment. Es war einfach viel zu viel.

„Auf keinen Fall! Wir wollen zumindest kurz mal *Hallo* sagen, wenn er schon uneingeladen in unser Essen platzt! Ein bisschen Spaß muss sein!", forderte Cody.

Olivia blickte neugierig in meine Richtung, aber ich hatte eine Menge mit mir selbst zu tun, als dass ich irgendeine Erklärung hätte abgeben können, die ich gar nicht kannte.

Rosa kam wieder ins Zimmer und hinter ihr tauchte Moritz auf. Ich hatte ihn seit Monaten nicht gesehen, aber er hatte sich kein Stück verändert. Er trug seine obligatorische graue Strickmütze und seine blonden Haare, die darunter hervorlugten, fielen ihm schräg in die Stirn. Sein Outfit bestand aus einer schwarzen Lederjacke über einem schwarzen Hemd und einer dunkelgrauen Jeans. An den Füßen trug er schwarz-weiß karierte Vans und um seinen Hals hing eine lange Kette mit einem kleinen Schlüssel daran. Den hatte ich ihm als Teenagerin mal geschenkt – in einer roten Schachtel, überreicht mit den Worten: „Das ist der Schlüssel zu meinem Herzen". Etwas, das viele Jugendliche taten, genauso wie sie Freundschaftsarmbänder verschenkten oder ähnlichen Kram. Es war rührseliger Kitsch, der mir heute peinlich war, aber dennoch ließ es mich nicht kalt, dass er ihn trug.

Abrupt stand ich auf und die Füße des Stuhls verursachten ein unangenehmes Geräusch auf dem Steinboden.

„Hallo", brachte ich gerade so heraus und suchte seinen Blick.

„Schön dich zu sehen", begrüßte er mich, trat auf mich zu und umarmte mich. Sein typischer Duft umfing mich, diese Mischung aus Parfum und Chlor.

Ich spürte die Blicke meiner Familie im Rücken und löste mich schnell wieder.

„Das ist Moritz", stellte ich ihn den anderen vor, die mich jedoch weiterhin erwartungsvoll anblickten.

„Ich bin ihr Ex-Freund aus Deutschland. Und ich bin hier, weil ich sie wieder zurückgewinnen möchte. Es tut mir leid, dass ich Sie beim Essen störe."

Was????

„Oho, hallo Moritz, das nenne ich ja mal ordentlich vorpreschen. Nicht schlecht. Na dann, viel Glück!", kam es von Cody.

Auch die anderen begrüßten ihn erstaunt und vielleicht sogar ein kleines bisschen beeindruckt. Er legte hier definitiv einen Auftritt hin.

Mein Blick fiel auf Ryan, der mit verkniffenen Lippen dasaß und als Einziger kein Wort zur Begrüßung für meinen Ex übrig hatte. Abrupt drehte ich mich weg und nuschelte über die Schulter „Wir gehen in mein Zimmer." Moritz machte ich eindeutige Zeichen mir zu folgen und verschwand so schnell wie möglich in Richtung Flur.

Als wir in meinem Zimmer angekommen waren, drehte ich mich zu ihm um. Er hatte gerade die Tür geschlossen. „Was tust du hier? Ich meine, was soll das?", fragte ich ihn total entgeistert. Sein Auftauchen war mir unangenehm gewesen, auch wenn ein klitzekleiner Teil in mir sich darüber gefreut hatte, das konnte ich nicht verleugnen.

„Ich bin extra einen Tag früher angereist, um dich zu sehen. Morgen früh muss ich mit dem Zug gleich weiter nach Philadelphia zu den Vorbereitungen. Es tut mir leid, dass ich hier so reinplatze, aber ich wollte dich überraschen." Er wirkte dabei allerdings keineswegs zerknirscht, sondern stand aufrecht da und lächelte mich selbstbewusst an.

„Und was, wenn ich gar nicht hier gewesen wäre?"

„Dann hätte ich auf dich gewartet." Er trat einen Schritt näher.

„Warum?" War alles, was mir dazu einfiel.

„Weil ich mich entschuldigen wollte. Es tut mir leid, dass ich es nie ernstgenommen habe, dass du mit dem Schwimmen aufhören wolltest. Das war wirklich schwer für mich zu begreifen, aber ich hätte dir da vertrauen sollen und dir besser zuhören. Ich wollte einfach, dass alles so blieb wie es war und konnte nicht akzeptieren, dass du dich verändert hattest. Aber mir ist jetzt klargeworden, wie egoistisch das war. In den letzten Monaten ohne dich ist mir so einiges bewusst geworden." Er kam noch näher und wollte nach meiner Hand greifen, zog sich dann aber wieder zurück. „Ich vermisse dich unendlich, Hannah. Ich brauche dich in meinem Leben. Bitte gib uns eine zweite Chance! Deshalb bin ich hier. Weil ich einen Neuanfang möchte." Die Leidenschaft sprühte aus seinen Worten, wie die Funken aus einem Streichholz. Aber sie setzten mich nicht in Brand. Denn in diesem Moment wünschte ich mir nur eines, und zwar, dass an seiner Stelle Ryan hier stehen würde und mich mit ebensolcher Inbrunst wollte. Aber das tat er nicht. Er war nicht hier. Wollte mich sogar aus seinem Leben verbannen. Hatte mich immer wieder zurückgewiesen. Ryan hatte es nicht verdient, dass ich so an ihn dachte. Aber Moritz hatte es verdient, dass ich ihm meine volle Aufmerksamkeit schenkte. Und deshalb verbannte ich alles andere aus meinem Kopf.

Moritz und ich waren jahrelang ein Paar gewesen. Er war meine erste große Liebe und wir hatten unglaublich viel zusammen erlebt. Die ersten Schwimmmeisterschaften, das Internat weit weg von zuhause, den Roadtrip durch Italien mit einem alten, geliehenen Camper. Es gab so viele wunderbare Erinnerungen.

„Ich weiß, das kommt jetzt für dich überraschend. Aber glaub mir, ich habe meine Fehler eingesehen. Es ist alles viel zu selbstverständlich geworden. Du warst zu selbstverständlich für mich. Lass uns einen Neuanfang wagen! Es gibt so vieles, was uns verbindet, außer dem Schwimmen. Das ist mir jetzt klar. Du spielst gerne Computer, so wie ich. Ich habe unsere Spieleabende immer so geliebt. Du bist morgens gerne früh wach, so wie ich. Wir verreisen gerne zusammen und haben noch nie im Urlaub gestritten, wie das bei anderen Paaren so oft der Fall ist. Du magst Sport und bist ehrgeizig, genau wie ich. Deine Familie hat einen hohen

Stellenwert in deinem Leben und so weiter. Es geht immer so weiter, weil es unendlich viel gibt, in dem wir uns ähneln.“

Nun nahm er doch meine Hand zwischen seine beiden, hielt sie und strich sacht darüber. Und ich ließ es geschehen, total überfordert von dieser ganzen Situation.

Hatte ich noch Gefühle für ihn? Ich wusste es nicht. Natürlich war mir nicht egal, dass er hier stand und diese ganzen wunderbaren Dinge sagte. Ich war gerührt und fühlte mich geschmeichelt. Melancholie legte sich über mich, wie eine warme Decke. Aber ich hatte keine Ahnung, ob das bedeutete, dass ich die Zeit zurückdrehen wollte.

Ich blieb stumm und auch mein Gesichtsausdruck verriet wohl, wie unsicher ich war.

„Du musst dich nicht sofort entscheiden. Denk einfach in Ruhe darüber nach! Aber wenn da noch Gefühle da sind, dann, bitte ...“, er ließ die Worte so stehen und blickte mich sehnsuchtsvoll an. Alles an ihm war mir so unglaublich vertraut. Ich konnte jede Mimik von ihm deuten, kannte die Muttermale auf seiner Haut und den winzigen dunklen Fleck in seinem rechten blauen Auge. Ich hatte seine Lippen so oft geküsst und seine weichen Hände hatten jeden Zentimeter meines Körpers gestreichelt. Ich wusste, dass er empfindlich darauf reagierte, wenn ich seinen unteren Rücken küsste und wie er stöhnte, wenn er kurz vor dem Orgasmus stand. Das alles brach mit voller Wucht auf mich herein und ich entzog ihm meine Hand. „Das ist gerade alles ein bisschen viel für mich. Der Tod von Gramps und jetzt du, hier. Ich weiß einfach nicht, was ich fühle. Ich bin nur furchtbar durcheinander“, gab ich zu.

„Das mit deinem Opa tut mir wirklich leid. Ich weiß es von deiner Mama, ich habe sie neulich in der Stadt getroffen. Das muss hart für dich sein, ihn so schnell wieder verloren zu haben." Mitfühlend blickte er mich an. Aber Mitgefühl konnte ich momentan am wenigsten gebrauchen, weil es mich immer sofort wieder zum Weinen brachte. Auch jetzt musste ich schniefen und wische hektisch unter meinen Augen entlang, um die Tränen zurückzuhalten. „Ja, das ist es." Ich schluckte. Dann setzte ich mich aufs Bett und Moritz ließ sich ebenfalls auf einem Sessel nieder. Für eine Weile schwiegen wir, bis ich wieder in der Lage war zu sprechen. „Wie stellst du dir das eigentlich vor? Ich meine, ich werde das nächste Semester hier studieren. Wie sollen wir einen Neuanfang starten, über so viele Kilometer hinweg?"

„Es ist doch nur ein halbes Jahr. Wir schreiben uns und machen Videotelefonie. Und dann kommst du zurück. Dein Wohnheimzimmer ist ja nur untervermietet und wir werden wieder Tür an Tür leben. Und dann starten wir richtig durch. Wir fahren gemeinsam in den Urlaub. Vielleicht suchen wir uns einen Sport, den wir zusammen machen wollen: Radfahren, Tennis oder etwas anderes, das dir Spaß macht. Und wenn ich bei dieser Weltmeisterschaft gut performe, dann bekomme ich Sponsorenverträge und die Chancen steigen, dass ich zu den Olympischen Spielen fahre. Das bedeutet mehr Geld und wir können uns zusammen eine Wohnung in Berlin suchen. Ich möchte eine Zukunft mit dir, Hannah. Irgendwann auch eine Familie."

Ich war ergriffen davon, wie zuversichtlich er von einem gemeinsamen Leben sprach. Etwas, das ich mir vor ein paar Monaten niemals hätte vorstellen können. Und jetzt? Ich wusste es nicht.

Moritz griff in seine Hosentasche und zog einen Ausweis hervor, der an einem breiten Band hing. „Das ist der Besucherzugang für einen der Wettkampftage, Dienstag in einer Woche." Er stand auf und legte ihn mir auf den Schreibtisch. „Ich würde mich freuen, wenn du kommst."

♫ Hör dir Lied 7 des Soundtracks an: It´s Ok – Tom Rosenthal

Der Chlorgeruch empfing mich, wie ein alter Bekannter. Jetzt wo ich meine Entscheidung getroffen hatte, nicht mehr professionell schwimmen zu wollen, empfand ich wieder dieses behagliche Gefühl, wenn ich eine Schwimmhalle betrat. Ich hatte so unglaublich viel Zeit in solchen Räumlichkeiten verbracht, aber der Gedanke daran verursachte keine Wehmut in mir. Im Gegenteil.

Ich zeigte am Kontrollpunkt meinen Ausweis vor und suchte mir dann einen Platz auf den Rängen, möglichst weit vorne. Seit Moritz´ Besuch hatte ich unablässig darüber nachgedacht, was ich tun sollte. Die ersten Tage hatte ich noch gehofft, dass das Auftauchen meines Ex-Freundes etwas in Ryan bewegt hatte. Etwas wie Eifersucht. Aber er war mir weiterhin aus dem Weg gegangen. Dann hatte ich versucht, mir darüber klar zu werden, ob ich Gefühle für Moritz hatte. Da war kein Kribbeln mehr, aber eine tiefe Zuneigung, die existierte immer noch. Ich wusste nur nicht, ob das für eine Beziehung ausreichte. Also fing ich an, mir mein weiteres Leben mit Moritz auszumalen. Und er hatte recht, wir hatten immer schon viel gemeinsam gehabt. Bevor wir ein Paar geworden waren, waren wir beste Freunde gewesen. Und war das nicht sowieso die wichtigste Basis für eine Beziehung? Leidenschaft konnte man wieder anfachen, aber die Grundwerte mussten stimmen. Und plötzlich kam mir dieses Angebot verlockend vor. Ich kannte Moritz und wusste, was ich von ihm zu erwarten hatte. Wenn wir uns ein bisschen anstrengten und wieder mehr den Partner im Blick behielten, dann könnte das vielleicht erneut eine stabile Beziehung werden. Er bot mir Vertrautheit und Sicherheit. Er war attraktiv. Sexy. Und er war nicht mein Cousin. Meine Mama liebte ihn, hatte ihn schon einmal herzlich in unsere Familie aufgenommen. Auch Melissa, Miguel, Cody und Olivia würden ihn mögen. Es war unkompliziert. Und vielleicht sollte das alles so kommen. Vielleicht sollte Ryan mir zeigen, was ich an Moritz hatte.

Und warum zum Geier klopft dann dein Herz, jetzt wo du an Ryan denkst, als hätte es literweise Red Bull inhaliert?

Diese verdammte innere Stimme. Ich ballte meine Hände zu Fäusten, vor Wut. Aber ich würde mich nicht verrückt machen lassen. Ich hatte meine Entscheidung getroffen. Es war vernünftig. Wirklich vernünftig. Das einzige absolut Vernünftige.

Ich atmete tief durch und lockerte meine Hände wieder, dann winkte ich Moritz zu, der gerade aus den Umkleiden trat.

Postkarte 16

Foto eines Brautpaars auf der Brooklyn Bridge, umgeben von Passanten

Liebe Mama, das ist so typisch an New York. Ich habe zufällig dieses Shooting auf der Brooklyn Bridge gesehen und alle möglichen Leute kamen, um dem Brautpaar zu

gratulieren. Sie waren herzlich und euphorisch und freuten sich ehrlich mit den Beiden. In Berlin wäre wahrscheinlich kein Einziger stehen geblieben. Die meisten hätten sich, wenn überhaupt, innerlich mit dem Paar gefreut. Ich weiß, mir bleiben noch ein paar Monate hier, aber ich werde die Stadt wirklich vermissen. Das weiß ich jetzt schon. Kuss Hanna

Teil 2

Zehn Jahre später

Kapitel 17

Immer noch Flugangst

„Möchten Sie etwas trinken?", fragte mich die Stewardess. Aufgeschreckt davon, dass sie mich angesprochen hatte, zuckte mein Kopf in ihre Richtung. „Noch einen Rotwein, bitte", krächzte ich.

Meine Stimme war genauso angeschlagen wie alles an mir. Ich kam mir manchmal vor, wie eine Vase, die einen Riss hatte und bei der die Glasierung an einigen Stellen abgeplatzt war. Man konnte sie zwar noch füllen, aber sie sah nicht mehr so hübsch aus und könnte jeden Moment zerbrechen.

♫ Hör dir Lied 8 des Soundtracks an: Perfume – Mehro

Mein Leben war aus den Fugen geraten. Aktuell war mein größtes Problem allerdings, dass ich in einem Flugzeug saß. Und das ließ meine Stimme zusätzlich dünn werden. Ich nahm meinen Wein entgegen und gab der Stewardess das leere Glas zurück. Ich hatte bemerkt, dass Alkohol eine der erfolgversprechendsten Methoden war, meine Flugangst einigermaßen in Schach zu halten. Schlaftabletten halfen auch. Beides zusammen sogar am besten. Ich kramte in meiner Handtasche nach besagter Pille und drückte sie aus der Blisterpackung. Ein kleines bisschen Erholung in Form einer blauweißen Kapsel. Ich drehte sie in den Händen und versuchte zu verdrängen, warum sie mir der Arzt eigentlich verschrieben hatte. Schnell ließ ich sie in meiner Faust verschwinden und blickte aus dem Fenster. Orange angestrahlte Wolken trieben an der Tragfläche vorbei. Ich versuchte Formen oder Tiere in den Wolkengebilden zu erkennen, sah jedoch lediglich riesige Berge aus Zuckerwatte.

Ich war schon ein paar Mal in New York gewesen, aber dieser Flug erinnerte mich an den von vor etwas mehr als zehn Jahren. Damals war ich das erste Mal überhaupt in die USA geflogen, um meinen Großvater John und dessen Familie kennenzulernen. Und ich hatte ebenfalls in einer Lebenskrise gesteckt, weil ich nicht gewusst hatte, ob ich das Schwimmen an den Nagel hängen sollte. Ich war mit der Hoffnung in das Flugzeug gestiegen, meinen Kopf in einer fremden Umgebung frei zu bekommen, um mich endlich entscheiden zu können. Und Hoffnung war mir auch dieses Mal mit an Bord gefolgt. Nicht dieselbe natürlich. Aber ganz ähnlich geartet, wünschte ich mir nun einen Neuanfang. New York hatte immer einen besonderen Platz in meinem Herzen gehabt und jetzt würde ich versuchen, mir dort ein neues Leben aufzubauen. Weit weg von allem, was passiert war.

Ich öffnete die Faust wieder und drehte die Kapsel gedankenverloren zwischen meinen Fingern.

Damals hatte Moritz mich zum Flughafen gebracht und wir hatten zuerst eine sehr rührselige und dann eine ziemlich unschöne Verabschiedung hingelegt. Dieses Mal hatte meine Mama mich begleitet und wieder waren Tränen geflossen. Aber sie würde mich bald besuchen kommen. Von Moritz hatte ich mich schon vor Monaten mit dem Unterzeichnen der Scheidungspapiere verabschiedet. Das war das endgültige Ende unserer Geschichte gewesen: ein bitteres und schmerzvolles – aber ein Ende. Einen Abschluss, den ich dringend gebraucht hatte.

Ich schob mir die Tablette in den Mund und spülte sie mit dem ganzen Glas Rotwein hinunter. Ich wollte nur schlafen und diesen grauenvollen Flug hinter mich bringen.

***

„Da ist sie! Hannaaaaaah! Hier sind wir!“ Olivia hielt ein riesiges Willkommensschild über dem Kopf und winkte damit ausschweifend. Ich hatte den restlichen Flug verschlafen und fühlte mich dennoch wie gerädert. Das kleine Empfangskomitee ließ meine Mundwinkel allerdings sofort nach oben wandern.

Olivia drückte Cody das Schild in die Hand, kam auf mich zugerannt und umarmte mich stürmisch. „Willkommen in New York“, kreischte sie mir ins Ohr.

„Womit habe ich das denn verdient? Soweit ich mich erinnern kann, war ich erst vor ein paar Monaten hier“, bemerkte ich freudig überrascht.

„Ja, aber heute bist du gekommen um zu bleiben und das ist nun mal ein riesiger Unterschied! Jetzt, wo du wieder hierherziehst, bekommst du auch ein Empfangskomitee.“ Sie hielt mich von sich weg und betrachtete mich von oben bis unten. „Alles noch dran, wunderbar. Dann lass uns fahren, die Luft hier ist unerträglich!“

„Moment mal, also zuerst dürfen wir ja wohl auch noch *Hallo* sagen", beschwerte sich Kevin, der mich nun ebenfalls an sich drückte, was bei dem Volumen seines Rockes gar nicht so einfach war. Cody und er waren seit fünf Jahren ein Paar. Kevin liebte Berlin und die queere Szene dort und beide hatten mich seither mindestens zweimal jährlich besucht, weshalb ich ihn gut kannte.

„Jetzt aber mal aus der Bahn, warum bin ich denn als Letzter an der Reihe?" Cody quetschte sich zu mir durch, hob mich hoch und drehte sich einmal mit mir im Kreis. Ich lachte glockenhell, weil es mich glücklich machte, dass manche Dinge sich nie änderten. Seit unserer ersten Begegnung war das Codys Standardbegrüßung für mich, wenn wir uns länger nicht gesehen hatten.

„Endlich bist du wieder hier!", schrie er und alle Passanten im Umkreis von mindestens drei Kilometern reckten die Hälse nach uns.

Aber das war mir egal. Ich fühlte mich plötzlich wie beschwingt. „Danke, für diesen phänomenalen Empfang. Das habe ich jetzt wirklich gebraucht", gestand ich.

„Immer noch Flugangst?", fragte Olivia erstaunt. „Das muss doch irgendwann mal weggehen. Schließlich bist du jetzt schon so oft geflogen, ohne dass etwas passiert ist."

„Ich weiß das, aber bis zu meinem Unterbewusstsein scheint das noch nicht durchgedrungen zu sein." Ich schnaufte übertrieben.

„Wo ist eigentlich dein ganzes Gepäck?", fragte Kevin. „In diesem einen mickrigen Koffer?" Er deutete mit seinem Zeigefinger auf meinen neongrünen Hartschalentrolley. „Coole Farbe übrigens."

„Ich habe meine Habseligkeiten schon vorschicken lassen. Aber ich habe wirklich versucht, so wenig wie möglich mitzunehmen." ... Aus meinem alten Leben – das setzte ich nur in Gedanken hinzu. Ich wollte die gute Stimmung nicht ruinieren.

***

Im Appartement angekommen, schloss ich Rosa in meine Arme, die mittlerweile mehr graue Haare hatte als braune.

„Es ist alles für dich vorbereitet, mi amor." Sie kniff mich in die Wange und schob mich dann vorwärts. Das Gästezimmer sah tatsächlich immer noch so aus, wie ich es vor zehn Jahren eingerichtet hatte. Der Lichtervorhang hinter dem Bett, die Pflanzen, der Schreibtisch, den ich zusammen mit Ryan aufgebaut hatte.

Ich war erst vor ein paar Monaten hier gewesen, um Bewerbungsgespräche zu führen, aber dennoch erstaunte es mich jedes Mal wieder, dass sie das Gästezimmer so gelassen hatten und sogar meine Blumen pflegten. Schließlich brauchte ich es mittlerweile allenfalls einmal im Jahr. Nun würde ich übergangsweise wieder hier einziehen. Ich wollte mir so schnell wie möglich eine eigene Wohnung suchen.

„Da bist du ja", begrüßte Melissa mich und umarmte mich ebenfalls. „Wir haben einen kleinen Aperitif auf der Terrasse vorbereitet, kommst du?"

Ich folgte ihr ins Wohnzimmer und von dort auf die große Terrasse, wo ich Miguel begrüßte, der an dem Hochtisch direkt neben der Außenküche stand. Er reichte mir ein Glas Champagner.

„Salud!" Er hob sein Getränk und wir stießen alle an. „Wir freuen uns, dich wieder länger hier zu haben." Auch sein Haar war mittlerweile durchgehend grau, aber immer noch voll und lockig.

„Und wir würden uns sogar freuen, dich für immer hier zu haben. Du könntest das zweite Gästezimmer zu deinem Wohn- oder Arbeitszimmer umbauen. Dann hättest du auch deinen eigenen Bereich“, pries Melissa mir das Appartement an. Schon als sie erfahren hatte, dass ich nach New York auswandern würde, hatte sie mir angeboten, wieder fest einzuziehen. Aber das kam für mich nicht in Frage. Aus verschiedenen Gründen.

„Danke, das ist lieb, trotzdem möchte ich wirklich gerne etwas Eigenes.“

Sie stemmte ihre Hände in die Hüften und starrte mich durchdringend an. „Wie kann man nur so stur sein? Seit Cody ausgezogen ist, ist es so still hier“, beschwerte sie sich vehement. In ihrem royalblauen Anzug sah sie wie immer wie die perfekt gestylte Geschäftsfrau aus. Ihr Pagenkopf war blond gesträhnt und verriet ihr Alter nicht. Selbst ihr Gesicht wirkte durch ihre vielen Beautyeingriffe alterslos, aber dadurch auch ein bisschen fremd.

„Ich bin gerade mal drei Stockwerke tiefer gezogen, Mum.“

„Ganz genau, sag ich ja.“

Kevin und Cody wohnten in einem etwas kleineren Appartement im selben Haus. Olivia und Ryan teilten sich seitdem hier den zweiten Stock, während Melissa und Miguel den ersten für sich alleine hatten.

„Und wo sollen dann die Gäste schlafen, wenn ich alle Gästezimmer okkupiert habe?“, fragte ich.

„Die können dann zu Kevin und Cody, die haben genug davon.“

Das brachte uns alle zum Lachen. „Ich suche mir trotzdem lieber eine eigene Bleibe. Aber ich komme immer wieder gerne her, auch mit Übernachtung“, versuchte ich sie zu beschwichtigen.

„Wo ist eigentlich Ryan?“, wechselte Kevin das Thema.

„Der steckt mitten in der Saisonvorbereitung und ist kurz vor seinem ersten Spiel. Du kennst ihn ja, da sind die Tage immer besonders lang,“ erklärte meine Tante.

Ryan. Ich hatte es aufgegeben darauf zu warten, dass sein Name in meinen Ohren genauso klang, wie alle anderen. Jedes Mal, wenn ich ihn hörte, war ich wie elektrisiert. Es war verrückt, nach all diesen Jahren. Aber ich hatte ihn mal geliebt, vielleicht war das deshalb so.

Ich erinnerte mich an das Auslandssemester, das ich hier kurz nach Gramps Tod verbracht hatte. Es war anders gewesen ohne ihn. Er hatte mir wahnsinnig gefehlt. Dazu war der Liebeskummer mit Ryan gekommen. Ich hatte mich zwar für Moritz entschieden, aber die Fernbeziehung hatte alles so schwer greifbar gemacht. Ein seltsames halbes Jahr. Das Beste daran war eindeutig das College gewesen und die Freundschaft zu Olivia, die sich nach und nach aufgebaut hatte und bis heute Bestand hatte. Sie war inzwischen Modedesignerin und hatte seit zwei Jahren ein eigenes Label.

„Ryan lässt dich schön grüßen und ihr habt bestimmt morgen am Sonntag Gelegenheit euch zu sehen“, teilte mir Melissa mit. Ich lächelte etwas schief und fing einen mitleidsvollen Blick von Olivia auf. Sie war die Einzige hier, die von meinen früheren Gefühlen für Ryan wusste und sie verstand es überhaupt nicht, warum es mir weiterhin etwas ausmachte, ihn zu treffen. Das tat es nicht wirklich, aber ich hatte dieses seltsam krampfige Gefühl, wenn wir uns trafen. Seit ich wieder in Deutschland gewohnt hatte, hatte ich es bei jedem Familientreffen geschafft, ihm so gut wie möglich aus dem Weg zu gehen. Er war immer noch NFL-Profi, einer der erfolgreichsten der gesamten Liga. Und deshalb hatte er ohnehin im Herbst und Winter kaum Zeit. Die meisten Besuche hatte ich aus genau diesem Grund in diese Saison gelegt – und natürlich auch, weil mehrere Familienfeiertage in dem Zeitraum stattfanden. Ryan und ich hatten seit zehn Jahren kein Gespräch unter vier Augen geführt, das über ein paar Höflichkeitsfloskeln oder organisatorische Dinge hinausgegangen war. Und vor allem deshalb wollte ich eine eigene Wohnung. Der Schmerz, den er mir damals zugefügt hatte, war immer noch irgendwo in mir. Ryan hatte mich auch seitdem nie um Verzeihung gebeten. Natürlich war ich nach diesen vielen Jahren über die Sache hinweg, aber das hieß nicht, dass sie mir egal war. Umso mehr genoss ich diesen Moment, in dem er nicht anwesend war, und plauderte völlig ungezwungen mit meiner Familie. Ich hatte sie alle vermisst und war unglaublich froh, wieder hier zu sein. In New York. In dieser Stadt, die mir die letzten zehn Jahre nicht aus dem Kopf gegangen war.

***

„Ich hatte so ein Gefühl, dich hier zu finden."

Mein Blick zuckte hoch, von meinem Buch, das ich in der Hand hielt, zu Ryan. Er stand da, lässig in den Türrahmen gelehnt und schon wieder hatte ich ein Déjà-Vu. Unsere allererste Begegnung war ähnlich abgelaufen. Dieses Mal trug er allerdings keine Sportklamotten, sondern schwarze figurbetonte Shorts und ein kurzärmeliges khakifarbenes Hemd, das an seinen breiten Schultern spannte. Dazu weiße Sneakers. Er sah unglaublich gut aus, daran hatten die letzten zehn Jahre nichts geändert, eher im Gegenteil. Seine kupferfarbenen Haare trug er am Oberkopf etwas länger, so dass sich dort leichte Wellen zeigten und an den Seiten waren sie dafür nur wenige Millimeter kurz. Auch der Drei-Tage-Bart war neu. Er betonte seinen kantigen Kiefer und ließ Ryan noch maskuliner wirken. Und dann die Bernsteinaugen. Diese Wärme in ihnen war das einzige äußerliche Zeichen, dass hinter dieser kontrollierten und oftmals ernsten Fassade deutlich mehr steckte, als man zunächst vermutete. Ich hatte dahinter geblickt und manchmal wünschte ich mir, ich hätte es nicht getan. Hätte niemals erkannt, wie wunderschön er auch in seinem Inneren war. Wie aufmerksam und liebevoll. Wie einfühlsam und leidenschaftlich. Und wie witzig er sein konnte. Manchmal wäre es mir wirklich lieber gewesen, das nicht selbst alles erlebt zu haben, denn dann hätte ich mich niemals in ihn verliebt. All das zwischen uns wäre nicht passiert und wir könnten jetzt ganz normal miteinander umgehen.

Es wunderte mich ihn hier zu sehen. In direkter Konfrontation mit mir. Das hatten wir die letzten Jahre beide vermieden. Aber ich würde ein paar Wochen hier wohnen, bis ich eine Bleibe gefunden hatte und vielleicht hatte ihn das dazu veranlasst, ein Gespräch mit mir zu suchen.

Ich wollte mich gerade erheben, um auf Augenhöhe mit ihm zu sein, da stoppte er mich mit einer Handbewegung und ließ sich gegenüber von mir auf einer zweiten Yogamatte nieder.

„Hi“, krächzte ich und räusperte mich anschließend.

Wie peinlich bist du eigentlich, Hannah? Er ist nur dein Cousin, den du irgendwann zufällig mal vor zehn Jahren nackt gesehen hast. Das war es schon. Finito. Finish. Ende Gelände.

„Ihr habt den Raum nicht verändert“, setzte ich schnell hinzu, um von mir und meiner Unfähigkeit cool zu bleiben abzulenken.

Der Rest des zweiten Stockes, den mir Olivia schon beim letzten Besuch vor ein paar Monaten gezeigt hatte, hatte ich kaum wiedererkannt. Er beherbergte jetzt zwei mehr oder weniger in sich abgeschlossene Wohnungen, mit einem großen gemeinsamen Wohnzimmer in der Mitte, anstelle eines Flurs. Die Wände zierte moderne Kunst und das ein oder andere impressionistische Gemälde. Alles war weniger düster und klassisch wie in den restlichen Stockwerken, wo weiterhin schwarzer Marmor und poliertes Holz dominierten. Mir gefiel die Veränderung, selbst wenn mich ein schmerzliches Ziehen durchfuhr, dachte ich an Gramps Büro. Ich hätte mich gerne noch einmal hineingesetzt, um mich ihm nah zu fühlen. Aber ich verstand, dass man keinen ganzen Raum als eine Art Mausoleum in der Zeit einfrieren konnte. Erinnerung war gut, permanente Konfrontation dagegen nicht unbedingt.

Hier im Fitnessraum gab es zwar das ein oder andere neue Gerät, aber ansonsten war alles genauso, wie ich es kannte und liebte. Durch die Wintergartenverglasung war der Raum lichtdurchflutet und die Aussicht über New York gigantisch.

„Nein, er gefällt mir wie er ist und Olivia kommt ohnehin nicht hierher.“

Ich musste schmunzeln, weil ihre Aversion gegen Sport sich nicht verändert hatte. Aber nun kam sie deutlich besser damit klar, dass sie sich dadurch vom Rest der Familie abhob. Vor allem, weil sie ihre Leidenschaft für Mode gefunden hatte und sie konsequent verfolgte.

„Ich könnte sie mir noch nicht einmal in Sportklamotten vorstellen“, grinste ich.

„Ich hab sie einmal gebeten bei einem meiner Spiele ein Trikot von mir zu tragen. Sie hat es komplett zerschnitten und umgenäht, bis es eng und bauchfrei war und man meine Nummer kaum noch lesen konnte“, lachte er.

„Ich erinnere mich. Sie hat mir ein Foto geschickt. Aber es sah nicht schlecht aus, das musst du zugeben!“

„Sie hatte danach einen regelrechten Ansturm von Spielerfrauen, die sie gebeten haben auch ihre Trikots umzunähen.“

„Tatsächlich? Und, hat sie es gemacht?“

Er nickte. „Es war das erste eigene Geld, das sie in ihrem Leben verdient hat. Und wahrscheinlich auch der Beginn ihres Modeimperiums, das sie noch aufbauen wird.“ Der Stolz auf seine Schwester sprach aus seiner ganzen Haltung. Es war ein ungewöhnliches Gefühl, sich normal und völlig unverkrampft mit ihm zu unterhalten. Ungewöhnlich schön. Vielleicht war unsere Freundschaft doch nicht verloren.

„Ich bin mir sicher, dass da noch ganz Großartiges von ihr kommt.“ Schon jetzt liebte ich ihre Kreationen und hatte das ein oder andere Kleidungsstück von ihr in meinem Schrank hängen, beziehungsweise nun in den Kisten, die im Keller des Appartements lagerten, bis ich mein neues Zuhause beziehen würde. „Sie hat geschworen, dass sie mich noch dazu bekommt einmal etwas zart Pastelliges anzuziehen.“ Ich war meinem Kleidungsstil auch die letzten zehn Jahre treu geblieben: kein Schwarz und am besten alles in Knallfarben.

„Ich halte dagegen. Obwohl ich dich zu gerne mal in rosa sehen würde.“ Sein Grinsen wurde breiter und eine Herausforderung lag plötzlich darin.

„Niemals“, erwiderte ich lachend. „Darauf könnt ihr lange warten.“

„Es ist schön, dass du wieder hier bist.“ Ich stockte kurz, weil ich zuerst verarbeiten musste, was er da gerade gesagt hatte. Aber diesem Satz hatte jegliche Ironie gefehlt, er schien es wirklich ernst zu meinen.

„Ich freue mich auch, wieder hier zu sein.“ Selbst wenn zwischen uns nicht alles geklärt war, so hatten wir doch einen Anfang gemacht. Und das verursachte eine regelrechte Steinlawine, die polternd von meinem Herzen fiel.

Kapitel 18

Immer noch New York

Es war die vierte aalglatte Wohnung, die der Makler uns stolz präsentierte. Nagelneu, luxuriös, mit Blick auf den Central Park oder irgendeinem wichtigen Gebäude der Stadt. Sie alle lagen in unpersönlichen Wohnanlagen mit weißen Fluren und modernen Aufzügen, in denen mein Magen einen Salto schlug, weil sie so schnell fuhren.

„Oh, schau mal, das Bad hat ein Fenster", rief Olivia begeistert aus dem rückwärtigen Teil der Wohnung. Aber ich wollte es gar nicht sehen. Schon beim Betreten hatte ich gespürt, dass das auf keinen Fall mein Zuhause werden konnte.

Cody stand neben mir und beobachtete mich. „Es gefällt dir nicht", stellte er sachlich fest. Mein Gesichtsausdruck sprach anscheinend Bände, weil der Makler mit einem Mal recht mutlos wirkte.

„Das ist wirklich ein erstklassiges Appartement, mit einem Überwachungssystem, Marmorbädern und sogar einem Balkon. Komplett modernisiert. Quasi ein Rundum-Sorglos-Paket. Und das alles mitten in Manhattan. Sie könnten direkt einziehen“, versuchte der Makler mir die Immobilie schmackhaft zu machen. Er betupfte sich mit einem Taschentuch die Stirn. Die Schweißperlen gingen dann wohl auf meine Kappe. Ich hätte Melissa nicht erlauben sollen, den Makler zu beauftragen. Sie hatte es gut gemeint und wollte, dass ich das Beste vom Besten bekam, aber das war nicht das, was mich glücklich machte.

„Es ist wirklich eine tolle Wohnung“, begann ich. „Wie die anderen zuvor auch, sie sind nur nichts für mich persönlich. Ich brauche einfach etwas mit ein bisschen mehr Charme ... verstehen Sie?“ Es fiel mir schwer, es zu beschreiben, was wohl auch der Makler so sah, denn sein Gesicht verzog sich fast schmerzverzerrt. „Es muss nicht top modern sein“, versuchte ich meine Aussage zu konkretisieren. „Ich mag lieber Wohnungen mit Geschichte. Etwas, das ein bisschen heimeliger ist, das Seele hat.“

„Hat sie gerade *Seele* gesagt?“, fragte Olivia, die nun zu uns in den Wohnraum trat. Ihre hohen Absätze klickten auf dem nagelneuen Parkett. „Hier in New York verkaufen Menschen höchstens ihre Seele, um eine Wohnung wie diese zu bekommen.“ Sie deutete um sich.

Es war mir klar, dass ich mich in einer äußerst privilegierten Situation befand und manche mich vielleicht als undankbar empfinden würden. Aber ein richtiges Zuhause war mir extrem wichtig, gerade weil ich so weit von meiner eigentlichen Heimat entfernt war.

„Sie will etwas anderes, sie bekommt etwas anderes.“ Cody baute sich vor dem Makler auf, was mit seinen über ein

Meter neunzig leicht bedrohlich wirkte. Ich schritt schnell auf ihn zu, legte meine Hand auf den Oberarm meines Cousins und lächelte den armen Mann an. „Haben sie vielleicht etwas im Angebot, das so ähnlich ist, wie ich es gerade beschrieben habe?“

Er schien krampfhaft zu überlegen, dann jedoch erhellte sich seine Miene. „Ich glaube, ich habe genau das, was sie suchen.“

Fünfzehn Minuten später stand ich vor einem alten Brownstone-Stadthaus in *Greenwich Village*. Es lag an einer Ecke und war deutlich kleiner als die anderen Reihenhäuser in dieser Straße. Dadurch sah es ein bisschen so aus, als wäre es an die restliche Reihe angeklebt worden. Ein schwarzer schmiedeeiserner Zaun grenzte den winzigen Vorgarten zur Straße hin ab. Wenige Stufen führten zur Haustür aus Walnussholz. Über den schwarzen Sprossenfenstern waren schlichte steinerne Giebel angebracht. Da das Haus schmal war, gab es in jedem der drei Stockwerke nur zwei Fenster nebeneinander. Ich verliebte mich auf den ersten Blick. Meine Euphorie wurde im Inneren allerdings etwas gedämpft, weil sich das Haus in einem ziemlich schlechten Zustand befand. Es war komplett ausgeräumt worden und dadurch traten die Mängel noch deutlicher zum Vorschein.

„Die Immobilie war über siebzig Jahre nicht mehr auf dem Markt und wurde seither auch nicht renoviert. Normalerweise richten wir das Haus für die Besichtigung her und beauftragen dafür einen Innenarchitekten. Aber es wurde gerade erst in unsere Hände übergeben, weshalb Sie leider ein bisschen Phantasie brauchen, um sich vorstellen zu können, welche Perle das einmal werden könnte“, erklärte der Makler entschuldigend.

„Das ist kein Problem, ich habe Phantasie." Ich lächelte ihm aufmunternd zu, was er erleichtert zur Kenntnis nahm und mit seiner Führung fortfuhr.

Olivia tippte sich an den Kopf und blickte mich fassungslos an. Lautlos formte sie die Worte „Das kann doch wohl nicht dein Ernst sein?!"

„Wie Sie sehen, sind alle Böden aus Walnussholz. Es gibt insgesamt fünf Kamine und die Deckenvertäfelung hier im Wohnbereich ist noch original. Die Küche befindet sich unten."

Wir folgten ihm die Treppe hinunter, die bei jedem Schritt ein knarzendes Geräusch von sich gab. Es erinnerte mich alles ein wenig an die Wohnung meiner Eltern in Heidelberg. Dort hatte es zwar keine Treppe gegeben, aber die alten Dielen hatten ebenfalls geknarzt. Dieser Altbaucharme brachte mir gerade ein ganz kleines bisschen meine Kindheit zurück.

In der Küche fehlte wie überall im Haus die Einrichtung. Ich erkannte allerdings deutlich, welches Potential dieser Raum barg. Die Wände bestanden zum Teil aus unverputzten Klinkern und an der Decke lagen die alten Holzbalken frei, was dem Ganzen einen rustikalen Charme verlieh. Auch hier gab es einen offenen Kamin, der den Eindruck noch abrundete.

„Wie viel kostet es?", fragte ich den Makler, nachdem wir die oberen Räume besichtigt hatten.

„Fünf Millionen und dreihunderttausend Dollar."

Ich blickte vom obersten Gästezimmer hinaus in den rückwärtig liegenden, kleinen, gepflasterten Garten, in dessen Mitte ein großer Ahornbaum thronte. Die Äste reichten bis hinauf in den zweiten Stock. Wer hatte in Manhattan schon einen Baum im eigenen Garten?

„Es ist perfekt. Ich nehme es." Ich drehte mich zu unserem Makler um, der sein Glück anscheinend gar nicht fassen konnte.

„Moment mal, Hannah, wir sollten zuerst einen Bausachverständigen engagieren, der die Grundsubstanz des Hauses prüft", wandte Cody ein.

„Es gibt keinen Schimmel und die Substanz ist in einem einwandfreien Zustand, das haben wir schon überprüfen lassen", mischte sich der Makler ein.

„Das ist doch ein Scherz, dass du ernsthaft in Erwägung ziehst in diese Bruchbude einzuziehen?", echauffierte sich meine Cousine.

„Natürlich braucht es eine gründliche Renovierung, aber ich liebe wirklich alles an diesem Haus. Es ist genau das, was ich mir vorgestellt habe."

Cody stöhnte. „Du schaffst da gerade wirklich die beste Verhandlungsbasis, Cousinchen", flüsterte er mir zu und die Ironie seiner Worte war unverkennbar. Dann wandte er sich an den Makler. „Es scheint so, als wäre die Wahl gefallen. Allerdings ist der Preis für dieses komplett unrenovierte Haus ein echter Witz. Alleine die Bäder zu modernisieren wird ein Vermögen kosten. Sie werden kaum jemanden finden, der so viel Vorstellungsvermögen und die Nerven besitzt, dieses baufällige Loch zu erwerben. Aber wir sind bereit dazu und sparen dem Besitzer die Kosten für die Erneuerungen, um es überhaupt marktfähig zu machen. Wir erwarten also ein deutliches Entgegenkommen, was den Preis betrifft." Selten hatte ich Cody so geschäftsmäßig erlebt. Aber seit er die Uni abgeschlossen hatte, arbeitete er in der Westman Corporation und hatte sich in nur wenigen Jahren in das obere Management vorgearbeitet. Er hatte einiges auf dem Kasten und seine Durchsetzungskraft zeigte sich nun auch in dieser Verhandlung. So locker und witzig er privat sein konnte, so zielstrebig war er in beruflicher Hinsicht. Ich wollte dieses Haus unbedingt, aber ich war nicht so dumm, die Hilfe von ihm auszuschlagen, einen guten Preis auszuhandeln. Ich würde das Geld für die Modernisierung dringend brauchen.

***

Wir saßen in einem Restaurant und stießen darauf an, dass ich eine Bleibe gefunden hatte. Ein ganzes Haus sogar. Ich konnte es selbst kaum fassen. Cody hatte mit dem Makler verhandelt und anschließend hatten wir ein Gebot abgegeben, das er sofort an den Eigentümer weitergegeben hatte. Dieser schien froh gewesen zu sein, so schnell jemanden gefunden zu haben, und hatte, ohne zu überlegen, akzeptiert. Auch der Name Westman mochte dabei eine gewisse Rolle gespielt haben, denn die Finanzierung war bei einer Erbin dieses Konzerns wohl offensichtlich nicht gefährdet.

„Immer mit dem Kopf durch die Wand", Cody schnaubte. „Wahrscheinlich willst du die Möbel auch wieder bei Ikea kaufen, oder?" Er blickte mich an, als wäre ich ein hoffnungsloser Fall.

„Einige bestimmt", ich lächelte und trank von meinem Champagner.

„Mum wird Schnappatmung bekommen, wenn sie das Haus sieht. Es hat keinerlei Sicherheitsvorkehrungen. Und du wirst ganz alleine dort einziehen", gab Olivia zu bedenken.

„Das mit den Sicherheitsvorkehrungen lässt sich ja im Zuge der Renovierung leicht ändern", bemerkte ich selbstbewusster, als ich mich fühlte. Ich konnte nicht ausschließen, dass ich mich dort hin und wieder ein bisschen einsam fühlen würde. Aber ich wollte diesen Neuanfang. Ich brauchte ihn dringend. Und dazu gehörte auch ein eigener Rückzugsort, den ich genauso einrichten würde, wie es mir gefiel.

Etwas rumpelte an meinen Stuhl und ich drehte mich um. Eine Frau versuchte gerade, einen Kinderwagen hinter mir vorbeizuschieben, und entschuldigte sich vielfach, dass sie mich angerempelt hatte. Ich versicherte ihr, dass es kein Problem sei, stand auf und rückte meinen Stuhl an den Tisch heran, damit sie vorbeikam. Dabei erhaschte ich unabsichtlich einen Blick auf das Baby, was ich eigentlich hatte vermeiden wollen. Für einen Moment blieb mir die Luft zum Atmen weg. Schnell wandte ich mich ab und setzte mich wieder.

Als ich aufblickte, lagen zwei besorgte Augenpaare auf mir. Ich nahm die Champagnerflasche aus dem stehenden Sektkühler neben dem Tisch und schenkte mir nach, ohne die danebenliegende Stoffserviette zu verwenden. Das Eiswasser, das außen an der Flasche entlanglief, tropfte auf meine nackten Knie, aber ich zuckte nicht einmal zusammen. Eine Taubheit hatte sich über mich gelegt, als wäre sie mir wie eine Glasglocke übergestülpt worden.

Du bist hier, du hast es überstanden.

Aber die Bilder und Gefühle, drängten unablässig an die Oberfläche. Ich stellte den Champagner wieder in den Kühler und ließ meine Hand in den See aus teilweise geschmolzenen Eiswürfeln gleiten. Die Kälte holte mich endlich zurück ins Hier und Jetzt.

Es ist eineinhalb Jahre her. Es geht dir gut. Lass nicht zu, dass du wieder in dieses Loch fällst!

Ich atmete tief durch und trank dann einen Schluck.
„Wie geht es dir?“, fragte Olivia weich.

Meine Hand zuckte unbewusst zu dem Armband, das ich seither immer trug.

„Es wird besser“, war alles, was ich dazu sagen konnte. Mehr brachte ich einfach nicht über meine Lippen. Dabei hätte ich so viel darüber zu erzählen gehabt. Über die Alpträume, die mich immer noch heimsuchten. Meine Unfähigkeit, ein Baby zu sehen und nicht daran zu denken. Meine Schuldgefühle, versagt zu haben.

„Du kannst mit uns darüber reden. Du brauchst dich nicht zurückzuhalten. Alle Gefühle die du hast dürfen da sein und manchmal hilft es, sie zu teilen.“

Ein riesiger Kloß bildete sich in meinem Hals, der mich hart schlucken ließ. Es tat so unglaublich weh. „Ich konnte sie nicht retten“, stieß ich flüsternd hervor und schlug mir die Hand vor den Mund. Verzweifelt kämpfte ich dagegen an, mitten im Restaurant die Fassung zu verlieren.

Olivia ergriff meine andere Hand und blickte mich fest an. Das Bild von ihr verschwamm vor meinen Augen.

„Du hattest nie die Macht, Clara zu retten. Sie kam mit einem Herzfehler auf die Welt, für den niemand etwas konnte“, sagte sie einfühlsam aber bestimmt.

„Ich denke immer, ich hätte in der Schwangerschaft mehr Vitamine nehmen sollen. Und ich habe einmal Salami gegessen, weil ich total vergessen hatte, dass ich das nicht durfte“, brachte ich heiser das heraus, was in meinem Inneren schwelte. Obwohl jede medizinische Fachkraft, mit der ich gesprochen hatte, mir erklärt hatte, dass ich es nicht hätte verhindern können.

„Süße, es gibt Frauen die rauchen und die trotzdem gesunde Kinder zur Welt bringen. Es ist nicht gerecht, aber es war nicht deine Schuld. Ich wünschte mir so sehr, du würdest das endlich nicht nur in deinem Kopf, sondern auch in deinem Herzen ankommen lassen."

Ich hörte diese Worte und ich versuchte, sie zu verinnerlichen, versuchte diese Schuld endlich abzuschütteln, aber ich klebte an ihr, wie eine Fliege an einer Fliegenfalle. Ich wollte mich davon lösen, aber sie entließ mich nie vollständig aus ihren harzigen Klauen.

„Okay, Hannah, hör mir zu!", nun wurden auch Olivias Augen glasig und sie beugte sich näher zu mir. „Du hast ihr das Leben geschenkt und irgendeine höhere Macht hat beschlossen, dass sie nur drei Wochen Zeit auf dieser Erde haben sollte. Du konntest sie nicht retten, weil es nicht möglich war, aber du hast jemand anderen gerettet: Du hast mich aus dem Atlantik gezogen und ich bin mir verdammt sicher, wärst du nicht gewesen, säße ich nicht mehr hier. Also sag deinem Unterbewusstsein endlich, dass du jemand bist, der Leben schenkt und Leben rettet und dass du auf alles andere nicht den geringsten Einfluss hast." Sie drückte meine Hand und ich drückte fest zurück und es war das allererste Mal, dass ich wirklich jemandem glaubte, der mir das sagte.

Kapitel 19

Immer noch Schwimmen

Seit einer Woche trainierte ich die Schwimmmannschaft des St. Marta Colleges in Brooklyn. Kein anderes Land dominierte den Schwimmsport so sehr, wie die USA und so waren auch die Trainingsbedingungen an den Universitäten oft exzellent. Die Colleges waren die Talentschmieden, die Schwimmer ausbildeten und Ausnahmesportler herauskristallisierten.

Hier am St. Martas hatte dieser Sport traditionell einen hohen Stellenwert und viele erfolgreiche Profischwimmer waren hier entdeckt und gefördert worden.

Nach meinem Uniabschluss in Deutschland hatte ich zuerst bei der Eventagentur des Deutschen Schwimmverbandes gearbeitet. Es hatte mir viel Spaß gemacht und ich hatte die praktische Erfahrung, die ich bei der Westman Group gesammelt hatte, einbringen können. Dennoch war ich damit nie vollständig glücklich gewesen. Also hatte ich angefangen, nebenbei in einer Schwimmschule zu arbeiten und mich mehr und mehr in den Beruf des Trainers eingefunden. Durch meine ehemaligen Verbindungen zum Leistungssport und Moritz´ Kontakten war mir schließlich eine Assistenztrainerstelle in der Jugendarbeit des DSV angeboten worden und da hatte ich gespürt, dass ich beruflich endlich angekommen war. Ich brannte dafür, anderen zu helfen, ihr Potential auszuschöpfen und sie mental auf die Wettkämpfe vorzubereiten. Gleichzeitig fing auch ich wieder an, öfter selbst ins Becken zu springen. Natürlich nicht profimäßig, sondern nur zum Spaß – aber das machte es mir nun endlich wieder: Spaß.

Nachdem mein Leben in Deutschland dann zusammengebrochen war, hatte ich die Stellenausschreibung vom St. Martas College gelesen. Und ich hatte sofort gewusst, dass ich das machen wollte – nach New York gehen und die Studenten hier trainieren.

Und jetzt stand ich mit ihnen in der Trainingshalle und zeigte ihnen meine Art, sich warm zu machen.

„Wer kann, der macht einen Handstand. Das ist die beste Möglichkeit, die Schultern aufzuwärmen und sie zu stabilisieren.“ Alle starrten mich verwundert an. „Und das wiederum ist essentiell, wenn ihr in diesem Bereich später keine Probleme bekommen wollt. Und glaubt mir, das wollt ihr nicht. Also, arbeitet an eurem Handstand! Ich zwinge niemanden dazu. Wem das zu abenteuerlich ist, dem zeige ich, wie er einen ähnlichen Effekt mit dem Terra-Band hinbekommt. Aber jeder, der Lust hat, folgt mir zur Wand!“ Wie ich es mir schon gedacht hatte, watschelten alle brav hinter mir her. Jedes einzelne Mitglied dieses Schwimmteams war unglaublich ehrgeizig, das hatte ich in den letzten Tagen schon bemerkt. Und das war perfekt für mich, denn ich hatte vor, ihnen ein paar zeitgemäße Trainingsmethoden zu zeigen. Und je mehr sie den Sieg wollten, desto mehr waren sie auch bereit, Dinge auszuprobieren und Neuem eine Chance zu geben.

Ich hob mein rechtes Bein, nahm Schwung und drückte mich dann in den Handstand, mit dem Rücken an der Wand. Ich sah die verwunderten Blicke der Studenten verkehrt herum, was das Ganze noch amüsanter machte. Ich hatte schon mitbekommen, dass hier viele Trainer, auch in den anderen Sportarten, lieber Anweisungen gaben, als mit gutem Beispiel voranzugehen. Ich dagegen wollte möglichst dicht an den Sportlern dranbleiben und deshalb war es mir wichtig, gemeinsam mit ihnen zu trainieren und sie so zu motivieren.

Ich brachte mich wieder in die Horizontale. „So, und nun ihr! Tut euch in Zweiergruppen zusammen! Einer versucht den Handstand und der andere gibt Hilfestellung. Spätestens in einem Monat werdet ihr dann keine Wand mehr brauchen, das verspreche ich euch!“

***

Ich hatte ein Architekturbüro mit der Renovierung des Stadthauses beauftragt und war sehr zufrieden mit den Fortschritten. Natürlich war, wie bei jedem alten Haus, die ein oder andere Schwachstelle aufgetaucht: ein paar morsche Stützbalken, eine ganze Mäusekolonie auf dem Dachboden und defekte Abwasserleitungen. Aber wie der Makler versichert hatte, war die Bausubstanz ansonsten einwandfrei und die Arbeiten kamen gut voran. Heute zeigte ich Melissa und

Miguel die Baustelle. Wir hatten alle gelbe Helme bekommen und staksten über staubige Böden, die mit Flies abgedeckt waren und auf denen überall Werkzeug oder Baumaterialien herumlagen. Während mein Onkel sich begeistert und interessiert zeigte, rümpfte meine Tante mehr als einmal leicht abfällig die Nase. Wie schon befürchtet, hatte es ihr überhaupt nicht gepasst, mich irgendwann einmal alleine in einem Haus zu wissen – noch dazu in so einem renovierungsbedürftigen. Sie hatte erst Ruhe gegeben, nachdem ich ihr versprochen hatte, dass sie einen Sicherheitsexperten beauftragen und bezahlen dürfe, der mein Haus quasi in Fort Knox verwandeln würde. Als der Architekt, der uns herumführte, ein paar der Sicherheitsgimmicks erwähnte, die gerade eingebaut wurden, huschte endlich auch einmal ein Lächeln über ihr Gesicht.

Nachdem wir den Rundgang beendet hatten, traten wir wieder vors Haus und Melissa seufzte. „Hannah, ich verstehe dich nicht. Das müssen deine bodenständigen deutschen Gene sein. Ich meine, warum kein Marmor fürs Bad? Es ist eines der edelsten Materialien, das auch in dreißig Jahren noch zeitgemäß aussehen wird."

Ich hatte mich für ein modernes Bad mit Sichtbeton und einem Waschtisch aus dunklem Holz entschieden. Die klaren Linien würden einen schönen Kontrast zu den rauen Klinkern abgeben. Eine Tapete mit roten Korallen sorgte für Farbe.

„Ich finde Marmor toll, aber nicht für mein Haus. Ich möchte es gerne ein bisschen moderner, zumindest im Badezimmer. Die Küche dagegen wird recht klassisch im Landhausstil gestaltet." Für die Schränke hatte ich mir Salbeigrün ausgesucht, kombiniert mit einer Kücheninsel in Vanilleweiß. Vor meinem geistigen Auge sah ich jetzt schon die glänzend kupfernen Töpfe und Pfannen darüberbaumeln.

„Das Problem mit modern ist, dass es irgendwann eben nicht mehr modern ist“, versuchte sie immer noch mich zu bekehren, während wir in die wartende Limousine stiegen. „Mit klassischen Linien machst du nie etwas falsch.“

„Es ist ihr Haus, Melissa. *Sie* soll sich darin wohlfühlen.“ Ich schenkte Miguel für diese Rückendeckung einen dankbaren Blick und er zwinkerte mir unauffällig zu.

„Also gut, ich halte mich ab jetzt raus und versuche mich auf das Ergebnis zu freuen.“ Sie blickte mich liebevoll an. „Ich finde es ja toll, wie du dir das alles nach deinen eigenen Vorstellungen erschaffen lässt. Du hast eine Vision im Kopf und setzt sie um. Das ist bewundernswert. Ich mache mir einfach zu viele Sorgen, das ist alles.“

„Wie wäre es mit einer Abwechslung zu Bauplänen und Arbeit?“, schlug Miguel vor.

„Und die wäre?“, fragte Melissa neugierig.

„Bei den Wolves findet morgen das Familientraining statt, Cody hat sich überlegt hinzugehen. Wir könnten ihn begleiten“, schlug er vor.

„Morgen Abend muss ich eine Rede bei einer Preisverleihung halten und ich habe mir noch überhaupt nichts überlegt. Und alles, was mein Assistent mir geschickt hat, war indiskutabel. Ich fürchte, ich werde es nicht schaffen“, entgegnete Melissa zerknirscht.

„Was ist ein Familientraining?“, fragte ich interessiert.

„Da dürfen die Familien der Teammitglieder beim Training zusehen. Es gibt ein kleines Buffet, nette Gespräche aber vor allem ist es eine Unterstützung für die Spieler. Und es ist auch für deren Partner oder Partnerinnen und Kinder gedacht. Sie bekommen so einen Eindruck von der Mannschaft und werden ein bisschen mehr in das Ganze involviert. Und da Ryan beim Familientraining meistens niemanden dabei hat ..." Er ließ den Satz so stehen.

Mein Cousin hatte die letzten zehn Jahre nicht durchgängig für die New Yorker Mannschaft gespielt. Er war vier Saisons bei den Arizona Tigers gewesen und hatte dafür natürlich auch in Phoenix gewohnt. Aber seit zwei Jahren hatte er ihnen den Rücken gekehrt und war wieder zu dem Verein zurückgekommen, der ihn als Erstes verpflichtet hatte. Aber weder in Arizona noch in New York hatte Ryan Glück in der Liebe gehabt. Es gab weiterhin Gerüchte über zahlreiche Affären und ab und an einen Artikel auf einer Klatschseite, wo er mit einer Schönheit – wahlweise Schauspielerin, Model oder Sängerin – abgelichtet worden war. Und ja, ich musste gestehen, dass ich ihn in den letzten Jahren immer mal wieder gegoogelt hatte, um mehr über sein Leben zu erfahren. Das war armselig und komplett bescheuert, keine Frage. Und ich hatte mir fast alle seine Spiele angesehen, was noch viel armseliger war. Nur in den letzten eineinhalb Jahren hatte ich damit aufgehört. Ich schüttelte meinen Kopf, um die Gedanken abzuwehren, die mich wieder überfallen wollten. Es ging mir nach dem Gespräch mit Olivia und Cody wirklich besser. Die Alpträume wurden weniger und nicht an allen Tagen löste der Anblick eines Babys eine halbe Panikattacke in mir aus.

„Und, bist du dabei?", hakte Miguel nach.

Die Idee von Cody war definitiv süß, Ryan bei diesem Familientraining zu besuchen. Schließlich waren wir seine Familie. Und da sich unsere Beziehung in letzter Zeit deutlich verbessert hatte, beschloss ich mitzugehen.

Kapitel 20

Immer noch Football

Es war trubelig auf dem Trainingsgelände der New York Wolves, das in der Nähe des Stadions in East Rutherford, lag – dreißig Minuten von Manhattan entfernt. Kinder tollten auf dem Rasen herum, während ihre Väter versuchten, sich auf das Training zu konzentrieren. Manche Spieler warfen Bälle mit ihren Kids oder unterhielten sich mit ihren Familien. Auch die Trainer mischten sich unter die Leute und hielten Small Talk mit den Angehörigen. Am Rand des Trainingsfelds waren ein paar Tische aufgebaut, auf denen Muffins und Softgetränke angeboten wurden. Überall prangte das Logo der Mannschaft, ein schwarzer Wolfskopf auf lilafarbenem Hintergrund, sogar auf den Pappbechern.

Ich schirmte meine Augen gegen die Sonne ab und blickte über das Feld. Die meisten Spieler trainierten Wurf- und Fangübungen. Ein paar absolvierten Widerstandssprints.

Dabei hatte ein Sportler eine Art Geschirr um den Oberkörper, das mit Schnallen befestigt war und ein anderer hielt ihn hinten quasi an Zügeln fest, während der erste versuchte, loszusprinten. Einige Athleten trainierten Ähnliches an Schlitten aus Metall, die beim Schieben großen Widerstand boten. Nun hatte ich auch Ryan entdeckt, der einem anderen Spieler etwas mit dem Ball zeigte. Ich winkte Cody heran, der sich einen Muffin geschnappt hatte, und deutete in die Richtung seines Bruders. Gemeinsam machten wir uns auf den Weg zu ihm. Miguel war doch nicht mitgekommen, weil er heute Morgen mit heftigen Kopfschmerzen aufgewacht war. Er brütete wohl eine Erkältung aus. Olivia hatte keine Lust gehabt, sich uns anzuschließen.

Wir umkreisten das Feld und näherten uns Ryan von der Seite. Der war allerdings so konzentriert, dass er uns gar nicht kommen sah. Ohne uns abzusprechen hielten wir einen Moment inne, um ihn ungesehen bei der Arbeit zu beobachten.

„Wo sind eigentlich deine Schulterpads?“, fragte er gerade den Spieler, mit dem er trainierte. Dieser trug ausschließlich einen Helm und normale Trainingsklamotten, die aus einer weiten Shorts und einem eng anliegenden Shirt bestanden.

„Muss im Training doch nicht sein, oder?“, gab sein Gegenüber zurück.

Mein Cousin, der keinen Helm trug, sah ihn streng an. „Wir sind am Anfang der Saison und du musst dich nach der Pause erst mal wieder an das Ding gewöhnen.“ Er schlug sich selbst auf die Brust, wo der Schulterschutz, der Footballspielern diese typische Silhouette verlieh, auf beiden Seiten mit Gurten fixiert war. Er sah tatsächlich nicht bequem aus. Wahrscheinlich waren Männer, die diesen

Sport ausübten, eine der wenigen, die verstehen konnten, wie es sich anfühlte, einen BH zu tragen.

„Das ist die eine Sache, die andere Sache ist, dass du mit dem Teil viel schlechter Luft bekommst und das auch deine Ausdauer beeinflusst. Also zieh den Schutz beim nächsten Mal einfach an, okay? Und zurr ihn ordentlich fest, nicht wie letztens, als du ausgesehen hast wie Quasimodo, weil das Teil dir dauernd verrutsch ist!" Ryans Mundwinkel zeigten nach oben und er klopfte dem anderen freundschaftlich auf die Schulter.

„Aye, aye, Captain!", salutierte dieser scherzhaft. „Was täten wir nur ohne deine Weisheit?"

„Das frage ich mich auch ständig", grätschte Cody in die Unterhaltung und Ryan wandte überrascht seinen Kopf in unsere Richtung. Er blickte von meinem Cousin zu mir und wieder zurück. „Was macht ihr denn hier?"

„Heute ist doch Familientag, oder?", stellte ihm sein Bruder eine Gegenfrage.

„Also, hier sind wir, Überraschung", ich wedelte mit meinen Händen in der Luft herum und grinste ihn an.

Einen Moment sah es so aus, als wüsste er nicht genau, ob er sich darüber freuen sollte, aber im nächsten Augenblick erhellte ein Lächeln sein Gesicht, das Bände sprach.

„Dann hol ich mir doch noch meine Schulterpads!", bemerkte der andere Spieler, zog sich seinen Helm vom Kopf und wuschelte sich mit einer Hand durch seine Haare. Da ich in letzter Zeit nicht auf dem Laufenden war, was die Mannschaft betraf, erkannte ich ihn nicht. Aber er sah recht jung aus – wahrscheinlich ein Rookie oder erst seit wenigen Saisons dabei.

„Das ist Taylor", stellte Ryan ihn uns vor. „Runningback", fügte er hinzu. Also doch kein Rookie. Oder einer, der bereits einen Stammplatz besaß. „Und das sind meine Cousine Hannah und mein Bruder Cody."

Taylor gab meinem jüngeren Cousin High Five, dann nahm er meine Hand und führte sie zu seinem Mund. Den Kuss deutete er allerdings nur an. „Es freut mich sehr, dich kennenzulernen", säuselte er und grinste mich an. „Wo hat er dich denn die ganze Zeit versteckt?"

Ich lächelte über diesen platten Anmachspruch, weil Taylor charmant war und man diesem Welpengesicht nicht wirklich böse sein konnte. Er hatte blonde glatte Haare, die ihm fast bis zum Kinn reichten. Aktuell waren sie leicht verschwitzt und etwas durcheinander und auch sein Gesicht war gerötet. Das tat seiner Attraktivität allerdings keinen Abbruch. „Ich wohne erst seit kurzem wieder in New York", beantwortete ich ihm seine Frage.

„Und sie gehört zur Familie, also Finger weg, Taylor! Und jetzt zieh dich endlich ordentlich an!"

„Zu Befehl, Mr. Serious." Er klemmte sich seinen Helm unter den Arm und joggte Richtung Hauptgebäude, in dem sich wohl die Umkleiden befanden. Im Laufen drehte er sich aber noch einmal zu mir um und winkte. Wahrscheinlich, um seinen Quarterback zu provozieren. Und dessen verkniffene Miene deutete darauf hin, dass er damit Erfolg hatte.

Ich lächelte über den Spitznamen, den Ryan anscheinend weiterhin innehatte. Für Cody schien er ebenfalls nichts Neues mehr zu sein, denn er reagierte gar nicht darauf.

„Es freut mich wirklich, dass ihr hier seid", bemerkte Ryan und spielte ein wenig mit dem eierförmigen Ball herum, den er in der Hand hielt. Er machte einen unschlüssigen Eindruck. Es war anscheinend ganz neues Terrain für ihn, dass jemand ihn beim Familientraining besuchte. Es schien so, als wisse er nicht genau, was er mit uns anfangen sollte.

„Wollen wir uns einen Muffin holen?“, schlug er schließlich vor.

„Ich hatte zwar schon einen, aber ich bin definitiv bereit für die zweite Runde“, antwortete Cody und wir gingen gemeinsam zurück zu den Tischen, die unter Sonnenschirmen standen. Ryan nahm für jeden von uns einen Pappteller, legte einen Muffin darauf und gab ihn an uns weiter. Auch die Getränke schenkte er ein, nachdem er sich erkundigt hatte, was wir gerne wollten. Anschließend zeigte er uns das Gelände, stellte uns ein paar der Spieler vor und führte uns danach zum Coach. Es war süß, wie er hier den stolzen Gastgeber spielte, und ich sah ihm unglaublich gerne dabei zu, wie viel Freude es ihm machte, uns alles zu zeigen.

Nach dem kurzen Gespräch, bei dem der Trainer sich sehr erfreut gezeigt hatte, jemanden aus Ryans Familie kennenzulernen, klopfte er seinem Spieler auf den Rücken. „Lass die Offens noch ein paar Runden um den Platz laufen, kurzes Stretching und dann macht Schluss für heute!“, forderte er ihn auf, bevor er sich verabschiedete.

„Ihr habt es gehört, ich muss noch mal ran und dann duschen. Habt ihr Lust, noch ein bisschen zu bleiben? Ein paar von den Jungs gehen danach noch was trinken, ihr könntet mitkommen ...“

„Na klar, Alter. Wenn wir uns schon mal Zeit für dich nehmen, dann auch richtig. Nimmst du uns in deinem Wagen mit? Dann schicke ich die Limo zurück.“

„Auf jeden Fall, dann bis gleich.“ Er lächelte freudig und ich brachte es nicht übers Herz, jetzt noch abzusagen. Denn eigentlich hatte ich genug Ryan für heute gehabt. In kleinen Mengen konnte ich das alles gut wegstecken. Wir hatten jetzt eine rein familiär-freundschaftliche Ebene erreicht, was fantastisch war. Aber ich wusste nicht, wie mein Herz mit einer Überdosis Ryan umgehen würde.

Wir setzten uns auf eine Betontreppe und sahen ihm dabei zu, wie er andere Spieler zusammenrief, und sie anfingen, um den Platz zu joggen. Immer abwechselnd schnell und dann wieder langsamer. Alle hatten einen Football in der Hand, den sie entweder fest umklammert hielten oder ihn sich von der einen in die andere Hand zuwarfen. Ich sah, wie Ryan Anweisungen gab und alle in der Gruppe sofort auf ihn hörten. Er war nicht nur der Teamleader, sondern auch einer derjenigen mit der meisten Erfahrung. Es gab nur wenige, die länger dabei waren als er. Ich wusste, dass die Spieler in der NFL durchschnittlich nur drei bis sechs Saisons spielten, denn die Konkurrenz war riesig und das Verletzungsrisiko ebenfalls. Aber Ryan war die Ausnahme – für mich in jeglicher Hinsicht.

Ihn hier voll in seinem Element zu erleben, war etwas Besonderes. Dieser Sport war seine absolute Leidenschaft und sogar beim Training konnte ich das spüren. Ich starrte auf seine durchtrainierten Beine, die unablässig über den Kunstrasen liefen, als wäre es ein Spaziergang. Seine Haare glänzten vom Schweiß und das enge Shirt unter den Schulterpads betonte seinen muskulösen Oberkörper.

Ich war froh, dass wir extra hergekommen waren, um Ryan beim Training zuzusehen. Nur deshalb fiel mein Starren nicht unangenehm auf. Am Ende der Einheit winkte er uns zu und verschwand im Gebäude. Und ich hatte alle geistigen Hände voll damit zu tun, nicht daran zu denken, dass er in diesem Moment duschen ging. Meine Phantasie, die ich normalerweise sehr schätzte, zeigte mir Bilder, die ich unter keinen Umständen sehen wollte: Ryan, der sich auszog. Ryan, der sich nackt einseifte. Ryan, der ....

Stopp! Hör sofort auf damit!

Abrupt sprang ich auf und rannte fast zu dem Buffettisch. Dort stopfte ich mir zwei Muffins schnell nacheinander in den Mund, nur um mich abzulenken.

Es war eine dämliche Idee, heute mit ihm und seinen Teamkollegen auszugehen. Für eine Ausrede war es nun zu spät. Außer ich schob vor, dass es mir plötzlich nicht gut ging. Aber die Limousine war schon weg und müsste extra wegen mir noch einmal hier herausfahren. Ich würde nur kurz mitgehen und mir dann ein Taxi nach Hause nehmen.

***

Dass mein Plan zum Scheitern verurteilt war, merkte ich, als Taylor mir mein zweites Bier in die Hand drückte. Wir waren in eine Kneipe in der Nähe des Trainingsgeländes gefahren, die anscheinend das Stammlokal der Wolves war. Die Spieler wurden dort mit großem Hallo begrüßt, aber anschließend wie ganz normale Gäste behandelt. Niemand kam und bat um ein Autogramm oder ein Selfie und es gab auch keine extra VIP-Behandlung.

Das Interieur des Ladens erinnerte an eine typische Sportsbar: Eine lange Theke aus dunklem Holz. Hinter der Bar eine ganze Reihe Flaschen mit alkoholischen Getränken, die mit indirektem Licht beleuchtet wurden. Mehrere Fernsehgeräte zierten den Gastraum, auf denen aktuell die Wiederholung eines Baseballspiels lief. Während im vorderen Teil vor allem Hochtische mit Barhockern dominierten, gab es weiter hinten gemütliche Sitznischen mit halbrunden, dunkelbraun gepolsterten Lederbänken, in deren Zentrum jeweils ein Tisch stand. Ich saß in einer dieser Nischen, zwischen mehreren Footballspielern und Cody. Ryan hatte einen Platz ganz am Rand. Die Anordnung dieser Sitzgruppe war sehr kommunikativ, allerdings musste ich, falls ich hinauswollte, erst einmal drei Leute auf der einen oder drei auf der anderen Seite bitten, mich hinauszulassen. Deshalb versorgten mich auch immer alle gut mit Getränken und Essen und ich blieb einfach sitzen und ließ es geschehen. Am Anfang war ich ein wenig zurückhaltend gewesen, weil ich mich noch gut an das Zusammentreffen mit Ryans ehemaligen Teamkameraden erinnern konnte, von denen glücklicherweise keiner mehr bei den Wolves spielte. Aber je mehr ich mich mit seinen Kollegen unterhielt, desto entspannter wurde ich. Sie waren durch die Bank nett. Es war eine lustige Runde und ich amüsierte mich wirklich gut. Nicht direkt neben Ryan zu sitzen, war auf jeden Fall ein Vorteil, weil es mir dadurch tatsächlich gelang, ihn zeitweise auszublenden.

Gegen zweiundzwanzig Uhr tauchte Kevin auf, um Cody für eine Party abzuholen, auf der die beiden eingeladen waren. Nachdem er sich aus der Nische verabschiedet hatte, war nun Taylor mein direkter Nachbar und er erzählte mir die ein oder andere pikante Geschichte aus den Wolves-Umkleiden, in denen wohl immer mal wieder Scherze betrieben wurden.

„Einmal hat Jamal, der Spielführer der Defense, seine Leute ständig als Waschlappen beschimpft. Als er eines Tages dann seinen Spind aufgemacht hat, kamen ihm plötzlich hunderte Waschlappen entgegen – alle klatschnass.“

Ich grinste bei der Vorstellung und als Taylor die Reaktion von Jamal nachspielte, musste ich lauthals lachen.

„Was ist so witzig?“, fragte Ryan, der gerade neben Kevin zum Sitzen kam, weil er jemanden hinausgelassen hatte.

„Die Jamal-Story“, erklärte dieser und mein Cousin wusste sofort, was er meinte.

„Gibt es denn auch solche Geschichten von Ryan?“, fragte ich unschuldig.

Der blickte mich über meinen Sitznachbarn hinweg empört an. „Natürlich nicht.“

„Natürlich schon.“ Taylors Augen blitzten und Ryan sah ihn ernst an. „Untersteh dich!“, warnte er ihn.

„Ich bin nicht mehr im Dienst, also hast du mir gar nichts zu sagen“, feixte Taylor. Er drehte sich zu mir um und wollte gerade beginnen zu erzählen, als Ryan regelrecht knurrte: „Wag es nicht!“

Das erregte nun auch die Aufmerksamkeit der restlichen Truppe. Die einen feuerten Kevin an, während die anderen Dinge sagten wie: „Das wirst du auf dem Feld büßen müssen, ich würde mir das noch einmal überlegen!“

„Okay, was bitte kann so schlimm sein?“, fragte ich neugierig geworden. Bildete ich mir das ein, oder wurde Ryans Gesicht leicht rot?

„Vor einem Spiel kommen normalerweise keine Reporter in die Kabine, aber es gab mal eine Doku über unsere Mannschaft und da wurden auch Ausnahmen gemacht. Ryan war an dem Tag spät dran...“

„Das reicht jetzt echt, ihr hattet euren Spaß“, stieß dieser verstimmt aus.

„Sei doch nicht so ein Spießer, das ist doch ne ganz harmlose Story“, beschwerte sich Kevin. „Und deine Cousine hat mit Sicherheit schon mal einen Mann nackt gesehen, oder?“

Nun begann auch mir die Hitze ins Gesicht zu steigen, denn ich hatte nicht nur *irgendeinen* Mann nackt gesehen.

Ich lächelte krampfhaft und brachte ein kratziges „Na klar", heraus.

„Also, jedenfalls war er spät dran und hat sich umgezogen. Und falls du es noch nicht gewusst hast, er trägt bei den Spielen ein Suspensorium." Der Groschen fiel bei mir nicht sofort, weshalb er weiter ausholte. „Unterleibsschutz? Eierbecher?" Ach du heiliger Bimbam, warum hatte ich nur diese Geschichte hören wollen? „Ah, ich sehe, es hat klick gemacht. Also seine Kronjuwelen waren gut verpackt, aber sein Arsch hat immer noch Frischluft geschnuppert und bevor er in die Shorts steigen konnte, kam die Reporterin zur Umkleide herein und hatte eine prachtvolle Sicht, auf seinen Vollmond." Alle in der Runde johlten, nur Ryan blickte hilfesuchend an die Decke.

„Schön, dass ihr euch amüsiert, das wars jetzt aber!", stöhnte er, während er verlegen seine Hände im Nacken verschränkte.

„Das Beste kommt doch erst noch", widersprach Kevin. „Die Rückenansicht unseres Quarterbacks hat die Gute anscheinend so beeindruckt, dass sie gegen einen Stützpfeiler gelaufen ist und sich die Nase angebrochen hat." Das Johlen wurde noch lauter. Und auch ich konnte ein Schmunzeln nicht unterdrücken. Ich griff mir reflexartig an die Nase und verzog das Gesicht. „Keine Sorge!", bemerkte Kevin daraufhin. „Mr. Serious hat sie äußerst fürsorglich getröstet und nach dem Spiel durfte sie seine Kehrseite noch mal ganz in Ruhe betrachten." Er gab seinem Mannschaftskollegen gegenüber High five, der sich gerade kringelig lachte.

„Dein Cousin ist ein ganz schöner Schwerenöter!“, kam es von der linken Seite.

Das Lächeln war mir mittlerweile vergangen, aber ich versuchte, es weiterhin krampfhaft aufrechtzuerhalten. Es sollte mir nichts ausmachen, dass er andere Frauen verführte, tröstete – was auch immer. Aber das tat es. Es fühlte sich so an, als würde mein Herz in eine Schraubzwinge gepresst werden, die kontinuierlich zugedreht wurde. Jeder anzügliche Kommentar machte es schlimmer. Es kamen weitere Anekdoten über seinen Frauenverschleiß hinzu und ich versuchte, sie alle wie einen ICE durch mein Hirn rauschen zu lassen. Bloß keinen Halt einlegen! Volle Kraft voraus!

Als ich einmal kurz zu Ryan sah, bemerkte ich, wie unangenehm ihm das alles war. Er hatte sein Bierglas auf dem Tisch umklammert und blickte starr geradeaus.

„Ich glaube, du warst wirklich noch nie in deinem Leben verliebt, Alter. Irgendwann wird dich der Liebeskummer mal so richtig erwischen. Die ganzen gebrochenen Herzen, die deinen Weg pflastern, die versauen dir dein Karma“, prophezeite einer der breitgebauten Spieler, dessen Namen ich mir leider nicht gemerkt hatte.

Der Zug blieb mit quietschenden Rädern stehen. In meiner Brust zog sich etwas schmerzhaft zusammen und ich wollte hier nur noch weg. Denn das war damals das Schlimmste an allem gewesen: Dass ich ihn geliebt hatte und ich mir nach den zwei Tagen in den Hamptons sicher gewesen war, dass er ähnliche Gefühle für mich gehegt hatte. Aber dann hatte er einfach alles weggeworfen. Ich war es ihm nicht einmal wert gewesen, mit mir eine Aussprache zu führen. Er hatte mich ignoriert, hatte versucht, mich aus der Wohnung zu bekommen, und war mir dann jahrelang aus dem Weg gegangen. Er war nie in mich verliebt gewesen, genauso wenig wie er in seine ganzen Affären verliebt war, die seine Jungs gerade akribisch aufzählten. Und das wirklich Niederschmetternde war, dass ich diesen Schmerz nach all den Jahren immer noch fühlte. Nicht so intensiv. Aber es war, als wäre die Kruste, die über ihn gewachsen war, angekratzt worden, so dass erneut ein bisschen Blut herausfloss. Ich gab vor, auf die Toilette zu müssen, und alle drei Footballspieler zu meiner Rechten standen auf, um mich hinauszulassen. Ich spürte Ryans Blick auf meinem Hinterkopf, vielleicht bildete ich mir das aber auch nur ein.

Auf der Toilette versuchte ich mich wieder zu beruhigen. Ich klammerte mich mit beiden Händen am Waschbecken fest und atmete tief durch. Dann überprüfte ich routinemäßig mein Make-up und griff anschließend nach dem Handy. Ich rief den Limousinenservice an und obwohl unser Fahrer schon im Feierabend war, würden sie mir in dreißig Minuten einen Wagen schicken. Dreißig Minuten. Ich konnte mich unmöglich wieder zu den anderen setzen. Meine Stimmung war im Keller und ich hatte keine Kraft mehr, ihnen das Gegenteil vorzuspielen. Also vertrödelte ich weitere zehn Minuten hier und checkte meinen Instagram-Account, bis ich mich schließlich dazu aufraffte, wieder in den Gastraum zu gehen. Ich trat an den Tisch und Taylor stand sofort auf, um mich in die Mitte zu lassen, ich winkte jedoch ab. „Es hat mich sehr gefreut, euch alle kennenzulernen und ich hoffe, wir sehen uns bald mal wieder. Aber ich werde jetzt abgeholt. Viel Spaß noch! Und Ryan, wir sehen uns dann ja wahrscheinlich morgen." Ohne ihre Erwiderungen abzuwarten, drehte ich mich um. Ich hatte keinerlei Interesse an einer Diskussion darüber, ob ich nicht doch bleiben könnte oder gar einen Einwand von Ryan, ich solle auf ihn warten, um gemeinsam nach Hause zu fahren.

Frische Abendluft empfing mich, als ich die Tür aufstieß und sofort hatte ich das Gefühl, wieder freier atmen zu können. Ich fröstelte ein wenig, weil ich keine Jacke dabeihatte. Tagsüber war es noch sehr warm, aber die Abende konnten teilweise schon empfindlich kalt sein. Ein typisches Anzeichen für den Herbst, der uns nun bevorstand. Da ich jedoch nicht damit gerechnet hatte, so lange unterwegs zu sein, hatte ich nichts Wärmeres dabei. Ich blickte auf mein Handy. In fünfzehn Minuten würde die Limousine da sein. Also beschloss ich, mir auf dem Parkplatz ein wenig die Beine zu vertreten. Da hörte ich die Tür hinter mir aufgehen. Gesprächsfetzen und Musik drangen an meine Ohren, dann war es wieder still. Schwere Schritte näherten sich mir auf dem Kies.

Bitte lass es nicht Ryan sein! Bitte nicht Ryan!

„Hannah!“ Ein einziges Wort zerstörte meine Hoffnung. Ich versuchte, mich innerlich zu wappnen, zog dicke Mauern hoch und drehte mich dann erst zu ihm um.

„Ist alles in Ordnung? Du bist so überstürzt aufgebrochen. Ich dachte, wir würden zusammen fahren?“ Er war etwa einen Meter vor mir stehengeblieben. Das war zu nah, viel zu nah. Unauffällig trat ich einen Schritt nach hinten.

„Es tut mir leid, ich bin einfach müde und ich wollte nicht, dass du wegen mir früher gehen musst. Die Limousine sollte jeden Moment hier sein“, erklärte ich und zwang mir ein falsches Lächeln auf die Lippen.

Ryan schien trotzdem zu bemerken, dass etwas nicht stimmte, und sah mich intensiv an. Auf dem gut beleuchteten Parkplatz strahlten seine Augen regelrecht, als sie sich in meine bohrten. Meine Panzerung bekam erste Risse.

Warum zum Geier, sieht er mich so an?

Ich unterbrach den Blickkontakt und starrte auf die Spitzen meiner türkisfarbenen Sneakers.

„Die Jungs haben dich vergrault, oder? Mit ihren Geschichten über mich."

Die Risse wurden größer und ich hörte es schon verdächtig knacken. Ich blickte wieder hoch und es war mir unmöglich, den Schmerz in meinem Blick weiter zu verstecken. Erschrocken sah er mich an.

„Hannah? Was ist los? Kann ich irgendetwas tun?", fragte er mich besorgt. Und das war genau der Satz, der den Panzer, den ich gerade mühsam zwischen meinen Gefühlen und der Außenwelt aufgebaut hatte, sprengte. Er zersplitterte in Abermillionen winzige Teilchen. Und diese Explosion gab mir den Schub, es endlich laut auszusprechen: „Ja, du kannst etwas tun: Ich warte immer noch auf eine Entschuldigung von dir. Dafür, dass du mich vor zehn Jahren einfach so stehengelassen hast, mich plötzlich ignoriert hast und das nach unserer gemeinsamen Zeit. Und du hattest nicht einmal den Mut, es mir ins Gesicht zu sagen, dass da von deiner Seite aus nie Gefühle gewesen sind. Ich hätte das verdient gehabt." Es klang so, als hätte ich meine Stimme über ein Reibeisen gezogen. Ich räusperte mich und drängte die Tränen zurück. „Und auch wenn das hier für dich lächerlich erscheinen mag, weil es schon so lange her ist. Ich dachte auch, ich bin darüber hinweg. Aber irgendwie tut es immer noch weh. Vielleicht weil wir nie darüber geredet haben. Uns nie wirklich ausgesprochen haben. Und jetzt bin ich wieder hier und wir sehen uns dauernd und es ist einfach viel schwieriger als ich dachte." Ich hatte noch seine geflüsterten Worte von damals im Ohr „Ich will einfach nur spielen", hatte er gesagt. Er hatte nie von Liebe gesprochen, nur davon, dass er mich mochte. Ich war so dumm gewesen, so naiv und, dass mir das erst jetzt so richtig klar wurde, war wie die vergammelte Kirsche auf diesem ganz großen Haufen von Mist.

Meine Hände zitterten und ich drückte sie auf mein Herz, um irgendetwas von beidem zu beruhigen. Vergeblich.

Ryan stand da und starrte mich einfach nur an. Wie immer war in seinem Gesicht kaum eine Regung abzulesen. Lediglich seine Augen verrieten mir, dass etwas in ihm tobte, aber was? War er genervt? Schockiert? Hatte vielleicht sogar Mitleid? Der letzte Gedanke verursachte mir Übelkeit und endlich spürte ich Wut in mir aufsteigen. Wut über sein elendes, verdammtes Schweigen und seine Pseudo-Stärke.

„Wie immer habe ich keine Ahnung, was du denkst oder was du fühlst", pampte ich ihn an. „Hast du irgendetwas von dem verstanden, was ich versucht habe dir zu sagen? Oder bist du einfach nur genervt? Ich habe keinen Schimmer." Ich zuckte verzweifelt mit meinen Achseln. „Ich versuche, es dir noch mal zu verbildlichen, nur zur Sicherheit: Du hast damals kein Loch in mein Herz gerissen, du hast einen ganzen, verdammten Krater hinterlassen. Der ist jetzt nicht mehr so tief wie vor zehn Jahren und hat auch keine so scharfen Kanten mehr, aber er ist immer noch da." Am Ende meiner kleinen Rede war die Wut schon wieder verraucht. Ich fühlte mich müde und kraftlos und auch ein wenig resigniert. Da ich das hier nicht geplant hatte, hatte ich mir keine Reaktion von ihm ausgemalt. Ihn einfach nur da stehen zu sehen, mit geballten Fäusten, aber ansonsten vollkommen neutral, das war doch irgendwie enttäuschend.

Die Limousine bog auf den Parkplatz ein. Ich drehte mich zu ihr um und winkte dem Fahrer zu. Er parkte, stieg aus und öffnete mir die Tür.

„Hannah, warte!“, Ryan kam auf uns zu. „Könnten Sie bitte wieder einsteigen? Wir haben noch etwas zu klären.“ Der Chauffeur schien wohl von seinen Kunden einiges gewohnt zu sein, denn er nickte nur, machte die Tür wieder zu und setzte sich dann hinters Steuer. Als auch die Fahrertür ins Schloss gefallen war, drehte ich mich zu Ryan um: Genervt, weil er mich immer warten ließ. Aber auch erwartungsvoll, dass er endlich Licht in diese ganze Sache bringen würde.

„Es tut mir leid, Hannah“, sagte er schließlich in ruhigen, klaren Worten.

„Was tut dir leid?“

„Dass ich dich im Stich gelassen habe. Dass wir niemals ein klärendes Gespräch hatten. Dass ich das alles zwischen uns so verbockt habe.“ Er trat einen Schritt näher. Seine Augen bohrten sich in meine und ich erkannte, dass es ihm wirklich ernst war. „Und es tut mir leid, dass ich mich nicht viel früher entschuldigt habe und dass ich es jetzt tue, weil du mich darum gebeten hast. Es fällt mir schwer über meine Gefühle zu reden, sie überhaupt zuzulassen.“ Er atmete tief durch, als müsste er, für das, was jetzt kam, Mut sammeln: „Und es stimmt nicht, was LeBron vorhin gesagt hat. Ich war schon verliebt. Ich war damals verliebt in dich. Aber ich habe mir verboten, diese Gefühle zuzulassen.“

Die Worte endlich von ihm zu hören, heilten in Sekundenschnelle etwas in meinem Inneren. Das Gefühl, mich in ihm getäuscht zu haben war weg. Das Gefühl, dass ihm das alles egal gewesen war – ebenfalls weg.

„Du kannst dir so etwas also einfach verbieten?", fragte ich erstaunt.

„Dass es einfach ist, habe ich nicht gesagt", stellte er klar. „Ich wollte dich niemals verletzen. Das war das Schlimmste an allem. Aber ich wusste nicht, wie ich es dir leichter machen sollte. Ich dachte, ein scharfer Schnitt würde uns helfen." Sein Blick flehte um Verständnis.

„Deshalb also das Studentenwohnheim", sprach ich laut aus, was ich dachte.

„Ich hatte gehofft, du könntest es schneller vergessen, wenn du mich nicht ständig sehen müsstest. Ich fühlte mich schuldig, weil ich es zugelassen hatte, dass wir uns nähergekommen waren. Ich hätte mit dir reden sollen, das wäre das Beste gewesen, aber ich hatte Angst, dass ich es dann nicht durchziehen könnte. Dass ich wieder schwach werden würde."

Ich schluckte, weil das so unglaublich viel über ihn aussagte, über seinen Charakter, seine Denkweise und auch über seine damaligen Gefühle für mich.

Ich gab mir einen Moment, um das alles bei mir ankommen zu lassen. All diese neuen Erkenntnisse zogen mit vollgepackten Koffern bei mir ein und es dauerte eine Weile, bis ich mich mit allen vertraut gemacht hatte. Bis ich die Koffer geöffnet und wirklich verstanden hatte, was sie enthielten. Ryan ließ mir Zeit und sagte nichts.

Nach ein paar Minuten ergriff ich das Wort: „Ich danke dir, dass du es mir wenigstens jetzt gesagt hast. Du hast es damals nicht besser gewusst und es tut dir aus heutiger Sicht leid. Ich verzeihe dir." Ein friedvolles Gefühl überkam mich.

Verwundert blickte er mich an, so als hätte er mit einer völlig anderen Reaktion von mir gerechnet.

Ich legte meine Hand an den Türgriff, bereit einzusteigen.

„Dann ist alles gut zwischen uns?", fragte er vorsichtig.

„Alles ist gut." Ich lächelte ihn an – ehrlich dieses Mal, aber dennoch traurig. Dann stieg ich ein und wies den Fahrer an, loszufahren.

Es war alles gut – zumindest fast alles. Ich fühlte mich immer noch von ihm angezogen. Aber das war nicht sein Problem, es war meins. Und ich würde das in den Griff bekommen, denn ich war keine hormongesteuerte Amöbe, sondern ein Mensch mit einer Menge Gehirnzellen. Und die alle sagten mir, dass wir diesen Neuanfang nur schaffen würden, wenn ich endlich dieser Anziehungskraft widerstand. Herausforderung angenommen!

Kapitel 21

Immer noch Familie

„Dieser rosarote Jumpsuit würde dir bestimmt wunderbar stehen“, betonte Olivia erneut.

Wir waren in ihrem Show-Room, der in einem der Hochhäuser der Second Avenue lag. Das Meiste war hier ganz in Weiß gehalten: Weißer Teppich, weiße Wände, weiße Möbel, weiße Kissen auf den weißen Couchen, weiße Kleiderstangen – alles war hell und strahlend. Auch Olivias Kreationen auf den Kleiderbügeln bewegten sich vorwiegend in den Nuancen Weiß – Überraschung – Camel, Gold, Rosé und Schwarz. Ich kam mir hier immer ein bisschen vor, wie ein buntes *Froot Loop*, das versehentlich in eine große Schüssel voller *Honey Loops* geraten war.

„Die Sachen sind toll, wirklich. Ich liebe die Schnitte. Aber das sind einfach nicht meine Farben“, erklärte ich ihr zum wiederholten Mal.

„Gold ist quasi keine richtige Farbe, da könntest du also eine Ausnahme machen." Sie ließ ihre Hand über den Kleiderständer mit den Kreationen in Goldtönen wandern und griff sich dann einen Bügel heraus. Zufrieden betrachtete sie das kurze Kleid. Es war aus einem leichten Plissee-Stoff gefertigt, der matt glänzte. Das Gold strahlte kräftig und erinnerte schon fast an Senfgelb. Das Minikleid besaß einen Turtleneck-Ausschnitt und war ärmellos. Der Saum des Kleids kräuselte sich leicht. Olivia hielt es mir auffordernd entgegen.

„Okay, ich probiere es an." Das entlockte ihr ein breites Grinsen. Ich stand auf, nahm es ihr ab und verschwand damit hinter einem weißen, schweren Vorhang, den ich im Kreis um mich zog.

„Und?", fragte sie neugierig.

„Ich bin kein Rennauto, einen Moment noch!" Kurze Zeit später zog ich den Stoff wieder zurück und trat vor den großen Spiegel, der an der Wand angebracht war.

„Es ist wie für dich gemacht!", schwärmte meine Cousine. Dann schwirrte sie um mich herum, um hier und dort zu zupfen, bis sie zufrieden war. „Es sitzt einwandfrei. Wir müssen nichts ändern", bemerkte sie erfreut.

„Dazu hätten wir auch kaum Zeit, oder? In zwei Stunden beginnt das Thanksgiving-Essen bei deinen Eltern. Wir sollten langsam los!"

Sie winkte ab. „Die Jungs sehen sich ohnehin den ganzen Tag Football an. Es fällt quasi gar nicht auf, wenn wir nicht da sind. Und Rosa ist es ohnehin lieber, sie hat bei den Vorbereitungen ihre Ruhe und wird nicht dauernd gestört. Das Kleid kannst du direkt anbehalten."

„Aber ich habe keine passenden Schuhe dazu. Obwohl, zu Gold gehen ja eigentlich alle Farben", überlegte ich laut.

„Untersteh dich! Keine Farbe zu diesem Kleid!“ Sie lief zum Wandschrank und kramte darin herum. „Welche Schuhgröße hast du noch mal?“

„Neun“, rief ich ihr die US-Größe zu, was in Deutschland einer Vierzig entsprach.

Sie kam zurück und hielt mir zartgoldene Riemchenpumps entgegen. Sie ließen sich an den Fesseln schnüren und waren mit winzigen goldenen Blüten besetzt.

„Es sind Louboutins. Sie haben eine rote Sohle, das müsste dir doch gefallen“, grinste Olivia. „Sie sind von einem Fotoshooting übrig. Das Model hatte sie höchstens eine Stunde an.“

Ich nahm die Kostbarkeiten vorsichtig entgegen und betrachtete den Absatz skeptisch. Ich trug immer noch sehr selten hohe Schuhe, denn sie flößten mir ein bisschen Respekt ein. Außerdem waren sie furchtbar unbequem. Ich streifte mir das Paar über und band die Riemen an den Knöcheln fest. Dann versuchte ich, einige Schritte zu laufen. Ich fand mehr Halt darin, als erwartet. Für einen Abend, der ohnehin vor allem im Sitzen stattfand, würde es schon gehen.

Olivia hatte sich inzwischen selber in die Umkleide zurückgezogen und ich sah sie nun in dem roséfarbenen Jumpsuit herauskommen. Er war aus Crêpe, tailliert und hatte ein weites Bein, das mit Bundfalten akzentuiert war. Der Stoff endete oben in einem Bandeautop. Daran angesetzt war ein goldener Tüllstoff, der mit Kristallsteinen in derselben Farbe verziert war. Er bedeckte Rücken und Dekolletee und lief in kleinen Ärmelchen aus.

„Wow, der Jumpsuit steht dir fantastisch und er passt viel besser zu dir als zu mir. Das ist durch und durch Olivia.“ Ich lächelte sie über den Spiegel an.

„Ja, du hast recht“, gab sie zu und zog mich neben sich. „Ich finde die Zukunft der Westman Corporation sieht ziemlich gut aus, meinst du nicht?“ Sie zwinkerte mir zu. „Jetzt müssen sie nur noch eine Fashion-Sparte aufmachen.“

„Ja, unbedingt. Und wir sollten sie *Spielerfrauen-Mode* nennen.“ Wir kicherten. Sie nahm ihr Handy von einem Hocker und schoss ein Spiegelselfie von uns, dass sie, nachdem ich es abgenickt hatte, auf den Social-Media-Kanälen ihres Modelabels postete.

Danach setzte sie sich an den Schminktisch im Hinterzimmer und ich sah ihr dabei zu, wie sie ihr – für mich eigentlich schon makelloses – Make-up auffrischte.

„Wie läuft es mit Ryan?“, fragte sie mich, während sie sich mit schwarzem Eyeliner einen Lidstrich zog. Er wurde perfekt gerade ohne einen einzigen Wackler. So etwas faszinierte mich. Ich hatte noch nicht sehr häufig versucht, mir einen Lidstrich zu ziehen, aber das Ergebnis war immer katastrophal gewesen.

Olivia blickte ungeduldig zu mir, weil ich nicht sofort geantwortet hatte.

„Seit unserer Aussprache vor ein paar Wochen läuft es richtig gut zwischen uns. Wir sehen uns zwar nicht häufig, weil er mit den Wolves sehr eingespannt ist, aber wenn, dann ist es immer völlig unverkrampft. Wir unterhalten uns ganz normal. Letztens haben wir sogar mit Cody zusammen einen Videoabend gemacht, als du bei dieser Gala gewesen bist“, erklärte ich ihr.

„Und wie läuft dein Projekt, dir einzureden, dass du ihn nicht mehr attraktiv und anziehend findest?“ Auch das zweite Augenlid bekam nun einen perfekten Lidstrich.

Ich schnaufte. „Musst du es so ausdrücken?“

„Es ist doch die Wahrheit“, sie zuckte mit den Schultern und steckte die Kappe auf den Eyeliner. „Ich verstehe einfach nicht, warum ihr es nicht noch einmal versucht, nachdem er dir gesagt hat, dass er auch in dich verliebt war.“

„Die Betonung liegt auf *war* – Vergangenheitsform. Wir können doch nicht einfach zehn Jahre zurückspulen. Außerdem hat sich an den Gründen, aus denen er sich damals entschieden hat die Beziehung nicht weiterzuverfolgen, nichts geändert. Ich bin immer noch seine Cousine. Er ist immer noch ein Weltstar und Erbe eines Sportimperiums, für den sich die Presse interessiert. Außerdem hat er ein echtes Problem damit, Gefühle zu zeigen – sie sich überhaupt erst einmal einzugestehen. Ich kann mir schwer vorstellen, wie er so jemals eine ernsthafte Beziehung führen will.“

„Er ist in Therapie“, ließ sie die Bombe platzen.

„Seit wann? Und woher weißt du das?“, fragte ich verdattert.

„Er hat den Termin kurz nach eurer Aussprache ausgemacht. Ich habe ihn telefonieren hören, die Tür zu seinem Schlafzimmer stand offen.“

„Du hast gelauscht?“

„Ich kam zufällig vorbei.“ Skeptisch blickte ich sie an. „Glaub es oder nicht! Auf jeden Fall scheint er an etwas zu arbeiten. Und du hast den Anstoß dazu gegeben.“

„Das weißt du nicht.“

„Wer denn sonst? Das wäre schon ein gewaltiger Zufall.“ Sie klappte das schwarz glänzende Kästchen mit dem Rouge zu, das sie gerade verwendet hatte, und legte es auf den Tisch zurück. Dann stand sie auf.

„Du solltest euch noch eine Chance geben! Ich merke doch, dass du noch etwas für ihn empfindest. Du redest dir da etwas ein.“

„Selbst, wenn es so wäre. Er wollte nie eine Chance. Und er hat mich zu oft verletzt. Ich habe ihm zwar verziehen, aber ich werde mich diesem Risiko nicht wieder aussetzen." Das Liebespaar Ryan und Hannah war Geschichte, ab jetzt gab es nur noch die Verwandten Ryan und Hannah. Die Freunde – vielleicht. Das musste genügen.

***

„Lasst euch anschauen!", Melissa begutachtete die Outfits und schwenkte ihr Champagnerglas in unsere Richtung. „Ihr seht absolut entzückend aus." Sie stieß Ryan an, der neben ihr auf der Couch saß. „Nun sag doch auch mal was!"

„Ja", er räusperte sich. „Ihr seht wirklich großartig aus. Wunderschön." Er hatte uns beide angesprochen, aber sein Blick lag auf mir.

„Na dann können wir endlich essen", bemerkte Miguel erfreut und wir nahmen alle unsere Plätze an der langen festlich eingedeckten Tafel ein. Auf dem Tisch standen eine Vielzahl an Speisen, die typisch für diesen Tag waren: Kürbiskuchen, Süßkartoffelpüree, Cranberrysauce, glasierte Karotten und mit Käse gratinierte Bohnen. Das Blumenbouquet zog sich der Länge nach über die gesamte Tafel und bestand aus zart grünen Salbeiblättern, die locker mit leuchtend orangen und roten Chrysanthemen zusammengesteckt waren. Es wirkte sehr modern und trotzdem schenkte es mir diese typisch herbstliche Stimmung, die noch durch vereinzelt platzierte weiße Zierkürbisse und goldene Teelichter unterstützt wurde.

„Dann lasst uns zu aller erst einmal *Danke* sagen, bevor wir mit diesem köstlichen Mahl beginnen!" Miguel streckte seine Hände nach Melissa und Ryan aus, während ich mir

Codys und Olivias Hände griff. Ich kannte die Tradition der Familie, da ich schon mehrmals an Thanksgiving hier gewesen war. Allerdings hatte Ryan immer dann Football spielen müssen, so dass es tatsächlich das erste Mal war, dass wir diesen Feiertag gemeinsam begingen.

Miguel machte den Anfang und bedankte sich dafür, dass keiner aus der Familie dieses Jahr eine ernsthafte Krankheit gehabt hatte und für den Wohlstand, das Essen und unser Dach über dem Kopf. Melissa bedankte sich für die guten Umsätze der Firma und den Erfolg von Gramps Stiftung. Olivia freute sich noch einmal darüber, dass eine prominente Schauspielerin ihr Kleid auf einer Preisverleihung getragen hatte. Dann war ich an der Reihe. „Es gibt vieles wofür ich dankbar bin, aber am meisten freut mich der Job als Schwimmtrainerin am College. Die Stelle ist wie für mich geschaffen."

Cody bedankte sich für den Urlaub, den er mit seinem Lebenspartner auf Costa Rica verbracht hatte. Und Kevin war froh, dass seine Mutter den Brustkrebs überstanden hatte. Das war der Dank, der uns alle zu Tränen rührte. Als Letztes kam Ryan an die Reihe. Ich war gespannt darauf, was aus seinem Leben er hier herausheben würde. Wahrscheinlich hatte es mit Football zu tun – vielleicht, dass er in der vorangegangenen Saison keine schweren Verletzungen davongetragen hatte. Er hob sein Glas und blickte mich an. „Ich bin dankbar dafür, dass Hannah wieder in New York ist und dass sie vorhat zu bleiben", sagte er mit fester Stimme und sah mir dabei immer noch tief in die Augen. Postwendend verlor ich die Kontrolle über meinen Körper. Meine Hände begannen zu zittern und ich war froh, dass meine Sitznachbaren diese gerade lösten, so dass ich sie schnell unter dem Tisch verstecken konnte. Meine Atmung beschleunigte sich und eine Hitze überflutete mich, als würde ich nicht *vor* dem Kamin, sondern direkt *darin* sitzen. Ryans Bernsteinaugen fixierten mich weiterhin über den Tisch hinweg und ich war unfähig, mich abzuwenden.

Das hat er doch nicht wirklich gesagt? Warum hat er das gesagt? Warum hast du das gesagt?

Am liebsten hätte ich es ihm entgegen geschrien. Melissa hob das Glas und stimmte Ryan zu, der endlich den Blick aus meinem löste, um fröhlich mit den anderen anzustoßen. Nur ich hatte anscheinend das Gefühl, im falschen Film gelandet zu sein.

Olivia, die neben mir saß, schenkte mir einen langen eindeutigen Blick, der so viel bedeuten sollte wie „Hab ich es dir nicht gesagt?!" Für alle anderen schien Ryans Dank wohl unter familiärer Zuneigung zu laufen. Aber für mich hatte er sich ganz und gar nicht so angefühlt. Dieser Blick, mit dem er mich bedacht hatte, war voller Emotionen gewesen. Voll von Dankbarkeit – natürlich. Aber da war noch mehr gewesen. Er hatte die Maske fallen lassen und mir seine Gefühle gezeigt. Nur hatte ich viel zu viel Angst davor, sie fehlzuinterpretieren. Ich schüttelte meine Hände unter dem Tisch aus, griff dann mit der Rechten nach dem Champagnerglas und leerte es in einem Zug.

„Es ist Zeit, die Truthahnsteaks aus der Küche zu holen, die Rosa zum Warmhalten in den Ofen gestellt hat", riss mich Melissa aus meinen Gedanken.

Der halbe Tisch sprang nach dieser Aufforderung auf, um sich nützlich zu machen. Ich blieb wie festgefroren sitzen. Rosa feierte heute selbstverständlich mit ihrer eigenen Familie Thanksgiving, hatte aber alles für uns vorbereitet. Ich schenkte mir Wasser ein, weil meine Kehle immer noch wie ausgedörrt war, und leerte dabei die Karaffe. Dann stand ich ebenfalls auf, um sie wieder aufzufüllen. Ich würde mich einfach ablenken und nicht mehr daran denken. Was hatte Ryan gesagt? Er hatte es sich verboten, die Gefühle für mich zuzulassen. Vielleicht sollte ich ihn um eine Anleitung bitten, wie man das anstellte.

Kapitel 22

Immer noch Ryan

Glücklich schloss ich die Tür hinter den letzten Kindern. Ich hatte mich in den vergangenen Wochen in meiner Freizeit darauf konzentriert, die wohltätige Stiftung der Westman Corporation, die Gramps gegründet und geleitet hatte, zu unterstützen. Ich fühlte mich ihm so näher und außerdem fand ich die Arbeit absolut sinnvoll.

Heute hatte ich bei einem Event für benachteiligte Kinder unterstützt, die ihr Idol – in diesem Fall den Quarterback der New York Wolves – treffen durften. Die Kids kamen vor allem aus Harlem und der Bronx. Wir hatten eine Sporthalle in Manhattan angemietet und sie mit einem Bus hierhergebracht. Ryan hatte mit ihnen Bälle geworfen und anschließend Autogramme gegeben. Es war unglaublich gewesen, wie sehr die Kinder sich darüber gefreut hatten. Ihre Augen hatten geleuchtet und sie waren an seinen Lippen gehangen, als er ihnen Geschichten aus seinen letzten zwölf Saisons im Profisport erzählt hatte. Er hatte geduldig all ihre

Fragen beantwortet und sich für jedes der Kinder kurz Zeit genommen, um ein paar Worte mit ihnen zu wechseln. Danach hatte es etwas zu Essen gegeben und nun waren alle satt und glücklich wieder in den Bus eingestiegen. Zumindest einen Tag im Leben dieser Kinder hatten wir bereichern können. Es war ein Tropfen auf den heißen Stein, aber ich hoffte so sehr, dass sie von dieser Erfahrung eine Weile zehren konnten.

Ich half dem Rest des Teams beim Aufräumen, dann zog ich mir meinen kirschroten Mantel über und holte meine Handtasche aus dem Schließfach, in das ich sie vorher eingesperrt hatte.

„Wollen wir gemeinsam nach Hause fahren?", fragte Ryan, der sich anscheinend geduscht hatte, denn seine Haare waren nass und statt der Trainingskleidung trug er Jeans und Pulli. „Oder musst du noch in die Firma?"

„Nein, ich bin für heute fertig. Aber ich habe beschlossen, zum Appartement zu laufen", teilte ich ihm mit.

„Warum wundert mich das nicht?", schnaufte er. Er zog sich seinen grauen Wollmantel an und steckte beide Arme in die Henkel seiner Sporttasche, so dass er sie wie einen Rucksack tragen konnte. „Dann wollen wir mal!"

Dieser Moment zwischen uns an Thanksgiving war einmalig geblieben. Seither waren wir ganz normal miteinander umgegangen, was mich erleichterte. Mein Leben war ohnehin schon kompliziert genug.

„Wann ist dein Haus fertig?", begann Ryan das Gespräch, während wir uns in die Passanten einreihten, die die Madison Avenue entlanghetzten. Unser Tempo war allerdings deutlich gemächlicher als das der anderen.

„Voraussichtlich im Januar. Aber sie haben den Termin schon einmal verschoben, also ganz sicher ist es noch nicht." Es war so kalt, dass mein Atem beim Sprechen weiße Wölkchen in die Luft malte.

„Nimmst du mich auch mal auf eine Baustellenführung mit?"

„Klar, wenn du möchtest. Aber ich sag es dir gleich, es gibt keine Marmorbäder", witzelte ich.

„Ich kann mir vorstellen, dass Mum das gar nicht gefallen hat."

„Kein bisschen."

An der nächsten Kreuzung zögerte ich kurz.

„Was überlegst du?", fragte er mich.

„Ich hab es schon lange vor mir hergeschoben und denke darüber nach es jetzt zu tun."

Seine Augenbrauen schossen in die Höhe. „Ich komme nicht ganz mit."

„Ich glaube, ich bin bereit, Miez und Mauz zu besuchen", bemerkte ich vorsichtig. Als würde etwas Schreckliches passieren, wenn ich es zu laut aussprach.

Es dauerte einen Moment, bis es bei ihm Klick machte und er sich an die Katzen erinnerte. „Du hast noch nicht nach ihnen gesehen, seit du wieder hier bist?", fragte er erstaunt.

Ich schüttelte den Kopf und zuppelte an dem pinken Wollschal herum, den ich mir um den Hals geschlungen hatte. „Ich habe mich ehrlich gesagt nicht getraut. Die Wahrscheinlichkeit, dass sie immer noch dort sind, ist extrem gering. Vielleicht ist der Besitzer weggezogen, oder sie sind gestorben." Am Ende des Satzes war ich immer leiser geworden, weil ich mich wirklich davor fürchtete, dass sie nicht mehr da waren. Was völlig absurd war, keine Frage. Ich hatte extra gegoogelt und herausgefunden, dass Katzen zwölf bis achtzehn Jahre alt wurden. Allerdings wusste ich nicht, welches Alter die beiden vor zehn Jahren gehabt hatten.

„Ich muss gestehen, dass ich seitdem nie wieder dort vorbeigekommen bin oder wenn, dass ich nicht darauf geachtet habe. Aber ich finde, wir sollten das jetzt tun! Es besteht immerhin die Möglichkeit, dass sie noch putzmunter Passanten beobachten."

Ich atmete tief ein. „Okay, lass es uns tun!"

Wir bogen nach rechts ab und ich schwieg eine Zeit lang, weil ich wirklich nervös war. Dieses Gefühl steigerte sich, je näher wir dem Wohnhaus kamen. Als ich es aus der Ferne erblicken konnte, blieb ich wie angewurzelt stehen.

Es sind nur Katzen, die du gar nicht wirklich kennst. Stell dich nicht so an, Hannah!

Ich zwang mich dazu, weiterzulaufen, und schließlich kam das Fenster in Sicht. Mein Herz machte einen Freudensprung, als ich Miez erblickte. Sie saß wie vor all den Jahren aufrecht auf dem Fensterbrett. Vielleicht hatte sie ein bisschen zugenommen, aber ansonsten, war sie ganz die Alte. Allerdings stolperte mein Herz direkt im Anschluss, denn ich bemerkte, dass sie allein war. Das hatte es zu keiner Zeit gegeben, dass nur eine der Katzen dort gesessen hatte. Entweder waren beide dagewesen oder eben nicht. Der Anblick schnürte mir die Kehle zu.

„Der Tod scheint mich zu verfolgen", platze es aus mir heraus.

Ich hasste es, wie irrational ich reagierte. Aber ich konnte nicht verhindern, dass ich an meinen Papa, Gramps und meine Tochter dachte. Sie alle waren mir genommen worden. Und auch Mauz war nicht mehr da.

Ryan kam mir ein wenig näher. „Es tut mir so leid, dass du dein Kind verloren hast. Ich hab dir das nie gesagt, wie so vieles", sagte er weich.

Es fiel mir immer noch schwer, über Clara zu sprechen, ohne dass mich meine Emotionen sofort wieder überwältigten. Deshalb drehte ich mich auch nicht zu Ryan, der neben mir stand. Ich wollte das Mitgefühl in seinem Blick nicht sehen.

„Ich war kurz davor, mit Olivia ins Flugzeug zu steigen", redete er weiter.

Nun blickte ich doch zu ihm. Diese Information war neu für mich und sie wirbelte etwas in mir auf, brachte alte Gefühle zum Tanzen. „Warum hast du es nicht getan?", flüsterte ich.

„Weil ich dachte, dass ich wahrscheinlich der allerletzte wäre, den du sehen hättest wollen. Außerdem wollte ich dich und Moritz nicht stören."

„Moritz." Ich zischte den Namen und legte all die Verachtung hinein, die ich mittlerweile für ihn empfand. Die nächsten Sätze stolperten über meine Lippen. „Als die Schwere des Herzfehlers nach der Geburt erkannt worden war, hatte man uns gesagt, dass Clara nur Tage überleben würde, maximal Wochen. Sie durfte das Krankenhaus aber nicht verlassen. Also habe ich Tag und Nacht dort verbracht, um jeden Moment mit ihr auszukosten. Moritz hat uns allein gelassen. Er ist zu den Schwimmweltmeisterschaften gefahren. Und er war nicht da, als sie ihren letzten Atemzug in meinen Armen getan hat. Als ihr winziges, kaputtes Herz aufgehört hat zu schlagen, war er nicht da."

Plötzlich fand ich mich in Ryans Armen wieder und ich klammerte mich an ihm fest, als wäre ich eine Ertrinkende. Ich ertrank in meinen Emotionen, die über meinem Kopf zusammenschlugen und die mir keine Luft zum Atmen ließen. Er hielt mich, bis ich mich wieder daran erinnerte, wie Schwimmen funktionierte. Aber auch dann schmiegte ich mich weiter in seine Umarmung und sog den waldigen Geruch ein, der ihn immer noch umgab.

„Wenn ich das gewusst hätte, dann wäre ich für dich dagewesen“, meinte er schließlich. „Ich habe so viel in diesem Leben verpasst, dabei wäre ich so gerne ein Teil davon gewesen.“ Ich löste mich sanft von ihm und blickte ihn ungläubig an. „Warum sagst du das jetzt?“

„Weil es die Wahrheit ist und weil ich versuche, meine Gefühle nicht mehr zu verstecken.“

Ich wollte das nicht hören. Es machte alles nur schlimmer. Wir hatten einmal darüber geredet und das war wichtig für mich gewesen. Jetzt wollte ich nur noch vergessen. Das funktionierte allerdings nicht, wenn er mich immer wieder daran erinnerte. So wie an Thanksgiving. So wie gerade eben.

„Ich will das nicht hören, Ryan. Ich möchte endlich damit abschließen, aber du machst mir das wirklich verflucht schwer.“ Pure Wut floss durch meinen Körper. Wie Sand rieselte sie in jede Ritze meines Seins. „Hast du dich jemals gefragt, was aus uns geworden wäre?“ Meine Stimme wurde lauter. „Ich habe mich das gefragt. Immer wieder, jahrelang. Und selbst als ich vor wenigen Monaten wieder hierhergekommen bin, haben diese Gedanken in meinem Kopf herumgespukt. Aber das muss aufhören! Weil es viel zu sehr wehtut.“ Ich war so unglaublich sauer – auf mich, auf ihn, auf die ganze Situation.

Er ergriff meine Hand. „Hannah.“

Mein Name in seinem Mund, hörte sich für mich normalerweise an wie Musik. Aber gerade nahm ich nur kreischende E-Gitarren wahr, deren Gejaule mich in den Ohren schmerzten. „Was willst du von mir?", schleuderte ich ihm entgegen. Aber er blieb gelassen, wie immer. Ließ sich von meiner Wut nicht anstecken. Ich entriss ihm die Hand und trat zur Straße, um ein Taxi heranzuwinken. Ich musste hier weg. Sofort. Wer gesagt hatte, dass man vor seinen Problemen nicht davonrennen konnte, der lag falsch. Manchmal musste man es sogar, um nicht von ihnen überrollt zu werden.

„Isst du immer noch Pizza mit Spiegelei?" Er war hinter mich getreten und seine Stimme klang auf einmal eindringlich.

Meine Augen waren stur auf die Straße gerichtet, um das nächste Taxi auf keinen Fall zu verpassen. Ich hob den Arm, als ich es erblickte und es hielt am Straßenrand an, direkt vor mir.

Ich drehte mich zu Ryan um. „Ich habe die letzte Pizza mit Spiegelei mit dir gemeinsam gegessen." Dann wandte ich mich ab, öffnete die Tür und stieg ein. Kurz bevor ich sie ganz schließen konnte, hörte ich noch seine Stimme rufen: „Ich esse sie immer, wenn ich in den Hamptons bin. Immer." Mit klopfendem Herzen forderte ich den Fahrer auf, einfach loszufahren, und starrte Ryan durch das Fenster hindurch an. Er sagte etwas, das ich nicht verstand, aber ich las es von seinen Lippen ab: „Weil sie mich immer an dich erinnert."

Kapitel 23

Immer noch Liebe?

Aufgeregt riss ich das Paket auf, das meine Mama mir aus Deutschland geschickt hatte, und verteilte die Holzwolle auf der Kücheninsel. Endlich kam ich zu den Schätzen, die sie sorgfältig verpackt hatte: Nürnberger Lebkuchen, selbstgebackene Vanillekipferl und Spitzbuben, Räucherkegel inklusive eines Räuchermännchens, Spekulatius und noch einiges mehr.

„Das Paket hat es ja gerade rechtzeitig geschafft“, bemerkte Rosa.

„Das stimmt, perfekt zur Weihnachtsparty“, lächelte ich.

Traditionell veranstalteten die Westmans immer am vierundzwanzigsten Dezember eine Party, zu der sie Freunde aber auch Geschäftspartner einluden. Ein Heiliger Abend wird in den USA nicht gefeiert, die Geschenke gibt es am Morgen des fünfundzwanzigsten Dezembers, dem Christmas Day. Oben im ersten Stock, wo das private Wohnzimmer der Familie lag, hing schon für jedes Familienmitglied eine große Filzsocke über dem Kamin. Alle Geschenke, die hier nicht hineinpassten, wanderten unter den Christbaum. Von denen gab es mehrere im Haus, alleine drei Stück im Erdgeschoss des Appartements: im Essbereich, im Wohnzimmer und auf der Dachterrasse.

Rosa half mir dabei, die Plätzchen, Kekse und Lebkuchen in Schalen zu arrangieren. Da sie meine persönlichen Geschenke waren, wagte sie es nicht, mir diese Arbeit aus den Händen zu reißen. Sie führte ihr Küchenregiment wie eh und je und ließ normalerweise niemanden aus der Familie auch nur einen Handstreich tun. Aber tatsächlich machte sie seit kurzem hin und wieder eine Ausnahme für mich, vor allem, wenn ich ihr neue Rezepte zeigte. Denn sie liebte die deutsche Küche mit Sauerbraten, Käsespätzle und Co.

Um uns herum wuselte schon das eigens engagierte Service-Personal, das alles für die Gäste vorbereitete, die bald eintreffen würden. Wir verteilten die Plätzchenteller auf Beistelltischen, Couchtischen und dem Bartresen im Wohn- und Essbereich. Ich stibitzte mir ein Vanillekipferl, das für eine buttrig süße Geschmacksexplosion in meinem Mund sorgte. Dabei dachte ich an meine Freunde und Familie in Deutschland. Es war seltsam, das Fest ohne sie zu verbringen, aber Silvester würden meine Mama und Cosmo hier mit mir zusammen feiern. Und nächstes Jahr hatte ich vor, an Weihnachten wieder meine alte Heimat zu besuchen.

Ich verzog mich kurz in mein Zimmer, um mir ein rotes Paillettenkleid überzuziehen, und mir aus meinen schulterlangen Haaren eine Hochsteckfrisur zu basteln. Ich war nicht besonders gut darin. Aber das Ergebnis stellte mich halbwegs zufrieden. Ein paar wenige Locken fielen mir ins Gesicht, während ich den Rest mit Hilfe von Haarklammern am Hinterkopf festgesteckt hatte.

Die Party war dieses Jahr gefühlt größer als sonst. Es tummelten sich mit Sicherheit an die hundert Gäste im Appartement. Olivia blühte bei solchen Events auf. Sie trug natürlich ein Kleid aus ihrer eigenen Kollektion und betrieb geschicktes Networking für ihre Firma, verpackt in leutseligem Smalltalk. Auch Melissa und Miguel bewegten sich wie selbstverständlich auf diesem Parkett. Cody und ich fühlten uns dagegen nicht ganz so wohl in dieser Gesellschaft.

„Dass Kevin heute krank ist, ist wirklich eine Katastrophe. Alleine sind diese ganzen Schnösel wirklich schwer zu ertragen", nörgelte er.

„Du bist nicht allein", beschwerte ich mich über diese Aussage.

Ich saß auf einem Sessel in der Ecke, direkt unter einer der riesigen afrikanischen Masken, die hier überall herumhingen- und standen. Cody hatte sich zu mir auf die Armlehne gesetzt. So hielten wir uns schon eine Weile abseits des ganzen Trubels auf und aßen den Plätzchenteller leer, den ich auf einem Beistelltisch in Griffweite platziert hatte. Zumindest solange, bis Melissa uns entdeckte.

„Da bist du ja", wandte sie sich an mich. „Der Direktor des St. Martas ist hier und wollte dich begrüßen, konnte dich aber nirgends finden." Ein leichter Vorwurf schwang in ihrer Stimme mit.

Stöhnend richtete ich mich auf und zog mein Kleid glatt. „Na dann werde ich ihn wohl mal suchen."

„Tu das! Und du, Cody ...", den Rest hörte ich nicht mehr, denn ich war schon in der Menge verschwunden. Meine Tante war an solchen Tagen mit Vorsicht zu genießen, weil sie die ganze Familie immer gerne vorzeigte und uns anpries, als wären wir kostbare Rennpferde. Ich versuchte daher, ihr möglichst aus dem Weg zu gehen. Da würde ich eben in den sauren Apfel beißen und ein bisschen Geplänkel mit unserem Direktor machen müssen. Er war nicht der sympathischste Mensch der Welt, aber ich kam gut mit ihm zurecht. Er hatte mich immerhin eingestellt, und zwar bevor er wusste, dass ich zum Westman-Clan gehörte.

***

Eine Stunde später sah ich erneut Melissa auf mich zusteuern und floh direkt auf die Dachterrasse. Hierher würde sie mir garantiert nicht folgen, es war eindeutig zu kalt. Aber gerade deshalb war das ohne Mantel ein äußerst schlecht ausgewählter Fluchtort. Mein Kleid war zwar langärmelig, aber die dünne Strumpfhose konnte rein gar nichts gegen die winterliche Kälte ausrichten. Ich ging ein paar Schritte, rieb mir meine Handflächen und stellte mich vor den Weihnachtsbaum. Er war bestimmt drei Meter hoch und über und über mit kleinen warmweißen Lichtern bedeckt. Es war ein künstlicher Baum, wie alle im Appartement, aber im Halbdunkeln des Außenbereichs war er nicht von einer richtigen Tanne zu unterscheiden.

Ich hörte die Tür klappern und drehte mich abrupt um. *Melissa wird mir doch nicht wirklich hierher folgen ...*

Ich entspannte mich etwas, als ich Ryan auf mich zukommen sah. In der einen Hand hielt er meinen kirschroten Mantel und in der anderen einen Becher mit einem dampfenden Getränk, das er auf einem Tisch abstellte. Dann legte er mir den Mantel über die Schultern. In diesem Moment fing es an zu schneien. Kleine pudrige Flocken fielen vom Himmel und setzten sich in Ryans Haare. Schnee an Weihnachten hatte etwas Magisches an sich, weshalb ich mich über den Anblick wahnsinnig freute.

„Es schneit!“, rief ich aus und steckte die Arme in den Mantel. Dann wirbelte ich im Kreis herum und versuchte, die Flocken mit meinen Händen einzufangen, was Ryan zum Lachen brachte. Als ich mit dem Schneetanz fertig war, reichte er mir den heißen Punsch.

„Du trinkst nichts?", fragte ich ihn.

„Zumindest nichts Alkoholisches, ich habe morgen Nachmittag ein Spiel."

Nicht einmal die Feiertage waren den NFL-Funktionären heilig. Denn gerade dann schalteten besonders viele Amerikaner ihre Fernsehgeräte ein.

Wir lehnten uns an die Brüstung der Terrasse und blickten auf das von Millionen Lichtern beleuchtete New York.

„Danke für den Mantel."

„Ich hab dich vor Melissa flüchten sehen und dachte, du könntest vielleicht ein kleines bisschen Hilfe gebrauchen." Er schmunzelte.

„Das hast du genau richtig erkannt."

Ich dachte an meine letzte Fluchtaktion vor ein paar Wochen, als ich nach der Auseinandersetzung mit Ryan in ein Taxi gestiegen und einfach losgefahren war. Er hatte seither mehrmals das Gespräch mit mir gesucht, aber ich hatte ihm immer gesagt, dass es nichts zu besprechen gäbe. Es würde uns nicht weiterbringen darüber zu reden. Dieses Mal war *ich* diejenige, die abblockte, aber nicht um mich zu rächen, sondern um mich zu schützen. Ich hoffte sehr, er würde jetzt nicht wieder davon anfangen. Bisher deutete jedoch nichts darauf hin.

Der Punsch war bei den Temperaturen rasch abgekühlt und ich trank den letzten Schluck genüsslich. Er schmeckte nach Apfel, Orange und Zimt, mit der leichten Schärfe von Rum und dem Aroma von Sternanis.

„In Deutschland ist heute Abend schon die Bescherung", erklärte ich Ryan.

„Heute schon?“

„Ja, traditionell ist der Vierundzwanzigste in meiner Heimat der Hauptweihnachtstag.“

„Bei uns gibt es auch eine ganz wichtige Weihnachtstradition.“ Seine Stimme klang plötzlich eine Spur dunkler und rauer.

„Und die wäre?“, fragte ich leicht verunsichert.

Er deutete nach oben und ich sah einen Mistelzweig, der an einem Metallträger befestigt war, an dem auch eine Lichterkette hing. Ryan war derjenige gewesen, der als Erstes zur Brüstung gegangen war. Er hatte mich also mit voller Absicht hierhergeführt.

„Ich kenne diesen Brauch“, bemerkte ich lapidar und versuchte möglichst lässig zu klingen. Mein Herz allerdings hatte zum Galopp angesetzt.

„Dann weißt du auch, wie ernst wir ihn nehmen.“

„Aber bei Verwandten gilt dieser Brauch nicht“, warf ich schnell ein.

„Wir sind aber nicht verwandt. Wir sind eine Familie, aber wir sind nicht miteinander verwandt.“ Es war das erste Mal, dass er das so klar aussprach. Bisher hatte er immer auf dieses äußerliche Verwandtschaftsverhältnis gepocht.

Er trat nah an mich heran und ich musste meinen Kopf in den Nacken legen, um ihm ins Gesicht sehen zu können. Er hob seine Hand und wischte mir eine Schneeflocke von der Wange. „Der Brauch besagt, dass wenn eine junge Frau unter einem Mistelzweig steht, darf sie es nicht ablehnen geküsst zu werden“, raunte er mir leise zu.

Ich lachte aus Unsicherheit oder aus Verzweiflung – ich wusste es nicht genau. Ich spürte die Wärme, die von seinem Körper ausging, fühlte die Hand, die er mir in den Nacken schob, und ich war absolut unfähig, das zu verhindern, was nun folgen würde. „Auf die Wange!“, flüsterte ich noch. Ohne auf mich zu hören, legten sich seine Lippen auf meine. Zuerst ganz zart, dann mit ein wenig mehr Druck. Seine beiden Hände umschlossen nun mein Gesicht und in meinem Körper brach ein Feuerwerk der Endorphine aus.

„Frohe Weihnachten, Hannah.“ Flüsterte er mir ins Ohr. Dann trat er wieder einen Schritt von mir weg. Es waren nur ein paar Sekunden gewesen, aber mein Körper vermisste ihn sofort schmerzhaft – seine Nähe, nach der ich mich schon so unfassbar lange gesehnt hatte. Verwirrt blinzelte ich und versuchte, zu verarbeiten, was da gerade passiert war. Ein Kuss unter dem Mistelzweig. Mehr war es nicht gewesen, oder? Das Feuerwerk war erloschen und ich blickte verunsichert in seine Bernsteinaugen.

„Du wolltest nicht reden. Also dachte ich mir, ich zeige dir, was ich für dich empfinde. Immer noch.“ Er sah mich ernst an und wartete auf eine Reaktion von mir.

„Was hat sich geändert?“, fragte ich ihn, weil ich es einfach nicht kapierte. Was war hier eigentlich los? Diese Situation überforderte mich über alle Maßen.

„*Ich* habe mich geändert. Es ist mir nicht mehr wichtig, was andere Menschen über uns denken oder was ich meine, was von mir erwartet wird.“

„Das sagst du jetzt“, ich lächelte freudlos.

„Das meine ich auch so.“

„Wer sagt mir, dass du es nicht bald bereust? Es wird Schlagzeilen geben, dumme Sprüche in der Umkleide, Sponsoren werden abspringen.“ Ich sah ihn eindringlich an, aber er zuckte nicht mit der Wimper. „Du wirst Geld verlieren, deine Eltern werden nicht begeistert sein. Vielleicht gibt es einen Familienstreit. Möglicherweise wirst du ausziehen müssen. Hast du dir das wirklich alles gut überlegt? Ich glaube nicht." Frustriert schüttelte ich den Kopf. „Und ich will dieses Risiko nicht eingehen, dass du irgendwann merkst, dass es doch nicht geht. Ich kann es nicht noch einmal ertragen, dass du mich so zurückweist. Mich alleine lässt. Ich habe in letzter Zeit so viel durchgemacht und das, was ich jetzt brauche, ist Stabilität." Das alles war aus meinem tiefsten Inneren gekommen und es stimmte, ich hatte viel zu viel Angst vor einer erneuten Katastrophe in meinem Leben.

„Ich verstehe dich, wirklich. Ich habe alles falsch gemacht, was man nur falsch machen kann. Aber gib mir bitte eine Chance, dir zu beweisen, wie ernst ich es meine!"

„Wie willst du mir das denn beweisen?", ich sah ihn verständnislos an.

„Ich werde mir etwas überlegen. Versprich mir nur, dass du mir diese Chance gibst!" Mit gerunzelter Stirn blickte er mich an, wartete darauf, wie ich mich entscheiden würde.

Ich versuchte, meinen Herzschlag wieder zu beruhigen. Versuchte irgendetwas von dem zu verstehen, was meine Gefühle mir sagen wollten. Hätte mich am liebsten selbst geschüttelt, um zu erfahren, was stärker wog: Die Liebe zu ihm oder die Furcht vor Schmerzen – vor einem endgültigen Zusammenbruch, dem ich nach Claras Tod nur knapp entronnen war. „Ich verspreche dir eine Chance, es mir zu beweisen, aber ich kann dir nicht versprechen, dass dieser Beweis mich überzeugen wird", räumte ich schließlich ein.

Seine Stirnfalten glätteten sich und ein strahlendes Lächeln erschien auf seinem Gesicht. „Weißt du, wonach mir jetzt ist?" Ich schüttelte den Kopf. „Nach Tanzen." Und nun war er es, der die Arme ausbreitete, die Zunge nach dem kalten Weiß ausstreckte und einen Schneetanz aufführte. „Lass uns den besten Tanz meines Lebens wiederholen!“ Er ergriff meine Hand und gemeinsam wirbelten wir durch den fallenden Schnee.

***

Am nächsten Vormittag trafen wir uns alle im privaten Wohnzimmer. Wir trugen noch Pyjamas und Morgenmäntel und packten Geschenke aus. Nur Ryan war nicht dabei. Er war schon zur Spielvorbereitung ins Stadion gefahren. Melissa überreichte mir meine Socke und ich zog ein kleines türkises Päckchen heraus, das mit einer weißen Schleife versehen war. Sofort musste ich lächeln. „Mal wieder etwas zur Erinnerung von Tiffanys“, strahlte Melissa mich an. „Für deinen Neuanfang in New York.“

Behutsam öffnete ich die Schmuckverpackung. Zum Vorschein kamen kleine silberne Creolen, die mit strahlend blauen Steinen besetzt waren. „Saphire“, erklärte sie mir. „Ich dachte, du hättest gerne etwas Farbenfrohes und ich finde Blau passt zu New York, mit dem ganzen Wasser um uns herum.“

Dankbar umarmte ich sie. „Sie sind wunderschön.“

„Ich habe mir versichern lassen, dass Creolen wieder voll im Trend liegen – also nicht zu klassisch sind.“ Sie grinste und ich wusste ihre Geste sehr zu schätzen. Ich plante, das Osterfest in meinem frisch renovierten Haus auszurichten, und hoffte, dass sie, wenn sie es fertig sehen würde, ihre Vorbehalte dagegen gänzlich ablegen könnte.

Aus dem Strumpf förderte ich außerdem ein paar weitere Kleinigkeiten von Olivia und Cody zu Tage und ganz unten erwischte ich einen Briefumschlag. Ich zog ihn heraus und drehte ihn um, aber es stand kein Name und auch kein Absender darauf. Der Umschlag war aus schwerem cremefarbenen Papier und er war nicht verklebt, sondern die obere Lasche war lediglich in den unteren Teil des Kuverts hineingesteckt worden. Ich öffnete es und zog eine Karte für das heutige Footballspiel hervor.

„Ich hab auch eine", verkündete Cody, als er sah, was ich in der Hand hielt.

Nun streckte der Rest der Familie nach der Reihe jeweils eine Karte hoch. Miguel grinste. „Sieht so aus, als würden wir heute noch zum Football gehen."

Ich war ein klein wenig enttäuscht. Ein bisschen hatte ich mit diesem ominösen Beweis gerechnet, von dem Ryan gestern gesprochen hatte. Obwohl ich mir immer noch nicht vorstellen konnte, wie dieser überhaupt aussehen sollte und ob er in einen Briefumschlag passen könnte. Die ganze Nacht war ich wach gelegen und hatte mich im Bett hin und her gewälzt. Diese neue Entwicklung hatte ich nicht vorausgesehen und sie ängstigte mich zutiefst. Ich hatte so lange gebraucht, die Gefühle für ihn zu ersticken. Und nun hatte er sie mit nur einem Pusten wieder zum Leben erweckt. Sie flackerten und loderten munter vor sich hin, als wüssten sie nicht, dass sie alles verzehren konnten.

Als ich die Karte wieder ins Kuvert zurückschieben wollte, bemerkte ich, dass noch ein Brief darin steckte. Ich zog ihn heraus, zögerte dann aber, ihn vor allen hier zu lesen. Also ging ich kurzerhand zur Toilette, setzte mich auf den geschlossenen Deckel und faltete ihn auf.

Liebe Hannah,

du hast mich gefragt, ob ich mir schon einmal vorgestellt hätte, was aus uns geworden wäre, hätte ich damals nicht gekniffen. Einmal? Ich habe es mir oft vorgestellt, glaub mir. Sehr oft. Und jeden einzelnen dieser 3774 Tage habe ich es bereut, dass ich dich einfach so gehen ließ. Ich wünschte, ich hätte eine Zeitmaschine, die mich wieder dorthin zurückbringen würde. Ich wünschte, ich könnte uns beiden diesen ganzen Kummer der letzten Jahre ersparen.

Du willst einen Beweis, dass ich es dieses Mal wirklich ernst meine? Hier ist er: Ich liebe dich. Auch wenn ich das selbst nicht immer verstanden habe. Aber ich habe dich schon geliebt, als ich dich das erste Mal lesend im Fitnessstudio getroffen habe. Dein liebster Raum in der ganzen Wohnung, genauso wie meiner. Ich habe dich schon geliebt, als du mir im Auto davon erzählt hast, dass dich dein Sport nicht mehr zum Fliegen bringt. Weil ich wusste, wenn dich das so tief in die Krise stürzt, dann bist du vorher mit voller Leidenschaft dabeigewesen. Und das ist genau meine Welt. Ich habe dich schon geliebt, als du mir Miez und Mauz das erste Mal gezeigt hast, weil deine Phantasie und dein Enthusiasmus einzigartig sind. Ich habe dich schon geliebt, als du mir den Zettel unter der Tür durchgesteckt hast, um mir zu helfen, meine Gefühle freizulassen. Ich habe dich geliebt, als dich dieser Typ angebaggert hat, als wir Darts spielen waren, weil meine Eifersucht so groß war, dass ich ihn am liebsten hart getackelt und am Boden festgenagelt hätte. Ich habe dich geliebt, als du mir gezeigt hast, was für ein Erlebnis ein einfacher Ikea-Besuch sein kann. Und ich habe dich noch mehr geliebt, als ich dich das erste Mal im Arm gehalten habe, weil ich wusste, dass ich vorher nie etwas Schöneres erlebt hatte. Ich habe dich auch geliebt, als du auf der Beerdigung von Gramps in die Knie gebrochen bist, weil du in so kurzer Zeit erkannt hast, was für ein guter Mensch er war und weil du ihm seine Fehler verziehen hast. Ich habe dich geliebt, als Moritz in unserem Appartement aufgetaucht ist und du mich so flehentlich angesehen hast, als könnte ich dich retten. Weil du mich immer noch nicht aufgegeben hattest. Und ich habe dich geliebt, als du nicht mehr hier warst, weil niemand nach dir mein Herz auch nur annähernd so berührt hat, wie du es getan hast. Ich habe dich geliebt, als ich erfahren habe, dass du zurückkommst, weil mein erster Gedanke war, dass es wieder Hoffnung auf eine gemeinsame Zukunft mit dir gibt. Und ich habe dich geliebt, als du mit Cody beim Familientag aufgetaucht bist und ich das Bedürfnis hatte, dich allen als meine Freundin vorzustellen. Und dass ich das jetzt erkannt habe, ist mein Beweis dafür, dass ich es ernst meine. Ich habe noch nie in meinem Leben etwas so ernst gemeint, und du kennst meinen Spitznamen.

Ich weiß, dass du Flugangst hast Hannah, aber wir werden nicht abstürzen. Wenn du das willst, machen wir das ab jetzt gemeinsam. Weil ich dich nie wieder allein lassen werde. Bitte, streck deine Flügel aus und flieg mit mir!

Dein Ryan

Meine Tränen tropften auf das Papier und verwischten die Tinte. Schnell faltete ich den Brief zusammen, nur um ihn ein paar Augenblicke später noch einmal zu lesen, und noch einmal und noch einmal. Und schließlich war ich mir sicher, nie ein schöneres Weihnachtsgeschenk bekommen zu haben, als diese Liebeserklärung.

„Alles in Ordnung bei dir?", fragte mich Olivia durch die Tür.

Ich stand auf, öffnete sie und dann fiel ich ihr um den Hals und ich lachte und weinte, als könnte sich mein Körper einfach nicht entscheiden, was die bessere Ausdrucksform für diese Art von Glück war.

***

Wir hatten Plätze in einer der beheizten Logen, die für Familienangehörige der Wolves-Spieler reserviert waren. Alle hatten wir uns Trikots angezogen, auf denen hinten, vorne und auf den Schultern Ryans Nummer prangte – die Fünf. Sogar Olivia trug das weite Shirt, hatte es allerdings als ultraknappes Mini-Kleid umfunktioniert und mit einem Gürtel tailliert.

Das Spiel war die letzte Möglichkeit der Wolves, in die Playoffs einzuziehen. Aus den Mannschaften, die es in diese finale Spielrunde schafften, würde dann der Meister gekürt werden. Dementsprechend unbarmherzig ging es auf dem Feld zur Sache. Ryan wurde mehrfach hart getackelt und einmal komplett umgerissen und unter drei gegnerischen Spielern begraben. Jedes Mal zuckte ich zusammen und betete dafür, dass er wieder heil aufstehen würde. Selten hatte eine Stunde sich so lange angefühlt. Als es zehn Minuten vor Schluss weiterhin unentschieden stand, wollte ich nur noch, dass es vorbei war, denn die Aggressionen auf dem Feld wuchsen mit der schwindenden Zeit. Endlich schaffte Taylor einen Touchdown und die Halle jubelte frenetisch. Auch wir sprangen auf und lagen uns in den Armen. Die letzten vier Minuten passierte zum Glück nichts mehr und die Wolves zogen als Sieger der Partie in die Playoffs ein.

Als Familienangehörige durften wir hinunter in die Katakomben und vor den Umkleiden auf Ryan warten. Ich war unglaublich aufgeregt, ihn zu sehen, nachdem ich seinen Brief gelesen hatte. Am liebsten hätte ich sofort mit ihm unter vier Augen geredet, aber natürlich war das im Moment nicht möglich.

Neben uns warteten noch andere Familien auf die Spieler. Außerdem waren ein paar ausgewählte Vertreter der Presse da. Das hier war nicht der richtige Ort, um über uns zu sprechen. Dazu kam, dass Ryan es heute verdient hatte, dass wir ihn feierten. Ich würde ihm ein zuversichtliches Lächeln schenken, wenn er gleich herauskam und der Rest musste bis zum Abend warten, wo wir hoffentlich allein sein würden.

Als er aus der Tür trat, wurde er zuerst einmal von der Presse belagert. Es dauerte fast zehn Minuten bis er Fragen beantwortet und in die Kamera gelächelt hatte, und sich dann endlich zu uns durchschlug. Zuerst umarmten Melissa und Miguel ihren Sohn und gratulierten ihm überschwänglich. Danach kamen Cody, Kevin und Olivia an die Reihe. Dann war er bei mir angelangt und ich fiel ihm ebenfalls um den Hals, schließlich hatten das die anderen auch getan. Er roch frisch geduscht und seine Haare waren leicht feucht und kitzelten an meiner Wange.

„Hast du den Brief gelesen?", raunte er mir zu, bevor ich überhaupt zu einer Gratulation ansetzen konnte.

Er will das doch jetzt nicht etwa hier besprechen?

Ich schluckte. Dann kratzte ich meinen ganzen Mut zusammen, suchte ihn im hintersten Winkel meiner Seele, stellte mich auf Zehenspitzen, um an Ryans Ohr zu gelangen, und flüsterte: „Lass uns losfliegen!"

Ruckartig hielt er mich von sich weg, wohl um zu kontrollieren, ob ich das wirklich ernst meinte. Ich schenkte ihm ein strahlendes Lächeln, in das ich all die Liebe legte, die ich für ihn empfand und die ich mich endlich traute zu fühlen. Es war ein Wagnis und niemand konnte mir garantieren, dass das nicht schiefgehen würde, auch er nicht. Aber wenn diese Liebe das Risiko nicht wert war, was dann?

In seinem Gesicht machte sich ein Grinsen breit, ausgehend von seinen Lippen über seine gekräuselte Nase, bis hin zu seinen Bernsteinaugen. Und dann tat er etwas, womit ich nie gerechnet hätte. Er zog mich an sich und küsste mich. Vor allen Menschen um uns herum, vor unserer Familie, vor seinen Mannschaftskollegen und vor der Presse. Völlig verdattert gab ich mich dem Kuss hin, vergaß aber schon nach wenigen Sekunden alles um mich herum. Denn dieser Kuss hatte eine Intensität, gegen die jedes Tackling ein riesiger Witz war: Er riss mich mit voller Wucht von den Füßen, so dass mir die Luft wegblieb, nur um mich dann watteweich landen zu lassen.

Als wir den Kuss beendeten und ich die Augen wieder aufschlug, war um uns herum die Hölle losgebrochen. Ich hörte Spiegelreflexkameras klicken und Reporter, die Ryan Fragen zuriefen. Mein erster Blick ging aber zu meiner Familie. Während Olivia mir grinsend einen Daumen nach oben hinstreckte und Kevin und Cody sich ergriffen an den Händen hielten, blickten Melissa und Miguel geschockt zu uns. Aber ich kam nicht dazu, darauf zu reagieren, weil Ryan mich an der Hand nahm und sich mit Hilfe seiner Statur einen Durchgang durch die Pressemeute bahnte.

„Ich erklär euch das alles in Ruhe“, hörte ich Olivia zu ihren Eltern sagen, dann waren wir schon an ihnen vorbei.

„Wo willst du hin Westman?“, schrie irgendjemand von der Seite, den ich als Trainer der Wolves identifizierte. „Zur Pressekonferenz gehts in die andere Richtung.“

Doch Ryan hielt nicht an. Er rief lediglich über seine Schulter „Sorry, Coach, aber ich habe was Wichtiges vor!“

Und zu mir sagte er leise „Ich hätte jetzt Lust auf Pizza mit Spiegelei und du?“

„Ich könnte mir nichts Besseres vorstellen.“

♫ Hör dir Lied 9 des Soundtracks an: Pizza – Antilopen Gang

Epilog

„Du hast gesagt, dass du mit mir fliegst." Er grinste und seine Bernsteinaugen funkelten in der Sonne.

„Das war im übertragenen Sinn gemeint", rechtfertigte ich mich.

„Du hast mit dem Techniker und mir den Hubschrauber gecheckt. Alles ist einwandfrei, oder?"

„Ja", gab ich unwillig zu.

„Wir haben uns den Wetterbericht vom Tower ausdrucken lassen und es ist purer Sonnenschein gemeldet, nicht die kleinste Wolke in Sicht und es ist fast windstill, korrekt?"

„Ja", grummelte ich in meinen imaginären Bart hinein.

„Der Flug ist angemeldet und die erwarten uns in den Hamptons. Wir werden also bestens überwacht, stimmt das?"

„Ja, verdammt." Langsam wurde ich wütend. Ich wusste genau, was er mir damit sagen wollte: Es ist kein Problem, in diesen Hubschrauber zu steigen. Aber für mich war es nun einmal ein Problem. Und für meine Panik auch, die sich wie verrückt geworden an mich krallte.

„Und der letzte und wichtigste Punkt: Du vertraust mir, dass ich alles dafür tun werde, das Kostbarste das ich habe, heil ans Ziel zu bringen – liege ich da richtig?“

Diese Frage machte etwas mit mir und mit meiner Panik. Langsam löste sich Klaue für Klaue. Ich nickte, weil ich viel zu schnell atmete, als dass ich hätte sprechen können.

„Okay, dann sind alle Eckpunkte geklärt. Ich bin ausgeschlafen und fit. Das Fliegen mit einem Helikopter ist sicherer, als die Fahrt in einem PKW. Und die Reise macht deutlich mehr Spaß, das wirst du gleich sehen. Sobald sich also deine Atmung wieder beruhigt hat, setzt du dich rein und ich werde dir den Gurt anlegen!“

Du schaffst das, Hannah! Zeig deiner Flugangst jetzt endlich mal die rote Karte.

Ich atmete tief durch und ließ mir Zeit, mich zu beruhigen. Dann ging ich um den Helikopter herum, zu der Tür, die mir Ryan aufhielt. Mein Blick fiel noch einmal auf den Namen, der an der Seite prangte: *Kolibri 1*. Trotz meiner Aufregung entlockte es mir erneut ein Lächeln, dass er seinen Hubschrauber so getauft hatte.

Er war meinem Blick gefolgt. „Kein anderer Vogel kann so lange auf einer Stelle schweben wie der Kolibri. Wenn er genügend Futter bekommt, kann er das beliebig lang durchhalten. Ich denke, es ist also nicht der schlechteste Name für einen Helikopter.“ Er grinste und obwohl ich dieses besondere Lächeln, das er nur für mich reserviert hatte, in den letzten Monaten recht häufig gesehen hatte, wurden trotzdem immer noch jedes Mal meine Knie weich. Also nahm ich die Hand, die er mir anbot, und kletterte in diesen blechernen Vogel.

Sorgfältig legte Ryan mir meinen Gurt an und erklärte mir erneut das Sprechen über Funk, während er mir die

Kopfhörer überreichte. Danach ging alles schneller, als erwartet. Er startete die Maschine und ich spürte die Vibrationen des Rotors, der anfing sich zu bewegen. Und plötzlich ging es los. Aus dem Stand gewann der Helikopter an Höhe und schraubte sich immer weiter in den Himmel. Elegant war das einzige Wort, das mir dazu einfiel. Diese furchtbare Startphase bei einem Flugzeug, mit dieser schier unerträglichen Beschleunigung, bis es endlich in der Luft war, entfiel komplett. Auf Flughöhe angekommen, blieb der Helikopter ruhig und stabil. Ich hätte bei seiner geringen Größe mit dem Gegenteil gerechnet. Es war fast so, als würde ich in einem futuristischen Auto sitzen, das in der Luft schwebte.

Wir waren von einem Hochhaus in Manhattan gestartet und unter uns, zog die Stadt vorbei. Es war faszinierend, was man von hier oben alles entdecken konnte: Die gelben Taxis, der Strom von Passanten, das rechteckige Grün des Central Parks. Dann flog Ryan eine Kurve und wir hatten plötzlich einen wunderbaren Blick auf die Südspitze der Insel, aus der die Hochhäuser hervorragten, wie die Stacheln eines Igels.

„Wahnsinn, das ist beeindruckend", sprach ich ins Mikrofon und hörte Ryan lachen. Er blickte aber nicht zu mir, was mir ein Gefühl von Sicherheit verschaffte, weil er sich komplett auf seinen Job als Pilot konzentrierte. Und da spürte ich es plötzlich, meine Panik, meine Angst – waren beide weg. Meine Mundwinkel wanderten nach oben und ich realisierte, dass es mir gut ging. Ich würde nicht so weit gehen, zu sagen, dass ich diesen Flug genoss, aber definitiv war das Gefühl in einem Hubschrauber zu sitzen faszinierend.

Wir waren auf dem Weg in die Hamptons, wo wir uns mit dem Rest der Familie treffen würden. Es war Saisonauftakt und ich freute mich darauf, endlich wieder einmal Zeit im Strandhaus zu verbringen.

Nach unserem öffentlichen Kuss hatte die Presse das Thema ordentlich ausgeschlachtet, aber wir hatten mit einer PR-Strategie dagegen gesteuert und Ryan hatte speziell ausgewählte Interviews gegeben. So war der Sturm schneller wieder abgeflaut, als wir alle gedacht hätten. Melissa und Miguel hatten ein wenig länger gebraucht, sich an die Situation zu gewöhnen, aber sie hatten uns keine Vorwürfe gemacht, vor allem nachdem sie von Olivia die ganze Geschichte gehört hatten. Ich glaube, sie waren immer noch nicht wirklich begeistert darüber, dass wir zusammen waren, weil sie Angst hatten, es könnte die Familie entzweien, falls es zur Trennung käme. Und diese Angst war nicht unbegründet. Aber nachdem sie gemerkt hatten, wie glücklich Ryan und ich gemeinsam waren, und wie sehr wir uns liebten, hatten sie ihren Frieden damit gemacht.

Ich war im Januar in mein neues Haus gezogen und wir verbrachten viel Zeit dort. Aber Ryan wohnte weiterhin im Familienappartement – zumindest bis jetzt.

„Ich gebe zu, das mit dem Fliegen, haben wir ganz gut hinbekommen“, teilte ich Ryan voller Euphorie über dieses völlig neue Gefühl mit. Aber ich meinte damit auch unsere gesamte Beziehung. Es war, als würde ich seit Weihnachten in einem Traum leben und ich wollte niemals wieder daraus aufwachen. „Was hältst du davon, dass du bei mir einziehst?“, platze es aus mir heraus.

Nun flog sein Kopf doch kurz in meine Richtung, bevor er sich aber sofort wieder auf das Steuern des Hubschraubers konzentrierte. Durch seine verspiegelte Fliegersonnenbrille, konnte ich seine Augen nicht erkennen und seine Reaktion nicht einschätzen. Ich hatte schon die letzten Tage immer wieder überlegt, ihm vorzuschlagen bei mir einzuziehen. Jetzt gerade war es einfach aus mir herausgebrochen, obwohl das vielleicht nicht unbedingt die perfekte Situation war, um ihn zu fragen.

„Was meinst du dazu?", hakte ich leicht verunsichert nach, weil er bisher nichts dazu gesagt hatte.

„Das ist eine richtig gute Idee." Ich hörte das Lächeln in seiner Stimme sogar über den Kopfhörer. „Ich glaube, mir ist gerade wieder nach Tanzen. Habe ich dir schon erzählt, dass ich mit dem Helikopter auch ein paar Kunststücke kann?", fragte er verschmitzt.

„Untersteh dich!" Intuitiv klammerte ich mich am Sitz fest, aber ich wusste, dass er nur Spaß gemacht hatte. Deshalb ließ ich los und begann mich zu entspannen. Ich freute mich darauf, dass Ryan bei mir einziehen würde, ich freute mich auf den Sommer und ich freute mich auf unseren gemeinsamen Flug in das Abenteuer Leben.

Postkarte 17

Bild von Ryan vor dem Hubschrauber
Kolibri 1

Liebe Mama, weißt du noch, als ich dir vor Jahren immer diese digitalen Postkarten aus New York geschickt habe? Hier ist mal wieder eine, denn du wirst es nicht glauben: Ein Kolibri hat mir das Fliegen beigebracht. Kuss Hannah

Nachwort

Das Ende. Es ist vollbracht. Der letzte Band der Kolibri-Reihe ist fertig und ich sitze nun hier, um dieses Nachwort zu schreiben. Glücklich, ein bisschen wehmütig, aber vor allem dankbar für diese Reise mit den Kolibris: Für Laura, Jasper, Cosmo, Ari, Sam, Hannah und Ryan, die mich ihre Geschichten haben erzählen lassen und dabei immer auf meiner Schulter saßen und mir ins Ohr gebrüllt, geflüstert und manchmal auch geschluchzt haben. Ich habe die letzten beiden Jahre mit ihnen verbracht, in denen die Welt von Pandemien und Krisen geschüttelt worden ist. Diese Geschichten sind meine Möglichkeit dem ganzen realen Wahnsinn für ein paar Stunden zu entfliehen und ich hoffe sehr, dass es dir auch gelungen ist, beim Lesen ein wenig abzuschalten und die restliche Welt ein bisschen auszusperren. Denn dafür schreibe ich und ich bin dankbar, dass du meine Figuren und mich auf dieser Reise begleitet hast. Nur weil ihr da draußen von Kolibriherzschlag so begeistert gewesen seid, ist aus der Diologie überhaupt erst eine Reihe mit vier Bänden geworden. Danke also, dass du zu Kolibriflattern gegriffen hast.

Falls es dir gefallen hat, würde ich mich sehr über ein paar Worte zu dem Buch auf Amazon freuen. Eine Rezension muss gar nicht lang sein und hilft freien Autoren wie mir ungemein, für andere Leser*innen sichtbarer zu werden.

Ansonsten freue ich mich über jeden Follower und jedes Like auf meinen Social-Media-Kanälen, schau gerne mal vorbei!

www.instagram.com/patriciarenoth/
www.facebook.com/Patricia.Renoth
www.pinterest.de/patriciarenothautorin/

Und wenn du immer als erstes über neue Cover, Klappentexte und Veröffentlichungen informiert werden möchtest, dann darf ich dich gerne zu meinem Newsletter-Magazin einladen.

www.patriciarenoth.com/newsletter/

Die Kolibri-Reihe ist für mich erst einmal zu Ende erzählt, aber in meinem Kopf warten noch so viel mehr Geschichten darauf, in die Freiheit entlassen zu werden – mehr als ich jemals in einem Leben aufschreiben könnte. Also keine Sorge, es wird bald Nachschub geben :-)

Und wie immer bei mir ganz am Ende, ein großes Dankeschön an alle, die mich dabei unterstützen meine Bücher zu schreiben:

Die Buchblogger, Leserundenbegeisterten und Fans da draußen, die mich mit ihren positiven und teilweise herzergreifenden Kommentaren immer wieder aus Zweifeln und

Tiefs herausholen. Meine Freunde, die mir gebetsmühlenartig versichern, dass ich auf dem richtigen Weg bin. Meine Familie, die mir Kraft gibt, mein Ziel zu verfolgen. Andrea, Sandra und Eva-Maria, die sich mit mir gemeinsam um Klappentexte, Orthografie und Fehler kümmern und mein Manuskript schönschleifen, bis alle Spreißel abgetragen sind. Meine Tochter, die mich so enthusiastisch auf meinem Weg begleitet. Und mein Mann, weil er derjenige ist, der mit mir fliegt.

Ich hoffe, wir lesen uns bald wieder! Und nicht vergessen: Streck deine Flügel aus und flieg!

Deine Patricia

AUCH ALS HÖRBUCH

Genau das versucht Ella herauszufinden. Jahrelang ist sie heimlich in Kilian verliebt. Er ist ihr Sandkastenfreund, mit dem sie schon immer etwas ganz Besonderes verbindet – sie sind am selben Tag, zur exakt selben Zeit, am selben Ort geboren. Aber Ella verdrängt ihre Gefühle, denn sie muss erst mit ihrem Körper und sich selbst zurechtkommen. Als sie endlich zu ihrer Liebe steht, sieht es so aus, als wäre das die beste Entscheidung ihres Lebens. Bis Kilian ganz plötzlich einen Rückzieher macht.

„Was wäre, wenn du dein ganzes Leben lang insgeheim immer gewusst hättest, wer der Richtige für dich ist. Und was wäre, wenn du dich endlich getraut hättest, ihm deine Liebe zu gestehen? Und was wäre, wenn du jetzt die Klarheit hättest, dass er dich nicht so mag, wie du ihn, aber dass es sein kann, dass er dich anlügt? Was würdest du dann tun?“

Ist Ella bereit, für ihre große Liebe zu kämpfen? Auch dann noch, wenn Kilians Geheimnis ihr Leben vielleicht für immer verändern wird?

Eine berührende Liebesgeschichte über das Erwachsenwerden und das Erwachsensein, über verrinnende Zeit und all die Momente, die sich richtig gut anfühlen – und die richtig weh tun.

Taschenbuch erhältlich bei Amazon oder über meine Website.
Hörbuch erhältlich bei allen gängigen Plattformen, wie Audible, Spotify, Bookbeat, Thalia etc.

EIN WEITERER ROMAN VON PATRICIA RENOTH:

HERZ AN VERSTAND

Anni ist bei Freunden und Familie für ihr großes Herz bekannt. Gerade diese Eigenschaft wird ihr zum Verhängnis, als ihre langjährige Beziehung in einem traumatischen Erlebnis endet. Anni fühlt sich verloren, verraten, und sie schämt sich. Genau in diesem Moment tritt Felix in ihr Leben: direkt, einfühlsam und auch noch ziemlich attraktiv. Er hilft ihr, den ersten Schrecken zu überwinden. Weil er sie versteht wie niemand sonst. Denn Felix hat ähnliche Erfahrungen gemacht. Aber wie weit die Schatten seiner Vergangenheit reichen, erfährt Anni erst nach und nach. Und trotzdem wünscht sie sich nichts sehnlicher, als den Sturm in seinen Augen zu ergründen. Anni ist felsenfest davon überzeugt, dass nur das „Hier und Jetzt" zählt. Aber das „Gestern" holt sie dennoch ein, und je tiefer sie in Felix' Geschichte eintaucht, desto mehr liegen ihr Herz und ihr Verstand miteinander im Clinch. Kann Anni Felix mitsamt seinen Altlasten akzeptieren, oder steht die Vergangenheit einer gemeinsamen Zukunft im Weg?

Eine Geschichte über die große Liebe, aber auch über die Magie von Freundschaft und die spannende Frage: Wer hat am Ende Recht – Herz oder Verstand?

Taschenbuch erhältlich bei Amazon oder über meine Website

Printed in Poland
by Amazon Fulfillment
Poland Sp. z o.o., Wrocław

11285248R00223